mtb

*Zum Buch:*

Zurückgezogen lebt Sergeant Ian Buchanan in dem ländlichen Virign River. Nie wird er sich verzeihen, dass er seinen schwer verletzten Freund gerettet und ihm damit drei weitere Lebensjahre voller Qualen beschert hat. Aber seine Witwe, die kurz vor Weihnachten vor der Tür steht, scheint fest entschlossen, ihm für diese Tat zu danken. Am liebsten würde Ian sie wieder wegschicken, doch ein heftiger Schneesturm zwingt ihn, Marcie bei sich aufzunehmen. Das Schwierigste ist, dass er bald schon seine Gefühle vor ihr nicht mehr verbergen kann. Und sich nach etwas sehnt, was er sich für immer verboten hatte …

„Alle Helden und Zutaten dieser lebensbejahenden, herzerwärmenden Serie sind wieder versammelt."

Booklist

*Zur Autorin:*

Seit Robyn Carr den ersten Band ihrer von den Kritikern gefeierten Virgin-River-Serie veröffentlichte, stehen ihre Romane regelmäßig auf der Bestsellerliste der *New York Times*. Auch ihre neue herzerwärmende Thunder-Point-Serie, die in einem idyllischen Küstenstädtchen spielt, hat auf Anhieb die Leser begeistert. Robyn Carr hat zwei erwachsene Kinder und lebt mit ihrem Ehemann in Las Vegas.

*Lieferbare Titel:*

Virgin-River-Serie
Neubeginn in Virgin River
Wiedersehen in Virgin River
Happy End in Virgin River

Thunder-Point-Serie
Zeit der Liebe in Thunder Point
Frühlingsgefühle in Thunder Point
Herzenszauber in Thunder Point
Sehnsuchtstage in Thunder Point
Vereint in Thunder Point
Schicksalsstürme in Thunder Point

*Robyn Carr*

# Wintermärchen in Virgin River

Roman

Aus dem Amerikanischen von
Barbara Alberter

mtb

MIRA® TASCHENBUCH
Band 26090

1. Auflage: Oktober 2017


Titel der amerikanischen Originalausgabe:
A Virgin River Christmas

erschienen bei: MIRA Books, Toronto
Published by arrangement with
Harlequin Enterprises II B.V. / S. à r. l.

Leseprobe
Titel: „The Winter Wedding"

erschienen bei: Simon & Schuster UK, London
Published by arrangement with
SIMON & SCHUSTER UK LTD., London

Dieses Werk wurde vermittelt durch die
Literarische Agentur Thomas Schlück GmbH, 30827 Garbsen

Umschlaggestaltung: HarperCollins Germany / Birgit Tonn, Artwork
büropecher, Köln
Umschlagabbildung: Julia Kaptelova, 153photostudio / Thinkstock
Redaktion: Mareike Müller
Satz: GGP Media GmbH, Pößneck
Printed in Germany
Dieses Buch wurde auf FSC®-zertifiziertem Papier gedruckt.
ISBN 978-3-956-49764-3

www.mira-taschenbuch.de

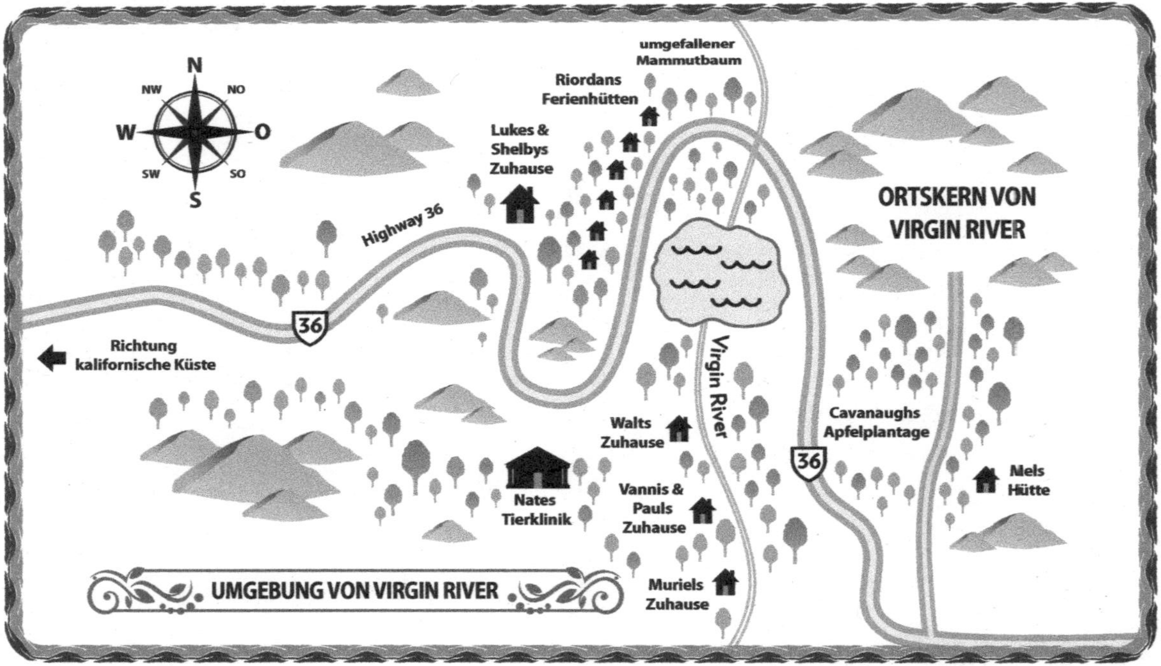
N
NW
NO
W
O
SW
SO
S
umgefallener Mammutbaum
Riordans Ferienhütten
Lukes & Shelbys Zuhause
Highway 36
36
Richtung kalifornische Küste
ORTSKERN VON VIRGIN RIVER
Virgin River
Walts Zuhause
Cavanaughs Apfelplantage
36
Mels Hütte
Nates Tierklinik
Vannis & Pauls Zuhause
Muriels Zuhause
UMGEBUNG VON VIRGIN RIVER

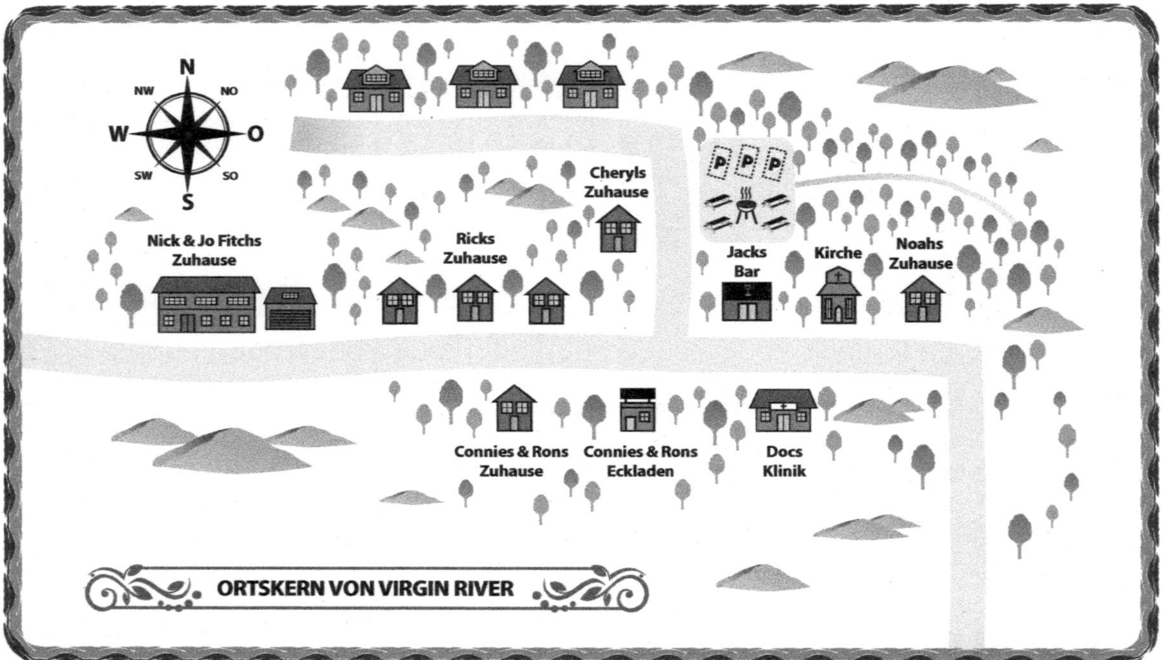
N
NO
O
SO
S
SW
W
NW
Nick & Jo Fitchs Zuhause
Ricks Zuhause
Cheryls Zuhause
P
P
P
Jacks Bar
Kirche
Noahs Zuhause
Connies & Rons Zuhause
Connies & Rons Eckladen
Docs Klinik
ORTSKERN VON VIRGIN RIVER

Liebe Leserinnen,

als man mich bat, eine Wintergeschichte zu schreiben, die in Virgin River spielen sollte, fühlte ich mich sehr geehrt, zumal in meiner Vorstellung das Weihnachtswunder mit diesem besonderen Ort bedeutungsgleich ist. Virgin River ist für mich ein Ort der Freundlichkeit und Freundschaft, der Liebe und der Magie.

In dieser Geschichte werden Ihnen Ian und Marcie begegnen, zwei tapfere Menschen, die in ihrem jungen Leben viel zu viele Stürme überstanden haben. Beide brauchen zwei Dinge, die ihnen helfen werden, Frieden und Glück zu finden, und das sind Vertrauen und Liebe. Vieles aus ihrer Vergangenheit verbindet sie bereits, gleichzeitig lernen sie sich aber gerade erst kennen. Und was sie in ihrer erneuerten Bekanntschaft finden, könnte sie dem Frieden und der Heiterkeit, die sie beide so dringend benötigen, ein Stück näher bringen.

Die Virgin-River-Romane sind sämtlich Teil einer fortlaufenden Reihe, und *Wintermärchen in Virgin River* ist eine spezielle Zugabe zu dieser Serie. Auch wenn viele der bekannten Figuren aus Virgin River in diesem Buch mitspielen, müssen Sie nicht die ersten drei Bände gelesen haben, um sich hier zurechtzufinden. Aber alle Leser, die von Anfang an dabei sind und geduldig auf dieses nächste Buch gewartet haben, möchte ich in den Zeitrahmen versetzen: *Wintermärchen in Virgin River* spielt nur wenige Wochen vor Weihnachten – mitten im Geschehen von *Happy End in Virgin River*, dem dritten Band der Serie.

Für uns alle kann Weihnachten vieles bedeuten. Für Marcie und Ian, zwei Menschen, die es am ehesten verdient haben, wollte ich eine ganz besondere Zeit erschaffen.

Es war mir eine besondere Ehre, diese Geschichte zu kreieren.
Ich hoffe, sie wird Ihnen gefallen.

Mit den besten Wünschen für Sie und Ihre Lieben

Robyn Carr

# Prolog

Marcie stand neben ihrem limonengrünen Volkswagen und zitterte in der Novemberkälte, denn die Morgensonne hatte sich gerade erst über dem Horizont blicken lassen. Ihr Wagen war gepackt und sie wollte aufbrechen. Sie war ebenso aufgeregt, wie sie sich vor diesem Vorhaben fürchtete. Auf dem Rücksitz stand eine kleine Kühltasche mit Snacks und Limonaden. Im Kofferraum hatte sie eine Kiste Wasser verstaut, und auf dem Beifahrersitz lag eine Thermoskanne mit Kaffee. Sie hatte einen Schlafsack mitgenommen, für den Fall, dass die Bettwäsche in einem der Motels ihren Ansprüchen nicht gerecht würde; an Kleidung hatte sie vor allem Jeans, Sweatshirts, dicke Socken und Stiefel in ihre Reisetasche gepackt, alles geeignet, um kleine Bergdörfer abzuklappern. Sie war ganz kribbelig, endlich aufbrechen zu können, aber ihr jüngerer Bruder Drew und ihre ältere Schwester Erin zögerten den Abschied hinaus.

„Hast du alle Telefonkarten dabei, die ich dir gegeben habe? Für den Fall, dass du mal keinen Handyempfang hast?", fragte Erin.

„Habe ich."

„Hast du auch wirklich genug Geld?"

„Ich werde zurechtkommen."

„In weniger als zwei Wochen ist Thanksgiving."

„So lange wird es kaum dauern", versprach Marcie, denn hätte sie etwas anderes gesagt, würde die ganze Auseinandersetzung von vorne losgehen. „Ich rechne damit, dass ich Ian ziemlich schnell finden werde, denn ich glaube, dass ich ungefähr weiß, wo er sich aufhält."

„Überleg es dir noch mal, Marcie“, flehte Erin in einem letzten Versuch. „Ich kenne ein paar der besten Privatdetektive der Branche – die Anwaltskanzlei arbeitet ständig mit ihnen zusammen. Wir könnten Ian ausfindig machen und ihm die Sachen, die du ihm zukommen lassen willst, schicken.“

„Das haben wir doch bereits besprochen“, erwiderte Marcie. „Ich will ihn sehen, mit ihm reden.“

„Wir könnten ihn doch erst einmal finden, und dann könntest du …“

„Sag du es ihr, Drew“, wandte Marcie sich an ihren Bruder.

Drew holte Luft. „Sie wird ihn finden, mit ihm reden, herausfinden, was mit ihm los ist, Zeit mit ihm verbringen, ihm die Baseballkarten geben, ihm den Brief zeigen, und dann wird sie nach Hause kommen.“

„Aber wir könnten …“

Marcie legte ihrer älteren Schwester eine Hand auf den Arm und sah sie mit einem entschlossenen Blick aus ihren grünen Augen an. „Hör auf damit. Ich komme in meinem Leben nicht weiter, wenn ich es nicht mache, und ich werde es auf meine Weise tun, nicht auf deine. Wir haben genug darüber geredet. Ich weiß, dass du es für dumm hältst, aber es ist das, was ich tun werde.“ Sie beugte sich vor und gab Erin einen Kuss auf die Wange. Erin, die so völlig anders war als Marcie – gepflegt, schön, vollendet und kultiviert –, war wie eine Mutter für Marcie, seit sie ein kleines Mädchen war, und es fiel ihr schwer, das Bemuttern aufzugeben. „Mach dir keine Sorgen. Es gibt nichts, worüber du dir Sorgen machen müsstest. Ich werde vorsichtig sein. Und ich werde nicht lange bleiben.“

Dann gab sie Drew einen Kuss auf die Wange und sagte: „Kannst du ihr nicht Xanax oder so etwas besorgen?“ Drew studierte Medizin und – nein –, er durfte keine Rezepte ausstellen.

Er lachte, legte die Arme um Marcie und drückte sie einen Moment lang fest an sich. „Mach schnell, und sieh zu, dass du es hinter dich bringst. Erin wird mich wahnsinnig machen."

Marcie fixierte Erin mit schmalen Augen. „Lass ihn in Ruhe. Es war meine Idee, und ich werde zurück sein, bevor du es überhaupt bemerkst."

Dann setzte sie sich in den Wagen und ließ die beiden an der Bordsteinkante vor dem Haus zurück, während sie davonfuhr. Bis zur Autobahn schaffte sie es noch, dann merkte sie, wie ihr die Tränen in den Augen brannten. Sie wusste, dass sie ihren Geschwistern Sorgen bereitete, aber sie hatte keine andere Wahl.

Es war nun beinahe ein Jahr her, dass Marcies Mann Bobby kurz vor Weihnachten im Alter von sechsundzwanzig Jahren gestorben war. Der Tod kam nach mehr als drei Jahren, die er in Krankenhäusern und zuletzt in einem Pflegeheim zugebracht hatte – hoffnungslos gelähmt und hirngeschädigt. Die Verletzungen hatte er sich zugezogen, während er als Marine im Irak diente. Ian Buchanan war sein Sergeant und bester Freund gewesen, ein Marine, der sich laut Bobby für zwanzig Jahre verpflichtet hatte. Aber kurz nachdem Bobby verwundet worden war, hatte Ian das Marine Corps verlassen und seitdem nichts mehr von sich hören lassen.

Marcie hatte gewusst, dass Bobby sich von seinen Verletzungen niemals erholen würde. Sie hatte seinen Verlust schon lange, bevor er wirklich starb, betrauert und hatte erwartet, eine Art Erleichterung zu empfinden, als es schließlich so weit war – zumindest für ihn. Sie hatte geglaubt, mehr als bereit zu sein, ein neues Leben zu beginnen, ein Leben, das sie jahrelang zurückgestellt hatte. Als Witwe im zarten Alter von siebenundzwanzig Jahren hatte sie noch reichlich Zeit für Dinge wie Ausbildung, Flirten, Reisen. So viele Möglichkeiten. Aber jetzt war es bald ein Jahr her, und sie steckte fest. Sie war einfach unfähig, weiterzugehen. Und sie wunderte sich, wunderte sich ständig darüber, weshalb der Mann, den Bobby wie einen Bruder geliebt hatte, völlig von der Bildfläche verschwunden war, ohne jemals anzurufen oder zu schreiben. Er hatte sich seinen Brüdern aus dem Corps und seinem Vater entfremdet. Und er hatte sich ihr entfremdet, der Frau seines besten Freundes.

Und dann waren da noch diese Baseballkarten. Selbst wenn sie ihre Vorstellungskraft noch so sehr bemühte, Marcie fiel nichts ein, das ihre Schwester, die Juristin, lächerlicher finden könnte als Marcies Bedürfnis, dafür zu sorgen, dass Ian Bobbys Baseballkarten erhielt. Aber seitdem sie Bobby mit vierzehn Jahren kennengelernt hatte, wusste sie, wie besessen er von seiner Sammlung war. Es gab keinen Spieler oder Star, an den Bobby sich nicht erinnern konnte. Später hatte sich herausgestellt, dass auch Ian ein Baseballfanatiker war und seine eigene Sammlung besaß. Aus Bobbys Briefen wusste sie, dass die beiden davon gesprochen hatten, miteinander zu tauschen.

In den Wüsten und Städten des Iraks, während sie Aufständische verfolgten und sich wegen Selbstmordattentätern und Heckenschützenfeuer Sorgen machten, hatten Bobby und Ian sich darüber unterhalten, Baseballkarten zu tauschen. Es war surreal.

Dann war da noch dieser Brief, den Bobby ihr aus dem Irak geschrieben hatte, kurz bevor er verwundet wurde. Alles drehte sich um Ian und darum, wie stolz Bobby wäre, wenn er sein könnte wie Ian. Er war das Bild eines Marines – der Kerl, der mit seinen Männern durch die Scheiße ging, sie mit Kraft und Mut anführte, sie niemals hängen ließ, alles mit ihnen durchstand, ob sie nun bis zur Halskrause in Kämpfen steckten oder wegen eines Abschiedsbriefs von zu Hause weinten. Er war ein lustiger Kerl, der sie alle zum Lachen brachte, aber er war auch ein strenger Sergeant, der sie hart arbeiten, lernen und alle Regeln buchstabengetreu befolgen ließ, um sie auf der sicheren Seite zu halten. In diesem Brief hatte Bobby ihr gestanden, dass er auf ihre Unterstützung hoffte, sollte er sich entschließen, ebenfalls Berufssoldat zu werden. So wie Ian Buchanan es einer war. Wenn er nur halb der Mann sein könnte, der Ian war, wäre er verdammt stolz. Alle Männer sahen in Ian einen Helden, jemanden, der dabei war, zur Legende zu werden. Marcie war nicht sicher, ob sie sich von dem Brief würde trennen können, auch wenn sich darin alles nur um Ian drehte. Aber er sollte es wissen. Ian sollte wissen, was Bobby für ihn empfunden hatte.

In dem Jahr, nachdem Bobby einen ruhigen und friedvollen Tod gefunden hatte, hatte sie seinen Geburtstag, ihren Hochzeitstag und jeden Feiertag überstanden. Und doch gab es da immer noch diese unerledigte Sache. Es fehlte ein großer Teil; etwas, das noch gelöst werden musste.

Ian hatte Bobby das Leben gerettet. Zwar hatte Bobby es nicht gesund überlebt, aber dennoch – Ian hatte dem Tod die Stirn geboten, um ihn an einen sicheren Ort zu tragen. Und dann war Ian verschwunden. Es war wie ein Haken, an dem man ständig hängen blieb; sie konnte es nicht hinnehmen. Konnte es nicht einfach lassen.

Marcie besaß nicht viel Geld; seit fünf Jahren hatte sie dieselbe Stelle als Sekretärin, eine gute Arbeit mit guten Kollegen, aber mit einer Bezahlung, die keine Familie ernährte. Sie hatte Glück gehabt, dass ihr Boss ihr die Zeit ließ, die sie brauchte, nachdem Bobby verwundet worden war. Erst war sie nach Deutschland gereist, dann nach Washington, D. C., um bei ihm zu sein. Die Ausgaben waren enorm gewesen, viel mehr, als ihr Gehalt verkraften konnte. Bobby hatte als einfacher Marine im dritten Dienstjahr weniger als fünfzehnhundert Dollar im Monat verdient. Sie hatte ihre Kreditkarten bis zum Maximum überzogen, obwohl Erin und Bobbys Familie angeboten hatten, ihr zu helfen. Am Ende hatte seine militärische Lebensversicherung sich nicht damit übernommen, diese Rechnungen zu begleichen, und auch die Hinterbliebenenrente für die Witwe war nicht berauschend.

Es war schon ein Wunder, dass sie ihn überhaupt nach Chico heimholen konnte. Ein Wunder, das vermutlich allein Erins Hartnäckigkeit zu verdanken war. Tatsächlich war es so, dass viele Familien von Kriegsopfern, die mit einer hundertprozentigen Behinderung in Langzeitpflegeeinrichtungen untergebracht waren, umzogen, um dem Patienten nahe zu sein, weil die Regierung sie nicht zu ihnen nach Hause schicken wollte oder konnte. Aber Erin hatte es geschafft, Bobby in das zivile Kranken- und Gesundheitsversorgungsprogramm der uniformierten Dienste – CHAMPUS – einzuschleusen, das für ein privates Pflegeheim in Chico die Kosten übernahm. Die meisten Soldaten hatten kein solches Glück. Es war ein kompliziertes System, das nun durch die vielen Opfer extrem belastet war. Erin hatte sich um alles gekümmert. Sie hatte ihr außerordentliches Juristenhirn eingesetzt, um das Bestmögliche an Unterstützungen und Zahlungen zu erhalten, das das Corps zu bieten hatte. Erin wollte verhindern, dass Marcie sich zusätzlich zu allem anderen auch noch um Geld Sorgen machen musste. Sie hatte alles geregelt und sogar sämtliche Rechnungen im Haushalt bezahlt. Obendrein hatte sie es dann auch noch irgendwie geschafft, die Kosten für Drews Medizinstudium aufzubringen.

Aus diesem Grund konnte Marcie für ihre Exkursion keinen Penny von ihrer Schwester annehmen. Erin hatte ihr bereits so viel gegeben. Drew verfügte zwar über etwas Taschengeld, aber als armer Medizinstudent besaß er nicht viel. Es wäre sehr viel praktischer gewesen, bis zum Frühling zu warten und die Zeit bis dahin zu nutzen, etwas Geld beiseitezulegen, bevor sie sich aufmachte, Ian Buchanan in den kleinen Orten und Bergen im Norden Kaliforniens zu suchen. Aber je näher der Jahrestag von Bobbys Tod und Weihnachten rückten, desto größer wurde die Sehnsucht in Marcie, die Sache ein für alle Mal hinter sich zu bringen. Wäre es nicht schön, dachte sie immer wieder, wenn alle Fragen beantwortet wären und der Kontakt vor den Feiertagen wiederhergestellt sein könnte?

Marcie wollte Ian finden. Um den Geistern ihren Frieden zu geben. Anschließend könnten sie dann alle ihr Leben weiterleben …

# 1. Kapitel

Als Marcie Sullivan in den kleinen Ort fuhr – das sechste Bergdorf an diesem Tag –, geriet sie mitten in ein Weihnachtsbaumschmücken, und wie es aussah, war der versammelte Arbeitstrupp dem Job nicht gewachsen, denn der Baum war riesig.

Sie hielt vor einem großen Holzhaus mit breiter umlaufender Veranda, parkte ihren Volkswagen und stieg aus. Es waren drei Frauen, die sich mit der etwa neun Meter hohen Weihnachtsfichte beschäftigten. Eine davon war ungefähr in Marcies Alter. Sie hatte weiches braunes Haar und hielt eine offene Schachtel in Händen, die wahrscheinlich Baumschmuck enthielt. Eine ältere Frau mit federndem weißen Haar und schwarz gerahmter Brille zeigte nach oben, als wäre sie die Leiterin der Aktion. Und eine dritte, eine hübsche Blondine, stand ganz oben auf einer hohen Standleiter.

Der Baum befand sich zwischen dem Holzhaus und einer alten, mit Brettern verschlagenen Kirche, die zwei hohe Türme besaß und ein einziges noch intaktes Buntglasfenster. Früher war diese Kirche sicher einmal ein schönes Gebäude gewesen.

Während Marcie das Geschehen beobachtete, trat ein Mann auf die Veranda, blieb stehen, sah nach oben und fluchte, dann ging er mit großen Schritten zum Fuß der Leiter. „Beweg dich nicht. Atme nicht“, rief er mit tiefer, befehlsgewohnter Stimme. Nacheinander erklomm er rasch die Stufen der Leiter, bis er die blonde Frau erreicht hatte. Dann schlang er einen Arm um sie, irgendwo zwischen den Brüsten und dem, was – wie Marcie jetzt erkannte – ein kleiner schwangerer Bauch sein musste, und sagte: „Nach unten. Langsam.“

„Jack!“, schimpfte sie. „Lass mich in Ruhe!“

„Wenn es sein muss, werde ich dich nach unten tragen. Runter von der Leiter, langsam. Jetzt.“

„Ach, um Himmels …“

„*Jetzt*“, wiederholte er betont ruhig.

Eine Sprosse nach der anderen kletterte sie nach unten, wobei sie ihre Füße zwischen seine großen, standfesten Füße setzte, während er sie sicher festhielt. Als sie unten angekommen waren, stemmte sie die Hände in die Hüften und funkelte ihn wütend an. „Ich weiß genau, was ich tue!“

„Wo hast du deinen Verstand gelassen? Was, wenn du aus dieser Höhe runtergefallen wärst?“

„Es ist eine ausgezeichnete Leiter! Ich wäre nicht gefallen!“

„Bist du hellsichtig? Du kannst sagen, was du willst, ich werde nicht zulassen, dass du in deinem Zustand auf eine derart hohe Leiter kletterst“, entgegnete er und stemmte nun gleichfalls die Hände an die Hüften. „Wenn nötig, werde ich neben dir Wache schieben.“ Dann sah er sich über die Schulter nach den beiden anderen Frauen um.

„Ich hatte ihr gesagt, dass ich glaube, dir würde das nicht gefallen“, sagte die Frau mit dem braunen Haar und hob hilflos die Schultern.

Der Mann warf der weißhaarigen Frau einen bösen Blick zu. „In Familienangelegenheiten mische ich mich nicht ein. Das ist dein Problem, nicht meins“, meinte diese und schob ihre große Brille auf der Nase nach oben.

Und Marcie bekam Heimweh. Großes Heimweh. Sie fuhr zwar erst seit zwei Wochen in dieser Gegend herum, aber sie vermisste all die Familienstreitigkeiten, die ermüdenden Komplikationen. Sie vermisste ihre Freundinnen, ihren Job. Sie sehnte sich nach ihrer herrschsüchtigen älteren Schwester, die sich in alles einmischte, sehnte sich nach ihrem dummen kleinen Bruder und welche seiner Freundinnen auch immer gerade sein Schatten sein mochte. Sie vermisste die große, lustige, stürmische Familie ihres verstorbenen Mannes.

Zu Thanksgiving hatte sie es nicht nach Hause geschafft. Sie hatte sich nicht getraut, auch nur für ein bis zwei Tage heimzufahren, weil sie fürchtete, dass sie es niemals schaffen würde, sich ein zweites Mal aus Erins Griff zu befreien. Zu Hause – das war Chico, Kalifornien, bloß ein paar Stunden von hier entfernt. Aber dort hielt niemand – weder ihre Geschwister noch Bobbys Familie – das, was sie tat, für eine gute Idee. Also hatte sie angerufen und geschwindelt, sie hätte Hinweise auf Ian erhalten und stünde kurz davor, ihn zu finden. Jedes Mal, wenn sie anrief, und das war mindestens jeden zweiten Tag, behauptete sie, dass sie ein wenig näher an ihm dran sei, obwohl es in Wirklichkeit nicht so war. Aber sie war *nicht* bereit, das Handtuch zu werfen.

Allerdings gab es ein Problem, das ihr keine Ruhe ließ. Sie hatte fast kein Geld mehr. Neuerdings übernachtete sie häufiger im Auto als in Motels, und bei den sinkenden Temperaturen in den Bergen wurde das zunehmend ungemütlich. Anfang Dezember war hier jeden Augenblick damit zu rechnen, dass Schnee fiel oder der Regen sich in Glatteis verwandelte und dieser kleine VW wie eine Rakete den Berghang hinunterschoss.

Aber Marcie hasste die Vorstellung, nach Hause zurückzukehren, ohne ihre Mission beendet zu haben. Mehr als alles andere wollte sie das durchziehen. Sollte sie diesmal keinen Erfolg haben, würde sie nur nach Hause fahren, um etwas Geld zu verdienen, und dann noch einmal von vorne anfangen. Sie konnte Ian nicht einfach aufgeben. Sie konnte sich selbst nicht aufgeben.

Nun schauten sie alle an. Nervös schob sie ihr wildes, lockiges hellrotes Haar, das völlig außer Kontrolle geraten war, über die Schultern zurück.

„Ich … Äh … Ich könnte da raufsteigen, wenn Sie wollen. Ich habe keine Höhenangst oder so …"

„Sie müssen nicht auf diese Leiter klettern", sagte die schwangere blonde Frau, deren Stimme nun deutlich sanfter klang und die Marcie reizend anlächelte.

„Ich werde auf die Leiter steigen", sagte der Mann. „Oder ich werde jemanden *finden*, der auf diese verdammte Leiter steigt, aber das wirst nicht du sein."

„Jack! Benimm dich!"

Er räusperte sich. „Machen Sie sich um die Leiter keine Gedanken", fuhr er etwas ruhiger fort. „Können wir etwas für Sie tun?"

„Ich … Äh …" Marcie ging auf die Leute zu. Sie zog ein Foto aus der Innentasche ihrer Daunenweste und hielt es dem Mann hin. „Ich suche jemanden. Vor ungefähr drei Jahren ist er verschwunden, aber ich weiß, dass er sich irgendwo hier aufhält. Wie es aussieht, erhält er seine Briefe postlagernd über das Postamt in Fortuna."

Sie reichte dem Mann das Foto. „Oje", sagte er.

„Sie kennen ihn?", fragte sie hoffnungsvoll.

„Nein", antwortete er und schüttelte den Kopf. „Nein, ich kenne ihn nicht, und das ist seltsam. Der Kerl ist ein Marine", erklärte er, während er sich das Foto des Mannes in Uniform genau anschaute. Es war Ians offizielles Marine-Corps-Porträt, ein gut aussehender Mann, glatt rasiert in blauer Uniform mit Mütze und Medaillen. „Ich kann mir nicht vorstellen, dass es hier im Umkreis von fünfzig Meilen einen Marine gibt, von dem ich nicht wenigstens gehört hätte."

„Es wäre möglich, dass er dieses Detail für sich behält, denn die Beziehung zwischen ihm und dem Corps war zuletzt reichlich angespannt. Jedenfalls habe ich es so gehört …"

Mit sehr viel weicherer Miene sah er ihr ins Gesicht und stellte sich vor: „Jack Sheridan. Meine Frau Mel. Dies ist

Paige", er wies mit dem Kopf auf die jüngere Frau, „und Hope McCrea, die Wichtigtuerin im Ort." Er hielt Marcie die Hand hin.

Sie ergriff sie. „Marcie Sullivan."

„Weshalb suchen Sie nach diesem Marine?", fragte Jack.

„Das ist eine lange Geschichte. Er ist der Freund meines verstorbenen Mannes. Ich bin mir sicher, dass er nicht mehr so aussieht wie auf diesem Bild. Er hat einige Verletzungen erlitten. Auf seiner linken Wange hat er eine Narbe und auf derselben Seite fehlt die Augenbraue. Wahrscheinlich trägt er nun einen Bart. Jedenfalls war das so, als er vor etwa drei oder vier Jahren zuletzt gesehen wurde."

„An Männern mit Bart mangelt es hier in der Gegend nicht", sagte Jack. „Holzfällergebiet – da kann es vorkommen, dass die Männer schon mal ein wenig verlottert aussehen."

„Aber er könnte sich auch noch anderweitig verändert haben. Beispielsweise … ist er älter geworden. Inzwischen ist er fünfunddreißig. Dieses Bild wurde aufgenommen, als er achtundzwanzig war."

„Ein Freund Ihres Mannes? Aus dem Corps?", vergewisserte sich Jack.

„Ja", bestätigte sie. „Ich möchte ihn gern finden. Verstehen Sie … Er hat sich schon seit langer Zeit nicht mehr gemeldet."

Jack schien nachzudenken, während er das Gesicht auf dem Foto musterte. Einige Sekunden lang herrschte Schweigen, dann sagte er: „Kommen Sie in die Bar. Nehmen Sie etwas zu sich, vielleicht ein Bier oder was immer Sie möchten. Erzählen Sie mir ein wenig von ihm und weshalb Sie ihn finden möchten. Was halten Sie davon?"

„Die Bar?", fragte sie und schaute sich um.

„Es ist ein Bar-Restaurant", erklärte er lächelnd. „Speisen und Getränke. Wir können etwas essen und uns dabei unterhalten."

„Oh“, sagte sie, während ihr Magen grimmig knurrte. Es war spät am Tag, ungefähr vier Uhr, und sie hatte noch nichts gegessen. Allerdings sparte sie ihr Geld für das Benzin, und sie hatte damit gerechnet, das Essen noch eine Weile länger vergessen zu können. Vielleicht würde sie sich dann etwas wirklich Billiges wie zum Beispiel ein Brot vom Vortag besorgen, um über die Runden zu kommen. Das könnte sie mit dem halben Glas Erdnussbutter essen, das sie noch im Wagen hatte …, anschließend würde sie sich ein sicheres Plätzchen suchen, wo sie parken und sich für die Nacht einmummeln könnte. „Ein Glas Wasser wäre wirklich gut. Seit Stunden fahre ich schon herum und zeige allen, die es sehen wollen, dieses Bild. Aber ich habe keinen Hunger.“

„Wasser haben wir reichlich“, versprach Jack mit einem Lächeln. Er legte ihr eine Hand auf die Schulter und begann, sie zur Veranda der Bar zu führen, blieb dann aber plötzlich stehen und zog die Augenbrauen über einem finsteren Blick zusammen. „Gehen Sie schon einmal vor“, bat er sie. „Ich bin gleich bei Ihnen.“

Marcie stieg zur Veranda hinauf und drehte sich dann um, weil sie sehen wollte, was er machte. Er konfiszierte die Leiter. Um zu verhindern, dass seine schwangere Frau noch einmal hinaufstieg. Es war ein zusammenklappbares Gestell, das als kurze oder hohe Standleiter benutzt werden konnte, und er faltete es zusammen, bis er es mit einer Hand tragen konnte. Nun war die Leiter nur noch knapp zwei Meter lang und er trug sie direkt in die Bar. Marcie hörte, wie seine Frau ihm nachrief: „Du bist ein herrschsüchtiger Quälgeist! Wann hätte ich je zu erkennen gegeben, dass ich mich von dir kommandieren lasse?“

Darauf erwiderte Jack nichts, grinste jedoch, als hätte sie ihm gerade einen Kuss zugeworfen. „Springen Sie da rauf“, forderte er Marcie auf und wies auf einen der Hocker vor der

Bar. „Bin gleich wieder da." Und er trug die Leiter durch eine Tür hinter der Theke.

Marcie holte tief Luft und dachte: Lieber Himmel …, diese Düfte hier werde ich nicht überleben! Wieder einmal ließ ihr Magen von sich hören und sie presste eine Hand darauf. Irgendwas in der Küche sandte ein köstliches Aroma aus …, etwas, das auf dem Herd köchelte, nahrhaft, heiß und dick wie eine ausgekochte Rindersuppe; frisches Brot; und dann auch noch etwas Süßes und Schokolade.

Und als der Mann namens Jack zurückkam, trug er ein Tablett, auf dem eine dampfende Schale stand. Er stellte es ihr direkt vor die Nase; Chili, Maisbrot und Honigbutter, dazu eine kleine Schüssel Salat. „Meine Güte, hm, wie schade", entschuldigte sie sich. „Wirklich, ich habe keinen Hunger …"

Er zapfte ein frisches Bier für sie, und ihr lief wirklich das Wasser im Mund zusammen. Marcie schluckte schwer. Sie besaß noch ungefähr dreißig Dollar, und die wollte sie nicht für ein ausgefallenes Essen verschwenden, nicht, solange sie jeden einzelnen Cent für Sprit brauchte, um all diese kleinen Bergdörfer abzufahren.

„Das macht nichts, dann essen Sie eben nur so viel, wie Sie möchten", meinte Jack. „Kosten Sie wenigstens einmal. Ich habe Preacher, meinem Koch, das Foto gezeigt. Aber er hat den Mann auch nicht gesehen. Wir werden noch Mike fragen. Er ist der Dorfpolizist und kennt jede Nebenstraße und alle, die sich dort aufhalten. Vielleicht hat er ja den einen oder anderen Hinweis. Die beiden sind übrigens auch Marines."

„Wo genau bin ich eigentlich?", fragte sie.

„In Virgin River. Nach der letzten Zählung – sechshundertsiebenundzwanzig Einwohner."

„Ah, dann ist es wohl auf der Karte."

„Das will ich doch hoffen. Im Vergleich zu vielen anderen kleinen Dörfern hier draußen sind wir geradezu eine lärmende

Metropole. Probieren Sie wenigstens mal“, sagte er und wies mit dem Kopf auf die Schale.

Ihre Hand zitterte leicht, als sie den Löffel aufnahm und etwas von dem besten Chili kostete, dass sie je gegessen hatte. Es zerschmolz ihr im Mund, und sie seufzte laut.

„Chili mit Wildfleisch“, erklärte er. „Vor zwei Monaten haben wir einen schönen Hirsch erlegt, und wenn das geschieht, haben wir hier monatelang ein paar der besten Chilis, Eintöpfe, Burger und Würste der Welt.“ Er klopfte auf ein großes Glas mit Dörrfleisch, das auf dem Tresen stand. „Preacher macht auch ein unglaublich gutes Wilddörrfleisch.“

Marcie traten die Tränen in die Augen, so köstlich war das Essen. Denn trotz allem, was sie Erin und Drew versprochen hatte – sie hatte weder gut gegessen noch Vorsicht walten lassen. Sie hatte mit dem Essen geknausert und im Auto übernachtet. Wenn Erin sah, wie die Jeans an ihrem dünnen Körper hing, würde die Hölle losbrechen.

„Möchten Sie mir nicht ein wenig von diesem Mann erzählen, während Sie essen?“, fragte Jack.

Ach zum Teufel, dachte Marcie. Seit Tagen hatte sie keine wirklich gute warme Mahlzeit mehr zu sich genommen, und sobald ihr das Geld komplett ausging, hatte sie gar keine andere Wahl mehr, als nach Hause zu fahren. Sie musste einfach von diesem Geld ein wenig ausgeben und die Berge halt einen Tag früher als geplant verlassen. Sie musste essen, um Himmels willen! Ohne etwas im Magen zu haben, ließ sich schwer auf Männerjagd gehen!

Rasch verschlang sie ein paar Bissen, um ihren Heißhunger zu dämpfen, und spülte sie mit einem Schluck von dem eiskalten Bier hinunter. Es war himmlisch, einfach himmlisch. „Sein Name ist Ian Buchanan. Wir kommen aus derselben Stadt, aber obwohl Chico klein ist – nur ungefähr fünfzigtausend Einwohner –, sind wir uns als Kinder oder Jugendliche nie begegnet. Ian ist acht Jahre älter als wir ... Mein Mann und ich sind zusammen aufgewachsen, waren zusammen auf der Highschool und haben sehr jung mit neunzehn geheiratet. Gleich nach der Highschool ist Bobby dann ins Marine Corps eingetreten."

„Das habe ich auch gemacht", sagte Jack. „Und ich war zwanzig Jahre dabei. Wie hieß ihr Mann?"

„Bobby Sullivan. Robert Wilson Sullivan. Besteht vielleicht die Möglichkeit ...?"

„Ich erinnere mich an keinen Bobby Sullivan oder Ian Buchanan. Haben Sie ein Foto Ihres Mannes?"

Sie griff in ihre Westentasche, zog eine Brieftasche heraus, schlug sie auf und drehte sie Jack zu. In den durchsichtigen Plastikhüllen steckten mehrere Bilder. Während sie weiter aß, schaute Jack sich die Fotos an – das Hochzeitsfoto der beiden Neunzehnjährigen, Bobbys offizielles Porträt des Marine Corps. Ein gut aussehender junger Mann, ein schöner Mann. Es gab noch zwei Schnappschüsse, die sein markantes Profil zeigten, die kräftigen Schultern und Arme, und schließlich das letzte Foto, auf dem Bobby beinahe nicht mehr wiederzuerkennen war – dünn, ausgemergelt, blass, die Augen zwar offen, aber mit unkoordiniertem Blick, saß er aufgerichtet in einem Krankenhausbett, an seiner Seite Marcie, die seinen Kopf an ihre Schulter gebettet hatte und lächelte.

Jack schaute von den Fotos auf und sah sie ernst an. Sie legte den Löffel auf den Teller und tupfte sich mit der Serviette die Lippen ab. „Er ist mit der ersten Welle in den Irak gegangen", erklärte sie. „Damals war er zweiundzwanzig. Mit dreiundzwanzig wurde er dann verwundet. Rückenmarkverletzung und Hirnschaden. So hat er mehr als drei Jahre zugebracht."

„Ach, Mädchen." Jacks kräftige Stimme klang schwach. „Das muss furchtbar schwer gewesen sein ..."

Sie blinzelte zwar ein paarmal, aber es zeigten sich keine Tränen in ihren Augen. Ja, zeitweise war es schrecklich gewesen, zeitweise hatte es ihr das Herz zerrissen, und es hatte auch Zeiten gegeben, in denen sie das Marine Corps für das gehasst hatte, was es ihr in jungen Jahren zugemutet hatte. Zu anderen Zeiten hatte sie sich neben ihn ins Bett gelegt, ihn in die Arme genommen und ihre Lippen an seine Wangen gedrückt. So hatte sie stundenlang liegen und ihren Erinnerungen nachhängen können. „Ja, manchmal", antwortete sie. „Aber wir sind zurechtgekommen. Wir haben sehr viel Unterstützung erhalten. Meine Familie und seine Familie. Ich stand damit nicht allein da." Sie schluckte. „Schmerzen hatte er anscheinend keine."

„Wann ist er gestorben?", fragte Jack.

„Das ist jetzt fast ein Jahr her, kurz vor Weihnachten. Es war ein sehr stiller Tod."

„Mein Beileid."

„Danke. Bobby hat unter Ian gedient. Ian war sein Sergeant im Corps. Fast von Anfang an waren sie gute Freunde. Ian war die Art von Anführer, der alles mit seinen Männern gemeinsam durchstand. Bobby war so glücklich, als sich herausstellte, dass Ian aus unserer Heimatstadt kam. Es war eine Freundschaft, die hätte ewig dauern sollen, auch lange noch, nachdem sie das Corps verlassen hätten."

„Ich war auch gleich von Anfang an im Irak. Schon beim ersten Mal war ich dabei. Wahrscheinlich war ich sogar zur selben Zeit dort. Falludja."

„Hmm. Da ist es passiert."

Jack schüttelte den Kopf. „Es tut mir so verdammt leid." Er schob ihr die Brieftasche wieder zu. „Suchen Sie deshalb nach Buchanan? Um es ihm zu sagen?"

„Vielleicht weiß er es längst. Ich habe ihm oft geschrieben. Postlagernd nach Fortuna. Die Briefe kamen nicht zurück, also nehme ich an, dass er sie abgeholt hat."

Neugierig runzelte Jack die Stirn.

„Ich weiß nicht, was mit Ian los ist. Nachdem Bobby verwundet wurde, lag er erst in Deutschland in einem Krankenhaus, dann in Washington, D.C., im Walter Reed. In dieser Zeit habe ich Ian geschrieben, und er hat meine Briefe beantwortet. Er hat sich nach Bobbys Zustand erkundigt und wollte wissen, wie es mir dabei geht. Ich hatte mich auf seine Briefe gefreut und konnte erkennen, was Bobby in ihm sah. Schon allein durch Bobbys Briefe hatte ich mich Ian verbunden gefühlt, und als wir nun anfingen, direkt miteinander zu korrespondieren, und ich ihn kennenlernte, hatte ich das Gefühl, er würde allmählich auch mein Freund. Ich kann es nicht erklären. Es waren nur Briefe. Und meistens ging es dabei um Bobby. Aber ich glaube, dass ich ihm nahegekommen bin …"

„Viele Soldaten fühlen sich ihren Brieffreundschaften sehr verbunden", bemerkte Jack. „Besonders wenn sie bei einem Einsatz so isoliert sind wie dort."

„Nun, es gibt keinen Hinweis darauf, dass Ian sich mir nahegefühlt hätte, umgekehrt allerdings schon. Dann kam er aus dem Irak zurück, hat uns einmal besucht und ist kurz darauf aus dem Corps ausgeschieden. Er ist weggezogen und hat sich in Chico nie wieder blicken lassen. Nach seiner Rückkehr aus dem Irak gab es wohl irgendwelchen Ärger mit dem Corps. Die Einzelheiten kenne ich nicht, aber sein Vater hatte angenommen, er wäre Berufssoldat, und dann macht er sich bei der ersten Gelegenheit, nachdem er eine wirklich harte Zeit hinter sich hatte, aus dem Staub." Sie lachte verärgert und traurig. „Nie wieder hat er angerufen oder geschrieben. Er hat sich von seiner Verlobten getrennt, sich mit seinem Vater entzweit und ist gegangen. Ungefähr ein Jahr später habe ich herausgefunden, dass er wie ein alter Einsiedler in den Wäldern lebt."

„Woher wissen Sie denn, dass er sich draußen in den Wäldern aufhält?"

„Das Büro für Veteranenangelegenheiten unterhält in Chico eine ambulante Klinik. Wegen Bobby kannte ich mich dort ziemlich gut aus. Ein paar dieser Leute wussten, dass ich mit Ian Kontakt aufnehmen wollte. Mit Sicherheit hätten sie mir das alles eigentlich gar nicht erzählen dürfen, aber Veteranen … sie helfen sich gegenseitig, so gut sie können. Es stellte sich heraus, dass Ian einmal in dieser Klinik war. Vermutlich die nächstgelegene Möglichkeit für ihn. Er hatte angegeben, dass er keine Adresse hätte, weil er in den Wäldern lebe, und der nächste größere Ort wäre Fortuna. Alle Dokumente oder was auch immer könne man ihm postlagernd dorthin schicken. Er hatte sich beim Holzfällen verletzt und musste genäht werden, bekam eine Tetanusspritze und Antibiotika. Er war also dort gewesen, genau da, wo wir waren, wo sein Vater lebte, und er hat nicht einmal angerufen, um zu sagen, dass mit ihm alles in Ordnung ist, oder sich erkundigt, wie es Bobby geht. Das passt einfach nicht zu dem Typ, den mein Mann mir beschrieben hatte. Nicht zu dem Mann, den ich selbst kennengelernt habe."

Einen Moment lang schwieg Jack, während Marcie noch ein wenig weiter aß. Sie schmierte sich Butter auf das Maisbrot und verschlang die Hälfte davon, womit sie deutlich machte, dass ihre Behauptung, nicht hungrig zu sein, eine Lüge war.

„Also habe ich angefangen, ihm Briefe nach Fortuna zu schicken, aber er hat nicht reagiert. Ich glaube, ich habe sie eher für mich selbst geschrieben als für ihn, und mir dabei vorgestellt, er würde sie lesen, aber … Ich habe ihn auch eingeladen, per R-Gespräch einmal anzurufen, doch ich habe nie etwas von ihm gehört."

„Und jetzt suchen Sie ihn?", fragte Jack schließlich.

„Ich werde ihn finden", bestätigte sie. „Ich muss einfach wissen, ob mit ihm alles in Ordnung ist. Ich habe lange darüber nachgedacht. Nach allem, was ich weiß, wäre es gut möglich, dass er mit ein paar ernsten Problemen aus dem Irak zurückgekehrt ist. Probleme, die vielleicht auf Anhieb nicht so erkennbar sind wie bei Bobby. Sollte das der Fall sein, würde ich dem Marine Corps vorwerfen, dass man ihm nicht geholfen hat."

„Nun, da haben sie recht. Wenn er Hilfe gebraucht hat, hätten sie helfen sollen. Aber gehen Sie mit dem Corps nicht zu hart ins Gericht. Es ist kompliziert ... Ein Marine wird darauf trainiert, furchtlos zu sein. Da kann man von ihm nicht erwarten, um Hilfe zu bitten. Das passt nicht zusammen."

„Trotzdem ..."

„Es wäre möglich, dass er sich das Leben ausgesucht hat, das er sich wünscht. Als ich aus dem Corps ausgeschieden bin, habe ich mich nach einem ruhigen Platz umgeschaut, wo ich jagen und angeln konnte, und habe Virgin River gefunden. Damals habe ich mich auch eine ganze Weile verkrochen."

„Haben Sie den Kontakt zu Ihrer Familie abgebrochen?", fragte sie und zog eine blonde Augenbraue hoch. „Sich geweigert, Briefe zu beantworten?"

Jack hatte nicht nur laufend den Kontakt zu seiner Familie aufrechterhalten, sondern auch zu seiner Truppe. Und er hatte es zu schätzen gewusst. „Nein. Ich verstehe schon, was Sie meinen."

„Ich werde ihn finden. Ein paar Dinge müssen einfach geklärt werden. Müssen einmal abgeschlossen werden. Verstehen Sie?"

„Hören Sie, was ist, wenn mit ihm etwas nicht stimmt?", wagte Jack sich vor. Er stützte sich mit beiden Händen auf dem Tresen ab und beugte sich ein wenig vor, um Marcie durchdringend anzuschauen. „Was, wenn er leicht durchgeknallt ist oder so? Vielleicht sogar gefährlich?"

„Dann hätte er immer noch einen Vater, der älter wird und krank ist. Zwischen den beiden ist vieles nicht geregelt. Mr. Buchanan ist ein sturer, launischer alter Kauz, aber ich wette, dass er unter dieser ganzen Kruste seinen Sohn zurückhaben will, egal, was mit ihm nicht stimmt. Ich würde es jedenfalls wollen.“ Sie machte sich über ihren Salat her.

„Das verstehe ich, aber was, wenn er für *Sie* gefährlich ist?“

Sie lachte kurz auf. „Das mag zwar möglich sein, aber das bezweifle ich. Ich war in jeder Polizeistation, sämtlichen Sheriff Departments und allen Tankstellen, Eisenwarenhandlungen und Bars in der Gegend. Nirgendwo ist er registriert, und niemand kennt ihn. Wäre er gefährlich, würde er doch vermutlich irgendwie Aufmerksamkeit auf sich gelenkt haben, meinen Sie nicht? Höchstwahrscheinlich ist er bloß ein verdrossener, gestörter, verkorkster Marine, der glaubt, auszusteigen sei besser, als sich mit seiner Last auseinanderzusetzen. Und damit läge er falsch.“

„Wollen Sie nicht lieber noch einmal darüber nachdenken?“, wandte Jack ein. „Marines, die vom Krieg völlig aus dem Lot gebracht sind, haben viele undurchschaubare Gründe, diesen Weg einzuschlagen und einfach auszusteigen. Es wäre möglich, dass er gern vergessen möchte, und alles nur schlimmer wird, wenn er Sie sieht.“

„Tja, Sie waren im Krieg, deshalb werden Sie wohl etwas davon verstehen …“

„*Aber hallo*, wie meine Frau sagen würde. Ich schleppe meinen eigenen Mist mit mir herum und hatte auch das eine oder andere Problem mit posttraumatischen Belastungsstörungen. Zum Glück habe ich große Unterstützung.“

„Er ist erst fünfunddreißig, hat also Zeit genug, noch einmal neu anzufangen, die Beziehungen mit allen Leuten zu flicken, denen er sich entfremdet hat, und über jedes Trauma hinwegzukommen, das er aus der Geschichte mit Bobby zurückbehalten hat. Sein Vater war vielleicht etwas sauer, als sie sich damals zerstritten hatten, aber der alte Mann liebt seinen Sohn noch immer. Darauf würde ich wetten.“ Sie trank einen

Schluck Bier und fügte leise hinzu: „Vielleicht würde ich mein Geld dabei verlieren, aber ich würde wetten."

„Warum versucht denn nicht sein Vater, ihn zu finden?", fragte Jack.

„Warum es niemand außer mir versucht, meinen Sie? Seine Exverlobte hasst ihn regelrecht, weil er sie abserviert hat, und sein Vater ist einundsiebzig und krank. Verwitwet, bitter, stur. Ich muss schon sagen, er ist ein kleinlicher, nachtragender alter Mann. Aber auch wenn ich daran nichts ändern kann, werde ich Bobbys besten Freund neu kennenlernen. Wir haben uns nur ein paar Monate lang geschrieben, aber ich dachte, ich würde ihn kennen. Er war liebenswert. Es mag sich jetzt dumm anhören, aber seine Handschrift war kraftvoll und schön, und das, was er geschrieben hat, freundlich und sensibel. Irgendwie fühle ich mich, als hätte ich einen Freund verloren und …" Sie lächelte Jack an. „… abgesehen davon ist niemand so hartnäckig wie ich."

„Und warum ist das so? Warum sind Sie so hartnäckig?"

Sie senkte den Blick. „Ich komme in meinem Leben nicht weiter, bis ich weiß, warum der Mann, den mein Mann am meisten geschätzt hat, den er bewundert hat, einfach so verschwindet. Warum er uns einfach so ignoriert. Warum er sich von einem Wald verschlingen lässt und überhaupt keinen Kontakt mehr zu seiner Familie hält, zu seinen Freunden. Ich möchte sicher sein, dass mit ihm alles in Ordnung ist. Dann werde ich loslassen können." Sie schaute auf. „Vielleicht können wir dann alle in unserem Leben einen Schritt weitergehen."

Jack konnte nicht anders, er musste über sie lächeln; sie wusste wirklich, was sie wollte. Er sah ihr zu, wie sie den Rest ihres Salats in den Mund stopfte. „Schokoladenkuchen?", fragte er. „Da werden Sie in die Knie gehen."

„Nein danke. Das hier war gut." Ihre Brieftasche lag noch

auf dem Tresen. Sie trank ihr Glas leer und fing dann an, die Scheine darin zu zählen. „Was bin ich Ihnen schuldig?"

„Das ist ja wohl ein Witz, oder? Sie ziehen in die Wälder, um einen meiner Brüder zu finden, und glauben, ich würde Geld von Ihnen annehmen? Zum Teufel, ich würde Ihnen meine Hilfe anbieten, aber Sie sehen ja selbst – ich kann Melinda keine Sekunde lang aus den Augen lassen. Sie macht nur Ärger. Na, es ist mir eine Freude, Ihnen eine kleine Mahlzeit bieten zu können. Wann immer Sie wollen, wirklich. Kommen Sie regelmäßig hier vorbei, schlagen Sie sich den Bauch voll und lassen Sie uns wissen, ob Sie etwas gefunden haben ... ich meine jemanden gefunden haben. Darüber würden wir uns alle freuen. Wir sind hier ein ganzer Haufen Exsoldaten aus Falludja."

„Warum gibt es hier so viele Marines?"

„Süße, Marines gibt es überall." Er grinste. „Nachdem ich die Bar eröffnet hatte, kamen viele aus meinem alten Trupp zum Jagen und Fischen hier rauf. Zwei von ihnen hatten keine besseren Alternativen und sind ganz hierhergezogen. Wirklich, wir versuchen, gegenseitig auf uns aufzupassen. Alle für einen", fügte er hinzu.

Sie klappte ihre Brieftasche zusammen und lächelte ihn an, ein warmes, dankbares Lächeln. Sie hatte gelernt, jede Hilfe anzunehmen, die ihr geboten wurde. „Dann nehme ich gern noch ein Stück von dem Kuchen", sagte sie.

„Und Kaffee?"

„Oh Gott, ja, Kaffee." Fast hätte sie aus lauter Dankbarkeit geseufzt. Ein kühles Bier, eine Tasse guten, heißen Kaffee ... zwei ihrer größten Schwächen.

„Der beste Kaffee, den Sie je trinken werden." Jack schenkte ihr eine Tasse ein, und nachdem er ihr ein großes Stück Kuchen hingestellt hatte, fragte er: „Wenn Sie ihn gefunden haben, was haben Sie dann vor?"

„Er war schrecklich gut zu Bobby … Ich möchte ihm einfach danken. Mit ihm reden. Ihn neu kennenlernen, so wie ich es damals begonnen hatte. Ich habe etwas von Bobby, das ich ihm geben muss. Ich habe vor, ihn zu fragen, was mit ihm los ist, und will sehen, ob jetzt ich etwas für ihn tun kann. Vielleicht werden wir beide glücklicher sein, wenn wir das alles einmal besprechen. Offensichtlich ist er in seinem Leben nicht weitergegangen, und ich brauche einen klareren Abschluss. Wäre es nicht großartig, wenn wir das beide finden könnten? Ach, ich weiß nicht, Jack. Freiheit? Die Freiheit, die Vergangenheit in die Vergangenheit setzen zu können?"

Jack hob die Augenbrauen. „Und wenn er nicht bereit ist zu reden?"

Sie schob sich eine Gabel voll samtigem, köstlichem Schokoladenkuchen in den Mund und kratzte die Glasur anschließend mit Lippen und Zähnen von der Gabel. Dann schloss sie die Augen, um diesen kurzen luxuriösen Augenblick zu genießen. Schließlich lächelte sie Jack Sheridan an und sagte: „Dann werde ich mich in seinen schlimmsten Albtraum verwandeln, bis er so weit ist. Ich werde nicht aufgeben."

Bevor Marcie ihren Kaffee ganz ausgetrunken hatte, betrat ein gut aussehender Mann spanischen Typs die Bar durch einen Seiteneingang. Er hielt einen Katalog in der Hand und schaute missmutig drein. „Deine Frau hat mich mit der Suche nach der perfekten Christbaumspitze beauftragt", erklärte er Jack. „Wessen Idee war das noch mal?"

„Ich glaube, es war deine", antwortete Jack. „Und beklag dich nicht bei mir. Ohne eine hydraulische Arbeitsbühne werden wir diesen Baum niemals schmücken können. Ich werde eine mieten, bevor ich zusehe, wie Mel mit Flaschenzug und Seilen versucht, an die Spitze zu kommen. Mike, darf ich dir Marcie vorstellen; Marcie, das ist Mike Valenzuela."

„Sehr erfreut." Sie reichte ihm die Hand.

Er nahm sie und sagte lächelnd: „Angenehm. *Das* war *seine* Idee. Dieser große Baum. Damit wollte er seine Frau beeindrucken. Sie hatte einen *hohen* Baum gewollt, und er hat uns einen ganzen Tag lang über die Hügel gejagt, bis er den größten Baum gefunden hatte, den wir in einem Stück schlagen konnten."

Ein wenig verlegen unterbrach Jack seinen Freund: „Marcie sucht nach einem Marine, der nach seiner Rückkehr aus dem Irak abgetaucht ist. Zeigen Sie ihm das Bild, Marcie."

Wieder zog sie es hervor und erklärte noch einmal, wie sich sein Äußeres verändert haben könnte, nachdem dieses Foto aufgenommen wurde.

„Kenne ich nicht", stellte Mike fest.

„Aber vielleicht sieht er jetzt völlig anders aus ..."

„Die Augen sagen mir nichts."

Sie seufzte schwer. „Irgendwelche Vorstellungen, wo ich suchen könnte?"

„Nun", begann Mike und kratzte sich am Kinn. „Ich habe ihn nicht gesehen, was aber nicht heißen muss, dass er nicht gesehen wurde. Da draußen in den Bergen gibt es viele Leute, die seit Jahren dort leben und nicht gerade gesellig sind. Vielleicht hat einer von denen ihn gesehen."

„Können Sie mir sagen, wo ich suchen soll?"

„Ich kann Ihnen ein paar Orientierungshilfen geben. Aber noch wichtiger – ich möchte Ihnen gern ein paar Plätze nennen, von denen Sie sich unbedingt fernhalten sollten. Da draußen gibt es ein paar Grower, also Leute, die illegal Marihuana anbauen und ein regelrecht territoriales Verhalten an den Tag legen. Wirklich unfreundlich. In manchen Fällen haben sie ihr Grundstück sogar mit Sprengfallen gesichert." Er zog eine große Serviette unter dem Tresen hervor, nahm seinen Schreiber aus der Hemdtasche und zeichnete eine Linie auf die Serviette. „Hier ist der Highway 36 ..."

Zehn Minuten später hatte er ihr eine grobe Karte mit einem halben Dutzend bewohnter Holzhäuser aufgezeichnet, in denen Leute lebten, die Ian Buchanan gesehen haben könnten. Auch hatte er drei Stellen markiert, die sie meiden sollte.

Die Holzhäuser, die Mike auf der Karte mit einem X versehen hatte, lagen alle an ehemaligen Holzabfuhrwegen, die manchmal mit einem Tor versehen waren. Sie lagen versteckt hinter Bäumen und Büschen und waren vom Highway aus unmöglich auszumachen. Größtenteils waren diese Grundstücke in den Bergen einmal besiedelt gewesen und schließlich abgeholzt worden. Und nachdem ein solches Grundstück einmal abgeholzt war, musste der Besitzer erst dreißig bis fünfzig Jahre warten, bis er erneut Holz schlagen durfte. Daraus erwuchs dann eine Fläche voller Eichen, Madronen, junger Fichten und Pinien, etwa fünfzehn bis achtzehn Meter hoch, wirklich hübsch, aber nicht reif genug, um gefällt zu werden.

„Ich bin da draußen Streife gefahren, nur um die Gegend kennenzulernen und zu wissen, wer sich dort aufhält. Ein paar alte Männer leben dort allein in den Büschen und ein paar alte Witwen. Es gibt auch das eine oder andere Mann-Frau-Gespann und sogar eine ganze fünfköpfige Familie. Aber soweit ich weiß keinen fünfunddreißigjährigen alleinstehenden Mann.“

„Vielleicht ist er nicht mehr alleinstehend.“

Mike schüttelte den Kopf. „Ich bin mir ziemlich sicher, dass sich dort niemand aus dieser Altersgruppe aufhält; keiner mit diesen Augen. Auch wenn er einen Bart hat.“

„Glauben Sie ihm“, warf Jack ein. „Er war ein echter Polizist beim LAPD, bevor er hierherkam, wo es fast keine Verbrechen gibt.“

„Nett“, meinte Marcie. „Keine Verbrechen und ein großer Weihnachtsbaum. Wenn ich Sie recht verstanden habe, hatten Sie vorher noch nie einen so großen Baum?“

Daraufhin lachten beide. „Mehr als acht Meter", bestätigte Jack. „Wir haben uns für wer weiß wie männlich gehalten, weil wir uns einen so großen ausgesucht hatten, bis wir ihn dann gefällt haben und beinahe noch einen Tieflader mieten mussten, um ihn in den Ort zu transportieren. Schließlich haben wir die Äste fest zusammengebunden und ihn hinter einem Truck hergeschleift. Und *dann* kam erst der wirklich schwierige Teil. Einen ganzen Tag haben wir gebraucht, um ihn aufzustellen."

„Zwei Tage", korrigierte Mike. „Nach dem ersten Versuch lag er wieder auf der Straße, als wir morgens aufwachten. Ein wahres Wunder, dass er nicht auf die Bar gefallen ist und das Dach zerstört hat."

Marcie lachte. „Und warum das Ganze? Wollen Sie sich vor Ihrer Frau brüsten?"

„Ne. Es war jetzt der Zeitpunkt dafür. Vor Kurzem haben wir einen Kameraden im Irak verloren, und einer der Jungs aus dem Ort – ein wirklich ganz besonderer Junge – hat sich dem Corps angeschlossen. Wir dachten, es wäre gut, ein Symbol zu errichten, ein Monument für die Männer und Frauen, die dienen. Nächstes Jahr werden wir wohl lieber einen etwas kleineren Baum aussuchen, denke ich. Das ist billiger und besser für die Nerven. Aber ich will nach Eureka fahren und schauen, dass ich eine hydraulische Arbeitsbühne anmiete und die Sache zu Ende bringe. Melinda und die anderen Frauen haben eine Menge Arbeit investiert, um einen perfekten Baum daraus zu machen."

„Ein schöner, ein fantastischer Baum", sagte Marcie, die ein wenig melancholisch wurde. Sie wollte Ian unbedingt noch vor Weihnachten finden. Aus irgendeinem Grund schien das äußerst wichtig zu sein.

Als sie aufbrach, dämmerte es bereits, und die Bar füllte sich allmählich mit Ortsansässigen. Es war schon zu dunkel, um sich noch in die tiefen Wälder vorzuwagen und ein paar der Holzhäuser zu überprüfen, von denen Mike erzählt hatte. Für sie wurde es Zeit, sich einen Platz zu suchen, wo sie über Nacht parken konnte, irgendwo sicher und nicht zu weit von einer Tankstelle entfernt, in der sie ihr morgendliches Ritual durchführen konnte – zur Toilette gehen, das Gesicht waschen, die Zähne putzen. Morgen früh würde sie sich dann wieder auf ihre Suche begeben, auch wenn sie nicht sonderlich optimistisch war, ihren Mann zu finden. So oft war sie enttäuscht worden. An diesem Punkt ihrer Suche bedeutete allein die Möglichkeit, eine Liste abhaken zu können, schon so viel wie auf eine Goldader gestoßen zu sein.

Bevor sie aber zu ihrem Wagen ging, begab sie sich noch einmal zu dem Baum, der bis in eine Höhe von ungefähr vier Metern teilweise geschmückt war. Sie trat nahe heran und schaute sich einige der Ornamente an. Zwischen roten, weißen und blauen Kugeln und Goldsternen hingen Bänder – Bänder, die an Uniformen getragen wurden – von verschiedenen Marine- und anderen Militäreinheiten. Ehrfürchtig berührte sie eins davon. 1. Bataillon, 8. Marineregiment; 2. Bataillon, 10. Marineregiment; 1. Spezialeinsatzbataillon. Alle steckten in Plastikhüllen, um sie vor den Elementen zu schützen. Luftlandedivision, Scharfschützenkommando, 41. Infanteriebataillon. Es schnürte ihr die Kehle zu und vor ihren Augen verschwamm alles.

Genau das war der Grund, weshalb sie so entschlossen war, Ian Buchanan zu finden. Diese Männer vergaßen nicht, sie gingen nicht einfach davon. Es musste gewichtige Gründe dafür geben, dass er seine Brüder aus dem Militär, sein Corps, seine Familie, seine Stadt verlassen hatte. Man rettet nicht das Leben eines Kameraden und ignoriert ihn dann. Ian Buchanan war sowohl mit dem *Bronze Star* wie auch dem *Purple Heart* ausgezeichnet worden, weil er Bobby durchs Schützenfeuer zu einem medizinischen Transportfahrzeug getragen hatte. Dabei hatte er sich selbst zwei Kugeln eingefangen und war dennoch weitergegangen. Er war kein Mann, der leicht aufgab. Warum also jetzt? Warum gab er jetzt auf?

# 2. Kapitel

Die dreißig Dollar, die Marcie besaß – 28,87 Dollar, um genau zu sein –, hielten weitere sechsunddreißig Stunden vor. Davon waren fünfundzwanzig in den Benzintank gewandert. Das Benzin konnte sie sich kaum leisten, auch wenn der Verbrauch ihres kleinen grünen Käfers minimal war. Drei Dollar hatte sie für ein Brot und zwei Äpfel ausgegeben, und sie hatte ihre Erdnussbutter aufgegessen. Anschließend begab sie sich wieder in die kleine Bar in Virgin River und fragte, ob sie das Telefon benutzen könnte, um ihre Schwester anzurufen. Ihre Telefonkarten waren beinahe alle verbraucht, denn es war nicht vorgesehen gewesen, dass sie so lange unterwegs war. Aber auf einer war doch noch ein wenig Zeit übrig. Erin, sieben Jahre älter als Marcie, hatte vor langer Zeit die Familienleitung übernommen und wurde zunehmend nervöser, weil Marcie so lange unterwegs war.

Der Koch, den alle Preacher nannten, ließ sie in die Küche.

Marcie rief Erin an, und auch wenn sich ihr der Magen dabei verkrampfte, bat sie um Geld. „Sieh es als ein Darlehen an", sagte sie und log, als sie behauptete, jetzt ganz nahe am Ziel zu sein und dass Ian gesehen worden war.

„Wir hatten eine Vereinbarung, Marcie", entgegnete Erin. „Du hattest versprochen, nur zwei Wochen wegzubleiben, und das ist jetzt bereits einen Monat her. Nicht einmal zu Thanksgiving bist du nach Hause gekommen."

„Ich konnte nicht. Das hatte ich dir doch erklärt. Ich hatte diesen Tipp …"

„Es ist jetzt an der Zeit, dass du nach Hause kommst und

einmal daran denkst, dass es auch noch andere Wege gibt, ihn zu finden."

„Nein. Ich höre nicht damit auf. Ich gebe nicht auf", erwiderte Marcie entschieden.

„In Ordnung, aber komm zurück nach Chico, und wir werden es auf meine Weise versuchen. Wir werden einen Profi engagieren, der ihn für dich finden wird. Dann kannst du von da aus weitermachen. Wirklich, der einzige Weg, dich nach Hause zu bringen und dafür zu sorgen, dass du diesen Wahnsinn aufgibst, ist Nein zu sagen. Kein Geld, Marcie, in deinem eigenen Interesse. Das einzige Geld, das ich dir zukommen lasse, ist das Geld für die Heimreise. Komm jetzt nach Hause. *Auf der Stelle.* Ich sterbe noch vor Angst."

„Nein. Ich bin noch nicht so weit!"

Anschließend rief Marcie ihren jüngeren Bruder Drew an, der das, was sie machte, zwar auch nicht unbedingt mehr befürwortete als Erin, aber einfacher im Umgang war. Er sagte: „Marcie, ich kann nicht. Erin hat recht, das dauert schon viel zu lange. Du musst jetzt damit aufhören. Komm schon, ich mag überhaupt nicht daran denken, was du da tust. Mutterseelenallein suchst du nach einem verdammten Verrückten!"

„Bitte", flehte sie. „Wir wissen doch gar nicht, ob er verrückt ist. Er könnte völlig normal sein. Oder vielleicht auch nur traurig. Bitte, nur noch ein paar Tage. Bitte. Ich bin so nahe an ihm dran."

Geschlagen stieß Drew die Luft aus. „Ich werde dir hundert Dollar schicken, dann kommst du aber zurück, hast du das verstanden? Und wage es nicht, Erin zu sagen, dass ich das getan habe."

„Kein Wort werde ich darüber verlieren", versprach sie, wischte sich die Wangen ab und lächelte ins Telefon. „Danke, Drew. Ich liebe dich so sehr."

„Ja, also ich fürchte, dass ich dir nicht wirklich zeige, wie sehr ich mich um dich sorge, wenn ich das hier tue."

„Mach dir keine Sorgen, Drew", beruhigte sie ihn schniefend. „Überweise es einfach auf mein Konto, ja? Ich fahre dann nach Fortuna und hole es in der dortigen Zweigstelle ab. Bis ich dort bin, dauert es keine Stunde … Allerdings fahre ich auf dem letzten Tropfen Benzin. Gott sei Dank kann ich den Wagen den größten Teil der Strecke bergab rollen lassen."

„Wo hat man ihn denn gesehen?", fragte Drew.

„Hm … Man hat ihn … ähm … draußen in einer Hütte gesehen, ein ganzes Stück vom Highway entfernt. Ich werde später hinfahren und nachschauen, ob er es wirklich ist", sagte sie, wobei ihr das Blut in die Wangen schoss. Sie verabschiedete sich und legte auf. Dann fächelte sie sich mit der Hand etwas frische Luft zu und stieß stöhnend die Luft aus. „Puh!" Als sie aufschaute, begegnete sie dem scharfen Blick des Kochs. Sie schrak regelrecht zusammen.

„Er ist doch nicht gesehen worden", fragte Preacher, wobei er die dicken, dunklen Augenbrauen zusammenzog, „oder doch?"

„Nun, vielleicht schon. Genau das will ich ja herausfinden."

„Manchmal will ein Mann einfach mal eine Weile in Ruhe gelassen werden. Haben Sie daran schon mal gedacht?", fuhr Preacher fort, und während er redete, zog er aus einer Schublade eine Plastiktasche, drehte sich um, entnahm dem Kühlschrank etwas, das aussah wie ein eingepacktes Sandwich, und legte es hinein. Ein zweites folgte.

„Das dauert jetzt schon länger als eine Weile", erwiderte sie. „Aber ich werde ihm gewiss eine Chance geben, es mir zu sagen, falls es so sein sollte. Und wenn es so ist, werde ich die Gelegenheit haben, ihm für die Freundschaft mit meinem Mann zu danken, anschließend nach Chico zurückfahren und seinem Vater und allen, die es wissen wollen, sagen, dass er einfach ein Mann ist, der in Ruhe gelassen werden will. Aber kommt Ihnen daran nicht doch etwas sehr merkwürdig vor? Dass er jetzt seit Jahren nichts von sich hören lässt?"

Preacher holte eine große Schüssel aus dem Kühlschrank, hob den Deckel ab und schaufelte Kartoffelsalat in einen kleineren Plastikbehälter, den er anschließend verschloss. „Dann wollen Sie also wirklich an der Sache dranbleiben?"

Sie wollte nicht einräumen, dass sie aus einem nicht nachvollziehbaren Grund von Ian Buchanans Verschwinden geradezu besessen war. Zwei Dutzend Briefe hatte sie ihm geschrieben, die anfangs für ihn gedacht waren. Zu seiner Information und Beruhigung. Sie hatte ihm von Bobby berichtet und was sonst in ihrer Familie, in ihrem Leben geschah. Nach und nach hatte sie immer mehr für sich selbst geschrieben … so etwas wie ein Tagebuch. Sie wusste nicht genau, warum, aber Ian beschäftigte sie seit langer Zeit. Also zuckte sie mit den Schultern und antwortete: „Ein paar von uns wollen es einfach wissen. Ich zum Beispiel. Ich will es wissen." Leise fügte sie hinzu: „Ich muss es wissen."

Preacher schob nun auch den Plastikbehälter zusammen mit einem Löffel in die Tasche. Dann zog er ein riesiges Glas Gurken heraus, suchte drei große heraus und packte sie in einen Gefrierbeutel, den er sorgfältig verschloss. „Dann werden Sie vermutlich nicht so leicht aufgeben."

„Wohl kaum."

Er hielt ihr die Tüte hin. „Heben Sie den Kartoffelsalat nicht zu lange auf, und lassen Sie ihn nicht warm werden. Draußen ist es kalt genug, sodass er den ganzen Tag lang halten wird, wenn Sie ihn in den Kofferraum stellen und nicht ins warme Auto. Denken Sie daran – alter, warmer Kartoffelsalat hat einen ganz schlechten Ruf."

„Was ist das?"

„Der Wagen kann rollen", erklärte Preacher, wobei er eine

Augenbraue bedrohlich nach oben zog. „Sie hingegen können auf dem letzten Tropfen nur eine gewisse Zeit durchhalten, bevor sie zusammenklappen."

Mit offenem Mund starrte sie ihn verblüfft an, während sie sich fragte, ob er das tat, weil ihm aufgefallen war, wie ihr die einstmals eng sitzende Jeans am Hintern schlackerte. „Das ist nett von Ihnen", brachte sie schließlich heraus. „Ich werde … äh … den Löffel zurückbringen."

„Wenn Sie vorbeischauen, fein. Wenn nicht – Löffel haben wir reichlich."

Sie bedankte sich und nahm die Tasche.

„Viel Glück. Ich hoffe, es läuft so, wie Sie es sich wünschen."

„Ich auch", sagte sie mit einem schüchternen Lächeln.

Mehrere Stunden später, irgendwann am Nachmittag, fuhr sie über ihren fünften oder sechsten unmarkierten Waldweg, aber nun war sie hundert Dollar reicher. Besser gesagt, achtzig Dollar reicher, denn ihr Volkswagen rülpste zufrieden nach einer guten, gesunden halben Tankfüllung. Sie selbst hatte jeweils ein halbes Schinken- und Käsesandwich zu sich genommen, eine Gurke und etwas von dem besten Kartoffelsalat, den sie je gegessen hatte. Der Kerl ist ein wahres Genie, was gekochte Kartoffeln angeht, dachte sie.

Alle Wege führten sie tief in den Wald hinein, und die meisten waren in einem gotterbärmlichen Zustand. Ihr kleiner Käfer hüpfte und kämpfte, hielt aber durch wie die kleine Heldin, die sie selbst war. Marcie wünschte, sie hätte die Möglichkeit gehabt, sich einen Jeep oder ein anderes Allradfahrzeug zu besorgen. Wenn sie mehr Zeit gehabt hätte, bevor sie sich auf diese Suche begeben hatte, wäre es vielleicht möglich gewesen, genug für eine Anzahlung zu sparen, aber so lange hatte sie nicht warten können. Das Wenige, das sie zu genau diesem Zweck beiseitegelegt hatte, hatte sie genommen und einfach ihre Route geplant. Und auch wenn sie Erin und Drew erzählt hatte, dass sie nur zwei Wochen unterwegs sein würde – sie hatte sich bis zum Ende des Jahres unbezahlten Urlaub von der Arbeit genommen. Seit Bobby vor fünf Jahren in den Irak gegangen war, hatte sie bei dieser Versicherungsgesellschaft gearbeitet, und ihr Boss hatte Verständnis.

Von Anfang an war Erin absolut gegen diesen verrückten Einfall gewesen, Ian finden zu müssen. Erst nach monatelangen Auseinandersetzungen war es Marcie schließlich gelungen, sie davon zu überzeugen, dass sie mit dieser Suche auch ein Ziel für sich selbst verfolgte. Dann waren Erin hundert andere, bessere Ideen eingefallen, um die sie sich gern auch selbst kümmern wollte – eine Vermisstensuche, ein Privatdetektiv, alles, wenn nur Marcie nicht allein nach ihm suchen würde. Aber etwas trieb Marcie an, Ian sehen zu wollen, ihn kennenzulernen, mit ihm zu reden, die Verbindung wiederherzustellen, von der sie glaubte, dass sie einmal bestanden hatte.

Auch Bobbys Familie hielt nicht viel von dieser Idee, wobei damit kein böser Wille Ian gegenüber verbunden war. Sie wussten kaum etwas über ihn. In seinen Briefen an Marcie hatte Bobby die ganze Zeit von ihm gesprochen, aber in den kurzen Briefen an seine Familie hatte er Ian nur ein paarmal erwähnt. Die Sullivans nahmen an, dass die Verbindung zwischen den beiden wohl nicht so eng gewesen war, wie Bobby geglaubt hatte, da Ian sich nicht sehen ließ, als Bobby im Pflegeheim war. Dann war da auch noch Ians Vater, einer der unangenehmsten und negativsten alten Männer, denen Marcie je begegnet war. Er hatte ihr gesagt, dass sie nur ihre Zeit verschwende; dass er kein Interesse daran hätte, seinen einzigen Sohn zu finden. „Ohne ein Wort ist er fortgegangen, und er hat sich nie mit mir in Verbindung gesetzt. Das reicht mir als Botschaft."

Mit viel Ausdauer hatte Marcie in Erfahrung gebracht, dass der alte Buchanan in den letzten Jahren gesundheitlich nicht auf der Höhe war. Er hatte einen leichten Schlaganfall erlitten, erhielt Medikamente gegen seinen hohen Blutdruck, hatte Prostatakrebs, Parkinson und, wie sie vermutete, erste Anzeichen von Demenz.

„Vermissen Sie ihn denn gar nicht?", hatte sie ihn gefragt. „Denken Sie nicht darüber nach, was aus ihm geworden ist?"

„Im Leben nicht! Er ist derjenige, der weggelaufen ist und die Brücken hinter sich abgebrochen hat."

Aber während er das sagte, glänzte es feucht in den Falten unter seinen alten Augen, und sie dachte: Mehr als das kann er nicht geben, aber seinen Sohn würde er liebend gern noch einmal sehen. Oder zumindest doch wissen wollen, dass mit ihm alles in Ordnung ist.

Ians frühere Verlobte, Shelly, war immer noch wütend über die Art, wie er sie verlassen hatte, auch wenn sie vor drei Jahren einen anderen Mann geheiratet hatte und nun mit ihrem ersten Baby schwanger war. Für den Mann, der durchs Schützenfeuer gelaufen war und Verletzungen davongetragen hatte, um einen Kameraden zu retten, hatte sie kein freundliches oder mitfühlendes Wort übrig. Fast schon hasste sie Ian dafür, wie er sie abserviert und sich aus dem Staub gemacht hatte. Marcie fragte sich, wieso Ians offensichtliche Probleme bei Shelly immer noch diesen Hass schürten, wenn sie in ihrem jetzigen Leben doch glücklich war. Sah Shelly nicht, wie der Krieg sein Denken verändert hatte? Dass seine Erlebnisse der Grund für seine emotionale Verwirrung waren? Nachdem sie selbst so lange Zeit mit einem Mann verbracht hatte, dessen Lebenszeit begrenzt war – ein hoffnungsloser Invalide, der sie nicht einmal anlächeln konnte –, schien es für sie eine Kleinigkeit zu sein, einem Mann mit vielen traumatischen Erlebnissen ein wenig Geduld und Verständnis entgegenzubringen.

Aber dann hatte Marcie sich daran erinnert, dass sie das Ausmaß der Belastungen anderer nicht kannte, nur ihre eigenen. Sie wollte niemanden verurteilten. Sie fühlte sich weder klug noch stark genug, um sich ein Urteil anzumaßen.

Für Marcie war es mehr als wichtig, Ian ins Gesicht zu sehen und ihn fragen zu können, wie er das Leben ihres großartigen jungen Mannes hatte retten können, um danach nie wieder auf ihre Briefe zu antworten.

Möglich, dass Ian nicht in der Lage wäre, ihr die Antworten zu geben, die sie brauchte, um einen Abschluss zu finden. Dennoch fände sie es sinnvoll, sich einmal auszusprechen.

Während sie auf ein kleines, grob gezimmertes Haus zufuhr, sah sie, wie ein Mann um die Ecke bog, die Arme voller Feuerholz. Er war glatt rasiert, ging aber gebeugt, die Beine krumm vom Alter, und er hatte keine Haare auf dem Kopf. Als er sie entdeckte, blieb er stehen. Sie stieg aus dem Wagen und ging auf ihn zu. „Schönen Tag, Sir."

Er legte das Holz ab, und sein mürrischer Gesichtsausdruck ließ erkennen, dass sie ihm suspekt war.

„Ich frage mich, ob Sie mir vielleicht helfen können. Ich suche jemanden." Wieder einmal zog sie das Foto hervor. „Das Bild wurde vor sieben Jahren aufgenommen, also wird er jetzt älter aussehen. Außerdem trägt er vermutlich einen Bart. Er soll hier irgendwo in den Bergen leben. Ich versuche, ihn zu finden. Fünfunddreißig Jahre alt, ein großer Mann … ich glaube, gut über eins achtzig."

Der Mann nahm das Foto in seine krummen arthritischen Finger. „Ein Verwandter?", fragte er.

„Mehr oder weniger. Er und mein Mann waren gute Freunde bei den Marines. Ich muss ihm sagen, dass mein Mann gestorben ist."

„Kenn ich nicht. Kenn auch sonst keinen, der so aussieht wie der."

„Aber was, wenn er jetzt ein bisschen verlottert aussehen würde?“, wandte sie ein. „Ich meine, älter, vielleicht hat er Gewicht zugelegt, einen Bart, eine Glatze, vielleicht ist er auch total abgemagert?“

„Baut der vielleicht Gras an?“, fragte der Mann und gab ihr das Bild zurück.

„Keine Ahnung“, antwortete sie.

„Alle in dem Alter, die ich hier in der Gegend kenne, bauen Pot an. Und auch wenn der zur Familie gehört, Sie sollten vielleicht lieber einen weiten Bogen um ihn machen. Mit diesen Growern gibt es manchmal Scherereien.“

„Davon habe ich gehört, ja. Trotzdem … kennen Sie jemanden, der es sein könnte und den ich mir mal anschauen sollte? Nur um ihn abzuhaken? Ich werde auch bestimmt vorsichtig sein.“

„Da oben auf dem Bergkamm lebt ein Typ. Ist ziemlich schwer zu finden. Könnte zwanzig sein, könnte fünfzig sein, aber der hat ’nen Bart und ist ziemlich groß. Sie müssen wieder zurück, wo sie hergekommen sind, dann eine Meile oder so den 36 runter und dann wieder rauf. Ist ’n Waldweg, aber ungefähr halb den Berg rauf kommt ein Eisentor. Das war noch nie abgeschlossen, weil von der Hauptstraße aus kann man das Tor nicht sehen, schon gar nicht das Haus. Weiß ich auch nur, weil ein Kerl, den ich mal kannte, da in einem Zimmer gewohnt hat. Aber ’n schönes großes Zimmer war das. Ist jetzt mindestens schon zwei Jahre tot. Der Kerl, der jetzt da wohnt, war bei ihm, als es zu Ende ging.“

„Woran erkenne ich den richtigen Weg?“

Er zuckte mit den Schultern. „Keine Markierungen. Der Weg ist gerade. Nach ungefähr ’ner halben Meile kommen Sie entweder an ein Tor, oder Sie drehen um und versuchen es mit dem nächsten.“

„Möchten Sie nicht vielleicht mitkommen? Mir zeigen, wo es ist? Und ich fahre Sie hinterher zurück?“

„Nee." Er schüttelte den Kopf. „Mit dem will ich nix zu tun ha'm. Der is' komisch. Spricht mit sich selbst, pfeift und singt, bevor die Sonne aufgeht. Und meint, er wär 'n Bär."

„Wie?"

„Hab' ihn brüllen hören wie ein Tier, wo ich mal draußen in der Nähe von seinem Gelände war. Wahrscheinlich wär's besser, wenn Sie den einfach in Ruhe lassen."

„Alles klar!" Sie steckte ihr Bild wieder ein. „Danke."

Und schon war sie auf dem Weg, einmal mehr ermutigt wegen eines Durchgeknallten, auf den die Beschreibung beinahe zutraf. Es war kaum das erste Mal. Ihre Suche hatte sie zu den Außenposten des Veteranenvereins geführt, den Obdachlosenasylen in Eureka, in Krankenhäuser, die Gospel Mission. Sie war Landstreichern durch Gassen und über Landstraßen gefolgt, war um Wälder geschlichen, hatte sich mit Ranchhelfern und Holzarbeitern getroffen. Aber nie war es Ian; und niemand hatte von Ian Buchanan gehört. Sie würde ihm nur in die Augen schauen müssen, um ihn zu erkennen.

Seine Augen würde sie *niemals* vergessen. Braune Augen, die gleiche Farbe wie sein Haar, nur mit ganz vielen bernsteinfarbenen Flecken darin. Sie hatte sie sanft schauen sehen, beinahe ehrfürchtig; und dann glühend vor Zorn. Das alles binnen fünfzehn Minuten. Es war das erste und einzige Mal, dass er gekommen war, um Bobby zu besuchen. Ian hatte Urlaub, und Marcie hatte Bobby nach Chico geholt, um sich zu Hause um ihn zu kümmern, während sie auf eine Einrichtung warteten, die ihn aufnehmen konnte. Sie hatte beobachtet, wie Ian mit seiner großen Hand Bobby über Stirn und Kopf strich, wobei er murmelte: „Ach, Kumpel … Ach, Kumpel …" Natürlich hatte Bobby nicht geantwortet; seit seiner Verwundung hatte er auf nichts mehr reagiert. Und nachdem dies eine Weile so gegangen war, hatte Ian seine geradezu wilden Augen auf sie gerichtet, und das Gold darin hatte geblitzt. „Ich hätte nicht zulassen dürfen, dass euch das geschieht. Es ist *falsch*; das alles ist *ein Fehler*."

Ians Besuch hatte fünf Monate nach Bobbys Verwundung in Falludja stattgefunden und keine halbe Stunde gedauert. Marcie hatte immer gedacht, er würde zurückkommen, aber das war nicht passiert. Seitdem hatte sie ihn nie wieder gesehen.

Wenn er ihre Briefe gelesen hatte, wusste er, dass sie Bobby kurz nach seinem einmaligen Besuch in ein Pflegeheim gebracht hatten. Einige Zeit später hatte sie das Gefühl, dass Bobby sie irgendwie erkannte. Es kam vor, dass er seinen Kopf drehte und sie anzuschauen schien, den Kopf sogar näher heranbewegte, so, als wolle er an ihr schnuppern. Dann schloss er die Augen, als wüsste er, dass sie bei ihm war, als könnte er sie riechen und fühlen. Vielleicht war sie die Einzige, die so dachte, aber sie glaubte daran, dass er irgendwo in diesem völlig gelähmten Körper doch noch ein wenig lebte und wusste, dass er bei seiner Frau war, bei seiner Familie, wusste, dass er geliebt wurde. Ob das zum Überleben reichte, wusste sie nicht. Seine Familie wollte, dass die Ernährungssonde entfernt würde, damit er sterben könnte, aber Marcie konnte sich nicht dazu durchringen. Letztendlich zog sie ihren Frieden daraus, dass es nicht ihre Entscheidung war, sie in der Sache nicht das Sagen hatte. Ihre Aufgabe war es, bei ihm zu bleiben, alles zu tun, um ihn zu trösten, ihn zu lieben und sicherzustellen, dass er alles hatte, was er brauchte. Sie war kein wirklich religiöser Mensch und ging selten einmal in die Kirche. Sie betete, wenn sie Angst hatte oder in Schwierigkeiten steckte, und vergaß es, sobald alles glattlief. Aber unter dieser Oberfläche glaubte sie daran, dass Gott Bobby heimholen würde, wenn seine Zeit gekommen war. Was sein würde, würde sein.

Und was war, war gewesen.

Am Ende war es der vierte kleine Waldweg, bei dem sie schließlich auf ein Tor stieß. Sie atmete erleichtert auf, denn ihr kleiner Käfer schüttelte sie durch und verbrannte Öl, während er sich über Bodenwellen und steile Hänge abmühte. Das Tor war nicht abgeschlossen, und sie fuhr gleich weiter durch, während sie darum betete, dass es nicht mehr weit wäre. Und wer wusste schon, wie weit es tatsächlich war? Sie fuhr bloß zehn Meilen die Stunde. Als sie schließlich an einen Punkt gelangte, von wo aus sie ein kleines Haus erkennen konnte, vor dem ein Pick-up im Freien parkte, war es bereits später Nachmittag. In dieser Jahreszeit würde es nicht mehr lange dauern, bis es dunkel war.

Marcie war so müde, dass sie nicht einmal daran dachte, was sie tun würde, wenn er es dieses Mal wirklich war. So viele Male war es nicht Ian gewesen. Sie fuhr direkt vors Haus und drückte auf die Hupe, um sich bemerkbar zu machen. In den Bergen hatten die Leute keine Türklingeln. Sie konnten im Haus sein oder draußen im Garten, im Wald oder irgendwo unten am Bach. Besucher machten sich hier bemerkbar, indem sie brüllten, einen Schuss abgaben oder die Hupe ertönen ließen. Der arme kleine VW allerdings konnte gar nicht dröhnen, es war nur ein klägliches Piepen, das er stattdessen von sich gab.

Sie stieg aus und sah sich um. Das Haus, eher eine Holzhütte, musste mehr als fünfzig Jahre alt sein. Es schien, als wäre es vor langer, langer Zeit vielleicht einmal orangefarben gestrichen gewesen. Das Grundstück war frei von Bäumen, und neben dem Haus war unter einer Abdeckplane ein großer Vorrat an Feuerholz gestapelt. Aber es gab kein Gehege, keine Nutztiere, keine Scheune. Auch fehlte eine Veranda vor dem Haus. Die Fenster waren schmal und hoch. Sie sah einen kleinen Kamin, ein Klohäuschen und einen Vorratsschuppen, vielleicht zwei mal drei Meter groß. Wie kann ein Mensch nur so hier draußen leben, dachte sie, weit entfernt von allen anderen Menschen und allen Bequemlichkeiten?

Sie gab dem Mann, der hier wohnte, eine Minute Zeit, um sich zu zeigen. Erst dann würde sie zur Haustür gehen. Eigentlich müsste sie ganz aufgeregt und hoffnungsvoll sein. Aber zum Teufel, sie hatte Erin und Drew belogen – niemand hatte Ian zu Gesicht bekommen, und sie hatte mit Dutzenden, wenn nicht Hunderten von Leuten gesprochen, in den Orten, auf dem Land, in den Bergen. Sie war einfach nur noch müde und bereit, den Rest ihres Sandwiches zu essen, dazu noch etwas Kartoffelsalat, die Toilette einer Tankstelle aufzusuchen und einen Platz zu finden, wo sie über Nacht stehen bleiben konnte.

Dann tauchte ein Mann mit einer Axt in der Hand hinter der Ecke des Hauses auf. Er war beängstigend groß, hatte sehr breite Schultern und einen buschigen Bart. Er trug eine schmutzige hellbraune Jacke, die an Saum und Ärmeln ausgefranst war; ein Stück des karierten Innenfutters war abgerissen und hing heraus. Seine Stiefel hatten hart gearbeitet, die Hose war an den Knien geflickt. Auf den ersten Blick dachte sie, Mist, das ist nicht Ian. Der Bart hatte einen rötlichen Schimmer, während sein Haar braun war. Er trug es lang und zu einem Pferdeschwanz zusammengebunden. Auch hatte er beide Augenbrauen, also konnte er es nicht sein. „Hi", sagte sie. „Sorry, ich wollte Sie nicht belästigen, aber …"

Mit finsterer Miene kam er ein paar große Schritte auf sie zu. „Was zum Teufel willst du hier?"

Sie schaute nach oben in diese Augen, in denen das Bernsteingold auflebte, aufflammte und glühte. Lieber Himmel, er *war* es.

Völlig verblüfft trat sie einen Schritt auf ihn zu. „Ian?"

„Ich habe gefragt, was zum Teufel du hier willst?"

„Ich habe … Ich wollte … Ich suche nach dir. Ich bin …"

„Ich weiß, wer du bist! Jetzt hast du mich gefunden, also kannst du wieder gehen."

„Warte! Jetzt, wo ich dich gefunden habe, sollten wir miteinander reden.“

„Ich will nicht reden!“

„Aber warte doch … ich will dir von Bobby erzählen. Er ist von uns gegangen. Er ist gestorben. Vor nun fast einem Jahr. Ich hatte es dir geschrieben!“

Er kniff die Augen fest zusammen und blieb einen langen Augenblick absolut regungslos stehen, wobei er die Arme mit geballten Fäusten steif an den Seiten hielt. Schmerz. Es war Schmerz und Trauer, was sie sah.

„Ich habe dir geschrieben …“

„Okay“, sagte er etwas weicher. „Die Botschaft ist angekommen.“

„Aber Ian …“

„Geh nach Hause“, forderte er sie auf. „Lebe dein Leben weiter.“ Dann drehte er sich um, ging in die kleine Hütte und schlug die Tür hinter sich zu.

Einen Augenblick lang starrte Marcie einfach nur die Hütte an, die verschlossene Tür. Dann sah sie zum Gebirgskamm hoch und stellte fest, dass die Sonne dahinter versank. Sie warf einen Blick auf die Uhr. Es war erst fünf und sie stand oben auf einem Hügel, wo die sinkende Sonne ihnen an diesem Dezembernachmittag ein wenig mehr an Tageslicht spendete. Unten am Berg würden die hohen Bäume sie bereits jetzt, während des Sonnenuntergangs, in fast totale Finsternis tauchen.

Sie war keineswegs sonderlich begeistert davon, nach Einbruch der Dunkelheit noch unerledigte Dinge mit ihm regeln zu müssen, aber nach allem, was sie hinter sich hatte, würde sie ihn jetzt nicht davonkommen lassen. Also holte sie ein paarmal tief Luft, erinnerte sich daran, dass er vermutlich nur gestört und nicht verrückt war, und stapfte aufs Haus zu. Sie pochte an die Tür, trat dann aber sicherheitshalber ein paar Schritte zurück.

Mit einem Ruck riss er die Tür auf und starrte sie finster an. „Was willst du?"

„Hey! Warum bist du so wütend auf mich? Ich will nur mit dir reden."

„Ich will nicht reden", erwiderte er und wollte die Tür wieder zuschieben.

Mit unfassbarer Courage stellte sie ihm den bestiefelten Fuß in den Weg. „Dann kannst du ja vielleicht *zuhören.*"

„Nein!", gab er erbost zurück.

„Du wirst mir keine Angst einjagen!", sagte sie.

Daraufhin fing er an zu brüllen wie ein wildes Tier. Er bleckte die Zähne, seine Augen leuchteten, als loderten goldene Flammen darin, und der Ton, den er ausstieß, war nicht von dieser Welt.

Sie sprang zurück, die Augen groß wie Radkappen. „Okay", sagte sie und hob abwehrend die Hände. „Vielleicht kannst du mir doch Angst einjagen. Ein bisschen."

Seine Augen verengten sich zu wütenden Schlitzen, und er schlug die Tür wieder zu.

Vor der geschlossenen Tür schrie sie ihm nach: „Aber verdammt, ich bin von viel zu weit hergekommen und habe viel zu viele Schwierigkeiten hinter mir, um lange Angst zu haben!" Mit voller Wucht trat sie gegen die Tür, schrie dann auf und hüpfte herum, weil sie sich wehgetan hatte.

Offensichtlich hatte das keinerlei Wirkung auf ihn. Einen Moment lang blieb Marcie stehen und starrte auf die verschlossene Tür. Sie brauchte eine Sekunde, um zu überlegen, was sie nun tun sollte. Den Schwanz einziehen und weglaufen kam für sie nicht infrage. Nur weil er brüllte, dieser riesige Rüpel … Andererseits wollte sie ihm auch nicht gleich wieder gegenübertreten. Offensichtlich brauchte er ein wenig Zeit, um sich zu beruhigen … und um zu merken, dass sie nicht aufgeben würde. Daher beschloss sie, dass Abwarten das Beste war, was sie tun konnte. Und etwas essen.

Also ging sie zu ihrem kleinen Käfer und holte den Rest von Preachers Lunchpaket aus ihrem mobilen Kühlschrank, dem Kofferraum. Damit setzte sie sich auf den Rücksitz, schob die Vordersitze so weit wie möglich nach vorne und breitete ihren Schlafsack aus, um sich daraufzusetzen. Es war wie ein kleines Nest; sie machte es sich gemütlich. Und während sie langsam die Tasche aufmachte und die zweite Hälfte ihres Sandwiches herausnahm, dachte sie an seinen finsteren Blick und dieses Brüllen.

Nun gut, dachte sie, so sollte es also *nicht* laufen. Wenn sie sich ausgemalt hatte, wie es sein würde, Ian zu finden, hatte es immer viele Möglichkeiten gegeben. Er konnte sich darüber freuen, sie zu sehen, und sie zur Begrüßung umarmen. Er konnte verschlossen sein. Oder er konnte sogar vollkommen verrückt sein und auf einem anderen Planeten weit weg von dieser Welt leben. Aber niemals hatte sie sich vorgestellt, dass er einen Blick auf sie werfen und in offensichtlicher Verzweiflung über Bobbys Tod zurückschrecken würde, um sie dann grausam, herzlos und gemein anzubrüllen, sie solle verschwinden.

Ihr Mund war ein wenig zu trocken, um essen zu können, deshalb trank sie einen Schluck Wasser aus ihrer Thermoskanne. Wasser in Flaschen war zu teuer geworden. Sie behielt die Eingangstür der Hütte im Auge und fühlte, wie ihr vor Wut darüber, dass er ihr das antun konnte, nachdem sie ihn so lange gesucht hatte, die Hitze in die Wangen stieg. Alles, was sie wollte, war, sich zu vergewissern, dass mit ihm alles in Ordnung war. Dieses Arschloch. Und dann merkte sie, wie ihr genau aus diesem Grund die Tränen in die Augen stiegen. Seine Reaktion hatte sie wirklich verletzt. Was hatte sie ihm je getan? Es regte sie total auf und brach ihr gleichzeitig das Herz. Wie konnte er das tun? Sie anbrüllen und dann einfach so die Tür zuknallen? Ohne sie überhaupt nur anzuhören? Er hätte sie nur hereinbitten müssen, ihr einfach sagen können, dass es ihm gut geht, ihr erklären, dass er allein sein wollte, die Baseballkarten an sich nehmen und …

Einen Moment lang ließ sie nur still die Tränen über die Wangen laufen. Es war eine Weile her, seit sie zuletzt geweint hatte. Und dann wurde ihr klar, dass ihre Hoffnungen über den Ausgang der ganzen Aktion viel zu idealistisch gewesen waren. Vermutlich war das der Grund, weshalb Erin es vorgezogen hätte, die Sache einem Profi zu übertragen. Ian Buchanan war gegangen, weil er mit niemandem aus seinem früheren Leben etwas zu tun haben wollte, und nicht, weil er Hilfe brauchte. Schon gar nicht ihre Hilfe.

Marcie musste sich eingestehen, dass vielleicht *sie* es war, die *seine* Hilfe brauchte. Um mit ihrem Leben weitermachen zu können, musste sie verstehen, was das für eine Beziehung zwischen ihm und Bobby gewesen war – und zwischen ihm und ihr. Und wie sich alles verändert hatte. Ians Geknurre und Türenschlagen brachte sie nicht dahin, wo sie hinwollte. Sie würde es aussitzen müssen, bis er verstand. Sie war noch nicht fertig mit ihm. Und alles wurde noch komplizierter, weil es ganz danach aussah, dass er tatsächlich durchgeknallt war.

Sie versuchte, an ihrem Sandwich zu knabbern, auch wenn sie jetzt gar keinen Appetit mehr hatte. Langsam ging die Sonne unter. Letztendlich wickelte sie den Rest davon wieder ein und legte ihn zurück in die Einkaufstüte. Eines hatte sie auf dieser Reise gelernt: Wenn man nicht viel aß, hatte man auch nicht mehr so viel Hunger.

Die Sonne versank hinter dem Horizont, in der Hütte gingen die Lampen an, und aus dem Kamin stieg eine dünne Rauchschwade. Sie kuschelte sich in ihren Schlafsack und hatte es physisch bequem, auch wenn sie ein emotionales Wrack war. Aber die Entscheidung war gefallen. Sie würde so lange hier sitzen bleiben, bis sie herausgefunden hatte, was zu tun war.

Auf einer praktischeren Ebene hoffte sie einfach nur, nachts nicht pinkeln zu müssen. Ihre Schlafplätze hatte sie immer sorgfältig danach ausgewählt, dass sie sich nie weit von dem kleinen Käfer entfernen musste, wenn die Natur sie in dunkler Nacht rief.

Sie war nie eine besonders gute Camperin gewesen und hatte auch nie ihre Blase auf Kommando entleeren können. Geschweige denn, wie man in der Wildnis die richtige Position einnahm. Irgendwie schien ihr rechter Fuß immer nass zu werden. Aber nach etwas mehr als einem Monat, in dem sie die Berge abgesucht und in ihrem Wagen geschlafen hatte – auf verschiedenen Parkplätzen, in ruhigen Wohnstraßen, auf Tankstellen und Landstraßen –, hatte sie es nun heraus. Sie brauchte kaum mehr als eine Minute, um aus dem Auto zu springen, ihr Geschäft zu erledigen, wieder ins Auto zu hüpfen und die Türen zu verschließen. Im YWCA und den Turnhallen der öffentlichen Colleges, wo sie die Ausweise nicht allzu genau kontrollierten, konnte sie duschen. Während der ersten Woche, die sie unterwegs gewesen war, hatte sie sich den Luxus von Motels gegönnt, dann aber bald festgestellt, dass ihr Geld länger reichen würde, wenn sie im Wagen schlief. Da sie nicht den geringsten Hinweis auf Ians Aufenthaltsort gehabt hatte, musste sie dafür sorgen, dass ihr das Geld nicht ausging.

Dann fiel es ihr wieder ein – das war doch ein Klohäuschen dort drüben, nicht wahr? Wow, wie umwerfend komisch, sich vorzustellen, dass sie das Glück hatte, ein Klohäuschen zu Gesicht zu bekommen! Das Leben war auf einmal richtig interessant.

Drew und *besonders* Erin würden tot umfallen, wenn sie erführen, dass sie in ihrem Käfer geschlafen hatte. Sie schüttelte den Kopf. *Ich bin genauso verrückt wie er, mit Sicherheit.* Und dann bemerkte sie die Schneeflocken, die gegen das Fenster des Käfers trieben. Sehr hübsche, leichte, flaumige Schneeflocken in der Abenddämmerung, in der noch ein schmaler Streifen Sonnenlicht durch die Wolken im Westen schien und die Flocken im Fallen glitzern ließ. Der Blick über den Höhenzug war erstaunlich, denn durch die Schneeflocken, die langsam auf die hohen Pinien fielen, erschien ein Regenbogen. Es war prachtvoll. An diesem Ort war es einfach unmöglich, sich zu ärgern. Jedenfalls nicht über Ian. Vielleicht hatte er vergessen, dass sie Freunde waren.

Mit seinem Gebrüll wollte er wahrscheinlich nur erreichen, dass sie ihn für verrückt hielt. Aber sie wollte glauben, dass Ian unter diesem ganzen Wutgeheul noch immer so war, wie Bobby ihn beschrieben hatte und wie er sich ihr in den ersten Briefen, bevor er aus dem Corps ausschied, gezeigt hatte – stark, mitfühlend, liebenswürdig, loyal. Tapfer. Es war so mutig gewesen, zu tun, was er getan hatte.

Während der Schnee leise fiel und der Regenbogen mit der Sonne in der Dämmerung verschwand, entspannte sie sich und schloss die Augen. Nur für eine Sekunde. Um nachzudenken.

# 3. Kapitel

Ian bemühte sich, nicht aus dem Fenster zu schauen; er wollte verflucht sein, wenn er die Tür öffnete. In den Bergen war es so still, dass er schon das Klicken hören würde, wenn sie den Schlüssel umdrehte, um den Motor zu starten. Also legte er neues Holz in den Ofen, stellte den Propangaskocher an und erhitzte einen großen Kessel Wasser für ein Bad.

Ein Jahr lang hatte er es in dieser Hütte ohne Badewanne, Dusche und Elektrizität ausgehalten, dann aber einiges verändert. Er hatte einen Generator angeschafft und ein paar Lampen im Haus angeschlossen. Als er auf einem Schrottplatz eine alte Badewanne mit Krallenfüßen fand, hatte er sie repariert und wasserdicht gemacht, sodass er sich nun in etwas Größerem waschen konnte als dem Spülbecken in der Küche.

Es war immer nur ein flaches Bad, denn zwei Gefäße mit kaltem Wasser, das er von Hand aus einem Quellwasserbrunnen unter dem Haus in einen Topf in der Spüle pumpte, und zwei große Kessel mit kochend heißem Wasser reichten nicht aus, um sich schön lange einzuweichen. Im Winter stieg er hinein, wusch sich und stieg ganz schnell wieder heraus. Wahrscheinlich würde er außer der Pumpe nie irgendwelche anderen Rohrleitungen haben. Er musste auf sein Geld achten und war nicht erfahren genug, um die Leitungen selbst zu legen. Seit Jahren hatte er sich nicht mehr richtig geduscht. Aber er war ein Mann; er legte keinen allzu großen Wert darauf, sich herauszuputzen. Dies war wirklich alles, was er brauchte. Auf diese Weise wurde er ordentlich sauber.

Nach einer kurzen Wäsche schlüpfte er in frische Klamotten und wärmte sich auf dem Ofen einen Eintopf auf. Dazu entfernte er einfach das Papier und stellte die Dose so auf die Flamme. Gern hätte er nachgeschaut, wo sie steckte, was sie tat, aber das erlaubte er sich nicht. Er würde sie ignorieren, sich weigern, mit ihr zu sprechen, dann würde sie schon verschwinden. Bald, wie er hoffte.

Nach all dieser Zeit hatte Ian es geschafft, nicht mehr über die Sachen nachzudenken, die passiert waren, bevor er in die Berge gegangen war. Doch ein Blick auf diese feuerrote Mähne und ihre leuchtend grünen Augen hatte alles wieder zurückgebracht. Zum ersten Mal hatte er dieses schöne Gesicht auf einem Foto gesehen, das Bobby bei sich getragen hatte.

Der Junge war etwas Besonderes. Bei ihrer ersten Begegnung war Ian achtundzwanzig und Bobby zwanzig Jahre alt gewesen. Damals war Bobby zwei Jahre bei den Marines und hatte sich bereits ein paar Abzeichen verdient. Ian hatte gerade ein neues Kommando übernommen, und der Junge hatte ihm sofort gefallen. Er war witzig und furchtlos. Wie Ian war er groß – ungefähr durchtrainierte eins dreiundachtzig – und hatte keinerlei Allüren. Anfangs ließ Ian ihn sich einfach bis zur völligen Erschöpfung abarbeiten, merkte aber rasch, wie Bobbys unglaubliches Durchhaltevermögen und seine Leistungsbereitschaft ihn ansprachen. Es dauerte nicht lange, bis Ian zu seinem Mentor wurde, ihn unterrichtete und Bobby zu einem der Ersten unter den Besten aufbaute. Hin und wieder trank er auch schon mal ein Bier mit ihm, wobei sie von zu Hause erzählten und über Dinge sprachen, die nichts mit dem Militär zu tun hatten – Sport, Musik, Autos und die Jagd. Und dann gingen sie zusammen in den Irak.

Sie zeigten einander die Bilder ihrer Mädchen und lasen sich gegenseitig die Briefe vor, die sie erhalten hatten. Manchmal ließen sie dabei die persönlicheren Dinge aus, manchmal auch nicht. Bobby hatte sein Mädchen geheiratet, aber Ian war erst weniger als ein Jahr verlobt gewesen, als sie in derselben Einheit in den Irak zogen.

Damals war Ian mit Shelly zusammen, und während er weg war, plante sie eine Hochzeitsfeier, die nach seiner Heimkehr stattfinden sollte. Bobby und Marcie hofften darauf, eine Familie gründen zu können. Ihre Frauen waren beide schön. Marcie war klein, wirkte zerbrechlich und hatte diese unglaubliche rote, lockige Mähne. Shelly hingegen war eine große, schlanke, elegant aussehende Blondine mit langen glatten Haaren. Ian erinnerte sich daran, dass Marcie ihrem Bobby ein Höschen geschickt hatte, das er den Jungs stolz zeigte, aber niemand durfte es berühren. Marcie schickte Bobby ein Bild von sich, in Unterwäsche auf Bobbys Motorrad; Shelly schickte ein Bild von sich, in Hose und Rollkragenpullover vor einem Weihnachtsbaum posierend. Ihre Frauen schickten ihnen auch Plätzchen, Bücher, Karten, Socken und Musik, alles, was ihnen einfiel. Als die Splitterschutzwesten knapp wurden und die Soldaten anfingen, sie sich selbst zu kaufen, schickten Marcie und Shelly ihren Männern auch diese.

Er wollte nicht darüber nachdenken. Konnte sie das nicht verstehen? Er wollte nicht davon heimgesucht werden, und auf keinen Fall konnte er darüber reden. Den Kopf in die Hände gestützt blieb er an seinem kleinen Tisch sitzen, doch die Erinnerungen stürzten ungebremst auf ihn ein.

*So etwas wie Routineeinsätze gab es in Falludja nicht. Ians Trupp hatte bislang nicht viel an Kämpfen mitbekommen, aber an diesem Tag rückten sie eng an die Gebäude gedrückt auf der Suche nach Aufständischen von Tür zu Tür. Die Straße war beinahe völlig leer; einige Frauen standen in den Hauseingängen und behielten die Männer misstrauisch im Auge. Dann traf es sie schnell und schwer. Zwei plötzliche Explo-*

*sionen – eine Autobombe und eine Granate. Gleich darauf brach ein Heckenschützenfeuer los. Ian sah, wie einer seiner Marines von der Explosion hochgeschleudert wurde und durch die Luft flog. Sobald der Lärm etwas nachließ, erkannte Ian, dass es Bobby war, den es getroffen hatte. Rasch schaute er nach dem Rest seines Trupps, der in Deckung gegangen war und das Feuer erwiderte. Bobby allerdings hatte es zweifach erwischt. Die Kraft der Explosion hatte ihn wahrscheinlich sechs Meter weit geworfen, und als Ian endlich bei ihm war, hatte er sich obendrein noch zwei Kugeln eingefangen – in Kopf und Oberkörper.*

*Bobby schaute zu ihm hoch und flüsterte heiser: „Geh in Deckung, Sarge."*

*Und Ian hatte geantwortet: „Halt die Klappe. Ich werde dich hier rausbringen." Ian hob ihn auf, und im selben Augenblick wusste er, wie schlimm es war. Ganz schnell hatte er das begriffen, denn Bobby war schlaff wie ein achtzig Kilo schwerer Sandsack. Er schulterte ihn und schaffte ihn hinter die Wand eines zerstörten Gebäudes, forderte einen Sanitäter der Armeeambulanz an, der Erste Hilfe auf dem Schlachtfeld leisten konnte. In einem Versuch, die Blutung zu stillen, legte Ian eine Hand über Bobbys Kopfwunde und wartete.*

*Schließlich erschien der Sanitäter, der ihren Trupp begleitete, und öffnete Bobbys Kampfanzug. Vorsichtig drehte er ihn auf die andere Seite. „Ein glatter Durchschuss", stellte er zu der Wunde am Oberkörper fest und legte eine Kompresse an, um die Blutung zu stoppen. „Wie groß der Schaden wirklich ist, können wir erst sagen, wenn wir es uns genauer angesehen haben. Seine lebenswichtigen Organe sind stabil."*

*„Er wird es schaffen", sagte Ian, obwohl Bobby komplett weggetreten war.*

*„Wir werden hier nicht so schnell wegkommen", meinte der Sanitäter und holte Gaze und Pflaster hervor, um die Kopf-*

*wunde zu verbinden. „Mit einem Hubschrauber können wir hier nicht so nah rankommen. Wir werden ihn tragen müssen."*

*„Sorgen Sie dafür, dass er so lange durchhält, bis er transportiert werden kann", forderte Ian. Aber der Sanitäter wurde zu einem anderen verwundeten Marine gerufen, und Ian wusste, dass es nun an ihm lag, alles in seiner Macht Stehende zu tun, um Bobby am Leben zu halten und ihn in diesen Hubschrauber zu bringen. Bobby war bewusstlos und atmete kaum.*

*Auch wenn es Ian vorkam wie eine Ewigkeit, es dauerte nicht lange, bis das Funkgerät des Sanitäters einen Hubschrauber meldete, der nur wenige Häuserblocks entfernt in einer sicheren Zone stand. Sein Bauchgefühl sagte ihm, dass Bobby das nicht heil überstehen würde, aber Ian weigerte sich, darüber nachzudenken. „Du kommst durch, Kumpel", wiederholte er ständig. „Du kommst mit mir, ich hole dich hier raus."*

*Sowie das Heckenschützenfeuer nachzulassen schien, nahm Ian seinen Freund auf die Arme und lief mit ihm über die staubigen, von Kugeln durchlöcherten Straßen von Falludja zum Hubschrauber und zu den Sanitätern, die über eine bessere Ausrüstung verfügten als das, was im Feld möglich war. Dabei traf ihn ein Schuss in die Hüfte, aber die Kugel blieb im Muskel stecken und schlug nicht bis auf den Knochen durch. Ian lief weiter, durch den Schmerz hindurch. Ein weiterer Schuss streifte sein Gesicht, aber noch immer empfand er keinen Schmerz, sondern nur ein leichtes Brennen auf der Wange. Dann sah er die Ecke des Gebäudes, hinter dem auf der anderen Seite der Sanitärtransporter warten würde.*

*Er schaffte Bobby zum Hubschrauber, wo ihn das Rettungsteam übernahm. Als er sich wieder auf den Weg zu seinem Trupp machen wolle, hielt einer der Sanitäter ihn am Ärmel fest. „Moment mal, Sarge. Lassen Sie mich das mal anschauen."*

*Ian schaute an sich hinunter. Er war blutüberströmt, wobei sein eigenes nicht von Bobbys Blut zu unterscheiden war. Erst jetzt, in diesem Augenblick fühlte er einen pochenden Schmerz im Bein und ein Brennen im Gesicht, während ihm von dem Blut, das ihm in die Augen lief, die Sicht verschwamm.*

*„Meine Güte, Sarge …, Sie werden nirgendwo hingehen. Wir müssen uns das …"*

*„Kümmern Sie sich um ihn", unterbrach Ian ihn scharf, „ich komme schon klar."*

*„Wir versorgen jeden, Sarge", erwiderte der Sani, setzte die Schere an seine Hose und schnitt sie bis zur Hüfte auf, um das blutende Loch freizulegen.*

*„Oh, verdammt", sagte Ian und schwankte leicht.*

*Er setzte sich, während der Sani seine Gesichtswunden versorgte – ein Schnitt in der Augenbraue und eine Fleischwunde, die ihm komplett über die ganze Wange lief. Währenddessen und während sie auf zwei weitere verwundete Marines warteten, sah Ian zu, wie sie Bobby behandelten.*

*Einer der Sanis sagte: „Keine Todesfälle heute."*

*Sie hatten ja keine Ahnung …*

*Schließlich hob der Hubschrauber ab und flog zum nächstgelegenen Feldlazarett, das in Zelten und notdürftig errichteten Gebäuden untergebracht und mit einem kompletten OP-Saal ausgestattet war. Hier wurde Ian von Bobby getrennt. Während er selbst in einer Behandlungsabteilung unterkam, wurde Bobby sofort zum OP gebracht. Ein junger Arzt hatte Ian die Augenbraue abrasiert, um die Schnittwunde schön sauber nähen zu können, und die Krankenschwester teilte ihm mit, dass sie vielleicht nie wieder nachwachsen würde. Als Ian schließlich mit Verband und Krücken ausgestattet war, hatte man Bobby bereits stabilisiert und nach Deutschland ausgeflogen.*

*Ian blieb im Irak. Seine Verletzungen hinterließen ein paar hässliche Narben, aber seine Genesung verlief relativ zügig. Während der zwei Monate, die Ian hinter der Kampflinie blieb, schrieb er Briefe an Bobbys Frau, Briefe, in denen er ihr sagte, dass er sicher sei, dass mit Bobby alles in Ordnung komme. Marcie flog sofort nach Deutschland und schrieb Ian zurück. Dann folgte sie Bobby nach Washington, D. C., ins Walter-Reed-Militärkrankenhaus, und sie schrieben sich noch ein paarmal.*

*Während Ian also wieder auf dem Weg in den aktiven Dienst war, wurde Bobby von Deutschland aus ins Walter-Reed transportiert, dann in ein VA-Krankenhaus in Texas und schließlich nach Hause zu seiner Frau. Ian hielt die Korrespondenz mit ihr aufrecht. Die ganze Zeit über hörte er von ihr, und er beantwortete alle ihre Briefe, in denen sie Sachen schrieb wie: „Er reagiert immer noch so gut wie gar nicht, aber sie arbeiten mit ihm in der Physiotherapie.“ Und: „Er braucht kein Atemgerät oder sonst was.“ Und: „Ich schwöre dir, Ian, heute hat er mich angelächelt.“ Sie schrieb, dass eine gewisse Lähmung vorliege und dass sie einen Hirnschaden befürchteten, nicht von der Schusswunde, sondern von einer Hirnschwellung. „Befürchten“ hatte sie geschrieben und „eine gewisse Lähmung“.*

*Es war ein paar Monate später, als sie Ian schließlich schrieb. „Wir werden uns damit abfinden müssen – er wird nicht wieder gesund werden. Vom obersten Halswirbel an ist der ganze Körper gelähmt. Er ist zwar bei Bewusstsein, reagiert aber auf nichts.“ Die Nachricht traf Ian wie ein Torpedo. Er las die früheren Briefe noch einmal. Ja, die Fakten waren da, doch eine Kombination aus Leugnen seinerseits und übermäßigem Optimismus von ihr hatten ihn die Wahrheit nicht sehen lassen.*

*Dann schrieb Marcie: „Ich bin so erleichtert, dass er wieder zu Hause ist.“*

*Man hatte Ian Medaillen dafür verliehen, dass er Bobby das Leben gerettet hatte. Jeden Tag fragte er sich, weshalb er Medaillen dafür bekam, dass er einen Mann gerettet hatte, der nun in einem toten Körper lebte.*

*Mit den Eckdaten über den Zustand seines Freundes versehen, glaubte Ian, auf den Besuch vorbereitet zu sein, den er für seinen nächsten Urlaub in den Staaten plante. Marcie freute sich so sehr darüber, ihn zu sehen, ihn umarmen zu können und ihm zu* danken. *Ian wusste nicht genau, was er erwartet hatte, aber todsicher war es nicht das, was er zu sehen bekam. Allein anhand der Fotos, die er kannte, konnte er feststellen, dass Marcie dünner und blasser geworden war und sogar noch zerbrechlicher wirkte als früher. Sie war so klein, so zart.*

*Und Bobby? Der Mann, den er sah, besaß keine Ähnlichkeit mit seinem Freund. Dieser Mann war eine verkümmerte, ausgemergelte Version von Bobby. Er besaß keinerlei Muskulatur mehr, starrte leeren Blickes vor sich hin, wurde nur durch einen Schlauch ernährt und reagierte weder auf seine junge Frau noch auf seinen besten Freund. Bobby war nicht mehr da, er war vollkommen verschwunden, auch wenn sein Herz noch schlug und seine Lungen sich reflexartig mit Luft füllten. Es war ein Zerrbild seiner selbst. Und dafür hatte Ian eine Auszeichnung angenommen?*

Ian öffnete die Augen. Sie fühlten sich gereizt, sandig an. Es hatte ihn buchstäblich in die Vergangenheit zurückversetzt, und das war etwas, vor dem er seit Jahren davonlief. Er war sich nie ganz sicher gewesen, ob das, was als Nächstes geschah, auf seine Irak-Erfahrung insgesamt zurückzuführen war oder nur auf das Ereignis, das Bobbys Leben so unwiderruflich verändert hatte. Was immer es sein mochte, es nahm ein hässliches Ende, als er aus dem Irak heimkehrte. Er war ein totales Wrack, verwirrt und völlig durcheinander. Sein Besuch bei Bobby hatte nicht länger als fünfzehn Minuten gedauert, doch er war am Boden zerstört, als er sah, was er getan hatte – er hatte Bobby gerettet, damit er nun so ein Leben führte. Er hatte seine Hochzeit abgesagt, was Shelly am Boden zerstörte. Dann hatte er sich zum Dienst zurückgemeldet. Doch er war nicht mehr derselbe unerschütterliche Mann wie zuvor, sondern ein Wrack, das zu unangemessenen Wutausbrüchen neigte. Er erhielt einen Anruf von Marcies Schwester, die ihn bat, mit Marcie in Kontakt zu bleiben. Sie müsse wegen Bobby mit so viel fertig werden, dass sie einen Freund brauchen könne. Das wiederum setzte nun auch noch Schuldgefühle auf die anwachsende Liste seiner Dämonen.

Auf einmal konnte er sich nicht mehr aus Schwierigkeiten heraushalten. Anstatt Vorbild zu sein, wurde er zum Problem. Irgendwann musste er wegen einer Schlägerei sogar zwei Nächte im Gefängnis verbringen. Sein Vater sagte ihm, dass er sich in seinem Leben noch niemals so für ihn geschämt habe. Ians Reaktion darauf bestand darin, dass er noch mehr Mist baute. Schließlich empfahl ihm das Corps, den Dienst zu quittieren und zu sehen, ob er als Zivilist besser zurechtkäme. Er ertrug das alles nicht mehr. Er hatte Bobby hängen lassen, war bei seinem Vater in Ungnade gefallen und hatte seine Frau vor den Kopf gestoßen und verlassen. Und er war auch nicht für Marcie da gewesen, die etwas Besseres von ihm verdient hätte. Also war er einfach gegangen und hatte versucht, wieder einen klaren Kopf zu bekommen. Aber dieses Vorhaben hatte sich als unmöglich erwiesen.

Er wollte Marcie jetzt nicht sehen. Er wollte das alles nicht noch einmal durchleben. Es gab keine Möglichkeit, ausreichend Abbitte zu leisten, keine Möglichkeit, ungeschehen zu machen, was er getan hatte. Sie sollte gehen und ihn herausfinden lassen, wie er allein mit seinen Monstern zurechtkäme, an einem Ort, wo er keinen Schaden anrichten würde. Hier hatte er zu einer gewissen Zufriedenheit gefunden. Es brachte gar nichts, die ganzen Einzelheiten noch einmal durchzusprechen. Weiß Gott, das hatte er in Gedanken viel zu häufig getan, und meistens, ohne es zu wollen.

Er empfand ein solch grauenhaftes Schuldgefühl. Wenn Bobby zu diesem unwürdigen Leben verdammt war, welches Recht hatte er dann, mit seinem eigenen Leben einfach weiterzumachen? Das ging nicht, er konnte es nicht. Aber er konnte es vermeiden, sich die ganzen Details der traumatischen letzten Jahre anzuhören.

Er sah auf die Uhr. Es war zehn und er musste pinkeln. Mehr als zwei Stunden hatte er nun in einer Art Rückblende zugebracht. Ernsthaft zog er in Betracht, den kleinen Topf zu benutzen, den er für Notfälle bereithielt, aber es war Zeit, einmal nachzuschauen, ob sie gefahren war, während er sich in dieser anderen Welt aufgehalten hatte.

Für seinen kleinen Ausflug nach draußen zog er sich die Jacke über. Wider besseres Wissen hoffte er, der kleine Volkswagen wäre verschwunden, wenn er die Tür aufmachte.

Aber verflucht, da stand er und war nun von einer dünnen Schneeschicht bedeckt. Es machte ihn wütend, und er stieß ein lautes, furchterregendes Brüllen aus. Aber aus dem Wagen kam keine Antwort. Er schlug gegen das Fenster. „Hey! Du! Sieh zu, dass du hier verschwindest! Fahr einfach nach Hause!“ Immer noch kein Ton von innen. Er legte seine großen Hände auf das Dach des kleinen Wagens und fing an, ihn zu rütteln und schütteln. Als er wieder zur Ruhe kam, war keine Bewegung zu sehen, kein Ton zu hören.

Mist, dachte er. Es friert. Sie würde doch wohl nicht darin eingeschlafen sein, während die Temperatur fiel und der kleine Wagen zuschneite? So dumm konnte doch niemand sein. Er zog die Tür auf der Beifahrerseite auf. Sie war nicht da.

„Gott, verdammt!“, fluchte er, während er sich einmal im Kreis drehte. „Gott verdamme dich, Marcie! Wo zum Teufel steckst du?“

Die Nacht war still. Träge fiel der Schnee zu Boden. Dann vernahm er ein undeutliches Quietschen von einer Türangel und schaute durch die Dunkelheit. Die Tür der Außentoilette stand offen und schwang in der leichten Brise hin und her.

Ein Grauen, das kälter war als der Winterhimmel, erfüllte ihn. Er eilte über den Hof. Sie lag zusammengesunken da, den Oberkörper in der Hütte, die Beine draußen. Lieber Himmel, sie hatte lange genug so gelegen, dass ihre Beine von einer leichten Schneeschicht bedeckt waren.

Ohne nachzudenken, hob er sie ganz schnell in seine Arme und drückte seine Lippen an ihre Stirn, um ihre Körpertemperatur einschätzen zu können. Sie war eiskalt. Er rannte mit ihr ins Haus, wobei er sich der Tatsache bewusst war, dass sie nicht steif, nicht gefroren war, und er tat etwas, das er lange nicht mehr getan hatte – er betete. *Oh Gott, mit meiner Brüllerei habe ich es doch nicht so gemeint. Ich dachte nur, dass es für uns beide das Beste wäre, wenn sie wieder ginge! Bitte, lass mit ihr alles in Ordnung sein! Ich werde alles tun … alles …* Als er sie ins Haus gebracht hatte, legte er sie auf die Couch und beeilte sich dann, rasch noch zwei Scheite in den Ofen zu schieben.

Danach eilte er wieder zu ihr und prüfte ihren Puls. Sie war noch okay, wenn auch so unterkühlt, dass sie das Bewusstsein verloren hatte. Er wusste, was er tun musste, und begann, sie von ihren kalten, nassen Kleidungsstücken zu befreien. Zuerst die wattierte Weste, dann Stiefel und Jeans. Schwach sackte sie wieder ins Kissen, nachdem er ihr den Pullover über den Kopf gezogen hatte. Dann warf er seine eigene Jacke beiseite, riss sich das Hemd auf, die Stiefel von den Füßen und stieg aus seiner Hose. Er bedeckte ihren kleinen Körper mit seinem und wärmte sie von Haut zu Haut, wobei er sich abstützte, um sie mit seinem Gewicht nicht zu erdrücken.

Er drehte ihr Gesicht herum, sodass es sanft an seiner Schulter zu liegen kam. Nachdem einige Minuten verstrichen waren, konnte er fühlen, wie die Kälte aus ihrem Körper wich.

Ihm zitterten die Arme von der Anstrengung, sie vor seinen mindestens neunzig Kilo zu schützen und gleichzeitig in Körperkontakt zu bleiben, während ihm das komischste Bild vor Augen stand. *Runter und gebt mir zwanzig! Und zwanzig! Und zwanzig!* Lieber Himmel, wie viele Liegestütze hatte er gegeben, und dann gefordert …

Eine Stunde lang wärmte er sie so, während gleichzeitig der Ofen das Haus aufheizte. Ihr Atem an seiner Schulter kam sanft und gleichmäßig; ihr Körper blieb bewegungslos, wärmte sich aber langsam auf. Etwas länger als nötig verharrte er in dieser Position über ihr. Schließlich stemmte er sich ein wenig unwillig hoch und wickelte sie in eine weiche alte Decke, die am Fußende der Couch lag.

Nachdem er sich wieder angezogen hatte, legte er Holz im Ofen nach und setzte einen Kessel Wasser auf den Kocher.

In diesem Einzimmerhaus bestand die Einrichtung aus einer Couch, einem Tisch mit zwei Stühlen, der Badewanne mit den Krallenfüßen, dem Holzofen und einem Propangaskocher, der neben dem Spülbecken auf einem Tresen stand. Dann gab es noch eine dicke, zusammengerollte Schlafmatte, die ihm als Bett diente, und trockenes Holz, das neben dem Ofen gestapelt war. Er besaß ein paar Schränke und ein Spülbecken mit Pumpe, dazu zwei große Truhen und eine kleine Metallbox, in denen er seine Besitztümer und ein paar Wertgegenstände aufhob. In den Ecken lehnten das Angelzeug und zwei Gewehre mit einem Kaliber, das ihm erlaubte, auf dem Land, das seins geworden war, Wild zu jagen. Auch verfügte er über einen Vorrat von sechs Büchern, denn alle zwei Wochen ging er in die Leihbücherei, wobei er die Karte benutzte, die dem alten Raleigh gehört hatte. Raleigh war der Mann, der vor ihm hier gelebt hatte und der hier gestorben war. Er hatte einen Brief hinterlassen, in dem stand, dass Ian sein Eigentum haben konnte.

Er schaute noch einmal nach Marcie. Es war alles in Ordnung mit ihr, und sie schlief fest. Also machte er sich auf zum Klohäuschen und das ganz schnell.

Normalerweise würde er längst schlafen, denn es gab wenig, das er sonst tun konnte. Stattdessen aber setzte er sich nun auf einen Stuhl am Tisch und schlug das Buch auf, das er gerade las. Als der Wasserkessel pfiff, drehte er die Flamme ab und sah erneut nach Marcie. Sie fühlte sich nun wärmer an und atmete regelmäßig, also las er noch ein Weilchen weiter. Dann erhitzte er den Kessel aufs Neue, sah noch einmal nach ihr und stellte fest, dass sich nichts verändert hatte.

Dieses Haar …, dicht und federnd bedeckte es das ganze Sofakissen. Wenn sein Bart nicht so dicht gewachsen wäre, könnte er genießen, wie es sich an seinem Gesicht anfühlte. Er nahm eine Strähne davon in die Hand. Sie fühlte sich weich und dick an. Er musste einfach über dieses Mädchen nachdenken, die mit gerade mal dreiundzwanzig Jahren bereits vier Jahre verheiratet gewesen war und einen Mann pflegte, der nur noch aus Haut und Knochen bestand. Lieber Himmel, was musste das für ein Leben gewesen sein?

Mehrmals erhitzte er das Teewasser erneut, las, sah nach ihr. Und dann hörte er ein Schniefen von der Couch. Ein trockenes Husten. Er schaute auf seine Uhr – die ihn einmal zehn Dollar gekostet hatte und nun schon seit vier Jahren lief – und stellte fest, dass es beinahe vier war. Er ging hinüber und kniete sich neben die Couch. „Bist du wach?“

Träge öffnete sie die Augen, wachte dann aber schlagartig auf und stützte sich auf die Ellbogen. „Was? Was ist los?“

„Ganz ruhig. Es ist alles in Ordnung. Gewissermaßen.“

Sie blinzelte ein paarmal und bekam dann große Augen. „Wo bin ich?“

„Ich habe dich ins Haus geholt. Ich musste. Du warst auf dem besten Weg, dich zu Tode zu frieren. Du scheinst keinen Verstand im Kopf zu haben.“

Sie warf ihm einen Blick zu und schürzte die Lippen. „Oh …, ich habe sehr wohl Verstand im Kopf. Ich habe nur nicht allzu viel Erfahrung mit dem Leben in den Bergen." Mühsam setzte sie sich auf. „Meine Güte, wenn ich gewusst hätte, dass deine Augenbraue wieder da ist und du dir einen roten Bart hast wachsen lassen, hätte ich dich vielleicht früher gefunden. Ich bin auch gleich wieder weg, ich will dich gar nicht lange stören."

„Du wirst nirgendwo hingehen", sagte er und legte ihr eine große Hand aufs Brustbein, um sie zurückzuhalten. „Du sitzt fest …, genau wie ich."

„Kein Problem", erwiderte sie. „Ich schlafe jede Nacht im Auto. Ich habe einen guten Schlafsack …"

„Hast du mich nicht verstanden? Du bist ohnmächtig geworden, als du von der Toilette zurückwolltest. Du warst mit Schnee bedeckt und hast kurz davor gestanden zu erfrieren. Du wolltest mich sehen, jetzt hast du, was du wolltest."

Plötzlich riss sie die Augen auf. „Ich bin … äh … völlig nackt hier drunter?"

„Du bist nicht nackt. Du trägst noch deine Unterwäsche. Ich musste dir die nassen Sachen ausziehen. Alternativ hätte ich dich auch sterben lassen können. Das war keine leichte Entscheidung für mich", log er.

„Du hast mich ausgezogen und dann in diese Decke gewickelt?", fragte sie.

„So ungefähr", antwortete er. *Und ich habe deinen kleinen weichen Körper stundenlang an meinem gespürt; der erste weibliche Körper, mit dem ich seit fünf Jahren in Berührung gekommen bin.* Bis heute Nacht hatte er nicht geglaubt, dieses Gefühl zu vermissen. „Was ist da draußen passiert? Wie konnte es dazu kommen, dass du in diesem Zustand in der Toilettentür gelandet bist?"

„Ich habe nicht die geringste Ahnung. Ich hatte mich so darüber gefreut, dass es mal eine Toilette gibt und ich mich nicht hinter einen Busch hocken musste. Ich wollte ganz schnell machen, aber ich war so müde und konnte mich kaum bewegen. Und das war dann auch schon das Letzte, woran ich mich erinnern kann, bis ich wieder aufgewacht bin.“ Sie hustete. „Ich hätte nie gedacht, dass ich so müde sein könnte, dass ich unterwegs einschlafen würde.“

„Du bist nicht eingeschlafen“, korrigierte er. „Du hast das Bewusstsein verloren. Unterkühlung. Wie gesagt – halb erfroren.“

„Hm. Nun, jetzt muss ich pinkeln“, sagte sie. „Und mir ist wirklich wahnsinnig heiß hier drin.“

Also war sie bereits halb erfroren gewesen, bevor sie sich von ihrem VW aus auf den Weg gemacht hatte. Einen Moment lang musterte er sie, dann ging er zum Ofen, wo er ihre Sachen zum Trocknen über zwei Stühle gehängt hatte. Er befühlte sie, sie waren noch feucht. Er ging zu einer der beiden Truhen, öffnete sie, zog eins seiner Flanellhemden heraus und brachte es ihr. „Hier. Zieh dir einfach das über.“ Als Nächstes griff er hinter den Ofen und holte einen marineblauen Porzellantopf mit weißen Tupfen hervor, der mindestens fünfzig Jahre alt sein musste. Als er sich wieder zu ihr umdrehte, hatte sie sich aufgesetzt und knöpfte das Flanellhemd zu. „Nimm den.“

„Wozu?“

„Da kannst du hineinpinkeln.“

„Das glaube ich nicht“, antwortete sie. „Wenn du mir vielleicht meine Jeans und Stiefel reichen könntest, will ich nur schnell nach draußen …“ Dann hustete sie wieder, mehrmals.

„Nein, das kannst du nicht machen. Werde mir bloß nicht krank. Ich habe keine Zeit, eine kranke Frau zu pflegen.“

„Ich bin nicht krank, mein Hals ist nur etwas trocken. Ich könnte ein Glas Wasser gebrauchen, aber nicht, bevor ich nicht draußen auf der …“

„Damit das klar ist“, unterbrach Ian sie barsch. „Ich werde dich nicht nach draußen gehen lassen. Zumindest nicht während der nächsten paar Stunden.“ Der Wasserkessel pfiff, er stellte den Gasherd ab und zog sich seine Jacke an. „*Ich* werde vor die Tür gehen. Du erledigst dein Geschäft. Dann wirst du eine Tasse Tee trinken und dich wieder hinlegen.“

Mit großen, mattgrünen Augen starrte sie zu ihm hinauf, während sie sich unbehaglich wand. „Hast du irgendwelches … Papier?“

Ungeduldig schloss er kurz die Augen und seufzte schwer. Nachdem er ihr den Topf in die Hand gedrückt hatte, ging er zu einem Schrank und nahm eine neue Rolle Toilettenpapier heraus. Anschließend begab er sich nach draußen, wobei er hoffte, dass sie nicht allzu lange brauchen würde. Fünf Minuten lang blieb er zitternd in der Kälte stehen, dann klopfte er vorsichtig an seine eigene Haustür. Als Antwort erhielt er einen heftigen Hustenanfall. Eine weitere Einladung brauchte er nicht.

Mit gerötetem Gesicht saß sie zurückgelehnt auf der Couch, ließ die nackten, dünnen Beine unter dem riesigen Hemd baumeln, und hielt besitzergreifend den Topf auf dem Schoß fest. Sie schaute zu ihm hoch und fragte: „Was soll ich jetzt damit machen?“

„Ich werde mich darum kümmern.“ Sie rührte sich nicht. „Jetzt gib schon her.“ Widerstrebend überließ sie ihm den Topf. „Bin gleich wieder da.“ Und noch einmal ließ er sie allein, diesmal, um den Inhalt des Topfes in die Außentoilette zu kippen. Und als er zurückging, dachte er, sie ist krank. Keine Frage. Wer weiß, wie lange sie schon in ihrem verdammten Wagen schläft? Und das hat sie geschwächt. Den Bazillus, der bereit zum Angriff war, hat sie längst in sich getragen, und diese schlimme Kälte hat das Problem nur verstärkt.

Als er in die Hütte zurückkehrte, sagte er jedoch nichts in dieser Richtung. Er stellte den Topf wieder hinter den Ofen, damit sie ihn notfalls benutzen konnte. Dann wusch er sich die Hände und goss ihr eine Tasse Tee auf. Während der Tee zog, füllte er Wasser in ein Glas und brachte ihr drei Aspirin.

„Huch? Was ist das?“, fragte sie.

„Ich glaube, du hast Fieber. Das könnte daher stammen, dass du kurz davor warst, dich zu Tode zu frieren, es könnte aber auch etwas anderes sein. Wir versuchen es erst mal mit Aspirin.“

„Ja gut“, willigte sie ein und nahm die Tabletten in ihre kleine Hand. „Danke.“

Marcie spülte das Aspirin mit dem Wasser hinunter, und er kümmerte sich um ihren Tee. Dann tauschten sie Wasserglas gegen Teebecher, und während sie ihren Tee trank, blieb er auf der anderen Seite des Zimmers am Tisch sitzen. Als sie fast ausgetrunken hatte, sagte er: „Also gut, dann machen wir es so: Ich werde heute Vormittag arbeiten müssen, das wird so bis Mittag dauern. Kommt darauf an, wie lange ich brauche. Wenn ich zurückkomme, wirst du hier sein. Wenn wir uns sicher sind, dass du nicht krank bist, wirst du gehen. Aber erst dann, wenn ich dir sage, dass es Zeit ist, zu gehen. Ich möchte, dass du schläfst, dich ausruhst. Benutze den Topf und gehe nicht vor die Tür, denn ich möchte das hier nicht mehr als unbedingt nötig in die Länge ziehen. Und ich will nicht nach dir suchen müssen, um mich zu vergewissern, dass mit dir alles in Ordnung ist. Hast du verstanden?“

Marcie lächelte, wenn auch schwach. „Ach, Ian, du sorgst dich um mich.“

Er gab ein leises, knurrendes Geräusch von sich.

Sie lachte kurz, musste aber gleich darauf husten. „Bringt dir das viel? Ich meine, dieses Brüllen und Knurren, als wolltest du einen mit den Zähnen zerreißen?“

Er wich ihrem Blick aus.

„Bestimmt hält es die Leute ganz gut auf Distanz. Dein alter Nachbar meinte, du bist verrückt. Heulst du wirklich den Mond an und all das?"

„Wie wär's, wenn du aufhörst, dein Glück herauszufordern?", sagte er so gemein, wie er konnte. „Willst du noch etwas Tee?"

„Wenn es dir nichts ausmacht, würde ich gern etwas schlafen. Ich möchte dir keine Unannehmlichkeiten bereiten, aber ich bin schrecklich müde."

Er ging zu ihr und nahm ihr die Tasse aus der Hand. „Wenn du mir keine Unannehmlichkeiten bereiten willst, warum zum Teufel hast du mich dann nicht in Ruhe gelassen?"

„Meine Güte, ich hatte einfach das unbändige Verlangen, einen alten Freund zu finden …" Sie legte sich wieder auf die Couch und wickelte sich in die weiche Decke. „Was arbeitest du denn?"

„Ich verkaufe Feuerholz von der Ladefläche meines Trucks." Er ging zu der Metallkiste, die er am Boden festgenagelt hatte, damit sie nicht gestohlen werden konnte, falls einmal jemand zufällig an seiner Hütte vorbeikam, womit allerdings kaum zu rechnen war. Er schloss sie auf und entnahm ihr ein Bündel und steckte es in die Tasche. Dann schloss er sie wieder zu. „Der erste Schneefall in diesem Winter. Es müsste ein guter Tag werden. Vielleicht bin ich früh wieder zurück, aber was auch immer, ich will, dass du hierbleibst, bis ich dir sage, dass du gehen kannst. Verstanden?"

„Hör mal, wenn ich hierbleibe, dann nur deshalb, weil ich hierbleiben will. Und *das* solltest du mal lieber verstehen. Ich bin diejenige, die nach dir gesucht hat, also komm bloß nicht auf den Gedanken, dass du mich hier herumkommandieren und mir Angst einjagen kannst. Wäre ich nicht so verdammt müde, würde ich vielleicht sogar fahren, nur um dich zu ärgern. Aber allmählich glaube ich fast, dass du dich *gerne* ärgerst."

Er richtete sich auf, schlüpfte in seine Jacke und zog Handschuhe aus den Taschen. „Ich schätze, wir verstehen uns gegenseitig so gut, wie wir können."

„Warte ..., es ist ja noch nicht einmal hell!"

„Ich fange an, bevor die Sonne aufgeht. Ich muss den Truck noch beladen."

Und weg war er.

Marcie legte sich auf die Couch zurück und schloss die Augen. Zuerst hörte sie das schwere Aufschlagen der Holzscheite, die er hinten auf den Truck warf. Und dann hörte sie ein leises Pfeifen, während sie einschlummerte. Ein sehr schönes Pfeifen in einer bestimmten Melodie.

Sie war nicht sicher, was sie geweckt hatte, aber als sie die Augen aufschlug, war die Hütte schwach vom ersten Morgengrauen erhellt, und sie hörte ein ... *Singen.* Es war ein schöner, sehr maskuliner Bariton. Sie konnte die Worte nicht verstehen, aber es war eindeutig Ian, der da sang. Es verschlug ihr den Atem.

Und sie wusste eins: Wenn man wütend ist und leidet, kann man nicht singen. Auf gar keinen Fall.

# 4. Kapitel

Der Schnee war nicht ganz bis ins Tal gefallen und hatte die Küstenstädte Eureka und Arcata nicht erreicht. Hier oben allerdings war alles bedeckt, es war feucht und kalt, und weiterer Schneefall war vorhergesagt. Kurz vor sieben hatte Ian seinen Truck an einer Straße geparkt, die in eine belebte Durchgangsstraße mündete. An dieser Stelle erreichte er die Leute auf ihrem Weg zur Arbeit, und nach vier Jahren hatte er bereits einen Kundenstamm aufgebaut. Da er kein Telefon besaß und niemand wusste, wo er wohnte, warteten sie darauf, dass er sich sehen ließ. Nacheinander hielten gleich fünf Wagen an, und er verkaufte ebenso viele halbe Klafter Holz. Er notierte sich die Adressen in seinem kleinen Notizbuch und versprach, das Holz in den nächsten zwei Tagen zu liefern. Bei zwei der Kunden war er bereit, einen Scheck zu akzeptieren, denn mit ihnen hatte er in der Vergangenheit bereits Geschäfte gemacht. Die anderen drei wollten ihren Frauen Bescheid geben, dass er bei der Lieferung in bar bezahlt würde.

Der sechste Kunde war der Polizeichef. Jeden Winter kaufte er ein ganzes Klafter bei Ian und schien ihm mittlerweile zu vertrauen, denn er zahlte bereits vor der Lieferung in bar. Andere Kunden wollten das Holz erst sehen, ehe sie das Geld dafür auf den Tisch legten. „Haben Sie diesen Winter einen guten Vorrat angelegt, Junge?“, fragte der Chief und zog seine Scheine heraus.

„Ja, Sir. Wir werden Sie durchbringen. Die Ladung bringe ich Ihnen gleich noch vorbei.“

„Können Sie es hinten im Schuppen stapeln und mir ein

paar davon auf die Veranda legen, neben die Tür zum Hintereingang?“

„Natürlich. Wie immer“, antwortete Ian und nahm das Geld an sich.

„Sehen Sie sich vor“, warnte ihn der Chief. „Hören Sie … da war diese Frau, die nach einem Mann sucht, ungefähr Ihre Größe, Ihr Alter … Ach, vergessen Sie's …“

Ian lächelte in sich hinein und dachte: *Nein, Chief, damit kann ich nicht gemeint sein.* „Das Holz liefere ich Ihnen noch heute Morgen.“

„Danke, mein Junge.“

Zwanzig Minuten später hielt noch ein weiterer Truck, und Ian nahm seine letzte Holzbestellung entgegen. Dann machte er sich auf den Weg, um dem Chief seine Ladung zu bringen. Auf dem Rückweg hielt er an, um Benzin und ein paar Lebensmittel zu kaufen – Brühwürfel, ein großes halbes Suppenhuhn, eine Zwiebel, etwas Sellerie, einen Beutel tiefgefrorenes gemischtes Gemüse, Nudeln, ein paar kleine Flaschen Orangensaft, frische Äpfel, Apfelsinen, Kaffee, Brot, Erdnussbutter und Honig. Vor zwölf Uhr war er wieder zurück in der Hütte.

Der Raum hatte sich abgekühlt, weil kein Holz im Ofen nachgelegt worden war, dennoch hatte Marcie sich freigestrampelt, und ihr kleines Hinterteil lugte unter der Decke hervor – lavendelblaue Spitze. Ihr Gesicht glühte. Er stellte seine Einkäufe ab und legte Holz ins Feuer. Dann weckte er Marcie, um ihr Saft und ein weiteres Aspirin zu geben. Er steckte die Decke wieder um sie fest und zog sie in eine halb sitzende Position.

„Wann fährst du los?“, fragte sie benommen.

„Ich bin schon wieder zurück. Hier, du musst noch ein Aspirin einnehmen. Du hast Fieber. Wo tut es weh, Marcie? Kopf, Magen, Hals, Brust? Wo?“

„Ich weiß nicht", antwortete sie und gab sich Mühe, wach zu werden. „Ich denke, ich bin einfach nur müde und nicht ganz auf der Höhe. Das wird schon wieder."

„Saft und Aspirin", sagte er und zog sie hoch. „Komm schon. Du hast einen Bazillus."

Sie verzog das Gesicht und setzte sich. „Tut mir leid. Mir geht's bald wieder besser. Wahrscheinlich ist es nur eine kleine Erkältung oder so." Sie nahm vier Tabletten und spülte sie mit dem Orangensaft hinunter.

„Ich muss noch mal los, Marcie. Auf dem Tisch steht mehr von dem Saft. Soll ich dir den blauen Topf näher an die Couch stellen, solange ich weg bin?"

„Nein", wehrte sie ab und ließ sich in die Couch zurückfallen. „Ich mag diesen Topf nicht."

„Ich will mal schauen, ob ich dir Medizin besorgen kann. Da ist dieser alte Arzt in Virgin River. Vielleicht hat er was gegen Erkältung und Grippe zur Hand. Ich werde knapp eine halbe Stunde bis dorthin brauchen, dasselbe dann wieder zurück."

„Virgin River." Verträumt schloss Marcie die Augen. „Ian, dort haben sie den schönsten Weihnachtsbaum …, den musst du dir ansehen …"

„Ja, mache ich. Es wird also ungefähr eine Stunde dauern. Das Feuer wird auf jeden Fall vorhalten, aber wirst du versuchen, solange unter der Decke zu bleiben? Bis ich wieder da bin?"

„Mir ist nur viel zu heiß …"

„In einer halben Stunde, wenn das Aspirin wirkt und deine Temperatur sinkt, wird das anders aussehen. Wirst du mir den Gefallen tun?"

Mit flatternden Lidern öffnete sie die Augen. „Ich wette, du bist jetzt richtig sauer auf mich, hm? Ich wollte dich nur finden und hatte nicht vor, dir so viele Schwierigkeiten zu machen."

Er strich ihr das zerzauste Haar aus der Stirn, wo ein paar rote Ringellocken an ihrem schweißnassen Gesicht klebten. „Ich bin nicht mehr sauer, Marcie“, sagte er weich. „Wenn du die Grippe überstanden hast, werde ich’s dir schon zeigen. Was meinst du?“

„Was auch immer. Wenn du willst, kannst du mich laut und grimmig anbrüllen wie ein Tier. Ich habe das Gefühl, dass du das gerne machst.“

Unwillkürlich musste er grinsen. „Das stimmt. Es gefällt mir.“ Dann richtete er sich auf und fügte hinzu: „Bleib unter der Decke. Ich bin so schnell wie möglich wieder zurück.“

Das Erste, was Ian sah, als er in den Ort fuhr, war dieser Baum. Irgendwie hatte er geglaubt, dass sie im Fieber halluzinierte, und das hatte ihm fürchterliche Angst eingejagt. Aber dort stand er, das größte verdammte Ding, das er je gesehen hatte. Das untere Drittel war mit roten, weißen und blauen Kugeln, goldenen Sternen und irgendwelchen anderen Sachen dekoriert; der obere Teil war noch ungeschmückt. Er fuhr tatsächlich einen Augenblick langsamer, um ihn besser sehen zu können. Aber was sollte diese patriotische Farbkombination? Machten sie das jeden Winter? Hatten sie ein paar Kids aus dem Dorf im Krieg?

Er dachte nicht weiter darüber nach, denn er musste für Marcie etwas besorgen. Es war jetzt Jahre her, dass der alte Doc regelmäßig zur Hütte rausgekommen war, als es mit dem alten Raleigh zu Ende ging und er richtig krank geworden war. Damals hatte Ian den Arzt mit Raleighs antikem Truck abholen müssen, denn Raleigh hatte niemals auch nur in Erwägung gezogen, sich ein Telefon anzuschaffen. Dasselbe galt für Ian.

Als er in die Praxis kam, sah Ian eine junge blonde Frau am Schreibtisch sitzen. „Hi, wie geht’s“, begrüßte sie ihn. Dann stand sie auf, und er bemerkte den schwangeren kleinen Bauch.

„Hey, ist der Doc in der Nähe?“

„Aber sicher. Ich werde ihn für Sie holen. Ich bin erst knapp zwei Jahre hier ... Kennt er Sie?“

„Gewissermaßen, ja.“

Sie lächelte ihm über die Schulter zu und ging in Docs Büro. Sofort kam der alte Mann hinkend heraus, die Brille auf der Nase, die weißen Augenbrauen wild in alle Richtungen abstehend. „Hallo“, sagte er.

„Hey, Doc“, grüßte Ian und reichte ihm die Hand. „Besteht vielleicht die Möglichkeit, dass Sie irgendwas gegen einen Grippebazillus zur Hand haben?“

„’tschuldigung, Junge ... ich kann mich an Ihren Namen nicht mehr erinnern. Das Gesicht kenne ich. Sind Sie ...?“

„Buchanan. Ian Buchanan, da draußen auf dem *Clint Mountain*. Die Hütte des alten Raleigh. Ich war derjenige, der sich um ihn gekümmert hat, als es mit ihm zu Ende ging.“

„Stimmt“, erinnerte sich Doc. „Ja, richtig. Welche Beschwerden haben Sie denn?“

„Es geht nicht um mich, Doc. Ich habe eine Besucherin, die ist gestern aufgekreuzt, und über Nacht wurde sie dann krank. Fieber, Schüttelfrost, Gliederschmerzen, Halsschmerzen ... Ich habe ihr Aspirin und Saft gegeben. Bei der Kälte wollte ich sie nicht hierherbringen. Die Heizung im Truck ist nicht besonders. Aber wenn Sie irgendeine Medizin hätten ...“

„Medizin habe ich massenhaft, Junge, aber gewöhnlich stelle ich meine Diagnosen selbst.“

„Es ist weit bis da raus ... Sie erinnern sich.“

„Ja, ja, den alten Kauz werde ich wohl kaum vergessen. Kein Problem, ich komme mit. Lassen Sie mich schnell meine Tasche aufstocken, dann fahre ich hinter Ihnen her. Für mich sind die Wege da draußen ein verdammtes Geheimnis.“

Ian fühlte förmlich das Bündel Scheine in seiner Tasche schrumpfen. Er hatte einiges für den Winter zurückgelegt, aber falls er während der kalten Monate eine Menge Diesel und Propangas brauchte, würde das nicht lange so bleiben. Im Frühjahr kam dann noch die Rechnung für die Grundsteuer auf ihn zu. Im Sommer war alles leichter; es wurde zwar nie besonders heiß, aber dann musste er kein Badewasser oder Essen aufwärmen. Das Tageslicht hielt wesentlich länger vor, dasselbe galt für seine Nahrung, und er konnte für mögliche Reparaturen am Truck und ähnliche Dinge Geld zurücklegen. Hin und wieder arbeitete er im Sommer für ein Umzugsunternehmen, von dem er unter der Hand bar bezahlt wurde. Er hatte Zeit für seinen Garten, Zeit zum Angeln und um Bäume für das Feuerholz im Winter zu fällen. Er kam gut zurecht, solange sich keine größere Krise ergab, wie zum Beispiel eine ernsthafte Krankheit.

Aber wirklich, die Kosten spielten keine Rolle. Egal, was sie brauchte, auch wenn es das Krankenhaus war, er würde einen Weg finden. Er konnte sie nicht einfach krank sein lassen. Es hatte nicht einmal vierundzwanzig Stunden gedauert, bis er eigentlich nur noch eins wollte, nämlich sie so lächeln sehen, wie sie es auf diesem alten Bild getan hatte, das Bobby ihm gezeigt hatte.

Er hatte kaum bemerkt, dass die Frau in der Praxis einen Anruf getätigt hatte und dann in ihren Mantel geschlüpft war.

Als Doc mit seiner Tasche zurückkam, schaute er sie böse an. Es war mehr als ein finsterer Blick. „Was haben Sie denn vor?"

„Ich komme mit. David ist bei Jack, und hier geht es um eine Frau. Am Ende werden Sie sich noch wünschen, ich wäre mitgekommen."

„Sie sind schwanger und müssen sich nicht einer Grippe aussetzen."

Sie lachte, was ihr Gesicht strahlend schön machte. „Als ob ich nicht in Grippe gebadet wäre, seitdem es so kalt und feucht ist. Verschonen Sie mich bloß damit. Auf geht's." Und schon war sie zur Tür hinaus.

„Verfluchtes, dickköpfiges Frauenzimmer", murmelte Doc. „Eine Anweisung von mir würde sie sowieso niemals befolgen, aber man sollte doch meinen, dass ein kleiner, freundlicher Rat willkommen wäre …" Ian hielt ihm die Tür auf. „Frauen sind nichts als Nervensägen …, deshalb habe ich auch nie geheiratet. Stimmt auch wieder nicht ganz, mich wollte ja keine haben." Er blieb kurz stehen und steuerte dann mit seinem Gehstock die Treppe an, die von der Veranda nach unten führte.

„Ähm, Doc …, möchten Sie nicht abschließen?", fragte Ian.

„Ach was. Ich habe die Medikamente unter Verschluss, und gegenüber auf der anderen Straßenseite sind Jack und Preacher. Die können riechen, wenn es Ärger gibt, und sind bis zu den Zähnen bewaffnet. Nur ein lebensmüder Volltrottel würde sich an meinem Haus vergreifen."

„Hmm." Ian dachte, dass sie in diesem kleinen Ort wirklich alles gut geregelt hatten. Er fragte sich, wie man sich da fühlen mochte. Es war sehr, sehr lange her, dass die Dinge bei ihm einmal gut geregelt gewesen waren.

Neben seinem alten Truck stand ein glänzender Hummer, und die schwangere Blondine saß am Steuer und wartete auf sie. Neuerdings mussten die Geschäfte hier gut für sie laufen, wenn sie sich einen solchen Wagen leisten konnten. Das Bündel Scheine in seiner Tasche schrumpfte noch ein wenig mehr.

Ian hielt für Doc Mullins und Mel die Tür auf, und wieder schlief Marcie so fest, dass sie seine Rückkehr gar nicht bemerkte. „Ich will nur mal schnell nach dem Feuer sehen, dann warte ich draußen", sagte er.

Mel holte einen Stuhl vom Tisch, stellte ihn neben die Couch und klopfte darauf, damit der Doc sich setzte. Dann schüttelte sie Marcie sanft an der Schulter und rief: „Marcie, wachen Sie auf. Kommen Sie, machen Sie die Augen auf."

Als Marcie die Augen aufschlug, lächelte Mel sie an. „Hi. Es geht Ihnen nicht besonders, hm? Erinnern Sie sich an mich – Mel Sheridan aus Virgin River. Ich bin die Frau, die ein Wüstling mitten im Ort von der Leiter geholt hat."

„Ja", sagte Marcie. „Natürlich." Sie drehte den Kopf zur Seite, als ein trockener Husten sie schüttelte und endgültig aufweckte.

„Dies ist Doc Mullins. Wir arbeiten zusammen. Er ist Hausarzt und ich bin Krankenschwester und Hebamme. Ian hat uns aufgesucht. Seine Diagnose ist Grippe. Was ist Ihre?"

„Uff. Wahrscheinlich ist es nur eine schlimme Erkältung."

„Aber Ihre Nase läuft nicht", schaltete der Doc sich ein. „Setzen Sie sich doch bitte mal auf, Mädchen. Ich muss Ihre Brust abhorchen." Als der Doc das kalte Stethoskop unter das Flanellhemd schob, um ihre Lungen abzuhören, schenkte Marcie ihm ein tiefes, sprödes Husten. Als es ihr wieder besser ging, atmete sie ein paarmal tief ein und aus und blieb dann geduldig still sitzen, während er Ohren und Hals untersuchte, die Temperatur maß und ihre Drüsen abtastete.

Mel sagte: „Dann haben Sie Ihren Mann also gefunden."

„Das habe ich. Hat Ihr Mann Ihnen davon erzählt?"

„Hm-mhm. Ich unterliege ja der ärztlichen Schweigepflicht, aber Jack ist wie ein offenes Buch, außer man bittet ihn ausdrücklich, nichts zu sagen. Wie hat Ian es aufgenommen, gefunden zu werden?"

„Er war stinksauer. Sie sollten ihn mal hören. Er kann brüllen wie ein Sibirischer Tiger. Anfangs hat er mir damit eine Todesangst eingejagt."

„Und jetzt?", fragte Mel.

Marcie hob den Kopf und sah sie an. „Er hat mir das Leben gerettet. Er sagt, ich wäre fast erfroren, und er hat mich ins Haus geholt und mich gewärmt. Er ist zu Ihnen gefahren …"

„Er hat gesagt, dass er Sie nicht in den Ort bringen wollte, weil die Heizung in seinem Truck nicht richtig funktioniert. Aber ich habe eine gute Heizung im Wagen, und in der Klinik haben wir zwei Betten …"

„Kann ich nicht einfach hierbleiben?"

„Sind Sie sicher?"

„Ich habe so viel hinter mir … Ich suche ihn seit …"

„Sie können doch mit uns in den Ort kommen, bis Sie sich wieder besser fühlen. Anschließend können Sie dann entscheiden, was Sie tun wollen. Falls es noch unerledigte Dinge gibt, können Sie ja wieder hier rauskommen. Und wenn Sie ein wenig Unterstützung brauchen, mein Mann und ich sind für Sie da."

„Nein." Marcie schüttelte den Kopf. „Ich würde das lieber gleich hinter mich bringen und dann nach Hause fahren." Was sie nicht erwähnte, war, dass sie ein wenig Angst davor hatte, er könne erneut verschwinden.

„Aber fühlen Sie sich denn sicher bei ihm? Hier draußen ist es ziemlich primitiv. Die Höhle Ihres Tigers scheint nicht über allzu viele Annehmlichkeiten zu verfügen."

„Ich glaube nicht, dass Ian allzu viel besitzt, so wie er hier lebt. Aber es reicht doch, oder? Es ist warm, es gibt etwas zu essen, er hat mir Tee zubereitet, mir Orangensaft gekauft. Er hat mir Aspirin gegeben …"

„Ich kenne ihn nicht, Marcie", wandte Mel ein. „Und nach allem, was ich höre, kennen Sie ihn auch nicht. Er ist ein Einsiedler. Hat er überhaupt irgendwelche Freunde?"

„Ich weiß es nicht." Marcie zuckte mit den Schultern. „Er hat mich."

„Darf ich das so verstehen, dass er Sie nun nicht mehr anbrüllt?", fragte Mel.

„Ich hoffe nicht. Ich glaube, er ist ganz zahm geworden."

„Ich möchte Sie nicht an einem Ort zurücklassen, der nicht gut für Sie ist. Das wäre unverantwortlich von mir."

Marcie lächelte leise. „Als er seinen Truck mit Feuerholz beladen hat, um es zu verkaufen, hat er gesungen. Sie hätten ihn hören sollen. Er hat eine wunderschöne Stimme. Als ich diese Stimme hörte, wusste ich sofort, dass er äußerlich zwar wild, im Innern aber eine empfindsame Seele ist. Und ich glaube, er wird mir beweisen, dass ich recht habe – wenn auch gegen seinen Willen."

„Natürlich ist es Ihre Entscheidung. Aber es gibt Hilfe, wenn Sie welche brauchen."

„Grippe", stellte Doc kurz angebunden fest. „Der Junge ist gut, sollte Mediziner werden. Ein paar Tage werden Sie sich ganz mies fühlen, dann wird es Ihnen wieder besser gehen. Ich werde Ihnen ein Antibiotikum spritzen, auch wenn das nur die bakterielle Infektion bekämpft und gegen die Grippe selber nichts ausrichten kann. Aber Sie sind jung und gesund und haben offensichtlich einen guten Krankenpfleger. Ian hat sich gut um den alten Mann gekümmert, der vor ihm hier gelebt hat. Er ist der Sache gewachsen."

„Das mag ja sein", wandte Mel ein. „Aber bevor ich von hier weggehe, möchte ich mich vergewissern, dass er das auch will. Ich werde ihn fragen müssen, Marcie. Wenn er sich bei dieser Krankheit nicht um Sie kümmern will, sollte er das nicht tun müssen. Nicht, wenn es eine Alternative gibt. Falls er knapp bei Kasse ist und keine Neigung verspürt ..."

„In Ordnung", sagte Marcie. „Aber wenn Sie ihn fragen, sagen Sie ihm bitte auch, dass ich achtzig Dollar habe, die ich ihm geben kann. Für alles, was ich esse oder trinke."

Mel lächelte. „Ich werde nicht vergessen, ihm das zu sagen."

„Und kann ich Sie noch um einen Gefallen bitten?"

„Natürlich. Nur zu."

„Haben Sie vielleicht zufällig eine ältere Schwester?"

„Allerdings, die habe ich."

„Nun, ich auch. Erin Elizabeth. Unsere Mutter starb, als ich erst vier war, und unser Vater, als ich fünfzehn war. Erin ist sieben Jahre älter als ich und hat für meinen Bruder und mich die volle Verantwortung übernommen. Sie ist ein guter Mensch, auch wenn sie einen gern herumkommandiert. Sie war entschieden dagegen, dass ich mich allein auf die Suche nach Ian mache. Letztendlich gab es nicht viel, das sie tun konnte, um mich davon abzuhalten. Ich *bin* erwachsen, auch wenn sie das nicht einsehen möchte. Unser Kompromiss war dann, dass ich alle zwei Tage anrufe, und glauben Sie mir, sie ist mehr als dafür, dass ich die Suche abbreche. Erin meint es nicht so, aber sie ist sehr dominant. Manchmal ist es etwas schwer, damit umzugehen ..."

„Also, ich habe eine ältere Schwester, auf die könnte die Beschreibung genau zutreffen. Und lieber Himmel, Sie haben Jack ja selbst *erlebt*!"

Marcie lächelte. „Ja, ich habe ihn gesehen. Ich denke, Sie können nachvollziehen, wovon ich rede. Ich brauche jemanden, der Erin für mich anruft und ihr sagt, dass ich Ian gefunden habe, gesund und munter bin und dass ich ein Weilchen bei ihm bleiben werde. Wenn Sie ihr nur erklären könnten, dass er kein Telefon hat und ich sie anrufen werde, sobald ich das nächste Mal im Ort bin. Das wird Sie vielleicht ein wenig beruhigen."

„Ist das Ihre ganze Familie?"

„Ja. Erin, ich und unser Bruder Drew. Aber ich habe auch noch die Familie meines verstorbenen Mannes, und das sind Millionen. Sie würden nicht im Traum daran denken, mich aufzugeben, nur weil er jetzt nicht mehr lebt. Glauben Sie mir, ich bin weit davon entfernt, allein zu sein. Wenn ich Ihnen die Nummer aufschreibe, werden Sie dann für mich anrufen?"

„Vorausgesetzt, dass Ian mit Ihrer Idee einverstanden ist, will ich das gerne tun."

„Wir müssen Erin doch nicht gleich sagen, dass ich krank geworden bin. Oder?"

„Oh, Marcie, ich lüge nur ungern."

„Also … Sie reden doch nicht über die Angelegenheiten Ihrer Patienten. Und Sie glauben auch, dass es mir bald wieder gut geht, oder?"

Mel schnitt eine Grimasse und schüttelte den Kopf. „Ist das die Art, wie Sie mit Ihrer Schwester fertig werden?"

„Bei Erin muss man sich etwas einfallen lassen. Sie ist brillant."

„Den Po nach oben", befahl Doc, der die Luftblasen aus einer Spritze klopfte. „Dann bekommen Sie von mir noch ein abschwellendes Mittel und Hustensaft. Abgesehen davon ist Ruhe die beste Medizin, dazu Saft, Wasser, leichte Mahlzeiten. Brühe wäre gut, ein bis zwei Tage. Hören Sie auf Ihren Körper und ruhen Sie sich aus, wenn Sie müde sind. Viel Schlaf und Flüssigkeit bereiten diesem Energiesauger fast immer den Garaus. Kein Holzhacken oder Wäschewaschen im Bach. Ich wette, Sie sind schnell wieder auf den Beinen."

„Aber ich kann doch zum Klohäuschen gehen und muss nicht diesen Topf hier im Zimmer benutzen, auch wenn es kalt ist?"

„Natürlich. Die Kälte macht Sie nicht krank, die macht Sie nur kalt. Ziehen Sie sich auf jeden Fall warm an und beeilen Sie sich."

„Das müssen Sie wohl kaum extra empfehlen … Haben Sie jemals den Sitz einer Außentoilette im Dezember gefühlt?"

„Mädchen, als junger Mann musste man mir beibringen, wie man die Toilettenspülung betätigt", sagte der Doc. „Da kommt man bei dem Wetter ganz schnell zur Sache, nicht wahr?"

„Marcie, wenn Sie uns brauchen, schicken Sie Ian. Ich

werde kommen und Sie holen …, das ist gar keine Frage“, sagte Mel.

„Danke. Das ist nett von Ihnen.“

„Viel Glück.“

Als Mel und der Doc die Hütte verließen, lief Ian vor dem Hummer auf und ab. Mel blieb stehen, um mit ihm zu reden, wie sie es versprochen hatte. Sie bemerkte, wie zerlumpt er war, wie ungepflegt. Seine Kleidung war alt und abgetragen, sein Bart viel zu lang. Aber dann war es auch wieder so, dass die meisten hart arbeitenden Rancher, Farmer und Holzfäller an einem Arbeitstag nicht gerade ihre besten Klamotten anzogen. An diese Art von Garderobe war sie hier gewöhnt, und sie bedeutete nicht immer Armut. Er riecht nicht unangenehm, dachte sie. Sie hatte die Badewanne im Zimmer gesehen; sich und seine Hütte hielt er sauber, und er war gewiss nicht dünn. Er wirkte sehr wohlgenährt, ein kräftiger Mann.

Der Doc beeilte sich, den Hummer zu erreichen und klemmte sich hinter das Steuer. Sie zog ein langes Gesicht.

„Trotz seiner starken Arthritis kann er sich auf jeden Fall sehr gut bewegen, wenn er der Fahrer sein will“, sagte sie. „Mr. Buchanan, sie hatten vollkommen recht. Marcie hat die Grippe. Sie wird sich ausruhen und viel Flüssigkeit zu sich nehmen müssen, und es wird ihr mindestens zwei Tage lang nicht gut gehen. Das kann bis zu einer Woche dauern, je nachdem, wie sie bei etwas Ruhe und Medizin wieder auf die Beine kommt. Also, ich habe ihr angeboten, sie in den Ort mitzunehmen und sie beim Doc unterzubringen. Aber sie würde lieber hierbleiben. Die Frage ist: Sind Sie damit einverstanden? Nicht dass sie sonderlich viel für sie tun müssten. Der Doc hat ihr erlaubt, die Außentoilette zu benutzen, solange sie sich warm anzieht. Sie wird nicht viel Aufmerksamkeit brauchen, aber es ist *Ihr* Zuhause.“

„Sie will bleiben?", fragte er mit hochgezogenen Augenbrauen. „Hier?"

„Das hat sie gesagt. Sie hat mich auch gebeten, Ihnen zu sagen, dass sie achtzig Dollar hat für ihr Essen."

„Lieber Himmel", sagte er kopfschüttelnd. „Wenn sie bleiben will, kann sie bleiben. Ich kann nur nicht verstehen, was ihr daran liegt. Es ist ja nicht so, als wäre ich eine angenehme Gesellschaft."

„Ich glaube, sie ist sehr dankbar dafür, dass Sie sie bisher so gut gepflegt haben. Vielleicht gibt es auch noch andere Gründe, aber darüber hat sie mit mir nicht gesprochen. Nur um das klarzustellen. Ich kann jederzeit kommen und sie holen, wir haben zwei Krankenhausbetten in der Praxis. Es ist Ihre Entscheidung. Wenn es eine Last für Sie wird, können Sie mich jederzeit anrufen."

„Ich will alles tun, was ich kann. Ich habe etwas Brühe gekauft. Saft. Ein halbes Huhn für eine Suppe, die sicher zwei Tage reichen dürfte."

„Gute Idee. Ich schwöre auf Hühnersuppe. Wie es aussieht, haben Sie alles gut im Griff. Gibt es sonst etwas, das ich für Sie tun kann?"

„Haben Sie ihr ein Medikament gegeben?"

„Der Doc hat ihr ein Antibiotikum gespritzt, aber erwarten Sie kein Wunder, denn es ist eine virale Grippe. Und er hat ihr ein paar Pillen und Hustensaft dagelassen. Die eigentliche Medizin aber ist die Zeit. Die Grippe wird tun, was sie will. Manchmal geht es schnell, manchmal ist sie hartnäckig. Glücklicherweise ist Marcie jung und gesund. Passen Sie auf, dass Sie sich nicht anstecken."

Er zog ein Bündel Scheine aus der Tasche, und Mel, die inzwischen schon eine ganze Weile mit dem Doc in diesen Bergen arbeitete, vermutete, dass dies sein gesamtes Vermögen darstellte. Der größte Teil der Landbevölkerung hier draußen gab sich nicht mit Kreditkarten oder Schecks ab; für viele war es eine Existenz mit Bargeld. Dieses Geldbündel würde alles in seinem Leben abdecken müssen, vom Benzin angefangen bis hin zum Essen, und das eine ganze Zeit lang. „Was schulde ich Ihnen?“, fragte er.

„Nun, wollen wir mal sehen. Ich glaube, das sind zehn Dollar für die Spritze und dann noch mal zehn für die Pillen und den Hustensaft.“

„Und für den Hausbesuch?“

„Fünf für Sprit?“, formulierte sie die Antwort als Frage.

„Und das soll alles sein? Sie wollen mich wohl schonen? Oder hat sie Ihnen Geld gegeben oder was?“

Mel lächelte. „Nein, sie hat uns nicht bezahlt. Sehen Sie, hier geht es nicht ums große Geld, sondern einfache ärztliche Versorgung auf dem Land. Wichtig ist nur, dass wir, wann immer möglich, kostendeckend arbeiten. Das hilft uns auf lange Sicht.“

„Was würden Sie denn berechnen, wenn ich in einem großen Haus leben und einen schicken Wagen fahren würde?“, hakte er nach.

„Wir würden die Rechnung an die Versicherung schicken und sie richtig ausnehmen“, antwortete sie, ohne zu zögern, und schenkte ihm ein breites Lächeln.

Er musste einfach lachen. Damals, als Raleigh krank war und im Sterben lag, hatte der alte Doc weder eine hübsche Krankenschwester gehabt noch einen Hummer. Doch sein Standardspruch war schon damals gewesen: „Du bist achtundachtzig und krank wie ein Straßenköter. Ich werde dir nicht dein ganzes Geld abnehmen und nichts mehr übrig lassen für deine Beerdigung.“ Ian zog drei Zehner heraus und reichte sie ihr. „Sie haben genug zu essen zu Hause? Es wird Ihnen doch deshalb an nichts fehlen?“

„Ich bin eingedeckt. Klugerweise habe ich den Mann im Ort

geheiratet, der das Restaurant besitzt. Ich esse viel mehr, als ich sollte. Und wenn Sie sich einmal Docs Bauch ansehen, kommt auch er offensichtlich gut über die Runden. Aber danke. Ich weiß es zu schätzen. Ich werde das, was Sie zu viel gezahlt haben, auf jemanden übertragen, der in Schwierigkeiten steckt. Das verspreche ich."

„Das ist gut, denn ich habe eine Menge wiedergutzumachen."

Sie reichte ihm die Hand. „Ich wette, es ist nicht so viel, wie Sie glauben." Er schüttelte die schmale Hand, und Mel lief zum Wagen und war weg.

Als Ian anschließend ins Haus zurückkam, sagte er kein Wort. Er legte noch einmal Holz nach, zog sich die Jacke aus und ging in seine sogenannte Küche, wo er sich die Ärmel aufrollte und gründlich die Hände mit Seife und kaltem Wasser wusch. Dann pumpte er Wasser in einen Kessel und stellte ihn auf seinen kleinen Propangasherd, packte das halbe Huhn aus und legte es hinein. Er schnitt die Zwiebel und etwas Sellerie klein und fügte es hinzu. Dann zog er die Jacke wieder an und ging nach draußen. Marcie konnte wieder hören, wie das Feuerholz auf die Ladefläche seines Trucks krachte. Sie hoffte, dass sie ihm die Musik nicht ausgetrieben hatte.

Sein Gesang war eine absolute Überraschung für sie. Bobby hatte nie etwas davon erwähnt, und mit Sicherheit war es kein Thema ihres kurzen Briefwechsels mit Ian selbst gewesen. Aber dann … würde ein großer harter Marine seinen Soldaten etwa ein Ständchen bringen? Würde er der Frau eines Soldaten mitteilen, dass er gerne sang und die Stimme eines Engels besaß?

Sie hatte Gliederschmerzen, auch war ihr wieder einmal viel zu heiß, also drehte sie sich um und schlummerte ein. Undeutlich nahm sie wahr, dass Ian die Hütte betrat und wieder verließ. Während sie vor sich hindämmerte, hörte sie hin und wieder das Geräusch vom Holzhacken, ein Pfeifen und den Aufschlag der Scheite, wenn sie auf der Ladefläche des Trucks landeten.

Als ein überaus köstlicher Duft sie schließlich weckte, hatte sie keine Ahnung, wie lange sie geschlafen hatte. Sie drehte sich um und stellte fest, dass das Zimmer nur schwach von der Glut aus dem Holzofen und einer nackten Glühbirne, die über dem Küchentisch hing, beleuchtet war. Die Sonne war untergegangen, und der große Kessel dampfte auf dem kleinen Herd. Ian saß unter dieser einen Birne am Tisch und hatte den Blick gesenkt. Sie bemerkte, dass ihre Sachen aus dem Auto – der Schlafsack, die Reisetasche, der Rucksack und die Handtasche – am Ende des Sofas auf einem Haufen lagen. Und er hatte seine Kleidung gewechselt; er trug nun eine graue Jogginghose, ein marineblaues T-Shirt und Socken. Die Hose, die er vorher getragen hatte, lag mit dem Hemd und der Jacke auf der Truhe neben einigen Büchern, die er auf dem Boden gestapelt hatte.

Sie richtete sich mit den Ellbogen auf. „Was machst du?“, fragte sie ihn.

Er klappte sein Buch zu und hob den Kopf. „Ich lese nur. Bei dir ist sicher gleich ein kleiner Trip zur, ähm, Damentoilette fällig?“

Nun setzte sie sich ganz auf und schwang die Beine über den Rand der Couch. „Genau“, sagte sie und stand auf. Sein Flanellhemd reichte ihr beinahe bis zu den Knien. Unsicher ging sie ein paar Schritte, und sofort sprang er auf. Schnell setzte sie sich wieder hin. „Könntest du mir bitte … meine Jeans und die Stiefel reichen?“

„Natürlich.“ Er nahm die Sachen von einem Stuhl und gab sie ihr. Anschließend machte er sich daran, seine eigenen Stiefel und die Jacke anzuziehen, wobei er ihr den Rücken zuwandte. „Brauchst du Hilfe?“, fragte er, ohne sie anzuschauen.

„Ich komme schon klar." Erst stieg sie in die Jeans, dann setzte sie sich wieder und zog sich die Stiefel ohne Socken an. „Habe ich hier irgendwo meine Jacke?"

Er holte ihre Daunenweste von demselben Stuhl und hielt sie für sie auf.

„Ich brauche nur eine Minute …"

Aber das ließ er nicht zu. Er hob sie einfach hoch und trug sie auf den Armen zur Tür. „Ich glaube nicht, dass du schon so kräftig bist. Wahrscheinlich fühlst du dich nur so, weil du so lange geschlafen hast. Aber ich möchte dich nicht wieder vom Boden auflesen müssen oder Ähnliches. Lass uns kein Risiko eingehen."

Auf halbem Weg über den Hof zur Außentoilette bemerkte sie: „Du erlaubst mir also zu bleiben."

„Die Krankenschwester meinte, es ist das, was du willst. Auch wenn ich mir nicht vorstellen kann, warum."

„Du magst mich", stellte sie fest und tätschelte seinen dichten roten Bart. Sie lehnte den Kopf an seine Schulter und legte die Arme um seinen Hals. „Versuche nur, das zu leugnen." Und dann hustete sie höchst unattraktiv.

Mit einem Grummeln wandte er das Gesicht ab, um sich keinen Virus von ihr einzufangen. Vor der Tür der Außentoilette stellte er sie vorsichtig auf die Beine. Sie ging hinein und kam kurz darauf schon wieder heraus. „Ich glaube, ich werde laufen. Falls du nichts dagegen hast."

„Fall bloß nicht hin. Es ist schwieriger, dich vom Boden aufzuheben als aus dem Stand heraus. Halte dich an meinem Arm fest, wenn nötig." Ihre Schritte knirschten auf dem gefrorenen Boden, als sie wieder zurück zur Hütte gingen. „Es tut mir leid für dich, dass ich drinnen keine Toilette habe, vor allem jetzt, wo du krank bist."

„Für mich ist es ein richtiger Luxus. Jedes Mal, bevor ich mein Nachtlager im Auto eingerichtet habe, bin ich noch schnell auf einen letzten Toilettenbesuch zu einer Tankstelle gefahren. Normalerweise habe ich es dann bis zum nächsten Morgen geschafft, aber wenn nicht, musste ich irgendwie zurechtkommen. Und das bedeutete in der Regel, dass ich mich an einer menschenleeren Straße kurz hinter einen Busch hocken musste. Und zuletzt wurde es richtig kalt."

Mit einem warmen Blick, in dem auch Neugierde lag, schaute er auf sie hinab. „So robust siehst du gar nicht aus."

„Ich weiß nicht wie, aber ich bin es. Sieh mich an. Ich fühle mich hundeelend, aber ich wette, dass ich dir in nichts nachstehe, was Hartnäckigkeit angeht."

Er stieß einen undefinierbaren Ton aus.

„Lieber Himmel, Ian! War das etwa ein Lachen?"

„Ein Husten", log er. „Wahrscheinlich hast du mich angesteckt."

# 5. Kapitel

Zurück in der Hütte nahm Marcie ihren Platz auf der Couch wieder ein, während Ian sich zu seinem kleinen Propangasherd begab und die Suppe im Topf umrührte. „Schaffst du es, ein wenig Suppe zu essen?“

„Ich glaube schon. Auf jeden Fall riecht es wunderbar.“

„Nichts Besonderes. Bloß gekochtes Huhn … ein wenig Gemüse“, sagte er bescheiden. Sie sah zu, wie er etwas davon in einen großen Becher schöpfte, einen Löffel hineinsteckte und eine Scheibe Brot mit Butter auf eine Untertasse legte. Das Ganze stellte er dann auf ein flaches Brett und brachte es ihr. „Ich habe nicht allzu viel Geschirr. Nur das, was ich brauche. Sei vorsichtig, es ist heiß.“

Sie stellte das Brett auf ihre Knie. „Du kannst bestimmt aus wenig eine Menge machen, stimmt's?“

Er murmelte eine zustimmende Antwort in seinen Bart, ging wieder zum Topf zurück und schöpfte sich selbst etwas Suppe in einen Becher. Dann setzte er sich zum Essen an den Tisch.

Marcie aß ein paar Löffel Hühnersuppe, und entweder war diese ganz köstlich oder aber sie hatte einfach Heißhunger. Dann trug sie ihr Bretttablett zum Tisch, wo sie es ihm gegenüber absetzte, und holte sich rasch den anderen Stuhl, um sich zu ihm zu setzen. Er beobachtete sie mit hochgezogenen Augenbrauen. „Die Suppe ist sehr gut, Ian. Glaubst du, wir können zusammen essen?“

Er zuckte nur mit den Achseln. „Wenn du das willst.“

„Wir könnten auch miteinander reden“, schlug sie vor.

Ian steckte seinen Löffel in den Becher und lehnte sich auf dem Stuhl zurück. „Sieh mal, ich will es so einfach wie möglich ausdrücken. Die letzten paar Jahre habe ich damit zugebracht, alles, was mit dem Irak zusammenhängt, aus meinem Kopf zu verbannen. Manchmal ist es ohne Ankündigung aufgetaucht, hat mir Kopfschmerzen bereitet und Träume, die nicht so nett waren. Ich möchte nicht darüber reden. Ich will keine vielen Fragen dazu beantworten."

Sie schluckte und sagte schließlich mit weicher Stimme: „Das ist absolut verständlich."

„Falls das der Grund ist, weshalb du hergekommen bist, dann hast du deine Zeit verschwendet", klärte er sie auf.

Sie hob einen Löffel Suppe an die Lippen und schaute in ihren Becher. „Ich habe meine Zeit nicht verschwendet."

„Was hat denn deine Familie dazu gesagt? Dass du auf diese Weise nach mir gesucht hast?"

Sie zuckte leicht mit den Schultern. „Meine Schwester war nicht besonders begeistert …"

„Nicht begeistert? Nicht besonders?"

Marcie holte Luft. „Sie hat gesagt, es wäre töricht und leichtsinnig. Dass ich keine Ahnung hätte, worauf ich mich da einlasse. Dass ich dich nicht kennen würde."

„Nun, damit hat sie wohl recht."

„Streng genommen, ja", stimmte Marcie ihm zu. „Ich konnte nicht genau wissen, wie du jetzt sein würdest, aber ebenso wenig konnte ich einfach glauben, dass du dich so sehr verändert haben könntest. Und wie du siehst, ich hatte recht. Es hat sich gezeigt, dass du ein netter Kerl bist."

Er schnaufte verächtlich.

„Wir könnten ja über andere Dinge reden." Sie tippte auf das Buch, das auf dem Tisch lag, und schaute es sich genauer an. „Zum Beispiel über das, was du liest. Du besuchst die Bücherei?"

„Es kostet nichts", bemerkte er wegwerfend. „Ich benutze die alte Leihkarte, die der Mann hinterlassen hat, der hier vorher gelebt hat. Niemand fragt danach, obwohl ich mir sicher bin, dass sie Bescheid wissen. Aber ich komme regelmäßig und bringe die Bücher nie zu spät zurück, also stört sich niemand daran."

„Das ist doch etwas, das du mir erzählen könntest. Der Mann, der hier früher gelebt hat. Dr. Mullins erwähnte, dass du dich um ihn gekümmert hast."

Ian aß noch ein wenig. „Erst nach einer ganzen Weile. Anfangs hat er sich um mich gekümmert, sozusagen."

Marcie wartete, aber es kam nichts.

„Was hat er für dich getan?"

Er hob den Becher an die Lippen und trank den Rest der Suppe aus, dann stellte er ihn wieder auf den Tisch. „Ich hatte auf seinem Land gecampt, und er hat mich entdeckt. Er war alt …, steinalt. Hatte kaum noch einen Zahn im Mund und war dürr wie ein Stock. Mehr als fünfzig Jahre hat er hier draußen gelebt, allein, ohne Frau, ohne Familie, und als er mich fand, lag ich unter einer dicken Schicht Schnee im Schlafsack und schlief. Dann hat er mich getreten."

„Er hat dich *getreten*?", wiederholte sie schockiert.

„Er hat mich getreten, und ich bin aufgesprungen. Daraufhin meinte er: ‚Tot bist du also nicht. Gut, sonst wärst du nämlich nur Futter für die wilden Tiere hier. Ich kann dich ganz sicher nicht begraben. Viel zu hart der Boden hier, und außerdem bin ich zu alt.' Das war unser erster Kontakt. Nachdem wir uns dann gegenseitig ein paar böse Blicke zugeworfen hatten, meinte er, dass ich, wenn ich wollte, bei ihm in der Hütte schlafen und mich aus seinem Küchenschrank bedienen könnte, wenn ich dafür sorgen würde, dass der Ofen nicht ausging und ihm, wo nötig, half. Damals war ich im Kopf wirklich nicht ganz klar, und allzu viele Alternativen hatte ich auch nicht.

Ich hatte nicht einmal darüber nachgedacht, was ein Winter in eintausendfünfhundert Metern Höhe bedeuten könnte. Dann habe ich mir erst noch zwei weitere Nächte den Arsch abgefroren, bevor ich an seine Tür klopfte. Alles, was er dazu sagte, war: ‚Das wurde aber auch Zeit. Ich dachte schon, du wärst tot.‘ Es war eine ziemlich simple Übereinkunft. Geredet haben wir kaum.“

„Nie?“

„Nach einem oder zwei Monaten kamen wir langsam ins Gespräch, aber es war nie viel. Er hatte so lange allein gelebt, ihm lag nicht viel am Reden. Mir ging es nicht viel anders.“ Als er das sagte, warf er ihr einen kurzen bösen Blick zu, fuhr dann aber fort. „Also habe ich Holz gehackt, manchmal einen Fisch gefangen oder sein Gewehr benutzt, um hin und wieder mal einen Vogel oder ein Kaninchen zu erlegen. Ich habe den Schnee von seinem Hausdach, dem Vorratsschuppen und dem Dach der Außentoilette gefegt und ihn in seinem Truck kutschiert, wenn er etwas erledigen musste. Zum Beispiel seinen Sozialversicherungsscheck abholen oder Essen einkaufen. Ziemlich schnell hatten wir kein Feuerholz mehr, und ich musste neues Holz schlagen. Ich wusste nicht mal genau, wie weit sein Land reicht, aber es ist voller Bäume, und man kann nicht einen Nachbarn sehen. Als ich zum ersten Mal einen Baum gefällt habe, wäre er beinahe aufs Haus gefallen. Da hat er geredet … Ich dachte schon, er würde überhaupt nicht mehr aufhören. Ein paar Monate später, als wir unterwegs waren, um Lebensmittel zu kaufen und zur Post zu gehen, hat er mich in die Bücherei mitgenommen und gesagt, ich soll mir ein Buch aussuchen, wenn ich Lust dazu hätte. Er selbst hat immer Bücher mit vielen Bildern, manchmal auch Kinderbücher mitgenommen – kleine Worte, groß gedruckt. Ich habe ihn nie danach gefragt, aber ich glaube, er hat von der Schule nicht viel gesehen. Als es dann wärmer wurde, hat er mir gesagt, wo er den Garten haben wollte, ließ mich die Außentoilette neu graben und hat mir die Werkzeuge im Schuppen gezeigt. Er sagte, wenn ich im Frühjahr und Sommer genügend Holz schlagen und trocknen würde, könnte ich es gerne vom Truck aus verkaufen. Ich habe mich gleich darangemacht, denn ich hatte keine andere Möglichkeit, Geld zu verdienen. Das ist dann auch schon fast die ganze Geschichte."

„Es muss ein wenig unangenehm sein … mit so jemandem zu leben."

„Mit bösen alten Männern hatte ich bereits Erfahrung", antwortete Ian nüchtern.

Sie leerte ihren Becher Suppe, und sofort sprang er auf, um ihre beiden Becher neu zu füllen. „Für mich nur halb voll", sagte sie und knabberte an ihrem Brot.

„Hör zu, iss so viel, wie du kannst. Ich glaube, du hast etwas Gewicht verloren …"

„Ja, schon möglich. Aber ich nehme sehr schnell ab. Ich weiß, dass ich dünn werde und richtig unterernährt aussehe, wenn ich nicht aufpasse."

„Und du hast nicht aufgepasst", stellte er fest.

„Nun, ich musste doch mein Geld sparen für Sprit", sagte sie leise.

„Hast du gerade gesagt, dass du Geld für Sprit gespart hast? Als du nach mir gesucht hast?"

Sie schaute auf. „Hast du in der letzten Zeit mal auf die Spritpreise geachtet?"

„Lieber Gott!" Ian schüttelte den Kopf. „Solange du hier bist, wird gegessen. Es gibt Brot, Erdnussbutter, Saft, Früchte, Marmelade …"

„Dann wurde er also krank, nicht wahr?", unterbrach sie ihn. „Ich wette, das war erst der Anfang der Geschichte, dass du hier gewohnt hast und dafür Hausarbeiten erledigen musstest."

„Irgendwie ergab eins das andere.“ Er zuckte mit den Schultern. „Ich kann nicht sagen, dass wir je dick befreundet waren … aber ich war ihm für das Dach über meinem Kopf etwas schuldig und habe mehr eingebracht als meinen Anteil am Essen. Als er krank wurde, habe ich den Arzt geholt. Das war eine Lektion für mich. Wenn die Leute hier draußen krank werden, lassen sie keine Tests machen und all das. Mit Sicherheit nicht, wenn sie Ende achtzig sind. Der alte Doc sagte zu Raleigh …, so hieß er, Raleigh …, Doc Mullins sagte ihm, dass er ihn ins Valley Hospital bringen könnte und der Gesundheitsdienst für alte Leute sich dann um ihn kümmern würde. Aber Raleigh meinte, dass er sich dann eher in den Kopf schießen würde. Damit war das Thema vom Tisch. Der Doc ließ ein paar Medikamente da und kam noch ein paarmal vorbei. Und dann, nachdem das ungefähr sechs Monate lang so gegangen war, ist Raleigh im Schlaf gestorben, und ich habe den Arzt geholt. Er zeigte mir einen Zettel, den Raleigh ihm diktiert hatte, als er krank war. Darauf stand: ‚Der Mann Ian Buchanan kann das Haus haben, den Truck, das Land und alles, was an Geld übrig ist, außer, was für die Beerdigung gebraucht wird. Kein Grabstein.‘ Er hatte es unterschrieben, auf seine Art, und Doc Mullins war Zeuge. Ich hätte nicht geglaubt, dass das reicht. In dieser Blechdose war dann gerade genug Geld, um ihn zu beerdigen, ganz schlicht, so wie er es gewollt hatte. Als ich den alten Doc fragte, was ich mit der Hütte, dem Land und dem Truck tun sollte, meinte er, ich sollte mir lieber keinen Kummer einhandeln.“

Marcie musste laut lachen. „Und was genau sollte das bedeuten?“

„Ich hatte es so verstanden, dass ich einfach weiter dort wohnen sollte, ohne die Sache zu verfolgen, aber tatsächlich hat der alte Doc Mullins einen Freund, der ist Jurist oder Richter oder so, und der hat sich um die Übertragung der

Eigentumsurkunde gekümmert. Der alte Raleigh ist also ohne einen Penny gestorben, während ich mich um ihn gekümmert habe, und eine Testamentseröffnung hat es nie gegeben. Ganz schön abgewichst", fügte er hinzu, schaute dann auf und sagte: „Entschuldigung." Er räusperte sich. „Ich habe den Fahrzeugbrief des Trucks eingesehen, und als ich feststellte, dass er ihn auf mich übertragen hatte – oder vielmehr der Doc dafür gesorgt hatte, dass er übertragen wurde –, habe ich mir die Nummernschilder auf meinen Namen ausstellen lassen, um nicht im Gefängnis zu landen. Ich habe noch meinen Führerschein, und das ist dann auch schon der komplette Umfang meiner offiziellen Papiere. Immer wenn die Steuern für dieses Grundstück fällig sind, zahle ich mit einer Postanweisung."

„Ian", fragte Marcie überrascht. „Soll das heißen, dir gehört ein ganzer Berg?"

„Ein Berg voller Nichts. Hier oben ist die Abholzung verboten. Ich habe, was ich immer hatte – eine Hütte und ein paar Bäume. Und Steuern. Ich komme zurecht, aber meistens kostet es mehr, als es einbringt. Es erscheint mir immer noch wie etwas Vorübergehendes. Es könnte sich alles sofort in Luft auflösen, wenn ich einmal die Steuern nicht bezahle."

„Und sollte es jemals so weit kommen, könntest du nicht mehr hierbleiben? Weil es nicht beständig genug ist?"

Er zuckte mit den Schultern. „Ich schätze, ich würde mir etwas einfallen lassen müssen."

Schweigend aß sie ihre Suppe auf. Dann fragte sie ihn: „Als er krank war, ging es ihm da sehr schlecht? Musstest du dich sehr um ihn kümmern?"

„Ich muss sagen, dass er schon sehr krank war. Lange Zeit hat er das Bett nicht verlassen. Hier drin stand ein kleines Bett ..., ein Etagenbett, aber nur das untere Teil, mit einer Matratze, die so dünn war, dass man sie kaum eine Matratze nennen konnte. Er hatte einige Altersprobleme, konnte nicht mehr selbst essen und so. Nachdem er gestorben war, habe ich das ganze Ding verbrannt."

„Und du hast auf der Couch geschlafen, bis ich aufgetaucht bin?"

„Ich habe nie auf dieser Couch geschlafen. Sie ist viel zu kurz und hängt unter meinem Gewicht durch. Ich schlage mein Feldbett neben dem Ofen auf. So gefällt es mir. Ansonsten könnte ich mir jederzeit ein gebrauchtes Bett kaufen."

„Aber diese Arbeit wird dir schwergefallen sein, Ian ... Du hast dich um jemanden gekümmert, den du kaum kanntest. Wie es aussieht, war er dir dankbar, denn er hat dir all das hier hinterlassen."

Ian lachte laut und spöttisch auf und wischte sich den Mund am Ärmel seines Hemdes ab: „All das hier? Heilige Madonna, ich habe hier nicht mal fließendes Wasser."

„Weil du es dir nicht leisten kannst?"

„Als ich hier zum ersten Mal an seine Tür klopfte, gab es keinen Propangasherd, und die einzige Lichtquelle waren Laternen. Er hat sich an einem Eimer gewaschen, wenn er sich denn gewaschen hat. Ich habe den Generator angeschafft, ein paar Lampen angebracht, die Badewanne gekauft, den Ofen. Das Mobiliar war zum Teil älter als er selbst, also habe ich auch eine neue Couch und den Sessel besorgt. Nun, sie sind gebraucht, aber besser als das, was vorher hier stand. Das Einzige, was ich wirklich vermisse, ist eine Dusche. Aber ich habe keine Ahnung, wie man Rohre verlegt."

Sie wartete darauf, dass er zu lachen aufhörte, dann sagte sie: „Erinnerst du dich an gestern Abend? Als du mich so wütend angebrüllt und versucht hast, mir Angst einzujagen? Also ... das ist dir tatsächlich ganz gut gelungen ..."

„Aber nicht gut genug, um dich zur Vernunft zu bringen", warf er ein.

„Nun, das ist eher mein Problem als deins. Wenn ich mir einmal etwas in den Kopf gesetzt habe, ist es schwer, mich davon abzubringen. Aber als ich danach in meinem Auto saß und etwas von dem Lunchpaket aß, das ich dabeihatte, ging die Sonne unter, und es fing an zu schneien. Da dachte ich, dass ich in meinem ganzen Leben noch nie einen schöneren Ort gesehen habe. Ein Regenbogen im Schnee! Und ich hatte überhaupt keine Angst, denn es war einfach perfekt und herrlich. In der Stadt kannst du jeden Luxus der Welt haben, aber das ist wirklich etwas, das man nicht kaufen kann."

Einen Moment lang schwieg er, dann sagte er: „Weißt du, was Bobby über dich gesagt hat? Er meinte, du wärst wirklich 'ne Marke."

Marcie achtete genau auf seine Augen. „Das ist fast schon darüber reden", sagte sie.

„Dann tue einfach so, als hätte ich nichts gesagt. Du gehörst ins Bett."

„Wann hast du zuletzt geschlafen?", fragte sie ihn.

„Ich sollte meine Schlafmatte ausrollen, und du solltest schon längst wieder eingeschlafen sein. Abgesehen davon haben wir jetzt mehr geredet, als ich gewohnt bin. Ich fühle mich ganz schön erschöpft."

„In Ordnung." Sie erhob sich von ihrem Stuhl und schaute auf das Buch. „Thomas Jefferson?", fragte sie. „Hast du schon mal John Adams gelesen?"

Er nickte.

„Ich auch. Ich habe das Buch geliebt. Vor allem Abigail … Sie war erstaunlich. Der alte John ließ sie mit einer Farm, den Kindern und wenig Geld allein zurück, und das in einem Land, das sich in einer Revolution befand. Und sie hat den Laden geschmissen. Sie war mein Idol. Wenn ich mir aussuchen könnte, wer ich sein wollte, wäre ich Abigail Adams."

„Weil sie alles alleine gemacht hat?", fragte er.

„Weil sie es gerne gemacht und sich niemals beklagt hat. So sehr hat sie hinter dem gestanden, was John tat. Ich weiß, als Frau, als Feministin, sollte ich keine Frau bewundern, die sich so für ihren Mann aufgeopfert hat, aber eigentlich hat sie es für sich selbst getan. So, als wäre dies ihr Beitrag zur Gründung der Vereinigten Staaten gewesen. Und sie haben sich Briefe geschrieben ..., nicht nur romantische Briefe, Liebesbriefe, sondern Briefe, in denen sie gegenseitig um Rat baten. In erster Linie waren sie gute Freunde, zwei Menschen, die den Verstand des anderen schätzten. Offensichtlich waren sie aber auch ein Liebespaar, denn sie hatten eine ganze Menge Kinder. Eine echte Partnerschaft, lange bevor echte Partnerschaften in Mode kamen. Und dann hat sie ..."

„Ich lese gern Biografien", unterbrach er sie, als hätte er genug von Abigail gehört. „Frag mich nicht, warum. Ich kann es dir nicht erklären."

Sie ging zu ihrer Couch und zog sich die Stiefel aus. „Vielleicht macht es dir Spaß herauszufinden, warum sich das Leben der Leute so entwickelt hat, wie es war. Das ist immer wieder spannend, nicht wahr?"

Ohne zu antworten, pumpte er etwas Wasser ins Spülbecken und wusch die Becher und Löffel ab. Dann legte er den Deckel auf den Suppentopf.

„Hey, du hast ja gar keinen Kühlschrank ..."

„Ich habe einen Schuppen. Manche Sachen kann man da ganz gut kühl halten. Eier oder Milch nicht, denn die frieren ein. Bei Suppe macht das nichts. Die kann man wieder auftauen und noch mal heiß machen."

„Ein Schuppen als Kühlschrank", murmelte sie und streckte sich auf dem Sofa aus. „Ist der Truck für morgen früh schon beladen?"

Er nickte. „Falls ich schon weg bin, wenn du aufwachst, glaubst du, dass du es allein zum Klohäuschen schaffen wirst?

Natürlich gibt es immer auch noch den blauen Topf …"

„Falls mir die Beine wackeln, werde ich mich des Topfes bedienen. Aber wirklich, ich fühle mich sehr viel besser. Nur ein bisschen müde."

„Hier drin sind außer Brot, Erdnussbutter, Honig und Saft auch noch jede Menge Sachen in Dosen, die du aufmachen kannst. Bohnen und Suppe. Morgen werde ich wahrscheinlich ein paarmal hin- und herfahren, laden und liefern." Mit dem großen Topf Hühnersuppe in Händen machte er sich auf zur Tür.

„Danke, Ian. Dafür, dass du so gut für mich sorgst. Ich weiß, ich bin eine schreckliche Zumutung."

Dazu sagte er nichts, blieb aber einen Augenblick in der Tür stehen, bevor er hinausging.

Sie machte es sich auf der Couch bequem. Es war nicht viel, diese kleine Hütte. Weniger als nicht viel. Sie war karg und nur mit dem Allernotwendigsten ausgestattet. Aber in Anbetracht dessen, dass sie Ian endlich gefunden hatte, fühlte sie sich hier äußerst wohl. Wäre es ihre Hütte, gäbe es Suppen- und flache Teller, bessere Möbel, eine Toilette im Haus. Sie dachte daran, was Mel gesagt hatte: „Ich muss ihn fragen, falls er knapp bei Kasse ist …" Genau genommen war das schwer zu sagen. Oh, offensichtlich besaß er sehr wenig Geld, aber wer wusste denn, wie viel Land auf diesem Berg er geerbt hatte und was es wert war? Möglicherweise war es nur ein kleines, wertloses Grundstück. Vielleicht aber war es auch riesig, und er hatte gar keine Ahnung, welchen Wert er besaß. Es schien ihn nicht sonderlich zu interessieren.

Es gefiel ihr, dass er sich auf diese Weise zurechtfand … und dass er bereit gewesen war, sie bei sich aufzunehmen, als sie seiner Hilfe bedurfte. Obwohl sie genau das repräsentierte, was er unbedingt vergessen wollte, nämlich die Vergangenheit.

Als er zurückkam, legte er Holz aufs Feuer, rollte seine Schlafmatte aus, drehte das Licht ab und legte sich hin. Nach mehreren Minuten in stiller Dunkelheit hörte Marcie ihn sagen: „Tut mir leid, wenn ich dich erschreckt habe. So oft brülle ich eigentlich gar nicht."

Auf ihren Lippen breitete sich ein leichtes Lächeln aus, und zufrieden wie schon lange nicht mehr kuschelte sie sich unter die alte Decke.

Als sie am nächsten Morgen aufwachte, waren Ian und der Truck nicht mehr da. Sie zog sich Jeans und Stiefel an und machte sich auf zum Klohäuschen. Auf halbem Weg hörte sie einen Schrei, und als sie aufschaute, konnte sie die Schönheit eines hoch am Himmel fliegenden Adlers bewundern.

Während der nächsten Tage schlief Marcie viel. Nicht nur, weil sie gegen die Grippe ankämpfte, sondern auch, weil sie absolut nichts zu tun hatte. Am frühen Nachmittag kam Ian gewöhnlich nach Hause und beschäftigte sich mit seinen Aufgaben im und ums Haus. Jedes Mal brachte er irgendwelche Lebensmittel mit, aus denen er ein Abendessen zubereitete. Mal waren es Kidneybohnen mit Schinkenspeck, mal Tomaten aus der Dose, die er etwas andickte und so eine Soße für Nudeln zubereitete.

Er spaltete einige Holzstücke, belud seinen Truck für den nächsten Tag, erledigte die draußen anfallenden Arbeiten und kam dann herein, um sich am Becken zu waschen. Wenn Marcie nach einem ausgedehnten Nickerchen aufwachte, stellte sie fest, dass er sich umgezogen hatte und seine Hauskleidung trug – Jogginghose, Socken und T-Shirt.

Eines Nachmittags drehte sie sich verschlafen auf der Couch um. Sie schlug die Augen auf, und sah als Erstes – einen nackten Hintern. Ian stand so, wie Gott ihn geschaffen hatte vor dem Waschbecken und wusch sich. Langsam ließ Marcie ihren Blick über seinen schlanken, muskulösen Rücken gleiten, über den knackigen Po und weiter zu den langen Beinen. Als ihr bewusst wurde, was sie da tat, stieß sie einen spitzen Schrei aus und verbarg ihr Gesicht ganz schnell wieder in der Rückenlehne der Couch. Ian sagte kein Wort, aber sein unterdrücktes Lachen hallte noch stundenlang durch ihren Kopf. Als sie sich später zum Abendessen gemeinsam an den Tisch setzten, war ihr Gesicht so rot wie die Soße auf den Nudeln. Es war dumm von ihr, so überrascht zu sein, nur weil sie ihn zufällig beim Waschen überrascht hatte. Schließlich roch er immer gut; er hielt sich sauber. Und das musste er irgendwann und irgend*wo* auch tun. Es war ja nicht so, dass er sich entschuldigen und ins Badezimmer zurückziehen konnte. Sie konnte sich das Gesicht waschen und die Zähne putzen, wenn er unterwegs war, aber er hatte keine andere Wahl. Auf seiner unebenen Couch war sie zum festen Inventar geworden.

Vielleicht wäre es nett gewesen, wenn er sie geweckt hätte, um ihr zu sagen: „Ich werde mich jetzt zum Waschen nackt ausziehen, wenn du also nicht willst, dass es dir peinlich ist, schließ die Augen." Aber nein ..., das würde Ian nicht tun. Es war sein Haus. Und er war ein Mann. Schon immer hatte es sie fasziniert, wie Männer nackt herumstolzieren konnten, selbstbewusst wie die Löwen und völlig unbesorgt darüber, dass man sie sehen oder gar über sie urteilen könnte.

Abends aßen sie gemeinsam am Tisch, unterhielten sich ein wenig, aber nicht viel. Wenn sie satt waren, sagte er: „Normalerweise lege ich mich nach dem Abendessen gleich schlafen. Für mich beginnt der Tag wirklich früh."

Und auch nachdem sie bereits den größten Teil des Tages verschlafen hatte, musste sie feststellen, dass sie wieder einschlief, sobald sie eine Weile in der warmen dunklen Hütte auf der Couch gelegen hatte. Und sie wachte erst wieder auf, wenn Ian am nächsten Morgen das Haus schon wieder verlassen hatte.

Ihre Gespräche beim Abendessen waren eine wunderbare Abwechslung für sie, und manchmal konnte sie ihn dazu bringen, über Dinge zu reden, die ihr schon viel zu lange durch den Kopf gegangen waren. Aber immer war da eine Linie, die sie nicht zu überschreiten wagte. Als sie einmal anfing, ihm von Bobbys hingebungsvoller Familie zu erzählen, kniff er nur kurz die Augen zusammen, gerade genug, um ihr zu signalisieren, dass dies kein Thema sein konnte. Das ganze Geschehen in Falludja, aus dem Bobby körperlich behindert und Ian als emotionaler Krüppel hervorgegangen war, blieb tabu.

„Ich habe deinen Vater besucht“, teilte sie ihm einmal beherzt mit, während sie aßen. Ian hob den Kopf, und der Bernstein funkelte in seinen dunklen Augen. „Er ist sehr krank“, fügte sie hinzu.

Ian senkte den Blick und steckte sich noch eine Gabel voll Soße und Kartoffeln in den Mund.

„Er ist nicht besonders freundlich“, betonte sie mutig.

Ian lachte, und das klang eindeutig bitter. „Ach was? Tatsächlich?“

„Ich vermute, es liegt am Alter, an der Krankheit …“

„Da gibt es nichts zu vermuten. Er war noch nie sonderlich umgänglich.“

„Ich dachte, es liegt vielleicht daran, dass er sich nicht wohlfühlt …“

Verärgert riss Ian den Kopf hoch und schaute sie an. „Mein Vater und ich haben uns noch nie nahegestanden. Das lag in erster Linie an seinem unfreundlichen Naturell.“

Sie aß ein paar Bissen, konnte aber nur mit Mühe schlucken. „Ich dachte, es würde dich interessieren.“

Er holte Luft, und sie konnte sehen, wie er sich beherrschen musste, um seine Stimme ruhig zu halten. „Hör gut zu, er macht sich keine Sorgen um mich, alles klar? Er hat keine schlaflosen Nächte, in denen er sich fragt, wo ich stecke oder was aus mir geworden ist."

„Aber es geht ihm einfach nicht gut …"

„Marcie, meine Mutter starb, als ich zwanzig war. Ich bin regelmäßig vorbeigefahren, um zu schauen, ob mit dem alten Mann alles in Ordnung ist, aber Fakt ist, dass er mir damals sieben Jahre lang weder geschrieben noch mich angerufen hat. *Sieben Jahre*."

Sie schluckte vernehmbar. „Aber du hast ihn angerufen?"

„Ja", antwortete er, schaute wieder auf seinen Teller und aß genüsslich weiter. „Ja."

„Das muss wehgetan haben."

Lange Zeit herrschte Schweigen. „Vielleicht, als ich jünger war." Mehr sagte er dazu nicht.

„So ein alter Dummkopf", murmelte sie und machte sich wütend über ihren eigenen Teller her. „Dieser Idiot." Sie nahm ein paar kleine Bisse. „Tut mir leid, dass ich davon gesprochen habe."

Ian brauchte einen Moment, bis er sagte: „Du hast es nicht gewusst."

„Also, dazu kann ich nur sagen: *Er hat den Schaden zu tragen.* Mehr fällt mir dazu nicht ein."

Und wieder war es still. Ian kratzte den Rest seines Essens vom Teller, stand auf und fing an, das Geschirr im Becken zu spülen. Schließlich folgten die Worte, die das Gespräch für den Abend beendeten: „Zeit fürs Bett."

Es war Marcies vierter Tag bei Ian. Der Husten war noch nicht ganz abgeklungen, aber sie fühlte sich sehr viel besser. So viel besser, dass die Langeweile ihr allmählich zu schaffen machte. Nachdem Ian das Haus verlassen hatte, stand sie auf, aß Brot mit Honig, ging nach draußen zur Toilette, trank den lauwarmen Kaffee, den Ian auf den Ofen gestellt hatte, und versuchte, sich mit einem der Bücher, die er aus der Bücherei geliehen hatte, die Zeit zu vertreiben. Sie hatte keine Ahnung, wie spät es war, als sie wieder einmal nach draußen musste.

Die Luft war klar und frisch, der Himmel blau, der Boden von mehreren Zentimetern festem Schnee bedeckt. Sie hatte sich nicht einmal die Mühe gemacht, die Jeans anzuziehen, sondern sich einfach nur ihre Jacke übergeworfen. Zwischen den wadenhohen Stiefeln und dem hüftlangen Flanellhemd waren ihre Beine nackt. Gern hätte sie einen kleinen Spaziergang gemacht, aber der Wald hinter dieser Parzelle war derart dicht, dass sie ein wenig Angst davor hatte, sich zu verlaufen. Mehr als einen Ausflug zum stillen Örtchen wollte sie nicht riskieren.

Sie hatte die Tür der Außentoilette schon fast erreicht, als sie ein Geräusch hörte, das ihr die Haare im Nacken aufstellte. Als sie sich umdrehte, sah sie ein Tier, das direkt an der Baumgrenze zwischen zwei Bäumen stand. Während sie es mit großen Augen anstarrte, duckte sich das Tier, fauchte und fletschte die Zähne. Es war eine Art große Katze, ähnlich einem Luchs, aber mit gelbbraunem, ungeflecktem Fell. So etwas hatte sie bisher nur im Zoo gesehen. Die Katze war groß wie ein gut gebauter Golden Retriever. Marcie warf einen Blick zur Hütte, dann zum Klohäuschen. Und dann schoss die Katze auch schon über den Hof auf sie zu.

In zwei großen Sätzen hechtete Marcie ins Klohäuschen und knallte die Tür zu. Sie setzte sich auf den Sitz, um sich wieder zu fangen. Es folgte ein Schlag an die Tür, als hätte die Bestie sich dagegengeworfen, anschließend ein Kratzen und Fauchen. Oh Scheiße, dachte Marcie. Da draußen steht sie und wartet auf mich! Lauert auf mich!

Nun, es war zwar kalt, aber wahrscheinlich war es doch immer noch besser, sich zu Tode zu frieren, als von einer geheimnisvollen wilden Katze in Stücke gerissen zu werden. Daher stand sie auf, klappte den Klodeckel – ein einfacher alter Toilettensitz – zu und versuchte, es sich bequem zu machen, auch wenn die Kälte ziemlich schnell durch das Flanellhemd drang und ihr den Po einfror. Wie dumm, dass sie nicht wenigstens ihre Jeans angezogen hatte. Aber schließlich hatte sie auch nicht damit gerechnet, länger draußen aufgehalten zu werden. Sie schaute auf ihr Handgelenk; natürlich trug sie nicht einmal ihre Uhr.

Fakt war, dass sie seit nunmehr vier Tagen in einem von Ians Flanellhemden lebte. Sie schlief darin, aß darin, spazierte darin zur Außentoilette, als einzige Beigabe ihre Stiefel. Sie fuhr sich mit der Hand über den Kopf, der sich anfühlte, als würde ihr von Natur aus lockiges, leuchtend kupferrotes Haar haushoch in alle Richtungen abstehen. Sie hatte es geschafft, sich kurz die Zähne zu putzen und die Unterwäsche zu wechseln, mehr aber auch nicht. Bestimmt sah sie aus wie eine Landstreicherin. Eine Obdachlose, die sich in Ians Klohäuschen versteckte.

Wieder warf sie einen Blick auf ihr nacktes Handgelenk und zitterte. Sie fing an, die Minuten im Kopf zu zählen, um nachzuhalten, wie viel Zeit verstrich. Wie lange würde ein kleiner Löwe auf seine Beute warten? Er hatte Fell, somit waren sie keine gleichwertigen Gegner. Sie überlegte: Wenn sie die Tür öffnete und die Katze nirgends zu sehen war, würde sie es dann mit einem beherzten Lauf bis zur Hütte schaffen können? Aber erst einmal sollte sie das erledigen, weshalb sie ursprünglich gekommen war, weil sie den kleinen blauen Topf nicht benutzen wollte.

Nachdem sie ihr Geschäft erledigt hatte, blieb sie noch ein paar Minuten länger sehr still sitzen. Schließlich öffnete sie ängstlich die Tür und verfluchte die quietschenden Angeln, als sie den Kopf nach draußen steckte. Da sie nichts entdecken konnte, trat sie vorsichtig einen Schritt ins Freie. Sofort hörte sie ein Fauchen und Knurren und sah, dass die Katze gute zehn Meter entfernt hinter dem Schuppen lauerte. Also trat sie schnell den Rückzug an und knallte die Tür wieder zu. „Scheiße", schimpfte sie laut. „Scheiße, Scheiße, Scheiße!"

Also nahm sie ihre Beine hoch, zog das riesige Flanellhemd über die Knie und schlang die Arme darum. In dem Klohäuschen gab es nichts, womit sie sich hätte verteidigen können. Nicht einmal etwas zu lesen gab es hier. Auf Ian war Verlass – nichts als kahle Wand. Keine Extras. Er hatte nicht einmal ein Buch im Haus, das nicht aus der Leihbücherei kam. Es dauerte nicht lange, bis sie vor Kälte zitterte. Dass sie zu husten anfing, half dann auch nicht weiter, obwohl sie versuchte, es zu kontrollieren, zu unterdrücken, zu dämpfen. Wahrscheinlich konnte die Katze sie hören und wusste jetzt, dass ihre Beute in der Falle noch lebte.

Sei's, wie es sei. Dann würde sie eben erfrieren. Sie hatte keinerlei Erinnerung an das letzte Mal, als sie sich beinahe zu Tode gefroren hatte, und wenn sie sich nicht erinnerte, bedeutete das doch wohl, dass es schmerzlos gewesen sein musste.

Irgendwann hörte sie Ians Truck den Weg herauffahren. Dieser Motor war unverkennbar, ein raues Brummen. Sofort sprang sie auf, denn plötzlich hatte sie nur noch einen Gedanken, dass nämlich dieses Katzenbiest, das auf sie lauerte, über ihn herfallen könnte. Sie presste das Ohr an die grobe Holztür, hörte aber nichts, bis auf das Quietschen, als Ian die Tür seines Trucks öffnete. In dem Moment riss sie die Tür der Außentoilette auf und schrie: „Ian! Pass auf! Da ist eine …"

Sie brach ab, denn mit einem Fauchen machte die Katze einen Satz auf die Tür der Außentoilette zu. Marcie schrie auf und ging schnellstens wieder in Deckung, unendlich froh, dass die Katze auf sie losgegangen war und nicht auf den ahnungslosen Ian.

Nun, dachte sie, jetzt sitzen wir hier. Ich eingesperrt im Klohäuschen, und er entweder im Truck oder in der Hütte. Und es ist tierisch kalt. Super. Wenn ich daran denke, dass ich mich nach einer Mikrowelle gesehnt hatte.

Aber dann schienen nur Sekunden verstrichen zu sein, als ein gewaltiger Knall sie veranlasste, sich kerzengerade aufzurichten und den Atem anzuhalten. Mit einem Ruck wurde die Tür zum Klohäuschen aufgerissen, und mit verdutzter Miene stand Ian davor, ein großes Gewehr in der Hand. „Wie lange bist du schon hier drin?“, fragte er sie.

„Keine Ahnung. Ich glaube, vielleicht ein paar T-t-age.“

Mit verlegenem Blick fragte er sie dann: „Bist du denn jetzt fertig?“

Sie bekam einen Lachanfall, dem ein weiterer Hustenanfall folgte, der wiederum in Lachen überging. „Ja, Ian“, brachte sie schließlich heraus. „Ich habe Pipi gemacht und abgewischt. Kann ich jetzt nach Hause?“

„Nach Hause? Marcie ..., dein Auto ...“

„Die Hütte, Ian.“ Sie lachte. „Mein Gott, hast du denn gar keinen Sinn für Humor?“

„Das war gar nicht so lustig. Ich kann mir nicht vorstellen, was er hier wollte. Ich habe kein Futter draußen, kein Kleinvieh ...“

„Er hat sich beim Schuppen herumgetrieben. Meinst du, er steht vielleicht auf Hühnersuppe?“

„Das Problem hatte ich noch nie. Ganz schön mutig von ihm, sich so weit vorzuwagen, dass Menschen ihn sehen können, ihn angreifen können ...“

„Was zum Teufel *war* das?“

„Ein Puma“, antwortete er. „Ein Berglöwe.“

„Ich *wusste* doch, dass das ein Löwe war.“ Plötzlich wurde sie still. „Du hast ihm doch nichts getan, oder?“

„Marcie, er wollte dich *fressen*! Machst du dir Sorgen um seine Seele oder was?“

„Ich wollte nur, dass er abzieht, nicht, dass er stirbt.“

„Ich habe ihn nur verscheucht“, beruhigte er sie, während er sie schnell zur Hütte begleitete. „Hör zu, wenn es nur noch die Möglichkeit gegeben hätte, er oder du, hättest du ihn erschießen können?“

„Nein.“

*„Nein?“*

„Also, ich habe noch nie mit einer Waffe geschossen, deshalb wäre mir das zu riskant. Mit einer so großen Waffe in der Hand hätte ich wahrscheinlich dich oder die Hütte getroffen, oder aber das Klohäuschen wäre jetzt Kleinholz …“ Wieder prustete sie los. „Aber dafür war er auch viel zu klein. Du hast doch eine Bratpfanne, nicht wahr? Eine große aus Eisen, richtig?“

„Wozu?“

„Nun, dann habe ich zukünftig etwas, womit ich mich wehren kann, wenn ich aufs Klo gehe. Ich war mal eine sehr gute Schlagfrau im Softball.“

Ian blieb stehen und sah auf sie hinunter. „Lieber Himmel, da ist doch immer noch der blaue Topf.“

„Ja, aber es gibt einfach Angelegenheiten, da wird eine Lady ihr Leben aufs Spiel setzen, um sie privat zu halten.“

Er lächelte. Ian lächelte tatsächlich. „Ach wirklich?“

# 6. Kapitel

Als Ian am nächsten Tag nach Hause kam, überraschte er Marcie, die in seinem Flanellhemd und den wadenhohen Stiefeln am Becken stand. Ohne Hose. Vielleicht trug sie einen Slip; er versuchte, nicht daran zu denken. Sie wusch sich das Gesicht mit einem Waschlappen. Ihr Haar war so buschig geworden, dass es aussah wie die Perücke eines Clowns. Er stellte die Einkaufstüte auf den Tisch. „Geht es dir besser?", fragte er sie.

„Sieht ganz so aus. Allerdings würde ich für saubere Haare glatt einen Mord begehen."

„Du willst dir die Haare waschen?"

„Der Gedanke war verlockend, aber ich wusste nicht, ob ein kalter, nasser Kopf eine so gute Idee ist. Das Wasser aus dieser Pumpe ist eiskalt."

Er schmunzelte. „Ich kann gar nicht glauben, dass du jetzt seit Tagen hier bist und so wenig begriffen hast. Es ist doch sonst gar nicht deine Art, Details nicht zu beachten, oder? Also, heute ist der richtige Tag für ein Bad."

„Hast du denn schon einmal gebadet, seit ich hier bin?", wollte sie wissen.

„Ich gebe zu, das habe ich vor mir hergeschoben und mich mit einem Topf heißem Wasser und Seife an der Spüle begnügt. Aber nicht nur, weil du hier bist. Dir ist sicher auch schon aufgefallen, dass es ein wenig kalt ist."

„Natürlich habe ich die Wanne gesehen, aber ich konnte mir nicht vorstellen, wie …"

Er schüttelte nur den Kopf. „Du hast recht, ein so primitives Leben bist du nicht gewöhnt. Also, das funktioniert so: Ich werde einen großen Kessel Wasser auf den Holzofen stellen, den ich richtig gut vollmache, damit der Raum schön warm wird. Einen zweiten Kessel setze ich auf den Gasherd. Das geht sehr viel schneller, und dann füllen wir das Becken mit heißem Wasser, um dir die Haare zu waschen. Während wir damit beschäftigt sind, wird ein zweiter Kessel auf dem Gasherd heiß, und wenn deine Haare sauber sind, haben wir zwei Kessel mit fast kochend heißem Wasser für die Wanne. Dazu werde ich noch etwas kaltes Wasser von der Pumpe kippen, und dann kannst du kurz eintauchen. Lange darin aalen ist nicht drin, denn ich kann die Wanne nicht vollmachen. Es dauert zu lange, auch noch Wasser zum Nachfüllen heiß zu machen. Bis ich den Kessel zum Kochen bringe, ist das Wasser in der Wanne schon wieder kalt geworden. Also ist es nur ein flaches Bad, aber es ist warm und reicht, um sauber zu werden."

„Wow, das ist wirklich großzügig von dir, so viel für mich zu tun ..."

„Für uns, Marcie. Ich werde nach dir baden. Und morgen will ich im Waschsalon vorbeifahren und die schmutzige Wäsche waschen. Alles, was gewaschen werden muss, kannst du mir mitgeben. Nur weil es dir nicht so gut ging ..."

Unruhig trat sie von einem Fuß auf den anderen und kaute auf der Unterlippe herum.

„Was ist los? Willst du nicht baden?"

„Für ein Bad würde ich mich umbringen", antwortete sie. „Es ist nur ... Mir konnte ja kaum entgehen, dass es hier offensichtlich keinen abgetrennten Raum mit einer Tür gibt ... Und mir ist auch nicht entgangen, dass dich das nicht besonders zu stören scheint."

Ian lächelte. „Solange du badest, werde ich den Truck mit dem Holz beladen, das ich morgen brauche."

Eine Sekunde lang dachte sie darüber nach. „Und wenn du badest, könnte ich mich solange ins Auto setzen?", schlug sie vor.

„Das glaube ich nicht. Dein Auto ist inzwischen fast ein Iglu. Da ist nur noch ein kleiner weißer Hügel zu sehen. Von den draußen lauernden Berglöwen gar nicht zu reden.“

„Also, was soll ich tun?“

„Nun, du kannst ein wenig schlafen, ein bisschen lesen oder die Augen schließen. Du kannst mir aber auch zuschauen und dir den Kick deines Lebens holen.“

Sie stemmte die Hände in die Hüften. „Das würde dir wirklich nichts ausmachen, oder?“

„Nicht wirklich. Wenn es so viel Arbeit macht, ist ein Bad eine ernste Sache. Und im Winter ist es ziemlich schnell vorbei.“ Er schmunzelte.

„Was ist so lustig?“, fragte sie leicht irritiert.

„Ich habe nur gerade daran gedacht, dass es hier drin so kalt ist, dass du vielleicht gar nicht so viel zu sehen bekommst.“

Ihr schoss das Blut in die Wangen, deshalb tat sie so, als würde sie nicht verstehen, was er meinte. „Aber im Sommer kannst du den ganzen Nachmittag in der Badewanne liegen?“

„Im Sommer wasche ich mich im Bach.“ Er grinste sie an. „Warum kämmst du dir nicht die Knoten aus dem Haar? Du siehst aus wie ein wild gewordener Handfeger.“

Einen Moment lang schaute sie ihn nur an, dann erwiderte sie: „Hör auf, mit mir zu flirten. Das ist nicht gut für dich.“ Anschließend hustete sie ihm etwas vor, ein lang anhaltendes tiefes Keuchen, das sie beide daran erinnerte, dass sie eine ordentliche Grippe hinter sich hatte, während es zugleich übertönte, was ganz nach einem amüsierten Lachen seinerseits klang.

Während er Wasser in einen großen Kessel pumpte, sagte er: „Nimm deine Medizin ein. Das klingt ja fürchterlich. Und ich will mich wirklich nicht anstecken.“

Es dauerte gut dreißig Minuten, um das Becken mit warmem Wasser zu füllen. Sie rollte sich die Ärmel des viel zu langen Hemds auf und schlug den Kragen ein, damit er nicht nass wurde. Als sie das Shampoo aus ihrer Kulturtasche nahm, streckte er die Hand aus. „Was ist?", fragte sie ihn.

„Halte du den Kopf übers Becken. Ich mach das schnell."

„Wieso?"

„Weil du nicht siehst, ob die ganze Seife draußen ist. Außerdem geht es schneller und einfacher, wenn ich dir helfe."

Sie nahm das Handtuch, das er für sie auf dem kurzen Tresen bereitgelegt hatte, beugte sich vor und tauchte den Kopf ins warme Wasser. Sie fühlte, wie er aus einer Tasse Wasser über die Haare goss und dann anfing, sie behutsam zu shampoonieren. Mit den Fingerspitzen seiner großen Hände verabreichte er ihr in langsamen, sanften Bewegungen eine wunderbare Kopfmassage. Sie genoss es mit geschlossenen Augen und gab sich Mühe, nicht vor Vergnügen laut zu stöhnen. Irgendwann sagte sie: „Du hast aber nicht vor, mir auch noch anzubieten, meine Beine zu rasieren?"

Mitten in der Bewegung hielt er die Hände still und verharrte so lange schweigend und reglos, dass sie sich schon fragte, ob sie ihn irgendwie beleidigt haben könnte. Schließlich sagte er: „Marcie. Warum in aller Welt solltest du dir die Beine rasieren?"

„Sie sind *haarig*!"

„Na und? Wen stört das schon?"

Eine Sekunde lang dachte sie darüber nach. Sie hockte hier oben auf einem Berg am Ende der Welt in einem Haus, das nicht einmal über eine Toilette verfügte, und mit einem Mann, der aussah wie ein Grizzlybär. Warum also sollte sie sich die Beine rasieren? Und die Achselhöhlen? Schließlich sagte sie kleinlaut: „Mich würde es stören."

Daraufhin stieß er nur in einem tiefen Seufzer die Luft aus und fing an, ihr die Haare auszuspülen.

Als sie sich hinterher das Haar mit einem Handtuch trocknete, nahm er ein sauberes Hemd aus der Truhe und reichte es ihr. Diesmal war es ein weiches Jeanshemd, dessen Manschetten und Kragen schon leicht ausgefranst waren. Abgesehen davon passten die Knöpfe nicht zusammen. „Zieh dir lieber das an", sagte er. „Das karierte Flanellhemd dürfte wohl reif für die Wäsche sein." Als er sich umdrehte, zog sie es aus und roch ein paarmal daran.

„Klugschwätzer", murmelte sie kaum hörbar.

Nachdem Ian das Wasser in die Wanne gefüllt und die großen Töpfe für sein eigenes Bad noch einmal aufgesetzt hatte, ließ er sie allein. Sie konnte sein Pfeifen und das Aufschlagen der Holzscheite hören, während sie sich – tatsächlich – die Beine rasierte. Und auch die Achselhöhlen. Das Pfeifen war nicht nur ein sinnloses Zwitschern. Er war begabt. Die Melodie war klar erkennbar, mit Schnörkeln und Trillern und allem. Sie wünschte, er würde singen, aber heute pfiff er nur.

Als er wieder hereinkam, trug sie das frische Hemd. Sie wunderte sich über die unterschiedlichen Knöpfe, bis sie begriff, dass er die Knöpfe ersetzen musste, wenn er sie verlor. Auf diese Weise hielt er selbst seine ältesten Kleidungsstücke, solange er konnte, so gut in Schuss wie möglich. Ein sehr sonderbarer Mann. Sein Lebensstil war so primitiv, und mit seinen wild wuchernden Haaren und dem Bart wirkte er heruntergekommen. Und doch schien er mit Argusaugen auf seine alte, abgetragene Kleidung zu achten.

Zu ihrer Überraschung wiederholte er an sich selbst dieselbe Prozedur wie zuvor bei ihr. Er hielt den Kopf ins Becken, um Haare und Bart einzuweichen, während ein zweiter und dritter Topf Wasser heiß wurde. Nur dass er dies mit freiem Oberkörper ausführte. Während er damit beschäftigt war, versuchte sie sich auf eins seiner geliehenen Bücher zu konzentrieren, ertappte sich jedoch dabei, dass sie immer wieder über den Buchdeckel schielte, um einen guten Blick auf diesen breiten Rücken und den festen männlichen Hintern zu erhaschen. Unter seiner Kleidung hatte er seinen fitten Körper ganz gut verborgen, aber wirklich – er besaß den Körper eines Gottes. Allerdings war es bei seiner Arbeit auch kaum ein Wunder, dass er so kräftig gebaut war. Die ganze Zeit über fällte er Bäume, hackte Holz, lud mindestens ein Klafter davon am Tag auf seinen Truck, den er bei der Lieferung wieder abladen musste. Er war gebaut wie ein Ringkämpfer auf Anabolika.

Beim ersten Mal, als sie ihn so gesehen hatte, hatte sie sich viel zu schnell weggedreht, um seine Statur wirklich schätzen zu können. Angesichts der Tatsache, dass Kopfhaar und Bart so voll und dicht waren, hätte sie mit einem ebenfalls behaarten Rücken gerechnet. Aber nein – da war nur eine behaarte Brust, breit und fest, Bizepse so groß wie kleine Melonen, ein glatter, muskulöser Rücken und eine schmale Taille. Auf beiden Oberarmen prangten Tattoos. Rechts ein Adler und links eine Flagge mit den Buchstaben USMC.

Er kämmte sich das Haar glatt am Kopf zurück und band es wieder zusammen. Dann bürstete er sich mit einer alten Bürste den Bart, während sein Badewasser heiß wurde. Nun wusste sie auch, wozu all diese großen Töpfe neben dem Küchenschrank gestapelt waren. Sie dienten keineswegs dazu, große Mengen Essen kochen zu können, denn schließlich gab es nur einen Hausbewohner. Darin wurde Wasser erhitzt.

Offensichtlich schnitt er sich hin und wieder sowohl Pferdeschwanz als auch Bart. Sie fragte sich, ob er dabei auch schon einmal so weit ging, dass es wirklich eine Veränderung war, oder ließ er die Haare einfach wild wachsen und kappte nur gelegentlich einmal ein paar Zentimeter an den Spitzen? Sowohl Kopf- als auch Barthaar waren dicht und lockig, das Kopfhaar braun, das Haar am Kinn mit einem rötlichen Schimmer. In Verbindung mit den dunklen Augenbrauen wirkte er ganz grimmig, wenn er ein finsteres Gesicht machte.

Vielleicht war dies alles nur Teil seiner Tarnung. Versteckt in den Bergen, unerkennbar hinter diesem unheimlichen roten Bart und dem dichten braunen Haar.

Sie legte sich aufs Sofa und lehnte das Buch an die aufgestellten Knie. Als er das Wasser in die Wanne kippte und anfing, seinen Gürtel aufzuschnallen, rutschte sie auf dem Sofa nach unten und legte sich das Buch übers Gesicht, um sich selbst an einem zufälligen Blick auf seine weiteren Körperteile zu hindern. Sie hörte, wie er leise gluckste und schließlich sagte: „Ich gebe dir Bescheid, wenn ich fertig bin." Dann hörte sie Wasser platschen und spritzen, und keine zehn Minuten später teilte er ihr auch schon mit: „Ich bin so weit." Sie ließ ihm noch zwei Minuten länger Zeit, denn er war wirklich querköpfig genug, sie an der Nase herumzuführen.

Als er die Schmutzwäsche einsammelte und sie in einen Wäschebeutel stopfte, reichte sie ihm noch eine Jeans, vier Paar Socken, zwei Sweatshirts und eine Jogginghose dazu. Ihre Unterwäsche behielt sie für sich, und als er am nächsten Morgen das Haus verlassen hatte, stellte sie einen großen Topf Wasser auf den Holzofen. Sowie dieser gerade einmal etwas mehr als warm war, wusch sie ihre Unterwäsche im Becken aus und drapierte Slips und BHs auf dem Rand der Badewanne, sodass sie vor dem Ofen trocknen konnten. Und als die schiere Not sie zum Klohäuschen trieb, nahm sie die große Eisenpfanne mit. Sollte sich dieses Biest noch einmal zeigen und die Zähne fletschen, würde sie ihm so eins überbraten, dass es erst Mitte nächster Woche wieder zu sich käme. Auch wenn sie kein Jäger war, zu ihrer Zeit war sie doch eine verdammt gute Softballspielerin gewesen. Hinterher war sie müde und hustete, also nahm sie ihre Medizin ein und schlief ein wenig.

Als er zurückkehrte, trug er einen langen, rechteckigen Pappkarton bei sich, in dem fein säuberlich gefaltet die Wäsche lag. Er stellte ihn auf eine seiner Truhen und hob eins ihrer Höschen vom Badewannenrand. „Ich hoffe, dir geht es bald wieder besser“, sagte er, „denn ich glaube nicht, dass ich allzu viel davon vertragen kann. Der alte Raleigh dreht sich wahrscheinlich schon im Grabe um ...“

Marcie schoss von der Couch hoch, schnappte sich ihre Schätze und stopfte sie in die Reisetasche, obwohl sie noch gar nicht ganz trocken waren.

An diesem Abend gab es gekochte Kartoffeln, ein paar frische, weich gekochte Eier, dazu ein paar dicke Stücke Schinken. Während sie aßen, unterhielten sie sich ein wenig: über seinen Tag, seine Kunden, sein Programm. Aber gleich darauf und noch bevor sie sich auch nur an die Themen herantasten konnte, die sie hierhergeführt hatten, meinte er, es sei Zeit zu schweigen, damit er noch ein wenig lesen und dann schlafen könne. Dies akzeptierte sie widerspruchslos, denn er hatte lange Zeit allein gelebt und es bedeutete keineswegs, dass er unfreundlich oder gar grausam war.

Sie begann, sich über die kleinen Dinge zu freuen. Hin und wieder dieses verhaltene Lachen zum Beispiel. Niemand könnte das als richtiges Lachen bezeichnen, aber tatsächlich verirrte er sich bei manchen ihrer frechen Kommentare in Heiterkeit. Manchmal lächelte er sie sogar an. Unter diesem buschigen, rotbraunen Bart verbarg er schöne, gesunde Zähne.

Aber allmählich fühlte sie sich einsam und fragte sich, ob sie es schaffen würde, sein Schweigen auszusitzen.

Eines Nachmittags wurde sie Zeugin eines höchst ungewöhnlichen Ereignisses. Während er sein Holz auf den Truck lud, hatte er vor sich hingepfiffen, und schließlich fing er an zu singen. Erst leise, dann lauter, wobei diese unglaubliche Stimme ihr Herz zum Flattern brachte. Auf einmal war dann nichts mehr zu hören; keine Holzscheite, kein Singen. Und doch ging die Tür nicht auf. Zuerst dachte sie, er hätte kurz einen Abstecher zum Klohäuschen gemacht, aber die Zeit wurde lang. Schließlich öffnete sie die Haustür, ging hinaus und schaute, ohne ein Geräusch zu verursachen, um die Ecke zur Seite der Hütte. Dort entdeckte sie Ian neben dem Schuppen. Er stand vor einem sehr großen Hirsch mit einem gewaltigen schönen Geweih, das sicherlich fast einen Meter breit war. Er hatte die Hand ausgestreckt, und wie es aussah, fraß der Hirsch daraus. Leise redete Ian mit dem Tier und streichelte es mit der anderen Hand am Kinn.

Völlig gebannt blieb sie reglos stehen und sah schweigend zu, wie Ian und der Hirsch wie die besten Freunde diesen Moment in stiller Gesellschaft miteinander teilten. Dieser Mann besaß eine Freundlichkeit, die das scheueste wilde Tier besänftigte. Sie fragte sich, ob auch sie eines Tages mit dieser Seite seines Naturells in Berührung kommen würde. Brüllte er nur die Leute an, die ihm Angst einjagten?

Als sie hier angekommen war, hatte sie ihm mit der Vergangenheit Angst eingejagt. Danach hatte sie sehr darauf geachtet, das nicht zu wiederholen. Ein wenig mehr Zeit, ein wenig mehr Vertrauen, und sie würde sich vorsichtig an diese alten Probleme herantasten. Das Letzte, was sie wollte, war, ihn zu verletzen. Sie wusste, dass er ein guter Mensch war.

Wie konnte ein Vater einem solchen Mann nur die kalte Schulter zeigen? fragte sie sich. Wie war das möglich?

Der Hirsch ging zwei Schritte rückwärts, drehte sich um und tänzelte wieder zurück unter die Bäume. Ian wollte sich erneut seiner Arbeit zuwenden, sah sie aber dort stehen und kam zu ihr.

„Du hast meinen Freund Buck kennengelernt“, erklärte er. „Für ihn habe ich immer einen Apfel in der Tasche, wenn ich draußen arbeite. Manchmal schaut er vorbei, und wenn der Apfel weich wird, bevor er sich zeigt, esse ich ihn selbst.“

„Wie machst du das?“, fragte Marcie hingerissen.

„Das ist kein Trick. Ich habe ihn gefunden, als er noch jung war. Die Kugel eines Jägers hatte ihn gestreift, er war von seiner Mutter getrennt, völlig kopfscheu, verwirrt und voller Blut. Also habe ich ihn sozusagen eingefangen. Raleigh, der alte Mann, meinte, seine Augen würden nichts mehr taugen und dass er nichts für ihn tun könnte. Aber ich habe ihn im Schuppen eingesperrt und seine Wunden versorgt, ihn gefüttert und getränkt und ihm Äpfel gegeben, bis er wieder gesund war. Dann habe ich ihn freigelassen."

„Und er kommt zurück?"

„Ab und zu, aber nicht regelmäßig. Ich bin nur froh, dass er seinen Freunden nichts davon erzählt."

Gerührt legte Marcie eine Hand auf ihr Herz. „Ian, das ist unglaublich."

„Nicht rührselig werden, Marcie. Wenn ich eine Gefriertruhe hätte, würde ich ihn vielleicht erschießen."

„Das würdest du *nicht*!"

Er musste über sie lächeln. „Ich mag Wildfleisch. Du nicht?"

Sie dachte an dieses Chili, das Jack ihr serviert hatte, und wie es ihr auf der Zunge zergangen war. Aber sie antwortete: „So sehr nun auch wieder nicht!" Damit drehte sie sich schnell um und ging wieder ins Haus zurück, sein amüsiertes Lachen im Rücken.

Am nächsten Vormittag hörte Marcie einen Wagen den Weg heraufkommen und wusste gleich, dass es nicht Ian sein konnte; dazu lief der Motor viel zu ruhig. Als sie die Tür aufmachte, sah sie die Krankenschwester Mel, die mit ihrer Tasche in der Hand gerade aus einem großen Hummer stieg und ihr zurief: „Hallo. Ihnen muss es ja besser gehen."

„Sehr viel besser, danke", antwortete Marcie. „Diesmal allein?"

Mel kam zur Tür. „Ich dachte, ich schaue einfach mal vorbei und sehe, wie es Ihnen geht."

Marcie musste über sie lachen. „Hier schaut niemand einfach mal vorbei. Ich weiß noch, wie schwierig es war, diesen Platz zu finden. Kommen Sie herein. Ich fürchte allerdings, Tee und Plätzchen kann ich Ihnen nicht anbieten."

„Marcie … ich habe mit Ihrer Schwester gesprochen. Ich dachte, ich sollte Ihnen vielleicht davon erzählen."

„Oh Gott. Ist sie ausfallend geworden? Ist sie völlig ausgeflippt?"

Mel kicherte leise. „Völlig? Nein. Aber sie hat eine sehr gefestigte eigene Meinung, was diesen Besuch angeht. Ich erzähle Ihnen, wie es gelaufen ist."

Marcie wies auf den Tisch mit den zwei Stühlen und Mel setzte sich. Sie kam gleich zur Sache. „Ich glaube, dass ich es so gemacht habe, wie Sie es gewollt hatten. Ich habe ihr erzählt, dass Sie Ian Buchanan gefunden haben und sich jetzt bei ihm aufhalten, dass Sie vorhätten, ein Weilchen zu bleiben, und dass Sie anrufen würden, wenn Sie das nächste Mal in den Ort kommen. Ehrlich, mehr hätte ich auch gar nicht sagen können, glaube ich. Dazu hatte ich gar keine Gelegenheit. Sie wollte wissen, warum Sie nicht wieder auf dem Heimweg sind, nachdem Sie ihn doch gefunden haben und mit ihm reden konnten."

„Ach du liebe Güte! Nein …, meine liebe Schwester." Marcie stützte den Kopf in die Hände. „Also, weil ich krank wurde, natürlich, aber das soll sie ja nun gerade nicht erfahren. Sie bringt es fertig, mit einem Krankenwagen hier aufzutauchen. Wenn sie will, setzt sie Berge in Bewegung. Sie würde es sogar fertigbringen, die National Guard zu mobilisieren."

„Ja, den Eindruck hatte ich auch."

„Aber diese Grippe hat sich als Segen erwiesen. Es dauert einfach, bis man an Ian herankommt, denn es ist schon erschreckend, wie er sich daran gewöhnt hat, niemanden zu haben, mit dem er reden kann. Inzwischen sind wir ein wenig miteinander vertraut, einfach deshalb, weil ich ein paar Tage hiergeblieben bin. Wir haben gegenseitig ein bisschen am Rand unserer Leben herumgeknabbert, ohne allerdings Themen anzuschneiden wie den Krieg, meinen verstorbenen Mann Bobby, warum er die Marines und seine Heimatstadt verlassen hat. All das. Aber ich komme ihm näher. Nur weil er mich am Hals hat, lernen wir uns kennen. Besser gesagt, neu kennen, denn anfangs, nachdem Bobby verwundet worden war, hatten wir Kontakt miteinander, wenn auch nur für kurze Zeit. Also versuche ich, Vertrauen und Freundschaft aufzubauen. Irgendwann in den nächsten Tagen wird er auch mal richtig mit mir reden."

„Und dann?"

Marcie zuckte mit den Schultern. „Mel, ich weiß nicht, warum ich das tun musste. Einfach so hierherzukommen. Es war nur so, dass ich anders nicht weiterleben konnte. Wenn ich den Mann verstehen könnte, der das Leben meines Mannes gerettet hat ..."

„Augenblick mal", unterbrach Mel sie. „Er hat das Leben deines Mannes gerettet? Sorry – Ihres Mannes."

„Kein Problem. Von mir aus gerne Du. Ja, das hat er. Hatte ich Jack nicht davon erzählt?"

„Ich glaube nicht. Zumindest hat Jack es nie erwähnt."

„Nun, jedenfalls war es so. Er hat sein eigenes Leben riskiert, um Bobby zu retten, und wurde selbst dabei verletzt. Es ist nicht Ians Schuld, dass Bobby nur mit fürchterlichen Behinderungen überlebte. Ich rechne es ihm hoch an, dass er alles getan hat, was er tun konnte. Keine Ahnung, ob du das verstehen kannst, aber trotz der Tatsache, dass Bobby vielleicht viel zu lange in einem funktionsgestörten Körper gelebt hat, ohne zu wissen, was um ihn herum geschah, muss ich ..." Marcie wandte den Blick ab, schluckte die Tränen hinunter und fuhr dann sehr leise fort: „Ich war noch ein bisschen länger mit ihm zusammen. Für die Zeit, die ich noch mit ihm verbringen konnte, bin ich sehr dankbar. Auch wenn es Bobby gegenüber vielleicht nicht ganz fair sein mag."

Mel holte tief Luft. Jack war ihr zweiter Mann; sie war Witwe geworden, als sie ihren ersten Mann durch ein Gewaltverbrechen verloren hatte. Aber sie dachte nicht einmal daran, Marcie in diesem Moment die Einzelheiten zu erklären. Stattdessen legte sie ihr nur eine Hand auf den Arm und sagte: „Das verstehe ich vollkommen."

„Es geht auch noch um andere Sachen. Was Bobby für Ian empfunden hat ..., angefangen damit, wie sehr er ihn bewundert hat. Bobby hielt Ian für den fantastischsten Mann überhaupt und wollte sein wie er. Und dieser großartige Mensch ... läuft vor allem und jedem davon. Das passt einfach nicht. Und dann noch etwas ganz Blödes ..., Baseballkarten. Von Kindesbeinen an hatten die beiden Baseballkarten gesammelt, und als sie dann in der Wüste saßen – immer auf der Hut vor Bomben und Scharfschützen –, haben sie über diese blöden Baseballkarten geredet. Es gibt einfach Dinge, die ich wissen will. Kannst du das verstehen?"

Mel lächelte. „Ja, das verstehe ich", antwortete sie ruhig.

„Ich habe versucht, Erin alles zu erklären, aber sie begreift es nicht. Ich glaube, es liegt daran, dass sie sich in erster Linie um mich sorgt. Sie hat nur eins im Sinn, nämlich mich davor zu bewahren, noch mehr leiden zu müssen, als es während der letzten Jahre der Fall war. Ich weiß, vielleicht wird Ian sich mir gegenüber niemals öffnen. Darauf muss ich gefasst sein. Er hat es sehr deutlich gemacht – er will über all diese Dinge nicht reden. Was immer geschehen sein mag, es hat ein sehr großes Loch in seinem Herzen hinterlassen."

„Nun gut." Mel stützte die Ellbogen auf den Tisch. „Mit diesen Dingen habe ich nicht allzu viel Erfahrung, ein wenig aber schon. Schließlich habe ich selbst einen Marine zu Hause, der viel zu lange im Krieg war und deswegen eine schwache, verwundbare Seite in sich trägt. Nicht dass ich alles über Auslösungsmechanismen wüsste, aber ich möchte nicht, dass du in Gefahr gerätst, wenn du irgendwann beschließt, ihn mit diesen Dingen zu konfrontieren …"

„Er wird nicht ausrasten", unterbrach Marcie sie. „Dabei glaube ich nicht einmal, dass ihm das überhaupt klar ist, aber er ist kein *gequälter* Mann. Möglich, dass er das vor ein paar Jahren einmal war, und vielleicht beunruhigen ihn diese Erinnerungen auch noch, aber heute ist er bloß ein Mann, der in den Bergen lebt …, ein sehr vereinfachtes Leben lebt …, und er lebt allein. Es ist weniger kompliziert, als es scheint. Zumindest ist das meine Meinung."

„Ich weiß. Er singt." Mel lächelte.

„Nicht nur das. Über andere Dinge spricht er mit mir. Über den alten Mann, der ihm die Hütte hinterlassen hat, über das Reh, das ihn besucht. Er hat mir die Haare gewaschen. Er hat Wasser heiß gemacht, damit ich baden kann. Er geht zur Bücherei und liest jeden Tag, und das sind keine Bücher, in denen es darum geht, Bomben zu bauen oder Gift zu mischen. Er hat einen großen Stapel Biografien im Haus. Er ist intelligent und besitzt Sinn für Humor. Das will er mir eigentlich gar nicht wirklich zeigen … Ich bin sicher, er befürchtet, ich könnte den falschen Eindruck gewinnen, dass ihm meine Gesellschaft gefällt."

„Trotzdem …"

„Nein, seine Verfassung hängt nicht an einem seidenen Faden", betonte Marcie und schüttelte den Kopf. „Aus irgendeinem Grund glaubt er, dass es besser für ihn ist, allein zu sein … Eines Tages werde ich es herausfinden."

„Marcie, ich glaube, deiner Schwester ist dabei die Geduld ausgegangen. Sie deutete an, dass sie hier raufkommen will, um dich abzuholen."

Marcie erstarrte. „Hast du ihr nicht gesagt, sie soll das lassen?"

„Ich habe ihr gesagt, dass ich dich selbst gesehen hatte und dass es dir gut ging. Aber es war eine Lüge, das zu sagen. Du hattest Fieber und Husten und …"

„Und ich wurde versorgt! Es geht mir gut! Sogar meine Beine sind rasiert!" Mel hob den Kopf und sah sie fragend an. „Das war ein Scherz. Ich wollte mir die Beine rasieren und er hat sich gewundert, weshalb das hier draußen im Wald so wichtig sein könnte. Aber sie sind rasiert, verdammt!"

Mel lächelte. „Du fühlst dich also wohl?", fragte sie.

„Himmel, es gibt keinen Kühlschrank hier, nicht mal eine Toilette im Haus. Vor sechs bricht er morgens auf und kommt erst am frühen Nachmittag zurück. Dann belädt er den Truck noch einmal, sodass ich ihn vor dem Abendessen nicht mehr zu sehen bekomme. Jedes Mal kocht er dann etwas, und wir unterhalten uns beim Essen. Das findet früh statt, und anschließend will er seine Ruhe haben, um ein Buch zu lesen und zu schlafen, so wie er es immer getan hat. Ich fühle mich einsam und will *Medium – Nichts bleibt verborgen* sehen und *Men in Trees*. Ich sehne mich nach meinen Lieblings-CDs und DVDs. Normalerweise habe ich mir mindestens einmal im Monat *Tatsächlich … Liebe* angesehen. Fühle ich mich wohl? Ich komme zurecht …, besser als vorher, während ich nach ihm suchte und im Auto schlief, aber …"

„Du hast im Auto geschlafen?", unterbrach Mel sie entsetzt.

„Nun, mir ging allmählich das Geld aus. Und ich hatte ihn noch nicht gefunden. Das muss Erin aber nicht erfahren …"

„Unter die ärztliche Schweigepflicht fällt das Thema aber nicht", warnte Mel.

„Irgendwie schon, darauf würde ich wetten. Ich wette, es hat dazu beigetragen, dass ich krank wurde!"

Dazu lächelte Mel nur, bückte sich und hob ihre Tasche auf.

„Kann ich mal deine Temperatur messen, den Hals ansehen und die Brust abhorchen?“

„Ja, natürlich …, den Husten werde ich anscheinend nicht mehr los, aber sonst fühle ich mich ganz gut.“

Mel machte sich an die Arbeit, und während sie Marcie kurz untersuchte, sagte sie: „Ich glaube, du solltest Ian sagen, dass du mal einen Anruf erledigen musst. Sprich selbst mit deiner Schwester.“

„Ich kann doch selbst fahren. Ich würde nur kurz in den …“

„Hast du denn Winterreifen oder Schneeketten?“

„Also … Nein, aber …“

„Ohhhh, Marcie. Dann würde dein kleiner VW aber wirklich ganz schnell den Berg runterrutschen. Seitdem du hier bist, hat es hier oben geschneit und weiter unten geregnet. Der Wagen hat einfach nicht das Gewicht oder die Bodenhaftung. Bis es hier wieder etwas trockener wird, sieh zu, dass du eine Mitfahrgelegenheit in einem Fahrzeug findest, das etwas schwerer ist … wie zum Beispiel Ians großem altem Truck. Oder aber du sagst mir, wann du gerne einen Ausflug in den Ort machen willst, und ich komme dich abholen. Aber glaube mir, es ist verrückt, sich vorzustellen, dass du in diesem VW heil ankommst. Das könnte eine Katastrophe geben. Abgesehen davon ist er anscheinend auch völlig eingeschneit …“

„Okay, sicher. Vielleicht sollte ich in den nächsten ein, zwei Tagen mal mit ihm darüber reden …“

„Jedenfalls bist du auf dem Weg der Besserung, meine Liebe. Ich glaube nicht, dass du noch ansteckend bist. Wir werden den Husten im Auge behalten, und du nimmst das schleimlösende Mittel, das der Doc dir gegeben hat. Aber deine Brust klingt gut, und ich fürchte, es ist gar nicht so ungewöhnlich, dass der Husten so hartnäckig bleibt. Dein Hals ist noch leicht gerötet, und deine Lungen wollen sich von dem Abfluss reinigen.“

„Hör mal …, was ist eigentlich mit der Rechnung? Dafür, dass ihr hier rausgekommen seid? Für die Medikamente?“

„Das ist erledigt“, antwortete Mel, während sie ihre Sachen einpackte.

„Ian?“

„Ja, wirklich. Ich vermute, für ihn war es eine Frage des Stolzes. Warum kommst du nicht mal auf ein paar Stunden ins Dorf. Das wird dich davor bewahren, dass dir die Decke auf den Kopf fällt. Die Bar ist von morgens früh bis um zehn Uhr nachts geöffnet. Den ganzen Tag über kommen und gehen die Leute. Du kannst dort das Telefon benutzen oder das in der Praxis.“

„Ah. Keine schlechte Idee. Mel? Dieser Baum? Der Weihnachtsbaum im Ort? Ist er jetzt fertig?“

„Fast. Ein wenig fehlt noch. Weißt du, er ist schrecklich groß.“ Und strahlend fügte sie hinzu: „Du darfst es Jack nicht sagen, aber ich war mit der hydraulischen Hebebühne oben, als er einkaufen war. Das war spitze.“

Marcie wartete bis zum Abendessen, um das Thema anzuschneiden. Sie wollte den richtigen Moment abpassen – nicht zu früh während der Mahlzeit, aber auch nicht erst beim letzten Bissen, wenn er mit seinem leeren Teller aufstehen und ihr den Rücken zuwenden konnte. Irgendwann in der Mitte fragte sie ihn dann: „Ist Virgin River ein Umweg für dich, wenn du fährst, um dein Holz zu verkaufen?“

Er sah von seinem Teller auf und schaute ihr fragend in die Augen, wobei er die nicht verletzte Augenbraue nach oben zog. „Warum fragst du?“

„Wenn es dir keine allzu großen Umstände macht, könntest du mich in den Ort mitnehmen. Ich muss meine Schwester anrufen. Ich hatte diese Krankenschwester Mel gebeten, sie anzurufen und ihr zu sagen, dass ich hier bei dir bin und kein

Telefon habe und dass ich mich melden werde, wenn ich wieder im Ort bin. Das sollte ich tun, damit sie sich keine Sorgen macht."

„Das ist dann wohl die Schwester, die findet, dass du leichtsinnig und verrückt bist?"

Sie lächelte ihn an. „Genau die."

Er lehnte sich im Stuhl zurück und ließ den Löffel auf seinem Teller mit Eintopf auf Reis liegen. „Wenn es dir jetzt besser geht, solltest du mal daran denken, wieder heimzufahren. Du hast mich gefunden und mir gesagt, was du mir sagen wolltest."

Einen Moment lang kaute sie auf der Lippe herum. Dann hob sie die hellgrünen Augen und schaute ihm ins Gesicht. „Ian, ich brauche deine Hilfe. Das sage ich nicht, um Mitleid bei dir zu wecken, denn das ist nicht nötig. Aber es hat eine sehr lange Zeit gedauert, in der ich Bobby verloren habe, und ich war wirklich davon überzeugt, dass ich auf meinen nächsten Lebensabschnitt vorbereitet wäre, wenn er mich schließlich ganz verlassen würde. Ich hatte mir Gedanken über all die Möglichkeiten gemacht, die ich hätte. Ausbildung, Reisen, vielleicht auch eine neue Beziehung. Dass ich vormittags und abends frei wäre … für was auch immer. Aber das funktioniert bei mir nicht. Ein Jahr ist er jetzt tot, und ich bin völlig blockiert. Ich habe keine Lust irgendetwas von dem zu tun, woran ich gedacht hatte. Wie es aussieht, komme ich keinen Schritt weiter, und das ist nicht nur Trauer. Es fühlt sich an, als wäre da etwas unerledigt geblieben. Hier bei dir zu sein … ist das Richtige für mich …"

„Du bist noch hier, weil du *krank* wurdest!", stellte er in einem sehr ärgerlichen Tonfall klar.

„Ja, nun, ich war aber nicht so krank, dass es mir nicht gefallen hätte, dich neu kennenzulernen. Es ist wie die Neubelebung einer Bekanntschaft. Ich habe das Gefühl, es hilft mir."

„Neubelebung einer Bekanntschaft? Wovon redest du?"

Sie senkte die Augen. „Ich habe dich gekannt. Nicht so wie Bobby ... aber in seinen Briefen hat er von dir erzählt. Und dann haben wir beide, du und ich, uns auch ein paar Briefe geschrieben. Für mich war es, als würden wir uns kennen. Als wären wir Freunde. Du bist die Verbindung ..."

Er schlug die Handflächen so fest auf den Tisch, dass sie zusammenzuckte. „Aber ich will einfach dieses ganze Thema nicht durchkauen!"

„Das *weiß* ich!", schrie sie zurück. „Lieber Himmel, habe ich dich vielleicht darum gebeten? Manchmal kannst du so verdammt verbohrt sein! Wie zum Teufel bist du eigentlich die ganze Zeit zurechtgekommen, ohne jemanden zu haben, mit dem du streiten kannst, hm? Ich weiß, dass du *Probleme* hast. Aber glaubst du nicht, du könntest auch einmal fünf Sekunden lang an jemand anders denken als dich selbst? Wir reden miteinander und das hilft mir, ein paar Dinge klarer zu sehen. Wenn du willst, dass ich gehe, werde ich gehen. Aber wenn du mich nur noch ein wenig länger bleiben lassen könntest, bis ich das Gefühl habe ... Mist." Sie strich sich mit der Hand durch die wilden, feurigen Locken. „Bis, ich weiß nicht wie lange! Bis ich das Gefühl habe, dass dieser Teil meiner nicht abgeschlossenen Geschichte abgeschlossen ist. Ich bin gerne bereit, das Essen zu kaufen oder bei der Hausarbeit zu helfen oder was auch immer. Ich kann nur einfach nicht in den Ort fahren, um meine Schwester anzurufen, weil mein Käfer weder Ketten noch Winterreifen hat." Sie holte Luft und schluckte. „Das ist alles. Ich musste es einmal sagen."

Er zog einen Mundwinkel nach oben. „Bist du *sicher*, dass das alles ist?"

Sie lehnte sich zurück und musterte ihn argwöhnisch. „Im Augenblick, ja."

Nun bewegte sich auch sein anderer Mundwinkel nach oben. „Du bist wirklich ein hartnäckiges kleines Weibsstück, nicht wahr?"

„Ich hatte dich gewarnt." Sie hob das Kinn und dachte: Wahrscheinlich genau das, was mir durch die schlimmste Zeit geholfen hat.

„Es ist nicht nötig, dass du einkaufst oder im Haus hilfst. Ich kann mir nur einfach nicht vorstellen, wie ein mürrischer alter Kerl wie ich dir bei irgendetwas helfen könnte."

„Nun", begann sie, leicht besänftigt und ein wenig verwirrt. „Es liegt an der Art ..."

„Morgen werde ich Holz ausliefern. Ich will ganz früh mit einer Ladung losfahren, dann komme ich leer zurück und werde wieder aufladen. Dann kann ich dich in den Ort bringen. Für die Lieferung brauche ich etwa zwei Stunden, anschließend hole ich dich wieder ab. Ist es denn in Ordnung für dich, so lange dort zu bleiben? Wohin willst du gehen?"

„Ich setze mich in Jacks Bar und trinke Kaffee."

„Nimm aber zuerst deine Medizin ein. Dieser Husten wird langsam beängstigend."

Sie schenkte ihm ein sehr glückliches Lächeln. „Danke, Ian." Und dann wusste sie es. Er mochte sich zwar dagegen wehren, aber ebenso sehr wie sie selbst musste auch er die Vergangenheit in allen Einzelheiten durchgehen. Je mehr er sich dagegen sträubte, desto offensichtlicher wurde es. Es war eine große Last auf seiner Brust, die er loswerden musste. Zu gegebener Zeit würde sie es angehen. Dann würde sie ihm Bobbys Briefe zeigen, ihm diese blöden Baseballkarten geben und anschließend mit einem Gefühl der Erleichterung nach Hause fahren. Dann würde es ihr besser gehen.

# 7. Kapitel

Als Ian in Virgin River vor dem Weihnachtsbaum hielt, dachte er: Meine Güte, was für ein Baum. Offensichtlich war er für die Soldaten dekoriert. Für ihn sah es so aus, als wäre er fertig geschmückt, allerdings stand die Hebebühne noch immer dahinter.

„In zweieinhalb Stunden kannst du hier nach mir Ausschau halten", sagte er zu Marcie. „Ich möchte nicht nach dir suchen müssen."

Sie warf einen Blick auf ihre Uhr. „Ich werde hier auf dich warten. Danke."

Daraufhin nickte er nur, sah ihr aber noch nach, als sie die Stufen zur Veranda der Bar hinaufstieg, dann fuhr er langsam aus dem Ort.

Er hatte große Probleme damit, es vor sich selbst einzugestehen, aber in ihrer Gegenwart fühlte er sich seltsam wohl, und er hatte keine Ahnung, warum das so war. Irgendwie ging es ihm schon allein dadurch besser, dass er sich um sie kümmern konnte. Dafür zu sorgen, dass sie genug aß und vor Gefahren geschützt war ..., es schien auch eine gute Wirkung auf ihn zu haben. Tatsächlich war es eine Menge Arbeit. Wenn sie nicht da wäre, würde er sich mit dem Essen nicht so viel Mühe geben. Für sich selbst machte er an drei von vier Abenden bloß irgendeine Konserve auf, aber weil sie krank war und eine warme Mahlzeit brauchte, hatte er sein bestes Essen aufgetischt. Hinzu kam, dass sie dringend ein paar Pfund zunehmen musste. Er hatte lange überlegt, ob sie deshalb so dünn und schwach geworden war, weil sie bei ihrer Suche nach ihm im Wagen geschlafen und höchstwahrscheinlich auch die eine oder andere Mahlzeit einfach hatte ausfallen lassen.

Zu wissen, dass Marcie zu Hause war und darauf wartete, ihn zu bedrängen und zu piesacken, veranlasste ihn, sich bei der Arbeit und seinen sonstigen Aufgaben ein wenig zu beeilen. Dabei konnte er nicht einmal verstehen, warum das so war, denn er war sich verdammt sicher, dass er diese alten Geschichten aus dem Krieg und über Bobby nicht wieder durchkauen würde. Schon allein bei dem Gedanken daran fühlte er einen Stein im Magen und bekam Kopfschmerzen. Dennoch hatte er eine geradezu lächerliche Angst davor, dass dieser Anruf bei ihrer Schwester dazu führen könnte, dass Marcie ihm sagen würde: „Ich muss jetzt heimfahren."

Aber es brachte nichts, sich deshalb den Kopf zu zerbrechen, denn unabhängig von allem, was ihre Schwester sagte, würde Marcie bald nicht mehr da sein. Schließlich hatte sie mit Sicherheit nicht vor, über die Feiertage bei ihm in der Hütte zu kampieren. Sie hatte Familie zu Hause, und auch wenn sie noch so sehr über ihre Schwester klagte, sie hatte eine Schwester, die sie liebte und die sich Sorgen um sie machte. Und was hatte sie noch gesagt, als sie ihn darum bat, in den Ort gefahren zu werden? *Nur noch ein Weilchen länger ...*

Es war die erste Beziehung, die er seit vier Jahren hatte. Der alte Raleigh zählte nicht. Das war die reinste Knechtschaft. Hätte der Mann ihm nicht den Teil eines Berges hinterlassen, Ian wäre niemals auf die Idee gekommen, dass Raleigh auch nur ansatzweise für die Pflege, die ihm in den letzten Monaten seines Lebens zuteilwurde, dankbar gewesen wäre. Ian hatte regelmäßigen Umgang mit anderen Menschen. Er arbeitete für die Umzugsfirma, wenn das Wetter gut war, machte seine Feuerholzrunde und ging aus, zum Beispiel in die Bücherei und hin und wieder in ein Restaurant. Die Leute waren nett zu ihm, und seinerseits begegnete er ihnen mit Freundlichkeit.

Aber er ließ niemanden an sich heran; Beziehungen hatte er keine. Niemand machte sich über ihn lustig, wie sie es tat, und entlockte ihm damit ein spontanes Lächeln.

Diese Sache mit dem Puma …, als sie die Tür der Außentoilette aufgerissen hatte und losschrie …, er wusste, was das zu bedeuten hatte. Marcie hatte Angst gehabt, die Katze könnte ihn angreifen, und sie hatte ihre eigene Haut riskiert, um ihn zu warnen. Es war verdammt lange her, dass er gefühlt hatte, wie jemand sich überhaupt einmal wirklich um ihn sorgte.

Vielleicht ist es ja so, dachte er, dass Marcie glaubt, ihr liegt etwas an mir, weil ich für Bobby eine wichtige Rolle gespielt habe. Wären wir uns einfach irgendwo sonst über den Weg gelaufen, wäre es anders.

Im Augenblick aber spielte das keine Rolle. Er mochte das Gefühl, auch wenn es ihm fremd war. In zweieinhalb Stunden würde er wieder herkommen, um sie abzuholen, und während er diesem Zahnarzt in Fortuna ein halbes Klafter Holz auslieferte, würde er die Zeit im Auge behalten, weil er nicht zu spät kommen wollte. Und bei jedem Scheit Holz, das er stapelte, würde er hoffen, dass es ihrer Familie nicht gelang, sie zu überreden, schon jetzt nach Hause zu kommen.

Es war erst halb zehn vormittags, als Marcie in die Bar kam. Niemand war dort, allerdings hörte sie Stimmen aus der Küche. Da sie eh nach hinten durchgehen musste, um das Telefon zu benutzen, klopfte sie erst ein paarmal an, und als niemand antwortete, schob sie langsam die Schwingtür auf und trat ein.

„Ja, immer herein", rief jemand, und die Aufforderung war von einem Frauenlachen begleitet.

Vier Leute standen um die Arbeitsinsel herum. Es waren zwei Paare: Preacher, der Koch, und Paige, die Frau, die am ersten Tag geholfen hatte, den Christbaum zu schmücken; dann der Ortspolizist Mike und eine sehr schöne Frau um die dreißig, mit hellbraunem Haar, das ihr ganz bis zur Taille reichte. Mike trug eine Schürze, die über und über mit roter und grüner Glasur verschmiert war. „Hey", begrüßte er sie lächelnd. „Marcie. Haben Sie Ihren Marine gefunden?"

„Wow", bemerkte Marcie erstaunt. „Mel erzählt ja wirklich *gar nichts.*" Sie schüttelte den Kopf. „Es ist jetzt fast schon eine Woche her, dass ich ihn gefunden habe."

Daraufhin tauschten sie nur wissende Blicke untereinander aus und kicherten. Wie es aussah, kannten sie Mel alle recht gut. „Sind Ihnen alle Anwesenden hier bekannt?", fragte Mike.

„Preacher, Paige, Sie …"

Mike legte einen Arm um die schöne Frau, und sie lehnte sich an ihn. „Dies ist Brie, Jacks Schwester." Er streichelte ihren Hals. „Mein Mädchen."

„Nett, Sie kennenzulernen." Plötzlich war Marcie ganz neidisch auf all die Liebe in der Welt.

Brie nickte und lächelte. „Es ist mir ein Vergnügen."

„Also. Wie ist er denn? Ihr Mann?", fragte Mike.

„Es geht ihm gut", antwortete Marcie. „Seit fast vier Jahren lebt er jetzt da oben auf einem Berg. Das Haus ist ziemlich primitiv, aber ich habe nie einen schöneren Platz gesehen."

„Und hat er sich gefreut, Sie zu sehen?", fragte Mike weiter.

„Oh, ja", log sie. „Ziemlich. Solange er nicht über seine Erlebnisse im Irak reden muss, kommen wir recht gut miteinander aus." Sie zuckte mit den Schultern. „Er lässt mich eine Weile bei sich wohnen." Mit gesenktem Blick fügte sie erklärend hinzu: „Nun, ich hatte eine ziemlich schwere … Erkältung. Und damit hatte er mich dann am Hals. So gesehen nutze ich ihn aus." Sie hob den Kopf und lächelte. „Er trägt es mit großer Geduld. Hören Sie, ich muss einmal anrufen, ein R-Gespräch. Ich hatte versprochen, mich alle zwei Tage bei meiner Schwester zu melden, und Ian hat kein Telefon."

„Bedienen Sie sich nur“, sagte Preacher. „Wählen Sie ganz normal. Wir haben mit der Telefongesellschaft einen dieser Verträge … unbegrenzte Ferngespräche für einen monatlichen Festpreis.“

„Wirklich?“

„Jack hat vier Schwestern und einen Vater. Paige hat Freundinnen“, erklärte er achselzuckend. „Wir telefonieren sehr viel. Ihr Anruf ist frei, solange es innerhalb der Vereinigten Staaten ist. Nur zu.“

Paige kam um den Arbeitstisch herum. „Marcie, wenn Sie ein wenig ungestört sein wollen, können Sie auch gerne von unserem Apartment aus anrufen.“

„Würde Sie das nicht stören?“, wandte Marcie ein.

„Nicht im Geringsten. Kommen Sie mit. Ich zeige Ihnen, wo es ist.“

Marcie wollte Paige schon folgen, drehte sich aber noch mal zu der Gruppe um. „Sie backen Weihnachtsplätzchen?“

„Paige und Brie backen“, antwortete Mike. „Heute findet hier so eine Frauenveranstaltung statt. Ich mache nur mit, damit sie jemanden haben, über den sie sich lustig machen können. Tacos liegen mir bei Weitem mehr. Und mein Carne Asada ist einfach tierisch gut.“

„Unsere Plätzchen sind zum Glück schon fertig“, meinte Brie lachend. „Mike kann dann sein eigenes Mischmasch essen. Er ist wirklich zu bedauern. Wer hat denn schon davon gehört, dass jemand nicht mal ein Plätzchen für den Weihnachtsbaum hinbekommen kann.“

„Das ist doch völlig normal“, schaltete Preacher sich ein. „Männer können gar nicht anders, denn sie wissen doch alle, dass ich der beste Plätzchen-Cowboy unter der Sonne bin.“

„Komm mit, Marcie“, sagte Paige und zog sie an der Hand. „Das Telefon steht gleich hier.“

Marcie ließ sich in ein kleines Einzimmerapartment führen – Schlafzimmer und Wohnzimmer gleich hinter der Küche der Bar. Paige wies auf ein drahtloses Telefon, das auf einem Beistelltisch zwischen dem Ledersofa und einem Sessel stand. „Bedienen Sie sich."

„Danke. Sie wohnen hier?"

„Hm-mh. Ursprünglich war es Jacks Wohnung, bevor er Mel geheiratet hat und zu ihr ins Waldhaus gezogen ist. Dann habe ich John geheiratet und …"

„John?"

„Oh, alle nennen ihn Preacher, aber sein Name ist John. John Middleton. Und ich bin Paige Middleton", fügte sie stolz mit einem strahlenden Lächeln hinzu. „Jetzt erledigen Sie Ihren Anruf, dann gibt es Kaffee und Plätzchen. Wir werden Ihnen ein paar mit nach Hause geben."

Paige schloss die Tür und ließ Marcie allein.

Erstaunlich, dachte Marcie. Leute wie diese waren ihr noch nie zuvor begegnet. Fast schon zu großzügig und freundlich. Hatten Sie denn gar keine Angst, dass sie ihre Schränke und Schubladen durchwühlte? Sie kannten sie überhaupt nicht, wussten praktisch nichts von ihr, und trotzdem waren sie alle bereit, ihr zu helfen, ihr gefällig zu sein.

Sie seufzte tief. Ian sollte sich ein wenig mehr in der Gesellschaft solcher Leute bewegen. Er war auf dem besten Weg, viel zu früh zu einem alten Griesgram zu werden. Dann nahm sie den Hörer in die Hand und wählte Erins Büronummer.

Die Sekretärin nahm ab, erklärte dann aber, dass Erin bei Gericht sei. Um ehrlich zu sein, Marcie atmete erleichtert aus. „Macht nichts, Barb. Sagst du ihr bitte, dass ich angerufen habe, dass es mir gut geht, dass ich den Aufenthalt hier sehr genieße und dass ich in ein paar Tagen noch mal versuchen werde, sie anzurufen? Dafür wäre ich dir sehr dankbar."

„Und läuft alles gut bei dir?", wollte Barb wissen.

„Absolut. Perfekt. Aber ich wohne draußen in den Bergen bei einem Freund, und dort gibt es kein Telefon. Ich kann nur anrufen, wenn ich in den Ort runterkomme. Also, es wird ein paar Tage dauern, bis ich wieder versuchen kann, sie zu sprechen. Aber sag ihr, dass es einfach wunderschön hier ist und ich eine gute Zeit habe."

Da es nichts kostete, rief sie anschließend gleich noch Drew auf seinem Handy an. Beim dritten Klingeln nahm er ab. „Drew", sie hielt die Luft an, „Drew, ich habe ihn gefunden!"

„Davon habe ich gerüchteweise schon gehört", antwortete er kichernd. „Alles in Ordnung mit dir, Marcie?"

„Es geht mir blendend", antwortete sie, musste dann aber unverhoffterweise husten. Und hustete gleich noch einmal. „Tut mir leid", entschuldigte sie sich. „Ja, ich habe einen Husten. Aber ich war beim Arzt hier im Dorf und nehme Hustensaft. Nichts, worüber man sich Sorgen machen müsste."

„Das klingt jetzt aber nicht gerade prima, Marcie. Schläfst du in einem beheizten Haus?"

„Natürlich." Sie lachte. „Und er hat mir Hühnersuppe gekocht und alles. Bist du im Seminar? Kann ich dir von ihm erzählen, ohne dass du ausflippst?"

„Ich bin vor die Tür gegangen. Der Typ liest eh nur nach dem Lehrbuch vor. Warum sollte ich denn ausflippen? Was ist los mit ihm?"

„Nichts. Er ist ein guter Mensch. Freundlich und warmherzig. Er wird nur immer ein wenig brummelig, wenn man dem Thema Krieg zu nahe kommt. Deshalb ... vermeiden wird es vorläufig noch. Aber Drew, er hat sich völlig verändert! Kein Wunder, dass ich ihn nicht finden konnte. Er hat jetzt einen Pferdeschwanz und einen mächtig buschigen Bart, der ganz rot gewachsen ist. Nicht so rot wie ich, aber er hat braunes Haar, und sein Bart ist eher rot als braun. Er lebt jetzt schon sehr lange allein hier oben ... seitdem er aus dem Corps ausgeschieden ist. Er hat verschiedene Jobs, jagt und angelt und fällt Holz. Ich bin noch dabei, ihn kennenzulernen, und ich mag ihn."

Und dann fiel es ihr plötzlich auf: *Es stimmt. Ich mag ihn wirklich.*

„Ach so ist das." Drew sprach sehr langsam und gedehnt. „Du wohnst nicht im Ort, bist isoliert, wohnst bei diesem Kerl, der kein Telefon hat, der Kerl, der ein wenig brummelig wird, wenn …"

„Wir verbringen eine schöne Zeit miteinander, und an ihm ist gar nichts komisch, es sei denn, darunter fiele eine schreckliche Menge Haar. Aber in dieser Gegend hier ist das gar nicht so ungewöhnlich. Und in diesem Dorf leben mehrere Marines, die sich alle irgendwie um mich kümmern und vorbeischauen, um sich zu vergewissern, dass alles in Ordnung ist." Das war eine harmlose Lüge, denn *Mel* war diejenige, die das Nachschauen besorgte. Aber alle Männer waren eindeutig interessiert und machten sich Gedanken. „Und alles ist bestens."

Drew atmete tief. „Und wann kommst du nach Hause?"

„Bald. Bisher hatte ich noch keine Möglichkeit, ihm ein paar von den Dingen zu sagen, die ich ihm sagen wollte. Du weißt schon, der Brief, die Baseballkarten. Und ich will wissen …" Sie wollte wissen, weshalb er einfach davongelaufen war und alles, was er liebte, zurückgelassen hatte. „Es gibt ein paar Dinge, die ich wissen will."

Drews Stimme nahm nun einen väterlichen Tonfall an. „Und wenn er dir das, was du wissen willst, nicht sagen möchte? Sagst du ihm dann höflich danke und kommst nach Hause?"

Darauf hätte sie schneller antworten müssen, aber sie brauchte zwei lange Sekunden, bevor sie es tat: „Natürlich, Drew. Er ist ein guter Mensch. Ich möchte ihn nicht verletzen. Ich fände es einfach nur schön, wenn er mir ein paar Dinge über meinen Mann erzählen könnte, etwas über seine eigene Situation. Aber wenn er das nicht will, werde ich ihn in Ruhe lassen."

„Erin dreht allmählich durch. Sie steht am Rande der Verzweiflung. Wenn sie sich nicht immer so gut im Griff hätte, würde sie längst Nägel kauen und sich das Haar raufen."

„Ich habe versucht, sie anzurufen. Sag ihr das. Ich wollte mit ihr sprechen, aber sie ist bei Gericht, deshalb habe ich dich angerufen." Sie lächelte in sich hinein. Familienhändel vom Feinsten! In Wirklichkeit hatte sie Drew nicht angerufen, weil Erin bei Gericht war, sondern weil es ihr guttat, mit ihm zu sprechen. „Du kannst ihr alles sagen … und dass ich in ein paar Tagen noch einmal anrufe. In Ordnung?"

„Irgendwas ist daran nicht wirklich …"

„Alles ist besser, als ich es mir vorgestellt hatte", unterbrach sie ihn. „Ich werde mich wieder melden, und versuch du derweil, Erin zu beruhigen. Echt, ich hasse es, diese Belastung mit mir herumzutragen, dass sie sich Sorgen macht. Ich möchte tun, was ich tun will. Und zwar das, weshalb ich hier hochgekommen bin."

Drew seufzte. „Ich weiß. Und ich verstehe es ja auch, aber deshalb muss es mir doch nicht gefallen."

Sie lachte leise. „Geh wieder zurück in dein Seminar. Ich melde mich bald wieder bei dir."

„Ich hab dich lieb, Mäuschen."

„Ich dich auch, kleiner Bruder." Und damit legte sie auf.

Einen Augenblick lang blieb sie still und entspannt in dem weichen braunen Ledersessel sitzen. Ihre Geschwister verstanden nicht wirklich, was Ian mit ihr zu tun hatte, aber sie liebten Marcie bei Gott genug, um sich über das, was mit ihr geschah, Sorgen zu machen und ein wenig Angst zu haben, dass es ein Fehler sein könnte, wenn sie sich von diesem fremden Mann pflegen ließ. Erin konnte in ihrer Liebe manchmal erdrückend sein, wenn sie, wie so oft, in Sorge gründete. Aber Drews jungenhafte gute Laune wog dies wieder auf, und Marcie wusste, welch ein Glück es für sie war, die beiden zu haben. Ohne ihre Liebe wäre sie innerlich so leer.

Sie hatten keine Ahnung, wie sehr Marcie sie vermisste, wie sehr sie sich wünschte, sie könnte bei ihnen zu Hause sein und einfach durch die Feiertage segeln, als würde nichts fehlen. Aber in diesem Jahr wäre es nicht nur so, dass Bobby ihr zu Weihnachten fehlte; ihr erstes Weihnachtsfest ohne Bobby hatte sie bereits hinter sich. Auch *Ian* würde ihr fehlen ... und all das musste sie einfach irgendwie regeln.

Als Marcie die Küchentür aufstieß, waren mindestens zwanzig Frauen in der Bar versammelt. Auf den Tischen verteilt standen Körbe, Schachteln, Dosen und große mit Plastikfolie abgedeckte Teller. Die Frauen tranken Kaffee und Tee und plauderten fröhlich miteinander. Marcie blieb in der Tür stehen und schaute sich im Raum um. Offensichtlich war dies die Frauenveranstaltung, von der die Rede war; womit ausgeschlossen wäre, dass sie in der Bar sitzen konnte, bis Ian wiederkam, um sie abzuholen. Sie würde sich etwas einfallen lassen müssen, um die Zeit totzuschlagen.

„Da sind Sie ja“, sprach Paige sie an. „Offensichtlich haben Sie sich nett mit Ihrer Schwester unterhalten.“

„Hm, meine Schwester konnte ich nicht erreichen, deshalb habe ich meinen Bruder angerufen.“

„Sie haben auch einen Bruder? Oh, da haben Sie aber Glück. Stehen Sie sich sehr nahe?“

Marcie kämpfte gegen die Tränen an. „Sehr“, antwortete sie und nickte.

„Wie schön.“ Paige griff nach ihrer Hand. „Kommen Sie, ich will Ihnen ein paar der Frauen vorstellen.“ Sie zog Marcie hinter sich her in den Raum. „Es ist die Weihnachtsplätzchen-Tauschbörse. Ein paar dieser Frauen sind Bäckerinnen von Weltklasse. Das dürfen Sie John aber nicht weitersagen. Er ist nämlich der Meinung, dass ihn im Backen niemand übertreffen kann, aber glauben Sie mir, sie sind unglaublich gut."

„Vielleicht sollte ich lieber nicht stören …"

„Seien Sie nicht dumm. Sie sind absolut willkommen. Es sei denn …, ich meine, wenn Sie etwas anderes vorhaben …"

Marcie konnte nur mit dem Kopf schütteln. „Es ist ja nur, dass … Natürlich habe ich auch keine Plätzchen."

Dazu lachte Paige nur. „Die hat Mel ebenso wenig. Mel ist kaum fähig, Wasser zu kochen. Als Brie und ich unsere Plätzchen in der Küche gebacken haben, hat Mel nur gemeint: ‚Ach zum Teufel damit. Es bringt doch nichts, so zu tun, als ob.'"

In diesem Moment hatte Mel von der anderen Seite des Raums her Paige und Marcie entdeckt und kam gleich auf sie zu. „Ah, gut, du bist ins Dorf gekommen! Das muss doch einfach besser sein, als ganz allein in der Hütte zu hocken. Und es ist toll, dass du gerade heute Morgen gekommen bist, jetzt kannst du gleich ein paar Nachbarinnen kennenlernen. Zögere auch nicht, alles zu probieren. Wie wär's mit Kaffee?"

„Kaffee wäre fantastisch. Aber ich fühle mich ein bisschen wie ein ungeladener Gast."

„Nicht in diesem Dorf", beruhigte Mel sie lachend. „Die Leute hier freuen sich immer, neue Bekanntschaften zu machen. Sonst sind es doch ewig nur dieselben alten Gesichter."

Paige drückte Marcie eine Tasse mit frischem, dampfendem Kaffee in die Hand, und Mel zog sie in den Raum unter die Frauen. Marcie lernte eine ganze Reihe von ihnen kennen. Da waren Connie, die den Laden im Ort betrieb, Joy, die sich um die Bücherei kümmerte, Hope McCrea, die Marcie bereits vom Christbaumschmücken her kannte, Lilly Anderson mit ihren Töchtern und Schwiegertöchtern. Lilly trug eine gestrickte Mütze, die eng am Kopf anlag, und Marcie konnte auch die dunklen Ränder unter ihren Augen nicht übersehen, aber ihr Lächeln war so warm und voller Leben. Als Mel Marcie weiterzog, flüsterte sie ihr zu: „Chemo. Dabei hat sie ihr Haar verloren."

„Oh, wie traurig."

„Sie hält sich tapfer. Nicht traurig sein."

„Hast du mir da etwa gerade ein Arztgeheimnis weitererzählt?"

Mel schüttelte den Kopf. „Lilly möchte, dass ich es, wenn möglich, an ihrer Stelle erkläre."

Und immer mehr Frauen tauchten auf. Rancherfrauen, eine Frau, die zusammen mit ihrem Mann ein Weingut besaß, und auch ein paar Frauen, die aus einem Nachbarort herübergekommen waren. Natürlich wurde Marcie gefragt, was sie nach Virgin River verschlagen hatte. Marcie sagte es ihnen, schlicht und einfach: „Nun, mein Mann ist im Irak lebensgefährlich verletzt worden. Er war ein Marine, und letztes Jahr ist er gestorben. Ich hatte gehört, dass sein bester Freund aus dem Corps irgendwo hier in der Gegend lebt, und ich bin hergekommen, um ihn zu suchen. Ich wollte ihm die Nachricht überbringen und ihn kennenlernen."

„Hatten Sie Erfolg?"

„Ja, ich habe ihn gefunden", antwortete sie mit einem Lächeln. „Er lebt in einer Hütte oben auf einem Berg. Heute hat er mich hier im Dorf abgesetzt, während er einem seiner Kunden Feuerholz liefert, und er wird mich in einer Stunde wieder abholen. Er war … Er ist … Mir gefällt dieser Ort", sagte sie schließlich. „Ich liebe euren Weihnachtsbaum!"

„Mel, Paige und Brie hatten die Idee. Auch wenn diese Marines hier im Ort nicht mehr im aktiven Dienst sind, fühlen sie sich den dienenden Männern und Frauen noch immer verbunden", erklärte jemand.

„Wir werden Ihnen einen Teller mit Kostproben von allem zusammenstellen. Den können Sie ihm dann mitbringen", bot eine andere Frau an.

„Oh, das sollten Sie nicht …"

„Aber er würde sich freuen, nicht wahr?", unterbrach Mel sie. „Denn das würde den Frauen ein gutes Gefühl geben. Bleib ein Weilchen hier … Ich muss mal nach dem Rechten schauen." Und ganz schnell war Mel verschwunden und überließ Marcie sich selbst.

Es dauerte aber nur eine Sekunde, in der sie sich etwas unwohl fühlte, dann war auch schon eine Frau neben ihr, die sich mit ihr unterhielt. Sie fragte sie nach ihrer Heimatstadt, ihrem verstorbenen Mann, ihrem Job und ihrer Familie. Sie hatte sich vorgestellt, selbst die Fragen zu stellen, um die Frauen erzählen zu lassen, aber so lief das nicht. Marcie war die Neue, und die Frauen waren neugierig.

Man drückte ihr einen großen mit Folie abgedeckten Plastikteller in die Hand – eine Auswahl von allen anderen Tellern im Raum. Weihnachtsmänner, Weihnachtsbäume und Ornamente; Zitronenschnittchen, Schokoplätzchen, Brownies; dünne Scheibchen spezieller Brote und viele andere Leckereien.

Und dann wurde es ganz still im Raum, als eine junge Frau die Bar betrat. Sie war groß, hatte langes rotgoldenes Haar, trug eine Schachtel Plätzchen in der Hand und war hochschwanger. Sie lächelte scheu, weil alle schwiegen, und senkte die Augen. Hinter ihr betrat ein sehr großer Mann die Bar. Auch er wirkt scheu, dachte Marcie, der auffiel, dass der Mann sich nicht ganz wohlzufühlen schien.

Aber nur einen Augenblick später war dieses peinliche Schweigen auch schon vorüber und die anwesenden Frauen umdrängten diese Frau, umarmten sie und küssten sie auf die Wangen. Mel hatte einen Arm um sie gelegt und hielt ihre

Hand, während sie sie in den Raum führte. Nachdem sie alle begrüßt hatte, machte sie sich daran, ihre Plätzchen anzubieten und selbst eine Auswahl der anderen Plätzchen für ihre Familie zusammenzustellen.

„Das ist Vanessa“, sagte jemand hinter Marcie.

Marcie drehte sich um und sah in Bries Augen.

„Ihr Mann ist vor zwei Wochen im Irak gefallen. Sie steht kurz vor der Geburt … Ich schätze, noch sechs Wochen oder so. Sie wohnt ein Stück außerhalb des Dorfes bei ihrem Vater und Bruder.“

Marcie schluckte. „Und der Mann, der sie begleitet?“

„Paul Haggerty. Von Kindesbeinen an der beste Freund ihres verstorbenen Mannes. Nach der Beerdigung ist er hiergeblieben, weil Vanessa ihn darum gebeten hat. Wo immer man Vanessa sieht, ist Paul nicht weit. In dieser schweren Zeit kümmert er sich aufopfernd um sie.“

„Das ist … so gut von ihm“, seufzte Marcie schwach und fühlte sich plötzlich von einer schmerzvollen Sehnsucht ergriffen.

„Paul ist auch schon lange mit Jack, Mike und Preacher befreundet. Diese Männer, sie halten wirklich eng zusammen. Und sie sind auch immer für die Familien da.“

„Er wirkt sehr traurig“, stellte Marcie fest.

„Das ist gar keine Frage. Ich bin mir sicher, dass er genauso leidet wie sie. Seit der achten Klasse waren Matt und er die besten Freunde.“ Dann atmete sie tief ein und fügte hinzu: „Gott sei Dank kommt bald das Baby. Welch ein Segen. Soll ich euch miteinander bekannt machen?“

„Lassen Sie sie nur bei ihren Freundinnen“, wehrte Marcie schnell ab. „Es wird ihr nicht leichtgefallen sein, hierherzukommen, so kurz nach dem …“

„Okay. Dann entschuldigen Sie mich bitte. Ich muss sie einmal in die Arme nehmen. Bin gleich wieder da.“

„Natürlich. Bitte lassen Sie sich Zeit."

Die Frauen im Raum waren voll und ganz auf Vanessa konzentriert, während Paul geduldig in der Nähe der Türe wartete. Nach ungefähr zwanzig Minuten kehrte Vanessa mit ihrem Sortiment an Plätzchen zu Paul zurück, und als sie die Bar verließen, legte er ihr einen Arm um die Taille.

Marcie ließ ihre eigenen Plätzchen auf dem Tresen zurück und folgte ihnen nach draußen. Gerade hatten sie die unterste Stufe der Verandatreppe erreicht, als Marcie sich räusperte und leise sagte: „Entschuldigen Sie ..., Vanessa?"

Beide drehten sich um, und Marcie zwang sich, einen Schritt weiterzugehen. „Ich bin ... Ah ..., herzliches Beileid."

„Ich danke Ihnen", antwortete Vanessa und lächelte freundlich, auch wenn ihre Augen traurig aussahen. Paul blieb an ihrer Seite. „Ich kenne Sie nicht, oder?"

„Nein. Ich bin nur zu Besuch hier. Auch ich bin die Witwe eines Marines", stieß Marcie hervor. „Seit ungefähr einem Jahr."

„Oh!" Spontan verlagerte Vanessa ihre eigenen Gefühle auf Marcies Verlust. „Das tut mir so leid!"

„Danke. Mein Mann wurde vor vier Jahren im Irak lebensgefährlich verwundet und ist letztes Jahr gestorben. Und als ich eben hörte ... Vanessa, ich erinnere mich so gut daran, wie es war, als die Trauer noch frisch und schmerzvoll war. Ich wünschte, ich könnte etwas sagen, das Ihnen jetzt helfen würde."

Sie hat so ein freundliches Lächeln, dachte Marcie. Dann streckte Vanessa die Hand aus und legte sie an Marcies rote Locken. „Ich glaube, das haben Sie gerade getan. Es war nett von Ihnen, überhaupt etwas zu sagen. Ich weiß, Sie hätten es nicht tun müssen."

„Aber natürlich musste ich das." Marcie fühlte, wie ihr die Tränen in den Augen brannten. „Ich weiß genau, wie schwer es am Anfang ist. Ich bin so froh für Sie, dass Sie gute Freunde haben, die Ihnen helfen, und dass Sie bald ein Baby haben werden."

„Sie haben keine Kinder?", fragte Vanessa.

Marcie schüttelte nur den Kopf. Und dann hörte sie Ians alten Truck, der mit lautem Motor gerade ins Dorf einfuhr. Sie widerstand dem Bedürfnis, auf ihre Uhr zu schauen.

Vanessa breitete die Arme aus und Marcie ließ sich umarmen. Vanessa hielt sie fest, während Marcie spürte, wie ihr die Augen überliefen. Es gab so viele Gründe dafür. Die Frau hatte ihren jungen Mann verloren, sie war schwanger, der beste Freund ihres Mannes war für sie da, und dann …

Durch die Tränen hindurch lachte Marcie und sagte: „Das Baby hat mich gerade getreten."

„Es ist ein Junge. Und Gott sei Dank ist er sehr lebendig."

Marcie löste sich von Vanessa und wischte sich über die Augen. „Dort wartet mein Taxi. Viel Glück."

„Danke. Wie heißen Sie?"

„Marcie Sullivan. Ich bin nur zu Besuch hier und werde bald wieder nach Chico zurückfahren, um die Feiertage mit meinem Bruder und meiner Schwester zu verbringen, und mit der Familie meines Mannes."

„Nun, dann genießen Sie Ihren Aufenthalt hier. Und frohe Weihnachten. Danke dafür, dass Sie so freundlich zu mir waren."

Marcie sah noch, wie Paul Vanessa half, auf dem Beifahrersitz eines großen Geländewagens Platz zu nehmen.

Sie hielt einen Finger hoch, um Ian zu signalisieren, er solle ihr noch eine Minute geben, lief wieder zurück in die Bar, schnappte sich ihre Plätzchen und verabschiedete sich rasch von ein paar Frauen. Dann stieg sie in Ians Truck. Erst als sie schon wieder aus dem Dorf herausfuhren, fragte er: „Na, Mission erledigt?"

„Meine Schwester war beschäftigt, deshalb habe ich mit meinem jüngeren Bruder gesprochen. Er wird die Botschaft, dass alles bestens ist, weiterleiten. Und ich hatte Glück. Ich bin genau in eine Party geplatzt, auf der die Frauen ihre Weihnachtsplätzchen austauschen. Sie haben darauf bestanden, mir einen Teller zusammenzustellen, den ich mit nach Hause nehmen sollte."

„Hm, sieht aus, als hättest du hier Freundinnen gefunden."

„Ein paar. Die Leute in diesem Dorf hier sind sehr nett. Du solltest ihnen mal eine Chance geben."

„Diese Frau? War das eine deiner neuen Freundinnen?"

„Die Frau, die ich umarmt habe?", fragte Marcie nach, um sicher zu sein.

„Sie war die Einzige, die ich außer dir gesehen habe", antwortete er.

„Vanessa. Ihren Familiennamen habe ich nicht verstanden. Vor ein paar Wochen hat sie ihren Mann im Irak verloren. Ich kannte sie nicht, aber ich habe ihr trotzdem mein Beileid ausgesprochen."

„Dann war dieser Mann gar nicht ihr Ehemann?"

„Der Mann war ...", *der beste Freund ihres verstorbenen Mannes*, wollte sie sagen, fuhr stattdessen aber fort: „Nur ein guter Freund, soweit ich verstanden habe."

# 8. Kapitel

Wenn man nicht arbeitet oder wenigstens einen Fernseher hat, der einen durch Nachrichten und regelmäßige Sendungen orientiert hält, tendieren die Tage dazu, ineinanderzufließen. Marcie wusste nie, ob es nun Dienstag oder Samstag war, aber das machte nichts. Ian schien sieben Tage in der Woche zu arbeiten. Und auch wenn sie das Gefühl hatte, ihre Grippe völlig überwunden zu haben – einmal abgesehen von dem Husten, der sie verfolgte –, neigte sie dazu, morgens noch immer lange zu schlafen. Bei abnehmendem Tageslicht blieb die Hütte länger dunkel, und Ian war leise, wenn er sich auf den Weg machte. Manchmal hörte sie zwar den Motor seines Trucks, ein Motor, der so brummelig klingen konnte, wie er selbst, aber dann drehte sie sich einfach um und schlief noch ein wenig weiter. Wenn sie dann schließlich aufstand, war Ian nicht mehr da, und sie machte sich ein wenig nützlich, aß etwas, legte ein paar Scheite Holz im Ofen nach, las eins seiner Bücher aus der Bücherei. Offen gesagt, oft ödeten diese sie einfach nur tierisch an. Wenn sie Lust hätte, eine Biografie zu lesen, würde sie die Biografie einer bedeutenden Frau vorziehen.

An diesem Morgen aber, dem Tag nach dem Weihnachtsplätzchentausch, stand Ian neben dem Tisch, als sie sich umdrehte, und er sah völlig anders aus als sonst. Anstelle seiner alten, abgetragenen Arbeitsjacke trug er eine marineblaue Jeansjacke, dazu eine Kaki-Hose und Stiefel, die nicht völlig verbeult waren. Das Hemd unter der Jacke war weiß. „Ich werde eine Weile weg sein. Wirst du zurechtkommen? Geht es dir gut?“

„Mir geht es gut. Allmählich fühle ich mich wieder normal. Willst du Feuerholz verkaufen? Bist du nicht spät dran?“

„Heute Morgen ist es etwas anderes. Aber ich werde früh wieder zurück sein.“

„Ian, wohin gehst du?“, fragte sie und setzte sich auf.

Er schaute nur eine Sekunde lang beiseite, trat näher an die Couch heran und antwortete: „Ich gehe in die Kirche. Das kommt hin und wieder vor. Ich bin wieder zurück …“

„Du gehörst einer *Kirche* an?“ Überrascht richtete sie den Rücken gerade.

„Nein. Nein, nein. Ich schaue nur manchmal vorbei. Immer verschiedene Kirchen. Für mich spielt es keine Rolle, welche Kirche es ist. Wirklich nicht.“

Sie war ganz Ohr. „Welcher Konfession gehörst du an?“

„Keiner. Wirklich. Ich bin nicht einmal in irgendeinem Glauben erzogen worden. Wir waren nicht religiös. Es ist nur so eine kleine Sache, die ich gelegentlich mal mache. Nicht regelmäßig. Ich werde in …“

„Bitte, kann ich nicht mitkommen?“

„Marcie“, stöhnte er fast schon qualvoll gedehnt, „lass uns das nicht tun …“

Da aber war sie schon von der Couch heruntergesprungen und hätte ihn beinahe umgeworfen, als sie sich ihre Jeans schnappte, die auf der Reisetasche lag. „Ich habe gar keine richtig guten Sachen dabei …, bloß Jeans und Stiefel, aber als ich das letzte Mal in der Kirche war, ging es dort ganz zwanglos zu. Heutzutage gibt es nicht mehr viele Leute, die sich dazu noch in Schale werfen.“

„Du solltest zu Hause bleiben …“

„Ich werde dir nicht die geringsten Schwierigkeiten machen.“

„Hör zu, kann ich hier mal offen mit dir reden?“

Hastig zog sie sich die Jeans hoch, wobei sie nicht einmal

daran gedacht hatte, dass er bei der Aktion einen Blick auf ihren Slip erhaschen könnte, bis er sich zur Seite drehte. „Es wäre mir ein Vergnügen …, wenn du einmal offen mit mir reden würdest.“ Sie riss sich sein Hemd über den Kopf und durchwühlte ihre Reisetasche auf der Suche nach ihrem besten Pullover.

Ohne sie anzuschauen, sagte er: „Ich betrete die Kirche sehr leise, immer etwas spät, und setze mich nach hinten. Ich bin nicht unfreundlich. Ich sage ‚Hallo‘ und ‚Behüt’ euch Gott‘ und gehe wieder. Die Leute erinnern sich nicht an mich. In derselben Kirche lasse ich mich nicht zweimal im Jahr blicken. Ich will keiner bestimmten Kirche angehören oder so … Ich will einfach nur manchmal die Musik hören. Ich bin kein Anhänger …“

„Ja, du bist ein Einzelgänger. Ich weiß …“

„Richtig, ich mag die Einsamkeit, … aber ich habe auch ständig Kontakt zu anderen Menschen. Ich lebe einfach nur allein. Und ich gehöre keiner Kirche oder keinem Verein an oder sonst etwas. Das ist alles. Ich gehe dorthin, um zuzuhören. Vielleicht ist ja etwas daran. Für Inspiration bin ich offen.“

„Gut. Das ist prima. Ich werde ‚Hallo‘ sagen und ‚Behüt’ euch Gott‘.“ Marcie zog sich den Pullover über den Kopf, schaute an sich hinunter und … völlig zerknittert. Als Ian sich wieder umdrehte, war sie bereits fertig angekleidet. Sie setzte sich aufs Sofa und zog sich die Stiefel über schwarze Socken. Seiner Miene nach zu urteilen, war davon auszugehen, dass er gleich ohne sie aufbrechen würde, wenn sie noch länger zum Anziehen brauchte.

„Nein. Nein, das wird nicht funktionieren. Du gehörst zu den Menschen, mit denen die Leute sich unterhalten wollen. Dir gefällt es, neue Freunde zu finden, Kontakte zu knüpfen, und das mache ich nicht. Ich werde einfach zu Hause bleiben und …“

Sie lief zum Becken, pumpte etwas Wasser hoch, um sich die Hände anzufeuchten, mit denen sie sich dann durch die wilden Locken fuhr, um sie ein wenig zu bändigen. „Nimm mich mit, Ian. Ich werde mich nicht einmal neben dich setzen. Ich werde so tun, als würde ich dich nicht kennen, und du kannst so tun, als wäre ich irgendeine schlecht gekleidete heimatlose Person, die rein zufällig zur selben Zeit dort ist wie du."

„Ach Marcie ... Ich wünschte, ich hätte dir gar nichts davon erzählt. Wie wär's denn damit, dass ich dir ein Buch aus der Bücherei mitbringe? Sag mir, was du lesen willst."

„Du gehst in die *Bücherei*? Oh Gott, bitte, bitte, bitte, kannst du mich nicht mitnehmen? Ian, ich habe doch kaum etwas anderes gesehen, seit ich deine Hütte gefunden habe! Ich muss mich mit niemandem unterhalten. Wirklich! Aber um Gottes willen, lass mich nicht noch eine andere Biografie lesen oder was auch immer du für mich aussuchen würdest. In der Kirche werde ich mich nicht neben dich setzen und in der Bücherei werde ich den Mund halten! Gott, ich will nur mal ausgehen und etwas in der Nähe anderer Menschen unternehmen. Einen Monat lang habe ich nach dir gesucht und den ganzen Tag lang mit Leuten geredet, bis es mir zu viel wurde! Aber jetzt ... Wenn ich nur mal ein kleines Weilchen wieder in der Welt sein könnte. Ich verspreche dir – ich werde dir nicht auf die Nerven gehen. Wenn ich das kleinste Bisschen falsch mache, kannst du mich anknurren und anbrüllen, wie es dir gefällt." Und dann hustete sie.

„Du bist immer noch krank. Hör dich nur an."

Marcie hielt die Luft an. „Das liegt nur daran, dass ich mich wegen dir so aufrege. Wirklich, mir geht es gut. Mel hat gesagt, dass mit mir alles in Ordnung ist. Sie hat mich untersucht und meint, dass ich nicht ansteckend bin und dass es nicht ungewöhnlich ist, wenn dieser Husten eine Weile nachhängt. Bitte. Bitte. *Bitte!*"

„Gott verflucht“, brummte er.

Sie lächelte ihn an. „Eine nette Ausdrucksweise hast du, für jemanden, der auf dem Weg in die Kirche ist.“

Den ganzen Weg über bis nach Fortuna sprach Ian kein Wort. Mit regloser Miene starrte er nur geradeaus, und da sie darum gebettelt hatte, mitgenommen zu werden, beschloss Marcie, lieber zu schweigen und sich an das zu halten, was sie versprochen hatte. Als sie vor einer Presbyterianerkirche anhielten, ging sie vor ihm in das Gebäude, nahm sich ein Programm und suchte sich einen Platz in einer der hinteren Kirchenbänke. Es überraschte sie nicht, dass Ian sich auf der anderen Seite des Ganges in eine andere Bank setzte und so tat, als würde er sie nicht kennen.

Nun gut, er wollte allein sein, und er war es. Sie hatte nicht vor, sich über seine Eigenheiten aufzuregen. Also lauschte sie einfach der Verlesung der Heiligen Schrift, dem Chor, der Predigt.

Es war Mitte Dezember und somit die Zeit, sich mit der Geschichte der Geburt Jesu zu beschäftigen. Normalerweise besuchte Marcie in der Weihnachtszeit die Kirche erst dann, wenn der Tag tatsächlich näher rückte, und immer schon hatte ihr diese Geschichte gefallen – der Stall, die Geburt, die Schäfer und die Weisen ...

„Eine Sache, die mich das ganze Jahr über interessiert – als Christ, als Theologe, als Mensch –, ist dieser Stern“, sagte der Priester. „Es wird viel darüber spekuliert, ob es sich hierbei um ein reales astronomisches Ereignis handelt oder etwas war, das Gott erschaffen hatte, um Christi Geburt anzukündigen. Sie werden von mir erwarten, dass ich Ihnen sage, dass ich an Letzteres glaube, so wie es in der Bibel steht. Viel wichtiger aber, als zu klären, ob es nun ein Naturereignis war oder ein Wunder Gottes, ist für mich die Frage, was der Stern heute für uns bedeutet. Er ist ein Symbol des Christentums, das nur an zweiter Stelle hinter dem Kreuz rangiert. Durch ihn wurde uns Licht geschenkt, Hilfe, Anleitung, Überführung und Erkenntnis.

Haben Sie sich jemals angetrieben gefühlt, etwas zu tun, ohne zu wissen, in welcher Richtung Sie vorgehen sollen? Haben auch Sie schon einmal zu den Menschen gehört, die nicht allzu oft beten, dann aber plötzlich verzweifelt Hilfe brauchen und sich auf Knien wiederfinden? Der Stern bedeutet Vertrauen. Einen Glauben daran, dass eine Macht, größer als wir, uns unserem Schicksal zuführen wird, wenn man es nur zulässt. Der Stern ist Sinn, Zielsetzung und das Versprechen göttlicher Erkenntnis, auf dass unser Weg vom Licht des Verstehens erhellt und somit verhindert wird, dass wir stolpern. Dies ist das Wunder des Sterns.

Da wir nun in eine Jahreszeit der Liebe, der Heilung, der Vergebung eintreten …, eine Zeit voller *Verheißung* …, werden viele von uns am Himmel nach diesem Stern suchen. Ich glaube, dass dieser Stern sich manchmal auch in unseren Herzen befindet."

Er redete noch etwas über die weisen Könige und die Schäfer, die ihre Herden verlassen hatten. *Sie waren getrieben.* Sie hatten eine Aufgabe, ein Ziel. Als Menschen waren sie völlig verschieden, diese einfachen Schäfer, diese Könige. Aber es sind nicht nur reiche Männer, die getrieben werden, oder arme Männer, die einem Ruf folgten. Sie hatten lediglich auf ein Bauchgefühl reagiert, sich auf eine Mission begeben, die in ihrem eigenen Interesse erfüllt werden musste; für den Erlöser, den in der Welt zu begrüßen sie sich gezwungen sahen; für das Wohlergehen aller. Es musste eine treibende Kraft gewesen sein, die unmöglich ignoriert werden konnte, auch wenn sie den Menschen um sie herum vielleicht töricht erscheinen mochte, wenn nicht sogar verrückt. Man stelle sich vor, wie diese Könige ihre Sachen packten und dann quer durchs Land zogen, nur weil sie diese närrische Idee hatten, dass ein besonderer Säugling weit entfernt in einem Stall geboren worden war – gekommen, um die Welt zu retten, die Menschheit zu heilen. Ihre Diener und Soldaten mussten geglaubt haben, dass sie völlig den Verstand verloren hatten.

Dann tauchte der Stern am Firmament auf. Führte sie. Zeigte ihnen den Weg.

„Gibt es etwas", fragte der Pastor seine Gemeinde, „von dem wir glauben, es in dieser Zeit des Gebens, dieser Zeit der Wiedergeburt unbedingt tun zu müssen? Deuten die Menschen in unserem Umfeld an, dass wir uns lieber um uns selbst kümmern oder die Dinge ruhen lassen sollen?"

Seine Worte verschwammen allmählich in ihrem Kopf, und Marcie war nicht mehr sicher, wie viel von dem, was sie hörte, der Rede des Pastors entstammte, wie viel davon ihrem eigenen Geist, ihrem eigenen Herzen. Gibt es etwas, zu dem du unerklärlicherweise getrieben bist, es zu *vollenden*? Und kannst du ebenso wenig davon ablassen, wie du die Zeit zurückdrehen kannst? Ist es eine Mission der Barmherzigkeit, in der Absicht, Gutes zu tun und Heilung zu bringen? Liebe und Freundlichkeit? Denn das ist das, was du dich fragen musst. Dies ist nicht die Zeit, deine eigenen Wunden auf Kosten anderer zu heilen … Es ist vielmehr eine Zeit, die Liebe neu anzufachen und in eine bessere Welt voranzuschreiten. Ist es nicht das, was die Geburt Christi verspricht? Eine bessere Welt?

Dann müssen wir uns fragen – erkenne ich den Weg? Sehe ich …, kann ich den Stern im Osten fühlen? Werde ich geleitet?

Marcie merkte, wie ihr die Tränen über die Wangen liefen, und hörte dann deutlich, wie der Pastor sagte: „Lasst uns gemeinsam ein kurzes Gebet sprechen, mit dem wir Gott erlauben, uns in die richtige Richtung zu führen, Gutes zu tun,

Verletzungen zu heilen, Herzen zu heilen und um Vergebung zu bitten. Und dann werden wir singen."

Aber Marcie betete bereits, wenn auch nicht zu Gott, wie sie sollte. Ihr Gebet richtete sich an jemand anders.

*Oh Bobby, hilf mir! War es richtig, dass ich hierhergekommen bin? Um das zu tun? Denn er ist genauso, wie du ihn geschildert hast. Er ist stark und unbesiegbar, und doch auch so empfindsam, so freundlich. Kompliziert und einfach zugleich. Manchmal fallen mir ganz irrationale Sachen ein … Jesus, der voller Grimm diese Geldwechsler aus dem Tempel vertrieben hat, also im Kampf; und dann füttert er die hungrigen Massen mit fünf Laib Brot und fünf Fischen … Wenn du Ian gesehen hättest, wie er mich angebrüllt hat, als wäre ich die größte Bedrohung für ihn; und dann füttert er diesen großen Hirsch aus der Hand … Ich würde darauf schwören, dass er absichtlich vorbeigeschossen hat, als der Berglöwe an diesem Tag aufs Gelände kam, weil er ihn nicht verletzen wollte. Und er hätte ihn töten können, und vielleicht wäre das sogar besser gewesen. Er ist gut, Bobby, und so etwas bringt er einfach nicht fertig, wenn nicht wirklich … Oh Bobby, wenn es ein Fehler ist, in seine Welt einzudringen, sein Leben zu stören, und ich ihn unglücklich mache, dann gib mir doch bitte ein Zeichen. Es stimmt, ich will ihm etwas klarmachen, aber ich brauche ihn auch, damit er* mir *etwas klarmacht! Ich schwöre bei Gott, ich will doch nur das Richtige tun; ich will das Gefühl haben, dass die Dinge endlich ins Reine kommen, damit wir alle unser Leben so weiterführen können, wie du es für uns gewollt hättest. Bitte, Bobby, sag es mir! Ich werde achtgeben …*

Und während sie so mit gesenktem Kopf ihren verstorbenen Mann anflehte, anstatt, wie geheißen, Gott, erhob sich die Gemeinde und schmetterte ein Kirchenlied. Marcie brauchte einen Augenblick, um sich die Augen zu trocknen, und dachte: Ich bin vollkommen verrückt. Zu einem Mann zu beten, der seit einem Jahr tot ist, und den ich schon drei Jahre vorher verloren hatte. Glaube ich wirklich, dass Bobby mir schneller als Gott eine Antwort geben kann? Wie durchgeknallt ist das denn?

Verstohlen schaute sie über den Gang hinweg zu Ian hinüber. Groß und kerzengerade stand er dort, stolz und mit buschigem Bart. Und er sang nicht! Noch so etwas Verrücktes. Dies war mal ein Ort, an dem er seine Stimme nicht nur üben, sondern auch würdigen lassen könnte, aber er sang nicht. So eine schreckliche Verschwendung. Sehnsüchtig wünschte sich Marcie zu hören, wie er alle anderen Kirchenbesucher mit seiner herrlichen Stimme in Erstaunen versetzte. Er blieb jedoch still.

Sie schniefte, um nicht loszuheulen. Vielleicht war er ja doch nicht so wunderbar. Vielleicht war er ganz einfach nur egoistisch.

Marcie verstand zwar nicht, warum sie diese ganze Episode, die sie in tiefster Seele anrührte, wütend machte. Aber sie brütete nicht lange über der Frage nach; sie sagte sich einfach, dass sie sich wieder beruhigen und tun sollte, was sie versprochen hatte. Zumindest so lange, bis sie sich über alles im Klaren wäre.

Nachdem das Lied beendet und das Dankgebet gesprochen war, schritt der Pastor seiner Gemeinde auf dem Weg nach draußen voran. Marcie war eine der Ersten, die die Kirche verließen. Sie schüttelte dem Pastor die Hand und dankte ihm für seine bewegende Predigt.

„Ich glaube, Sie sind etwas stark davon ergriffen, Schwester“, bemerkte er.

„Sie hat mich berührt, ja.“ Marcie musste sich zusammennehmen, um nicht zu schniefen.

„Kommen Sie her“, sagte er, zog sie an sich und nahm sie in die Arme.

Oh, keine gute Idee. Wenn Sie sich nicht beherrschte, würde sie gleich losschluchzen. Es war, weil sie seine Arme um sich fühlte – das machte sie schwach. Nachdem Bobby sie endgültig verlassen hatte, war sie unendlich oft tröstend umarmt worden, aber in letzter Zeit war ihr Umarmungspegel doch ganz schön gesunken. Sie brauchte dringend Zuspruch, und so lächerlich sie sich wegen ihres andächtigen Appells an Bobby vorkam, es wäre ein Trost für sie, seine Hand auf ihrer Schulter fühlen und hören zu können, wie er ihr sagte, sie solle weitermachen und ihrem Herzen folgen …

„Ich danke Ihnen, Pastor", sagte sie und löste sich von ihm. „Eine sehr schöne Predigt."

„Nun, ich danke Ihnen. Wenn ich daran arbeite, bin ich oft unsicher. Jedes Mal ist es ein Kampf. Kommen sie wieder und besuchen Sie uns."

„Ganz bestimmt", versprach sie und ging weiter.

Sie stellte sich neben den Truck und wartete. Unterdessen beobachtete sie, wie Ian auf den Pastor zuging, ihm die Hand schüttelte, mit ihm sprach und sogar mit ihm lachte. Und sie dachte: Er hat zwei Seiten! Er ist dieser Mann, der so allein zu sein scheint, und zugleich ein Mann, der in der Welt recht gut zurechtkommt. Nur, dass seine Welt eine andere ist; nicht diese hektische, dicht bevölkerte Welt voller Ansprüche und Anbindungen, in der so viele von uns leben. Seine Welt ist in erster Linie eine stille Welt, und auch seine Beziehungen scheinen still zu sein. Genau das, was er offensichtlich mag.

Auf ihrer Suche nach ihm hatte sie wahrscheinlich hundert Leute gefragt, ob sie einen Ian Buchanan kannten, und die Antwort war immer die gleiche: „Der Name sagt mir nichts." Ausreichend entgegenkommend fand Ian vermutlich seinen Weg durchs Leben, ohne dass ihn jemand nach seinem Namen fragte und ohne dass er ihn selbst nannte.

Als Ian im Truck saß und den Motor anwarf, fragte sie ihn: „Hat der Pastor dich gefragt, wie du heißt?"

„Nein. Warum?"

Also lag es zum Teil daran. Dies und die Tatsache, dass er nicht entfernt dem Foto glich, dass sie herumgezeigt hatte. „Nur so, reine Neugier."

„Ich denke, wir sollten uns mal ein schönes, üppiges Frühstück gönnen. Hast du Lust, etwas zu essen, bevor wir in die Bücherei gehen?"

„Natürlich", antwortete sie leise.

„Alles in Ordnung mit dir, Marcie?"

Sie zuckte mit den Schultern. „Ich glaube, ich habe gerade einen sentimentalen Schub. Ein guter, starker Kaffee wird da helfen."

„Da hast du Glück. Ich weiß genau, wo wir den bekommen."

Es war eine Fernfahrerkneipe, selbstverständlich. Ian war ziemlich stolz auf dieses Lokal. Mindestens ein Dutzend Neunachser standen draußen auf dem Parkplatz, und als Ian hereinkam, wurde er von einer stämmigen, wasserstoffblonden Kellnerin mittleren Alters recht vertraulich begrüßt. „Hallo, Kleiner, alles klar bei dir? Lange nicht gesehen."

„Alles bestens, Patti", antwortete er. Sie trug ein großes Namensschild, daher konnte Marcie nicht vermuten, dass sie miteinander befreundet waren. Aber letztlich war Ian doch häufig gesehen worden … an vielen Orten. Zufälligerweise an keinem der Orte, wo sie ihn gesucht hatte.

Patti schenkte ihnen Kaffee ein und fragte: „Ihr braucht einen Moment?"

„Ja, lass der Lady einen Augenblick Zeit, damit sie sich etwas aussuchen kann."

Nachdem Patti sich entfernt hatte, fragte Marcie: „Du bestellst dir vermutlich jedes Mal dasselbe?"

„Mehr oder weniger, ja.“

„Also gut.“ Marcie konsultierte die Speisekarte. „Da du so weit bist, ich hätte gerne ein Käseomelett.“

„Klingt gut.“ Er winkte Patti heran.

Als sie an den Tisch trat, gab er die Bestellung auf: „Ein Käseomelett mit Beilagen für die Lady, und für mich …“

„Vier Eier, dazu Schinken, Würstchen, Kartoffelpuffer, weiche Brötchen mit Soße, Weizentoast, Orangensaft und Kaffee, dass man darin baden kann“, beendete sie den Satz für ihn.

Ian lächelte Patti an, und dies war definitiv ein Lächeln. Wenn ich Patti wäre, dachte Marcie, würde ich denken, dass er mich gleich zu einem Date einladen wird. Aber alles, was Patti dazu sagte, war: „Verstanden, Kleiner.“

Bei ihrer zweiten Tasse Kaffee fühlte Marcie sich allmählich wieder in Einklang mit der Welt. Nichts bringt mich so gut wieder ins Lot wie Koffein, dachte sie. Heißer Kaffee, nicht diese Brühe, die Ian morgens zum Wärmen auf dem Holzofen zurücklässt, wenn er sein Holz verkaufen fährt. Der hier ist stark und gut. Sie kam wieder zu sich. „Also, du und Patti, ihr seid Freunde?“, fragte sie.

„Alle zwei Monate einmal ist Patti meine Kellnerin. Sie macht ihren Job gut.“

„Warum hast du in der Kirche nicht gesungen?“, fragte sie beherzt weiter.

Er stellte seine Tasse ab. „Ich wollte nicht.“

„Warum?“

„Hör mal, durch dich werde ich noch ganz eingebildet. Auf der Highschool war ich im Chor und ich habe auch bei unserem Highschool-Musical mitgemacht. Wir haben *Grease* aufgeführt. Meine Stimme ist nicht schlecht, aber dem Kirchenchor will ich nicht beitreten.“

„Wen hast du in *Grease* gespielt?“

„Ist doch egal.“

„*Wen?*"

Er fuhr sich mit der Hand über den Mund und murmelte etwas in den Bart.

„Wen?", wiederholte sie und beugte sich vor.

Er hob die Augen. „Danny."

„Du warst der Star! Verdammt, du warst John Travolta, nur dass du besser singst!"

Nervös schaute er sich um. „Du bist gerade etwas laut geworden."

„Tut mir leid. Echt. Aber wirklich … hattest du jemals Musikunterricht?"

„Ich hatte Unterricht in Militärstrategie. Ich dachte, das wüsstest du."

„Gut, tut mir leid, dass ich dieses verbotene Terrain wieder einmal angerührt habe. Aber, lieber Himmel, du singst wie ein Gott! Wäre das nicht etwas, das du vielleicht mal weiterverfolgen solltest?"

Eine ganze Weile schwieg er, dann sagte er schließlich: „Ich singe für mich. Es gefällt mir. Es vertreibt mir die Zeit. Du wirst mich nicht retten, Marcie. Du wirst mich nicht aus den Bergen zerren und einen Rockstar aus mir machen."

Sie war sprachlos, denn den Bruchteil einer Sekunde lang hatte sie genau daran gedacht. Nicht unbedingt ein Rockstar, aber ein berühmter Sänger könnte er jedenfalls sein. „Also, es ist einfach ein bescheuertes Verbrechen, dass du nicht einmal ein Radio besitzt", sagte sie kleinlaut. „Ganz gleich, wo du wohnst, du solltest dich mit Musik umgeben."

Und Ian lachte.

Ihre Teller wurden gebracht, dazu eine Rechnung, die Ian sofort an sich nahm. Mit großen Augen staunte sie über sein gewaltiges Frühstück.

„Was ist?", fragte er.

„Heiliger Bimbam, werfen sie den Grill hier etwa schon an,

wenn sie sehen, dass du auf den Parkplatz fährst? Das hat ja nicht mal fünf Minuten gedauert!"

Er schenkte ihr ein Lächeln. „Es gefällt mir, dass sie so tüchtig sind. Sie arbeiten und fackeln nicht lange herum."

„Ja", stimmte sie ihm zu. „Hm ... Lass uns die Rechnung teilen. Ich habe Geld."

„Ich weiß. Achtzig Dollar." Er machte sich über seine Eier her.

„Wirklich, ich würde gern für meinen Teil zahlen."

Er hob ein Wurstpastetchen von seinem Teller und schob es auf ihren. „Vergiss es, ich habe die Rechnung. Versuch das hier. Es ist die beste Wurstpastete, die du je essen wirst."

„Offensichtlich brauchst du eine Menge Kraftstoff für das, was du tust", bemerkte sie und probierte die Pastete. „Hm, stimmt. Du hast wirklich recht."

Er steckte seine Gabel in das große weiche Brötchen mit der Soße und hielt ihr einen Bissen davon hin. „Hier. Das ist sogar noch besser."

Eine Sekunde lang rührte sie sich nicht. Er fütterte sie direkt von seiner eigenen Gabel? Dann aber, bevor die Stimmung verfliegen konnte, beugte sie sich zu der Gabel vor und kostete Brötchen und Soße. Zustimmend summte sie, schloss genießerisch die Augen, und als sie sie wieder aufschlug, lächelte er glücklich. An dieser einfachen Geste war etwas so Intimes, Großzügiges, das ihr Herz berührte.

„Ich wusste, es würde dir schmecken. Ich schaffe es nie, alles aufzuessen. Bediene dich."

„Danke, Ian", sagte sie leise.

Als sie vor der Stadtbücherei in Eureka parkten, fragte Marcie: „Können wir ein wenig stöbern? Oder müssen wir uns beeilen?"

„Wie geht es dir denn? Du hustest doch immer noch etwas."

„Mir geht es viel besser, wenn ich etwas unternehme. Ich würde mir gerne ein paar Bücher ausleihen, damit ich mich beschäftigen kann, während du dein Holz verkaufst. Und ich weiß nicht genau, was ich will."

„Lass dir Zeit. Ich lese gerne die Zeitungen."

Und sie ließ sich Zeit. In aller Ausgiebigkeit schlenderte sie zwischen den Regalen hindurch, nahm Romane mit hübschen Umschlägen in die Hand, las die Zusammenfassung auf dem Cover, dann die erste Seite, wobei es ihr wirklich schwerfiel, sich zu entscheiden. Glücklich, wieder einmal Unterhaltung zu haben, setzte sie sich in den vollgestopften Gängen auf den Fußboden. Sie hatte Bobby die Klassiker vorgelesen, eigentlich eher sich selbst als ihm, aber ihr Geschmack tendierte doch mehr zu den neueren Romanzen. Tiefgründige, emotionale Romanzen mit einem Happy End. Geschichten, in denen die Dinge gut ausgingen. Das Buch, das sie sich auswählen würde, musste das Richtige sein; es war die einzige Abwechslung, die sie hatte. Sie hatte nicht die geringste Idee, wie viel Zeit verstrichen war, als Ian sie ansprach: „Bist du bald fertig?"

„Oh! Sicher. Kann ich bitte diese drei hier mitnehmen?"

„Glaubst du denn, dass du so viele lesen wirst, bevor du fortgehst?"

Sie lächelte ihn nur an. „Ja", sagte sie, wohl wissend, dass dies nur die halbe Antwort war. Oder sogar weniger als das.

Während Ian die Bücher eintragen ließ und dann an der Tür auf sie wartete, plauderte Marcie mit einer der Bibliothekarinnen. Anfangs redeten sie noch leise, aber schon recht bald lachten sie und berührten sich gegenseitig an den Armen, als sie nah beieinanderstanden und miteinander flüsterten. Einmal räusperte er sich und beide Frauen schauten zu ihm hinüber. Er bedachte sie mit einem finsteren Blick, woraufhin sie nur ihre Unterhaltung wieder aufnahmen, die von leisem Lachen durchsetzt war. Es schien, dass sie in kürzester Zeit die besten Freundinnen geworden waren.

Endlich befreite Marcie sich aus einer Umarmung und folgte Ian zum Truck. Als sie im Wagen saßen, war er sauer. „Du wolltest dich doch auf niemanden einlassen. Nicht mit Leuten in Kontakt treten und so weiter."

„Das habe ich auch nicht."

„Also komm, das wirkte gerade aber schon ziemlich vertraulich. Wie ich gesagt habe – du gehörst zu den Menschen, die die Leute kennenlernen möchten, mit denen sie reden wollen …"

„Mach dir keine Sorgen, Ian. Ich habe deine Anonymität vollkommen geschützt. Ich habe ihr gesagt, du wärst mein Bruder."

„Na super", schmollte er. „Nun wird sie mich nach dir ausfragen. Und ich hatte dir doch gesagt, ich bin nett und freundlich und gehe dann wieder."

„Das kannst du auch. Sie wird vollstes Verständnis dafür haben."

„Oh? Und wie kommt das?"

„Nun, sie hatte sich über dich gewundert. Sie hat mir erzählt, dass du manchmal nach sehr schwieriger Lektüre fragst, aber niemals viel redest."

„Oh, wirklich?"

„Ja", sagte Marcie und erklärte: „Ich habe ihr gesagt, dass du zwar ganz brillant bist, aber nicht unbedingt ein Salonlöwe. Ich sagte ihr, dass sie von dir nicht erwarten darf, dass du sonderlich viel plauderst, du aber absolut nett bist und es keinen Grund gibt, vor dir zurückzuscheuen, und dass du längst nicht so gefährlich bist, wie du ausschaust."

„Ist das so? Und wie hast du sie davon überzeugen können?"

„Das war leicht. Ich habe ihr gesagt, dass du ein Fachidiot

bist, brillant, was die Literatur und viele andere Dinge angeht, aber sozial nicht gut in Form."

„Ach du liebes bisschen!"

Marcie sah zum Himmel auf und stellte fest, dass es später Nachmittag geworden war und die Sonne allmählich zu sinken begann. „Ian, wann bist du das letzte Mal ausgegangen, um ein Bier zu trinken?"

„Das ist eine Weile her", brummelte er kläglich.

„Ich würde so gern einmal diesen Weihnachtsbaum in Virgin River bei Nacht sehen. Könnten wir nicht dort auf ein Bier vorbeifahren? Wenn wir mit dem Bier fertig sind, wird es sicher dunkel sein. Ich sollte auch noch mal versuchen, meine Schwester anzurufen, bevor sie sich noch auf die Jagd nach mir macht. Und da ist diese nette kleine Bar, wo es auch ein Telefon gibt, das ich benutzen kann."

„Ach, Marcie …"

„Komm schon. Es war so ein schöner Tag. Wir wollen ihn mit etwas Erfreulichem abschließen. Ich will dir ein Bier spendieren und vielleicht auch eins von Preachers Abendessen. Er kocht einfach traumhaft gut."

„Preacher?"

„Der Koch in dieser kleinen Bar."

„Wirklich, ich mag keine großen Menschenmengen."

Sie musste über ihn lachen. „Ian, selbst wenn das ganze Dorf heute ausgehen würde, wären noch immer weniger Leute dort als in dieser Fernfahrerkneipe oder in der Kirche. Außerdem hast du mir gesagt, dass du ständig mit Menschen zu tun hast, dich halt nur nirgends anschließt. Also komm schon. Steh deinen Mann."

Es war kurz vor fünf, als Marcie und Ian in Jacks Bar kamen, in der sich etwa zwanzig Gäste aufhielten. Misstrauisch nahm Ian die neue Umgebung in Augenschein, wobei er an der Tür stehen blieb. Er bemerkte die Jagd- und Angeltrophäen an den Wänden, die gedämpfte Beleuchtung, das einladende Feuer. Bedrohlich wirkte es nicht. Und während an einigen Tischen Leute zusammensaßen und sich freundlich unterhielten und lachten, gab es auch ein paar Einzelgänger, die abseits der Menge etwas aßen oder tranken. In einem von ihnen erkannte er den alten Arzt, der über einem Drink brütend an der Theke saß und völlig in Frieden gelassen wurde.

Marcie ging sofort zur Theke, lehnte sich daran an und sprach mit dem Barkeeper. Schließlich entdeckte Ian einen freien Platz am anderen Ende des Tresens in einer Ecke, wo er glaubte, sich wohlfühlen zu können. In der Absicht, sie dorthin zu dirigieren, stellte er sich hinter Marcie, und als hätte sie gefühlt, dass er näher gekommen war, drehte sie sich um und sagte: „Ian, darf ich vorstellen – Jack Sheridan. Jack, das ist Ian."

„Freut mich", sagte Jack. „Was kann ich Ihnen bringen?"

„Ein Bier?"

„Flasche oder gezapft?"

„Was immer Sie vom Fass haben."

Jack zapfte das Bier und wandte sich an Marcie: „Bedienen Sie sich nur am Telefon, Marcie. Preacher ist hinten." Während Marcie davonsprang, stellte er Ian das Bier hin.

Ian nahm es in die Hand und wanderte damit zum Ende des Tresens in die Ecke, die er sich ausgesucht hatte. Von dort aus sah er interessiert eine ganze Weile zu, wie Jack einige Drinks zubereitete, Gläser polierte, ein freundliches Geplänkel mit zwei Gästen austauschte, ein paar Flaschen sortierte, eine Wanne schmutziger Gläser in die Küche brachte und ihn, den alten Arzt sowie den weiteren einsamen Trinker am anderen Ende des Tresens völlig zu ignorieren schien. So vergingen wahrscheinlich zehn Minuten. Marcie musste ein sehr interessantes Gespräch mit ihrer Schwester führen. Was mag sie ihr wohl von mir erzählen? fragte Ian sich im Stillen.

„Noch ein Bier?“, fragte Jack mit einem Blick auf das beinahe leere Glas. Er hielt ein Handtuch in der Hand.

„Im Augenblick nicht“, antwortete Ian.

„Melden Sie sich.“ Damit wandte Jack sich wieder von ihm ab.

„Ah“, sagte Ian, womit er Jacks Aufmerksamkeit weckte, ohne ihn allerdings direkt zurückzurufen.

Jack drehte sich um, hob eine Augenbraue. Und schwieg.

„Hat sie Ihnen gesagt, dass Sie mich in Ruhe lassen sollen?“

Jack lachte mit einem leichten Schnauben. „Junge, das Erste, was du lernst, wenn du eine Bar aufmachst – rede, wenn sie reden, halt die Klappe, wenn sie es nicht tun.“

Ian neigte den Kopf. Möglicherweise würde er diese Bar hin und wieder ertragen können. „In Eureka hat sie nämlich versucht, der Bibliothekarin zu erklären, dass ich ein Fachidiot bin.“ Jack lächelte, und Ian empfand etwas ganz Ungewohntes. Es war eine lustige Geschichte; es gefiel ihm, eine lustige Geschichte zu erzählen. Früher hatte er die Jungs immer zum Lachen gebracht, wenn er sie nicht zur Arbeit antrieb. „Hat sie Ihnen erzählt, dass sie nach mir gesucht hat?“

„Das hat sie.“

Aus irgendeinem Grund, der nicht einmal ihm selbst klar war, tat Ian etwas, das er nicht mehr getan hatte, seitdem er in diesen Bergen lebte. Er ging noch einen Schritt weiter. „Hat sie Ihnen etwas über mich erzählt?“

„Ein wenig.“

„Zum Beispiel?“

„Zum Beispiel, Sie und ich …, wir waren ungefähr zur selben Zeit in Falludja.“

„Hätte ich mir denken können. Sie haben etwas von einem Marine an sich. Nur damit Sie Bescheid wissen – ich rede nicht über diese Zeit.“

Jack lächelte müde. „Nur damit *Sie* Bescheid wissen – ich auch nicht.“

„Hi, Erin", begrüßte Marcie ihre Schwester am Telefon. „Ich wollte mich nur mal melden."

„Marcie, lieber Himmel, wo hast du *gesteckt*?"

Marcie konnte geradezu sehen, wie Erin mit dem Telefon in der Hand anfing, hin und her zu laufen, wie sie es immer tat, wenn sie gestresst war und sich nicht ganz im Griff hatte. „Du weißt doch, wo ich bin. Hier, in Virgin River. Ich wohne nicht weit von hier. Du hast doch meine Nachrichten erhalten? Ich habe mit Drew gesprochen, und Mel Sheridan hat mir gesagt, dass sie dich angerufen hat …"

„Ja, mich hat eine Frau angerufen, von der ich noch nie etwas gehört habe und die ich nicht kenne. Sie sagte, dass du bei ihm wohnst? *Wohnst* du tatsächlich bei ihm? Wo es noch nicht einmal ein Telefon gibt?"

Marcie seufzte tief. „Beruhige dich. Er braucht kein Telefon. Er lebt in einem absolut gemütlichen Holzhaus auf einem Berg, mit einer unglaublichen Aussicht, und er hat mich sozusagen … eingeladen zu bleiben, wenn ich wollte …"

„Sozusagen? Wenn du wolltest? Marcie, was zum Teufel ist los?"

„Ich möchte, dass du mir einmal zuhörst, Erin. Hör mir zu und hör auf, mich rumzukommandieren. Ich habe ihn gefunden, und ich will ihn kennenlernen. Ich möchte ihn verstehen. Alles. Ich möchte alles verstehen. Und das braucht Zeit. Außerdem gibt es keinen anderen Ort, wo ich im Augenblick sein müsste."

„Das macht mich wahnsinnig! Meine kleine Schwester bei einem verrückten Fremden auf einem abgelegenen Berg …"

„Er ist *nicht* verrückt! Er ist ein guter Mensch! Mir gegenüber war er sehr großzügig. Es kann mir absolut nichts geschehen, und es gibt nichts, weshalb du dir Sorgen machen müsstest. Jeden Tag geht er arbeiten, und wenn er abends in die Hütte zurückkommt, unterhalten wir uns ein wenig. Wir lernen uns doch gerade erst kennen. Heute waren wir in der Kirche und in der Bücherei. Komm wieder runter, du wusstest, dass ich das vorhatte!"

„Lass mich mal mit ihm reden", forderte Erin. „Hol ihn ans Telefon. Ich habe ein paar Fragen."

„Nein", widersprach Marcie und keuchte vor Panik. „Er kann nicht ans Telefon kommen. Er ist draußen in … im … Restaurant. Ich bin erwachsen, und er braucht keine Genehmigung von dir, wenn er mich einladen möchte, in seinem Haus zu bleiben. Du wirst mir schon vertrauen müssen!"

„Es geht nicht um Vertrauen, und das weißt du. Es geht um ihn! Ich kenne ihn nicht, ich weiß nur, dass Ian Buchanan, als er schon nicht mehr beim Corps war und du bis zum Hals in Bobbys Pflege versunken bist, nicht einmal angerufen hat, um zu fragen …"

„Er hat Bobby das Leben gerettet", schoss Marcie zurück. „Er hat sein Leben riskiert, um meinen Mann zu retten. Was muss ich da sonst noch wissen? Ich möchte ihm danken, ich möchte …"

„Es dauert ungefähr fünf Minuten, Danke zu sagen", fiel Erin ihr ins Wort.

„Ich werde nicht weiter darüber reden. In ein paar Tagen rufe ich dich wieder an … und in der Zwischenzeit versuche doch mal, dich zu beruhigen. Erin, verdirb mir das nicht!" Verärgert unterbrach Marcie die Verbindung, indem sie mit einem Finger auf die Taste hieb.

Sie schaute auf und sah in Preachers dunkle, grüblerische Augen. Unter diesem düsteren Blick zog er allerdings die Lippen nach oben. „Also das ist ja eine ganz neue Wendung in der Geschichte. Er hat das Leben Ihres Mannes gerettet? Hurra."

„Ich dachte, das wissen Sie."

„Ich wusste nur, dass Sie Witwe sind. Was ist los mit dem Mann? Glauben Sie, er ist in Ordnung?"

Sie atmete einmal tief durch. „Wilde Tiere fressen ihm aus der Hand."

„Wirklich?", fragte Preacher. „Ich vertraue wilden Tieren mehr als vielen zahmen Menschen. Sie sollten zum Abendessen bleiben."

„Darauf hatte ich gehofft, aber warum?", fragte Marcie, die noch über seine letzte Bemerkung nachdachte.

„Heute ist Hackbratentag", sagte er nur. „Und der ist mir so gut gelungen wie nie zuvor."

„Oh."

„Und es ist ein besonderer Abend. Jacks Frau Mel hat die perfekte Spitze für den Baum gefunden, und jetzt können wir endlich diese Hebebühne zurückbringen. Der halbe Ort wird auf den Beinen sein und zuschauen, wenn er angezündet wird. Das wäre eigentlich schon viel früher fällig gewesen, aber es ging nicht, solange sie mit der Spitze nicht einverstanden war. Diese Frau hat jeden Engel, jeden Glitzerball und jeden Stern in drei Landkreisen unter die Lupe genommen und alle abgelehnt. Aber jetzt hat sie das Richtige gefunden. Deswegen werden wir ihn heute Abend anzünden. Nächstes Jahr werden wir früher damit fertig sein."

„Cool." Marcie lächelte. „Wann geht es los?"

Preacher schaute auf die Uhr. „In etwa einer Stunde."

# 9. Kapitel

Marcie ging hinüber zu Ian und setzte sich neben ihn an die Theke. Jack war sofort zur Stelle. „Was darf's sein?", fragte er und wischte kurz die Fläche vor ihr ab.

„Ich glaube …, ich hätte gern ein Glas Wein. Vielleicht einen schönen Merlot? Und zweimal das Hackbratengericht. Und was Sie auch tun, überlassen Sie auf gar keinen Fall diesem Mann die Rechnung. Ich habe ihn eingeladen, die Rechnung geht an mich. Diesmal bin ich an der Reihe. Er verpflegt mich, seit ich angekommen bin."

„Aber sicher!", versprach Jack.

Ian wandte sich ihr zu. „Ich weiß nicht genau, ob ich so lange …"

„Wenn du eine Angstattacke bekommst, können wir gehen. Aber wenn du es noch ein wenig aushalten könntest, ich wette, der Hackbraten wird dich überraschen. Dieser Koch, Preacher? Er ist unglaublich. Als ich zum ersten Mal hier war, hatte ich ein Wildfleisch-Chili, und ich bin fast in Ohnmacht gefallen, weil es so gut war."

Ian verzog die Lippen zu einem Lächeln. „Du hast Wild gegessen, Marcie?"

„Zu dem Reh hatte ich keine Beziehung", erklärte sie.

„Du hast auch keine Beziehung zu meinem Reh", wandte er ein.

„Ja, aber zu dir habe ich eine Beziehung. Schließlich hast du mich in meiner Unterwäsche gesehen. Und du hast eine Beziehung zu deinem Reh. Würdest du mir diesen Hirsch zum Essen vorsetzen, wäre es so, als würdest du einen Freund erschießen und mich damit verköstigen. Oder so was in der Art."

Ian leerte sein Glas und musste so sehr über sie lächeln, dass er sogar die Zähne aufblitzen ließ. „Diesen besonderen Hirsch würde ich nicht erschießen", räumte er ein. „Aber wenn ich eine Gefriertruhe hätte – seinen Bruder würde ich erlegen."

„Irgendetwas stört mich daran", stellte sie fest, als Jack ihr den Wein hinstellte. „Wäre es nicht viel logischer, wenn Jäger sich gar nicht erst mit ihren Beutetieren einlassen würden? Oder auch deren Familien? Ach, vergiss es. Über so etwas kann ich nicht nachdenken, bevor ich meinen Hackbraten verspeist habe. Wer weiß, wer darin steckt?"

Ian schmunzelte. „In einem Punkt hast du jedenfalls recht. Diese kleine Bar hier ist nicht schlecht. Ich hatte sie vorher noch gar nicht getestet."

„Sag ich doch." Sie nippte an ihrem Wein. „Worüber möchtest du dich unterhalten?"

„Wir haben doch den ganzen Tag miteinander geredet. So viel wie heute habe ich in vier Jahren nicht geredet. Ich fürchte schon, meine Stimme zu verlieren."

„So wenig habe ich seit ..."

„Das hatte ich fast vermutet ..."

In diesem Moment brachte Jack ihnen zwei dampfend heiße Teller, die er mit Handtüchern festhielt. Er griff unter den Tresen, zog zwei in Servietten eingeschlagene Bestecke hervor und fragte: „Noch ein Bier?"

„Warum nicht?" Ians Stimme klang eindeutig freundlich. „Die Lady zahlt." Und dann legte er seine Serviette auf den Oberschenkel.

Einen Moment lang blieb Marcies Blick an diesem Oberschenkel haften. Das war eins der Dinge, die sie verwirrten. Ian wirkte ein wenig verrückt, bis man sich an ihn gewöhnt hatte. Er konnte sich aufführen, als lägen seine Bedürfnisse kaum über denen des Tierreichs und befänden sich gerade in der Rohbearbeitung zur nächsthöheren Ebene. In seinen Arbeitsklamotten sah er aus, als wäre er kaum in der Lage zu überleben, und er konnte knurren und brummen wie ein Geisteskranker. Aber er hatte eine intelligente Ausdrucksweise, gute Tischmanieren, und auch wenn er nicht sonderlich gesellig war und eher zu den ruhigen Typen gehörte, fiel ihm der Umgang mit Menschen nicht schwer. Er war absolut freundlich.

Sie hatte damit gerechnet, einem Mann zu begegnen, der durch seine Vergangenheit, seine Kriegserlebnisse völlig verkorkst war. Einem Menschen, der kaum erreichbar wäre und sich so gut wie unmöglich verändern ließe – eine schwierige Lage, die aber leicht nachvollziehbar wäre. Stattdessen hatte sie einen Mann gefunden, der ziemlich normal war, was für sie jedoch mehr Fragen aufwarf als Antworten lieferte.

„Du hast recht mit dem Essen." Ian summte genießerisch und führte die Serviette an Lippen und Bart.

„Hmm", stimmte sie zu und genoss mit geschlossenen Augen ein Kartoffelpüree, so cremig und wundervoll wie Ambrosia.

Ian war schnell fertig, setzte sich zurück und rieb sich zufrieden den Bauch. Marcie gab einfach auf und schob ihm ihren Teller hin. „Ich bin satt. Nur zu. Bediene dich."

Er riss die Augen auf. „Bist du sicher?"

„Warte", sagte sie plötzlich, steckte die Gabel in das Kartoffelpüree und hob es an seine Lippen. „Probier das."

Er zog die Augenbrauen hoch, ließ dann aber zu, dass sie ihm die Gabel in den Mund schob. Er genoss es und meinte: „Ich glaube, du hast die besseren Kartoffeln bekommen." Und er lächelte.

„Greif zu, Ian. Ich werde platzen, wenn ich noch mehr davon esse."

„Vielleicht ein bisschen." Noch ein paarmal steckte er die Gabel hinein, bevor auch er sich geschlagen geben musste. Ein paar Minuten verbrachten sie in stiller Anerkennung, tranken ihre Gläser aus, zufrieden. Glücklich. Es fiel ihr auf – sie *waren* glücklich.

Ihre Zufriedenheit wurde abrupt unterbrochen, als Mel mit einem Baby auf der Hüfte die Bar betrat. Marcie hatte gewusst, dass sie schwanger war, aber keine Ahnung gehabt, dass es auch noch ein Baby gab, das nicht mal ein Jahr alt war. Das Baby steckte in einem Schneeanzug und war von Kopf bis Fuß in blaues Fahnentuch gehüllt. Mit einem strahlenden Lächeln im Gesicht rief Mel: „Jack! Alle anderen! Es ist so weit. Sag Preach, er soll den Herd abstellen, Christopher holen und rauskommen! Kommt schon, lasst uns nicht warten!"

Mit schmalen Augen schaute Ian, ohne ein Wort zu sagen, Marcie nur fragend an. „Sie wollen die Lichter am Baum anzünden", erklärte sie. „Das würde ich gerne sehen."

„Wenn's dir Spaß macht."

„Du kommst nicht mit?"

„Ich finde es hier ganz gemütlich."

Sie versuchte, ihn mit einem Blick auszuloten. „Wie du willst", sagte sie schließlich, stieg von ihrem Hocker herunter und folgte den Gästen der Bar nach draußen.

Dort hatte sich bereits eine recht beachtliche Menge zusammengefunden. Personenwagen und Trucks parkten in Zweierreihen auf der Straße. Die Leute murmelten, lachten, begrüßten einander, und überall liefen die Kinder aufgeregt herum.

Marcie stellte sich hinter die Menge, nicht weil sie scheu war, sondern weil sie den Baum in seiner ganzen Größe sehen und den vollen Effekt erleben wollte.

Sie wünschte sich, Ian an ihrer Seite zu haben, aber seine Abneigung war leicht zu verstehen. Nichts konnte dunkle Erinnerungen an geliebte Menschen, die man verloren hatte, an schwierige Familiensituationen, an Einsamkeit und bittersüße Gefühle zurückbringen wie die Weihnachtsfeiertage.

Plötzlich stand Mel neben ihr und ruckelte das Baby.

„Ich dachte, es wäre deine erste Schwangerschaft", bemerkte Marcie ein wenig melancholisch, denn auch für sie hatte es eine Zeit gegeben, als sie in ihrer Zukunft eine Familie gesehen hatte. Aber nachdem Bobby verwundet wurde, war ihr nichts mehr davon geblieben – all diese Hoffnungen, Träume und Fantasien.

„Das ist mein Sohn David. Ich hatte nicht damit gerechnet, so schnell wieder schwanger zu werden, aber so ist es. Ich habe schon wieder einen dicken Bauch." Sie lachte. „Man sollte meinen, eine Hebamme hätte das besser im Griff."

„Ich nehme doch an, dass du dich darüber freust?", fragte Marcie mutig.

„Es hat etwas gedauert, mich daran zu gewöhnen, aber inzwischen bewegt sich das Baby. Das verändert sogar die unwilligste Mommy. Wie geht es dir? Wie ich sehe, hast du Ian ins Dorf gelockt. Hast du endlich mit deiner Schwester gesprochen?"

„Mir geht es gut und ja, ich habe mit Erin gesprochen. Sie ist extrem beschützerisch, aber sie kann nichts dafür. Sie ist sieben Jahre älter als ich und neun Jahre älter als mein kleiner Bruder. Nachdem wir unsere Eltern verloren hatten, hat sie das Ruder in die Hand genommen. Seit ich fünfzehn bin, hat sie sich um meine Erziehung gekümmert und mir über alle schwierigen Phasen meines Lebens hinweggeholfen. Wirklich, es fällt mir ungeheuer schwer, ihr so die Stirn zu bieten, aber ich bereue nicht, dass ich das hier mache. Jetzt, nachdem Bobby gestorben ist, möchte sie, dass ich einen Schlussstrich ziehe und mich frei fühle, all die Dinge zu tun, die mir aus ihrer Sicht versagt blieben – Ausbildung, Karriere, einen ihrer erfolgreichen Freunde heiraten oder so etwas. Sie ist so konservativ. Für sie bin ich ein bisschen zu verrückt. Das, was ich hier tue …, sie hält mich für völlig bescheuert."

„Aber glaubst *du* denn auch, dass du bescheuert bist?", fragte Mel.

„Manchmal ja", gab Marcie zu. „Aber mit jedem Tag, der vergeht, erfahre ich mehr über mich selbst. Ich will jetzt nicht schnulzig werden, aber für mich ist das eine spirituelle Reise. Ich dachte, es ginge um Ian, aber es wäre gut möglich, dass Ian genau dort ist, wo er sein soll, und ich diejenige bin, die sich mit ein paar Dingen in ihrem Leben auseinandersetzen muss."

„Ach, Liebes. Das ist doch nicht schnulzig. Wenn wir Zeit haben, erzähle ich dir mal, was für verrückte Dinge ich angestellt habe, um zu mir zu kommen."

„Das wäre nett." Marcie streckte die Hand aus und strich mit der Fingerkuppe über Davids rosiges Bäckchen.

„Oh, sieh mal! Gleich ist es so weit", flüsterte Mel. „David, schau mal dort hin." Sie drehte dem Baby den Kopf herum. „Schau dir den Baum an!"

Marcie sah, dass Jack mit zwei Verlängerungskabeln in der Hand hinter dem riesigen Baum kauerte. Als er sie miteinander verband, erwachte der erstaunlichste Weihnachtsbaum der Welt zum Leben. Von oben bis unten war er mit roten, weißen und blauen Luftschlangen geschmückt und roten, weißen und blauen Kugeln, die zwischen den weißen Leuchtkerzen glitzerten …, unendlich viele helle Lichter.

Dazwischen goldene Sterne und Bänder, die nur durch die schimmernden Goldränder aufgehellt und sichtbar waren, und die Hunderte von Militäreinheiten repräsentierten, die Wache hielten. Was Marcie aber verzauberte, war der Stern auf der Spitze.

Es war nicht der übliche goldene Stern, der so oft die Spitzen der Weihnachtsbäume zierte. Dieser Stern war ein Leuchtfeuer. Und er war *energiegeladen*. Er glühte wie ein richtiger Stern am Himmel. Und er warf eine Bahn aus Licht.

Unwillkürlich hob sie die Hand zum Hals und legte sie auf die Stelle, die sich eng anfühlte. Er war herrlich. „Dieser Stern“, flüsterte sie von Ehrfurcht ergriffen.

„Ich weiß“, sagte Mel. „Ich hatte alle im Ort darum gebeten, nach so etwas zu suchen. Ich hoffe, er wird ihnen den Weg nach Hause leuchten.“

„Allen“, flüsterte Marcie. „Allen.“ Und sie dachte an Bobby, der nach seinem Kampf endlich heimgefunden hatte. Und Ian? Könnte er auch Ian den Weg weisen?

„Wie seid ihr an all diese Bänder der verschiedenen Einheiten gekommen?“, fragte sie.

„Jack und die Jungs haben sich mit all ihren alten Freunden in Verbindung gesetzt. Wir haben angerufen, Briefe geschrieben und gefaxt. Der Baum war eine spontane Entscheidung. Junge Männer aus der Gegend haben sich der Armee angeschlossen, darunter vor nicht allzu langer Zeit auch ein Junge, der Jack und mir sehr nahe steht. Und dann Vannis Mann, den wir in Bagdad verloren haben … Vor mehreren Jahren war er in Jacks Trupp. Der Baum ist auch für ihn. Und seine Frau. Wir konnten nicht einfach damit warten. Wir mussten uns beeilen, um fertig zu werden, und es ist uns gelungen. Der ganze Ort hat mit angepackt. Docs Klinik war ein einziges Chaos.“ Mel lachte. „Er hat zwar rumgemeckert, aber ich glaube, insgeheim hat es ihn glücklich gemacht.“

„Er ist wirklich erstaunlich.“

Die Ooohs und Ahhhs ebbten ab, und die Leute fingen an zu singen. Das erste Weihnachtslied war „Silent Night“ und dann „Away in a Manger“. Marcie schaute zur Bar, denn sie vermisste Ian und wünschte sich, er wäre bei ihr und würde den Stern sehen. Als sie ihn auf der Veranda der Bar entdeckte, die Hände in den Hosentaschen und den Blick auf die Spitze des Baumes gerichtet, lächelte sie. Und sie dachte, was sein wird, wird sein. Ich verspreche, dass ich mich dem nicht in den Weg stellen werde.

Etwa eine halbe Stunde später und nachdem sie ein Repertoire aus etwa zehn bekannten Liedern gesungen hatten, begannen die Leute sich zu zerstreuen. Mel trug ihr Baby in die Bar, und es dauerte nicht lange, bis Marcie mit nur noch wenigen anderen Übriggebliebenen auf der Straße stand. Alle inspizierten den Baum, während Ian weiterhin von der Veranda aus zuschaute. Schließlich kam er die Treppe herunter auf den Baum zu und trat näher heran, um sich den Schmuck und die Abzeichen der verschiedenen Einheiten genauer anzusehen. Marcie wusste, was er sah. Ein Denkmal. Eine Ehrerbietung.

Ian musste nicht lange um den Baum herumgehen, er konnte auf der Stelle erkennen, dass diese Aufnäher militärischer Einheiten von überallher stammten und wahrscheinlich zu Hunderten den Baum bis ganz nach oben bedeckten. Dies ließ ihn etwas empfinden, das er sich seit sehr langer Zeit nicht mehr erlaubt hatte – Stolz.

Er wurde aus seinen Gedanken gerissen, als er Marcie husten hörte. Es klang wie ein Bellen. Er drehte sich um und ging zu ihr, nahm ihre Hand in seine und führte sie zum Truck. „Hast du deinen Hustensaft dabei?"

„Nein." Gleich hustete sie noch einmal. „Dumm, ich weiß. Aber ich musste mich wirklich beeilen, in deinen Truck zu steigen, bevor du merken konntest, dass ich dich ausgetrickst hatte, mir zu erlauben mitzukommen …" Schnell sprang sie in den Truck, und als er hinter dem Steuer saß, bekam sie einen weiteren Hustenanfall. Sofort entschuldigte sie sich: „Tut mir leid."

„Was genau tut dir leid? Dass du den ganzen Rückweg hustest oder weil du dich mir den ganzen Tag über aufgedrängt hast?"

Sie warf einen Blick auf sein Profil. Ohne seine Augen erkennen zu können und bei den Haarmassen in seinem Gesicht, wusste sie nicht, ob er sich amüsierte oder sauer war. „Beides."

„Ich gehe nicht davon aus, dass du absichtlich hustest. Und ich ärgere mich auch nicht mehr über diesen Tag. Es war ein schöner Tag."

„Wirklich?", hakte sie nach. „Wirklich? Hast du dich gewissermaßen gut amüsiert?"

„Gewissermaßen", räumte er ein. „Am besten hat mir die Nummer gefallen, als du der Bibliothekarin erzählt hast, ich wäre ein Fachidiot. Du bist sehr schlagfertig."

Sie lächelte in sich hinein.

„Ich glaube aber, dass es für dich vielleicht doch ein wenig zu viel war. Es ging dir schon so viel besser, und wir haben beide die Tatsache ignoriert, dass du ein paar Tage lang wirklich krank warst. Du solltest es langsam angehen."

„Ich muss nicht im Bett liegen oder so. Aber ein paarmal am Tag sollte ich diesen Hustensaft einnehmen, und das habe ich heute den ganzen Tag über nicht getan. Wie gesagt, ich hatte nicht daran gedacht. Das wird schon wieder." Sie hustete noch ein wenig weiter. „Wenn wir nach Hause kommen, nehme ich gleich etwas davon. Ian …, fühlst du dich niemals einsam? Da oben auf dem Berg?"

Sein erster Gedanke war: Bislang nicht. Was er aber sagte, war: „Irgendwie ist es seltsam, wie schnell man sich an etwas gewöhnen kann, wie zum Beispiel die Stille. Das Alleinsein. Ich hatte nicht gedacht, dass ich am Ende so lange weg sein würde."

„Soll das heißen, du hattest eigentlich vor, zurückzukommen? Zum Beispiel nach Chico? Oder zumindest doch raus aus deinem Versteck?"

Er wandte den Kopf und sah sie an. „Marcie … ich habe mich nicht versteckt." Er wirkte leicht überrascht, schaute aber gleich wieder auf die Straße. „Ich meine, als ich zum ersten Mal hier heraufkam, hatte ich niemandem gesagt, wohin ich gehe, weil ich es selbst nicht wusste. Und dann habe ich niemandem gesagt, wohin es mich verschlagen hatte. Aber ich habe mich nicht versteckt. Ich habe einen Führerschein und ein Fahrzeug, das auf mich angemeldet ist. Ich zahle Steuern für das Grundstück. Ich habe ein Geschäft ..., auch wenn es nicht sonderlich offiziell ist. Aber es ist nicht so schwer, mich zu finden. Vielleicht solltest du dich einmal mit dem Gedanken vertraut machen, dass niemand mich finden wollte. Niemand hat nach mir gesucht. Außer dir."

„Aber ich habe nachgefragt. Ich war bei der Polizei und überall. Dort hat jemand nachgeschaut, ob ein Fahrzeug auf dich angemeldet ist, auch wenn sie mir gesagt hatten, dass sie mir keine Auskunft erteilen dürften, wenn ..."

„War das in der Humboldt County? Dieses Waldhaus liegt kurz hinter der Grenze ... in Trinity."

„Oh", sagte sie. „Oh." Und wieder musste sie husten. Das hatte man davon, wenn man seine Medizin nicht einnimmt, während man noch mit den letzten Überbleibseln eines Virus kämpft und sich dazu ein wenig übernimmt. „Darf ich dich etwas fragen?", begann sie vorsichtig. „Warum bist du überhaupt hier hochgekommen?"

„Ich konnte mich noch an die Gegend erinnern. Als Kind war ich mit meinem Dad hier zum Angeln. Bevor meine Mutter starb; bevor er das Interesse verlor. Ich war noch sehr jung, als ich zum ersten Mal hierherkam, dann wieder als Teenager. Ich hatte einen Platz im Kopf, an dem man hören kann, wie man denkt. So etwas brauchte ich. Etwas möglichst Stressfreies. Und du hast selbst zugegeben, es ist ein wirklich schöner Platz."

„Und daraus wurden dann einfach so mehr als vier Jahre?"

„Genau. Bei den Marines habe ich eins gelernt ..., es tut

mir gut, wenn ich mich körperlich herausfordere. An meine Grenzen gehe. Das lässt mich sehen, wer ich bin, was ich kann. Ich hatte von dem gelebt, was der Boden hergab, auf Komfort verzichtet. Und ich begann, wieder klar zu denken. Es war Spätsommer, als ich hier oben ankam. Ich hatte einen Schlafsack und einen Rucksack bei mir. Damals glaubte ich, dass es das Beste wäre, wenn ich mich weitgehend von den Menschen fernhielt … Ich wollte über ein paar Dinge nachdenken und versuchen, die Veränderungen in meinem Leben nach dem Marine Corps in den Griff zu bekommen. Dann fing es plötzlich an zu schneien, und ich war noch nicht ganz so weit, den nächsten Schritt zu tun. Da waren verschiedene Möglichkeiten …, eine Ausbildung mit dem GI-Stipendium, ein Job, was auch immer. Aber so weit war ich noch nicht, und der alte Raleigh hat mich ins Leben zurückgetreten. Ehe ich mich versah, hatte ich bereits monatelang bei ihm gewohnt …, zwei alte Junggesellen, die ihren eigenen Weg gingen, sich um ihren eigenen Kram kümmerten. Dann habe ich ihn gepflegt, schließlich war er tot. Inzwischen hatte ich eine Routine entwickelt, einen Lebensstil, mit dem ich zurechtkam."

„Aber du hattest keine Freunde …"

„Ja, ich schien niemanden zu brauchen. Dabei hatte ich mir geschworen, es niemals so weit kommen zu lassen. Aber ich schätze, der Apfel fällt nicht weit vom Stamm."

„Was meinst du damit?"

Einen ausgedehnten Moment lang antwortete er nicht. Schließlich sagte er: „Mein Dad. Als meine Mutter starb, war ich zwanzig und zwei Jahre im Dienst. Sie hatte Krebs. Sie war erst fünfundfünfzig, aber drei Jahre lang war es für sie ein harter Kampf gewesen. Sie war bereit zu gehen, nicht so mein alter Herr. Es hat ihn wirklich alt gemacht, und er war total angefressen. Ich meine, noch angefressener, als er es eh schon war. Er war nie das, was man glücklich nennen kann.

Nach ihrem Tod hat er sich völlig isoliert, das Interesse an den Dingen verloren, die er mochte, und nach und nach auch die wenigen Freunde aufgegeben, die er hatte. Jedes Mal, wenn ich im Urlaub nach Hause kam, war es ein wenig schlimmer mit ihm. Ich hatte immer geglaubt, dass er darüber hinwegkommen würde, aber das ist nicht geschehen. Ich habe mir geschworen, dass mir das nie passieren würde, unter keinen Umständen."

„Aber es ist passiert?"

„Nicht so, wie du glaubst. Ich bin nicht wütend. Jedenfalls nicht besonders. Nur weil ich mein Leben überwiegend allein zugebracht habe, bin ich zum Einzelgänger geworden."

„Aber wünschst du dir niemals mehr als das? Ich meine, Freunde zum Beispiel? Eine Dusche? Eine Toilette im Haus? Ein komplettes Geschirr?"

Er wandte ihr den Kopf zu und grinste. „Auf den Gedanken, mir eine Dusche anzuschaffen, habe ich schon einige Zeit verwendet. Diese Wasserschlepperei nervt mich total. Aber wir Bergbewohner ..., wir brauchen nicht so viele Bäder."

„Willst du denn keinen Fernseher haben? Einen CD-Spieler? Einen Computer?"

„Schau mal, ob du das verstehen kannst. Ich möchte Bäume haben, die hundert Meter hoch sind, schwarze Bären, die sich an meinen Sachen zu schaffen machen, Rehe, die mir aus der Hand fressen, und eine Aussicht, die mich jeden Morgen fast auf die Knie bringt. Ich möchte nur so viel arbeiten, dass ich mein Leben bestreiten kann. Ich bedaure, dass ich für dich keine Toilette im Haus habe, zumal du krank warst, aber ich selbst brauche die nicht wirklich."

Sie wandte sich ihm zu und legte eine Hand auf seinen Arm. „Hast du denn nicht ein bisschen Angst, dass du werden könntest wie dieser alte Mann, um den du dich gekümmert hast? Fünfzig Jahre lang allein auf einem Berg?"

„Daran habe ich hin und wieder gedacht. Ich habe auch vor, weiterhin wenigstens jedes zweite Jahr zum Zahnarzt zu gehen, denn ich würde gern meinen Abgang mit all meinen eigenen Zähnen machen. Der alte Raleigh konnte kaum etwas essen, das nicht weich war. Aber in jeder anderen Hinsicht hatte er kein schlechtes Leben."

„Okay, hättest du nicht lieber eine andere Möglichkeit, Geld zu verdienen, anstatt Feuerholz zu verkaufen?"

Ian warf ihr einen überraschten Blick zu. „Ich verkaufe nicht deshalb Holz, weil ich arm und dumm bin. Ich verkaufe Holz, weil es gutes Geld ist. Die Bäume kosten mich nichts. Da gibt es keine Preiserhöhung. Es macht mir Spaß, sie zu fällen und zu hacken. Das ganze Jahr über bin ich damit beschäftigt und ich mache eine Menge Geld, wenn ich die gesägten und gespaltenen Scheite verkaufe. Im Frühjahr und Sommer arbeite ich für einen Umzugsunternehmer, wenn er viel zu tun hat. Das lässt mir genug Zeit, mich um den Garten zu kümmern und zu angeln, nicht zu erwähnen, dass ich mit dem Feuerholz vorankommen muss. Das muss sechs Monate lang lagern. Hier oben ist der Fluss klar und tief. Die Fische sind dick und schmecken köstlich. Es ist unglaublich. Hör zu, wenn ich mehr brauchen würde, würde ich mehr arbeiten."

„Dann gibt es also nichts, das du bedauerst?", wagte sie sich vor.

Er schnaubte. „Marcie, es gibt sehr viel, das ich bedaure. Aber nichts, was mit meiner Art zu leben oder meiner Arbeit zu tun hätte."

Einen Augenblick lang kaute sie auf der Lippe herum. Dann hustete sie so heftig, dass sie schließlich in der Taille einknickte.

„Dieser Truck ist zu kalt für dich. Wir hätten nicht in diese Bar fahren sollen, sondern nach Hause. Wenn wir da sind, wirst du dich gleich auf die Couch legen. Hustensaft und ab ins Bett."

Sie atmete tief durch. „Bedauerst du, dass du Shelly verlassen hast?"

Einen Moment lang funkelte er sie böse an, womit er ihr zu verstehen gab, dass sie wieder einmal dem verbotenen Terrain zu nahe gekommen war. Aber zu ihrer Überraschung antwortete er: „Ganz so war es nicht. Ich weiß nicht, wer wen verlassen hat." Und dann richtete er seine Augen wieder geradeaus und nahm den Anstieg zu seiner Hütte in Angriff.

„Aber sie hat gesagt ..."

Sein Kopf schnellte wieder zurück in ihre Richtung. „Du hast mit ihr *gesprochen*?"

„Ich wollte wissen, wo du dich aufhältst", verteidigte sie sich schwach, ganz wie der Feigling, in den sie sich plötzlich verwandelt hatte.

„In Ordnung, dieses Gespräch werden wir zurückstellen müssen. Schluss jetzt."

Und das war's dann. Den restlichen Weg den Berg hinauf regierte das Schweigen im Truck, und Marcie fürchtete, ihn sehr verärgert zu haben. Sie fragte sich, ob dies nun der Punkt war, an dem er sie in seinen Truck setzen würde – vielleicht gleich als Erstes morgen früh –, um sie in den Ort zu fahren und bei Mel in der Praxis abzuliefern. Dies könnte der Punkt sein, an dem er sie nicht länger ertragen würde, mit all ihrem Gerede über das, was vor vier Jahren geschehen war.

Als sie oben angelangt waren, statteten sie nacheinander beide noch der Außentoilette einen Besuch ab, bevor sie die Hütte betraten. Pflichtbewusst nahm Marcie ihren Hustensaft ein, während sie fortwährend vor sich hin keuchte. Dann wandte Ian ihr den Rücken zu, als sie sich bis auf das Hemd und die Unterhose auszog und auf der Couch einrichtete. Er legte Holz im Ofen nach, bereitete seine Kaffeekanne für den nächsten Morgen vor und rollte seine Matte aus, die ihm mit der schweren Decke als Bett diente.

Dann kam er zur Couch, schob Marcie mit der Hand ein Stückchen zur Seite und setzte sich auf den Rand.

„Als ich im Irak war, plante Shelly unsere Hochzeit. Es war vorgesehen, dass sie ein paar Wochen nach meiner Rückkehr stattfinden sollte. Während ich weg war, wurde daraus eine verdammte Krönungsfeier. Selbst schuld, denn ich hatte ihr gesagt: ‚Alles, was dich glücklich macht.' Als ich dann aber zurückkam, sagte ich ihr, dass ich noch etwas Zeit brauchte, dass ich nicht in der Verfassung wäre, ein Ehemann zu sein. Ich war kaum in der Verfassung, ein Marine zu sein, was eigentlich meine Arbeit im Leben hätte sein sollen. Ich bat sie darum, die Hochzeit zu verschieben. Aber Shelly lief auf vollen Touren im Hochzeitsgang. An ein paar Sachen, die in diesem Gespräch aufkamen, kann ich mich kaum noch erinnern. Irgendwas davon, dass das Kleid bereits zugeschnitten war, die Einladungen verschickt wären und Anzahlungen geleistet wurden. Ich hatte noch versucht, mich davon zu überzeugen, dass es das Beste wäre, einfach meine Augen zu schließen, mein Gehirn für ein paar Wochen abzuschalten und es einfach hinter mich zu bringen. Aber ich wusste, dass ich sie enttäuschen würde, dass ich eine Menge Leute enttäuschen würde. Mir war klar, dass ich völlig gestört war und dringend entspannen musste. Abgesehen davon wusste ich, dass sie nicht die entfernteste Vorstellung davon hatte, was mit mir los war. Wie konnte sie auch? Ich selbst wusste es kaum. Sie sagte eine Menge Dinge, aber das, woran ich mich am besten erinnern kann, ist, dass ich zur Hölle fahren könnte, wenn ich diese Hochzeit, für die sie so viel getan hatte, nicht stattfinden ließe."

Mit großen, hellgrünen Augen schaute Marcie ihn an. „Ian, ich …"

„Ihre Version will ich nicht hören", sagte er und hob warnend eine Hand. „Ich hoffe, sie ist glücklich. Ich hoffe, dass ich ihr das Leben nicht allzu schwer gemacht habe. Glaube mir, wenn ich sie damals geheiratet hätte, wäre es schlimmer für sie gekommen. Jetzt … ruh dich aus. Morgen bin ich früh wieder zurück. Mach nicht zu viel. Lies eins deiner Bücher, und vergiss nicht, deine Medizin einzunehmen."

„Sie ist verheiratet", sagte Marcie leise. „Schwanger."

„Schön für sie." Er klang unbeschwert. „Dann ist ja alles gut geworden. Also versuch du morgen mal, den Husten in den Griff zu bekommen."

„Ja. Natürlich, ja."

# 10. Kapitel

Trotz des Gesprächs mit Ian so kurz vor dem Einschlafen hatte Marcie überraschend gut geschlafen. Sie konnte sich vorstellen, wie es damals für ihn gewesen sein musste – ein dreißigjähriger Marine, nach einigen verheerenden Kriegserlebnissen auf Heimaturlaub, die Narben seiner Verwundungen noch frisch; innerlich gezeichnet von allem, was er durchgemacht hatte. Und die Liebe seines Lebens interessiert sich nicht im Geringsten dafür, solange sie nur dazu kommt, ein weißes Spitzenkleid an *ihrem* besonderen Tag tragen zu können.

Dies erinnerte Marcie an ein paar Dinge, an die sie gar nicht mehr gedacht hatte, als sie Shelly damals aufgesucht hatte, um sie zu fragen, ob sie etwas von Ian gehört hätte. Shelly war immer noch wütend auf ihn und hatte kein Interesse daran, zu erfahren, ob mit Ian alles in Ordnung war. Aber nachdem sie nun Ians Version der Geschichte gehört hatte, erinnerte Marcie sich an ein Gespräch, das sie mit Shelly geführt hatte, als ihre beiden Männer noch zusammen im Irak waren. Marcie hatte Shelly angerufen und vorgeschlagen, dass sie sich einmal treffen sollten, da doch ihre Männer so gute Freunde wären. Aber Shelly war sehr beschäftigt. „Die Vorbereitungen für eine große Hochzeit bedeuten eine Menge Arbeit", hatte sie sich entschuldigt.

„Es würde mich freuen, wenn ich helfen könnte", hatte Marcie angeboten.

„Danke, aber mit meiner Mutter, Tanten und den Brautjungfern kann ich mich vor lauter Hilfe schon gar nicht mehr retten. Trotzdem scheint jede freie Minute, die ich habe, dafür draufzugehen."

„Vielleicht ergibt sich ja mal eine Pause in deinem Programm und wir treffen uns auf einen Kaffee", hatte Marcie vorgeschlagen. „Schließlich sind unsere Männer die besten Freunde, und wir wohnen nicht einmal zehn Minuten voneinander entfernt."

Dazu hatte Shelly gesagt: „Gib mir deine Nummer, und wenn ich es schaffe, rufe ich dich an."

Aber das hatte sie nie getan. Offensichtlich hatte sie auch nie die Absicht. Und zum ersten Mal fragte sich Marcie: Wären wir überhaupt zu dieser Hochzeit eingeladen worden?

Ian hatte ihr eine halbe Kanne Kaffee auf dem Ofen hinterlassen, aber während Marcie geschlafen hatte, war das Feuer heruntergebrannt. Der Kaffee war kalt geworden. Sie erinnerte sich an diesen fantastischen, leckeren, dampfend heißen Kaffee in Jacks Bar, und dies löste ein heftiges Verlangen in ihr aus. Ians Kaffee war nicht schlecht, aber heiß wäre er sehr viel besser.

Sie legte Holz nach, hatte jedoch nicht die Geduld, darauf zu warten, dass das Feuer aufloderte und diesen Kaffee heiß werden ließ. Sie beäugte den kleinen Gasherd und dachte, damit geht es schneller. Also trug sie die Kanne zum Herd und studierte eingehend die Einstellschalter. Gas an. Leicht genug. Sie drehte den Schalter um, aber nichts geschah. Sie blies darauf, wie sie es bei dem alten Herd ihres Vaters machen musste. Nichts geschah; da war kein Funke. Allerdings konnte sie das Gas riechen. Sie wartete eine Sekunde und redete beschwörend auf den Herd ein. Geh an! Mach mir den Kaffee heiß! Dann drehte sie erneut den Schalter um … und wiederum gab es keinen Funken, während es eindeutig nach Gas roch. Ein dritter Versuch führte sie nicht weiter.

Dann entdeckte sie die Streichhölzer auf dem Tresen und dachte: Das ist es also. Dreh das Gas an und bring es zum Brennen! Mit der Kanne auf dem Brenner drehte sie noch einmal den Gasschalter um, dann zündete sie ein Streichholz an. Und puff! Die Flamme schoss fast einen Meter hoch in die Luft und traf sie mitten ins Gesicht.

Sie schrie auf, rotierte im Kreis herum, klopfte sich Gesicht und Haare ab und fuhr sich mit den Händen über den Rest ihrer wilden roten Mähne, um festzustellen, ob sie Feuer gefangen hatte. Sie fühlte, wie ihr das Gesicht brannte. Als sie nach dem kleinen Herd schaute, sah die Flamme ganz normal aus und brannte freundlich unter der Kanne. Ihr Gesicht aber war heiß wie ein Schürhaken!

Marcie fing an, wie ein Baby zu wimmern, und geriet völlig aus dem Häuschen, weil dies ein verheerender Unfall hätte sein können. Dann lief sie zur Couch, zog sich die Stiefel an und rannte in Ians Hemd nach draußen zu ihrem Auto, ohne auch nur einen Gedanken an alle möglichen bösartigen wilden Tiere zu verschwenden. Im ganzen Haus gab es keinen Spiegel, so viel wusste sie. Mit dem Hemdärmel wischte sie den Seitenspiegel des Käfers frei und schaute hinein. Dann schrie sie auf.

Ihr Gesicht war knallrot wie bei einem Sonnenbrand und ihr Haar am Ansatz angesengt. Ihre Stirn sah aus, als würden dort kleine schwarze Kringel sprießen. Ihre Augenbrauen, die schon eh nicht viel hermachten und fast blond waren, schienen nun sogar noch ausdrucksloser zu sein, und wenn sie das richtig erkannte – ihre *Wimpern* waren geschrumpft!

Eis, dachte sie. Etwas Kaltes, um die Verbrennung zu lindern, bevor sich Blasen bilden und anschwellen.

Sie rannte wieder zurück ins Haus, stellte den kleinen Herd ab und verfluchte ihn. Dann fing sie an, nach einem Handtuch zu suchen. Diese Dinge hatte er immer für sie herausgelegt, aber jetzt hatte sie keins zur Hand. Schließlich war sie gezwungen, in den Truhen nachzuschauen. Die erste, die sie öffnete, enthielt Kleidung, aber in der zweiten fand sie ein paar Handtücher und Waschlappen. Sie nahm sich eins, hielt es unter das eiskalte Wasser, das direkt aus der Pumpe am Becken kam, und presste es sich ans Gesicht. „Gott", stöhnte sie erleichtert. „Oh Gott."

Als Ian eine Stunde später in seine Hütte zurückkehrte, staunte er über den Anblick, der sich ihm bot. Marcie lag in seinem Hemd und Stiefeln mit nackten Beinen auf der Couch und presste sich ein Handtuch aufs Gesicht. Fast schon panisch geworden, kniete er sich neben die Couch und zog ihr die Hände weg. „Marcie?", fragte er weich.

Als sie die Hände herunternahm und dabei das kalte, feuchte Tuch wegzog, verschlug es ihm den Atem. „Hast du einen Rückfall? Fieber? Soll ich dich zum …"

„Das ist kein Fieber!", schrie sie ihn beinahe an.

„Aber dein Gesicht …"

„Das ist knallrot! Ich weiß. Und um mein ganzes Gesicht herum sind mir die Haare abgebrannt. Und wenn du dir die Mühe machst, mal hinzuschauen, da sind anscheinend auch keine *Augenbrauen* mehr, nicht als hätte ich je viel davon gehabt."

„Lieber Himmel", stöhnte er und setzte sich auf die Fersen.

„Ich hatte versucht, den Kaffee auf dem Gasherd warm zu machen. Und offensichtlich weiß ich nicht, wie man diesen Herd bedient."

„Was war los? Bist du verletzt?"

„Verletzt? Ich sehe ziemlich hässlich aus, aber ich glaube nicht, dass das so bleibt." In allen Einzelheiten berichtete sie ihm, wie sie den Herd angezündet hatte, mit dem Streichholz zu spät kam oder mit dem Gas zu früh, und wie ihr die Flamme ins Gesicht geschossen war und sie verbrannt hatte.

Mit einem rauen Finger strich er ihr über den Haaransatz am Gesicht entlang, und unter dem dichten Bart zuckte es leicht um seine Lippen. „Ich habe da eine Salbe. Und das hier wird wahrscheinlich nachwachsen …"

„Du lachst!“, warf sie ihm vor. „Du *lachst*, verdammt noch mal!“

Er schüttelte heftig den Kopf, aber immer noch ließ er seine Zähne sehen. Zähne, die sie bisher kaum einmal zu Gesicht bekommen hatte. „Nein. Nein. Es ist nur, dass …“

„Was? Es ist nur *was*?“

„Es tut mir leid, Marcie. Sicherlich ist das alles meine Schuld. Ich hätte dir zeigen müssen, wie …“

„Du kannst Gift darauf nehmen, dass dies alles deine Schuld ist! Einmal angefangen damit, dass du mich wie ein gottverfluchter Löwe angebrüllt hast, mir Angst eingejagt hast, mich hartnäckig gemacht hast und mir dann nicht gezeigt hast, wie man diesen verdammten Herd anzündet und dann …“

Auf einmal wurde unter seinem roten Bart die ganze Pracht seiner Zähne sichtbar. „Ich habe dich hartnäckig gemacht?“, fragte er und konnte sein Lachen kaum noch verbergen.

„Also, am besten geht es mir, wenn die Leute einfach tun, worum ich sie bitte! Und was ist so verdammt lustig daran?“

Er legte die Arme um den Oberkörper und rollte sich rückwärts auf den Boden, wobei er in ein Lachen ausbrach, bei dem er den Mund aufriss, die Augen zusammenkniff und laut grölte. Zwischen Keuchen und dröhnendem Lachen würgte er hervor: „Du bist knallrot! Und es ist meine Schuld, dass du … hartnäckig geworden bist! Gott …, du bist unbezahlbar!“ Und er konnte sich gar nicht mehr einkriegen vor Lachen. Sie saß an der Sofakante, hatte die Stiefel auf den Boden gestellt und starrte mit rotem Gesicht und finsterem Blick auf ihn hinunter.

Er brauchte ein Weilchen, um sich wieder zu fangen. Sein Lachen ebbte ab und ging über in ein Japsen und Keuchen; er wischte sich über die Augen, die feucht geworden waren, und schließlich schaute er sie an.

„Es überrascht mich, dass du vor lauter Lachen nicht noch einen hast fahren lassen“, bemerkte sie, ohne die geringste Spur eines Lächelns im Gesicht.

Ein paarmal schnaubte er noch, dann sagte er: „Das war gar nicht so einfach.“ Er setzte sich auf, beruhigte sich wieder, und mit einem Zucken um die Lippen fügte er hinzu: „Hast du Schmerzen?“

Sie hob das Kinn. „Ein wenig.“

„Ich will mal die Salbe suchen.“ Er stand auf, ging zu einem seiner Schränke und kam mit einer Dose Salbe zurück, die er ihr vorsichtig auf das verbrannte Gesicht auftrug, wobei es um seine Lippen ständig weiterzuckte, als wäre er versucht zu lachen.

„Ist das so verdammt lustig?“, wollte sie schließlich wissen.

„Es ist ziemlich lustig, Marcie. Dieser Herd hatte mal einen perfekt funktionierenden Zünder, aber der ist schon vor geraumer Zeit kaputtgegangen, und für mich war es leichter, ein Streichholz zu benutzen, als ihn reparieren zu lassen. Verstehst du, das sind diese Dinge, die einfach passieren, wenn man allein lebt. Das Haus ist nicht für eine Familie bestimmt. Man kommt zurecht. Es ist faul, ich weiß …“

„Aber du bist nicht faul. Du arbeitest hart!“

„Also gut, dann gehört es halt zu den Dingen, die ich nicht tun muss. Wirklich, so schlimm sieht es gar nicht aus, dein Gesicht …“ Und wieder gluckste er.

„Ich habe schwarze Kringel, wo ich vorher einen Pony hatte.“

„Ich weiß, Liebes. Aber das alles wird wunderbar wieder nachwachsen.“

*Liebes? Hat er mich gerade Liebes genannt? Weil ich ihm leidtue? Ist er so süß zu mir, weil ich mich verbrannt habe?* Schließlich sagte sie: „Die Salbe ist gut. Was ist das?“

„Der Tierarzt braucht es für die Pferde.“

„Oh, na toll!"

„Nein, das Zeug ist gut! Besser als alles, was du dank der Gesundheitsbehörde in der Apotheke kaufen oder vom Arzt bekommen kannst. Das schwöre ich dir." Aber dann lachte er wieder.

„Lachst du immer noch, weil ich so lächerlich aussehe oder weil du mir mit dieser Pferdemedizin eins ausgewischt hast?"

„Ich lache, weil …", er verschluckte sich, „… wie wär's, wenn ich dich jetzt fertig einfette und dir dann etwas zu essen mache? Und während du versuchst, dich von deiner Verbrennung zu erholen, könnte ich dir hinterher eine von deinen schnulzigen Romanzen vorlesen, wenn du magst."

„Du willst mir vorlesen?"

Er zuckte mit den Achseln. „Raleigh habe ich manchmal etwas vorgelesen, wenn es ihm wirklich schlecht ging."

„Nein", erwiderte sie. „Essen, ja. Vorlesen wäre schön, aber singen wäre besser. Ich möchte, dass du mir etwas vorsingst."

„Ach Marcie …"

„Ich bin ein Brandopfer. Versuch doch mal ein bisschen entgegenkommend zu sein."

Er seufzte schwer und ging zum Schrank. Darin befanden sich noch mehrere Dutzend große Dosen Rinderragout, von denen er zwei herausnahm.

„Lieber Himmel, rechnest du mit einem Atomkrieg?"

„Nein." Er lachte. „Ich rechne mit Schnee. Bis zum Highway 36 ist es von hier aus weit. Ohne Vorräte kann man hier oben ganz schön Hunger schieben."

„Und du lebst dann von Ragout aus der Dose?"

„Das ist gut. Ich würde mir etwas anderes kaufen, wenn es mir besser schmecken würde." Er leerte die Dosen in einen Topf und stellte sie auf den Herd. Marcie schaute genau hin, als er ihn anstellte. Zuerst das Streichholz, dann das Gas. Perfekt. Also, das machte Sinn.

Er wärmte das Ragout für sie auf, gab es in einen großen Becher und ließ sie essen. Dann deckte er sie zu, reichte ihr den Hustensaft und forderte sie auf, die Augen zu schließen. Und er sang für sie. Er sang leise, aber mit tiefer, voller Stimme. „New York, New York", die langsame Version, „When I Fall In Love" und dann „You Don't Know Me". Marcie versuchte, nichts in das Stück hineinzulesen. Sie fürchtete sich, die Augen zu öffnen, weil er sonst vielleicht aufhören könnte. Es folgten mehrere dieser alten, gefühlvollen weichen Songs von Sinatra und Presley.

Auf einmal kam ihr Abigail Adams in den Sinn, die es geschafft hatte, fünf Kinder aufzuziehen und gleichzeitig im Alleingang eine Farm zu führen, während ihr Mann damit beschäftigt war, Amerika zu gründen. Marcie hatte Abigail schon immer bewundert und verehrt. War es denn wirklich so schwer, über den Hof zur Toilette zu gehen? Selbst wenn man eine schwere Bratpfanne mitschleppen musste, um wilde Tiere abzuwehren? Oder sein Wasser zu erhitzen? Was brauchte sie *wirklich*? Eine Sache wusste sie mit Sicherheit: Ein Augenbrauenwaxing gehörte auf keinen Fall dazu.

Marcie schlummerte ein und träumte von Abigail und Ians Stimme. Als sie am nächsten Morgen wieder aufwachte, stand die Kaffeekanne auf dem Ofen, der wie üblich heruntergebrannt war. Auf dem Tisch lag ein Zettel.

*Stell den Gasherd nicht an, wenn du nicht sicher bist, dass du weißt, was du tust.*

Und darüber musste sie lachen.

Marcie war bis etwa zur Mitte ihres Romans gelangt, und gerade wollte der Held der Heldin den Arm um die Taille legen, sie an sich reißen und ihr mit seinen Küssen den Verstand rauben, als ihr etwas einfiel. Ihre Briefe.

Abgesehen von den Briefen, die sie Ian geschrieben hatte,

als er noch im Irak war, und in denen sie ihn über Bobby auf dem Laufenden gehalten hatte – Briefe, die er beantwortet hatte –, hatte sie ihm auch noch zwei Jahre lang regelmäßig postlagernd geschrieben. Diese Briefe wurden weder beantwortet, noch waren sie zurückgeschickt worden. Wie standen die Chancen …?

Sie sprang von der Couch und ging als Erstes zu der kleinen Blechdose, in die er jeden Abend sein Geld legte. Sie konnte feststellen, dass er aufgehört hatte, sie zu verschließen. Die Dose enthielt nicht sehr viel: die notarielle Urkunde, mit der Marcie sich nicht aufhielt, dann ein paar Fotos. Die Fotos lenkten sie allerdings ab. Sie waren aufschlussreich in Anzahl und Motiv. Ein Familienfoto, auf dem Ian als junger Teenager abgebildet war, vielleicht vierzehn oder fünfzehn Jahre alt. Ein sehr schönes Bild von Shelly mit einem schwarzen Umhang auf den Schultern, das sie wahrscheinlich am College oder in ihrer Studentinnenverbindung zeigte. Ein Foto von Ian und Bobby in ihren Kampfanzügen, die Gewehrriemen über den Schultern, grinsend. Eins zusammen mit seinem Vater, als er ein wenig älter war, sein Vater ohne ein Lächeln.

Die Fotos lenkten sie deshalb von ihrer Suche ab, weil daran einiges zu erkennen war. Es waren nur wenige Fotos, und sie zeigten die wichtigsten Menschen in seinem Leben. Sie hielten Ians Entwicklung fest, von dem Jungen, der offensichtlich einer durchschnittlichen Mittelklassefamilie entstammte, bis hin zu dem jungen Mann mit einem unglücklichen Vater, der junge Mann, der ein Marine geworden war. Dann waren da noch die Frau und der Freund. Und dann … nichts mehr.

Unter diesen Fotos lagen seine Medaillen. Die Medaillen, die er für Bobby erhalten hatte, lagen in schönen Schatullen. Die anderen waren unverpackt. Aber zumindest hatte er sie nicht in einem Anfall von Wut oder Depression weggeworfen.

Sorgfältig legte sie alles wieder zurück und schloss den Deckel, wobei sie sich schuldig fühlte, weil sie seine Sachen durchwühlte. Er hatte es nicht verdient, dass sie in seine Privatsphäre eindrang, aber es gab Dinge, die sie einfach verstehen wollte. Daher ging sie auch noch zu der Truhe, die seine Kleidung enthielt, und schob langsam an allen vier Seiten ihre Hand hinein. Als sie etwas fühlen konnte, schob sie vorsichtig die zusammengefalteten Kleidungsstücke beiseite und stieß auf Öl. Mit einem Gummiband zusammengehalten lagen dort etwa ein Dutzend lange weiße Umschläge, alle an ihn gerichtet, alle von ihr geschrieben. Und alle verschlossen. Er hatte sie nie geöffnet, allerdings hatte er sie aufgehoben.

Verwundert musterte sie die Briefe. Also, was könnte das bedeuten?

Und dann hörte sie einen Motor. Da sie annahm, dass es Ian war, der zurückkehrte, legte sie sofort die Umschläge zurück und schloss die Truhe. Als sie jedoch wieder auf den Beinen stand, erkannte sie, dass es nicht Ians Truck war, daher ging sie zur Tür.

Nun, sie hätte es sich denken können. Draußen stand in einem großen, brandneuen Geländewagen Erin Elizabeth Foley. Die große Schwester. Während Erin aus dem Wagen kletterte, verschränkte Marcie die Arme vor der Brust.

Erin schaute sie nur an und erstarrte. Mit offenem Mund kam sie zwei Schritte näher. „Oh mein Gott! Was ist denn mit dir *los*?“

Marcie, die ihr rotes Gesicht und das verbrannte Haar völlig vergessen hatte, schaute an sich hinab. Sie trug eins von Ians Hemden und ihre Stiefel, dazwischen schauten ihre weißen Beine heraus. „Der Boden ist kalt. Erin, was willst du hier?“

„Ich bin gekommen, um mir diesen Platz einmal anzuschauen, diesen Mann. Du kannst doch nicht ernsthaft glauben, dass ich dich diesen Wahnsinn einfach weitertreiben lasse, ohne zu wissen, womit wir es zu tun haben? Und es ist gut, dass ich gekommen bin, um dich abzuholen! Lieber Himmel … hat er dich geschlagen?"

„Geschlagen? Natürlich nicht! Und *wir* haben mit gar nichts zu tun, weil das hier nicht deine Sache ist! Du wirst alles verderben!"

Erin kam näher und brachte den schweren Duft von Chanels Allure mit sich. Sie trug eine hellbraune Lederjacke und dazu passende Stiefel mit hohen Absätzen – wahrscheinlich von Cole Haan, ihrer Lieblingsmarke. Vollendet wurde das Ensemble von einer perfekt geknitterten schokoladenbraunen Wollhose. Sie trug dünne Autofahrerhandschuhe, und ihr rotblondes Haar fiel ihr in perfekten Wellen auf die Schultern. Natürlich fehlte es nicht an Goldschmuck, und ein farbenprächtiger Hermès-Schal war um ihren Hals geschlungen. „Was ist mit deinem Gesicht passiert?"

Marcie hob die Hand an die Wange. Sie hatte es beinahe vergessen, denn es tat nicht mehr weh. „Oh. Ich hatte einen kleinen Unfall mit dem Gasherd. Es war ganz und gar meine Schuld. Aber es geht mir gut."

„Warst du in der Notaufnahme?"

„Der *was*?" Marcie fing an zu lachen. „Die nächste Notaufnahme ist zwei Stunden von hier entfernt, aber ich habe etwas aufgetragen. Eine wirklich gute Salbe, mit der sie Pferde behandeln."

„Oh Himmel, Herrgott, hilf! Du hast ja völlig den Verstand verloren!"

„Es tut nicht weh", erwiderte Marcie, die sich wie eine Zehnjährige vorkam.

„Aber deine Haare. Deine schönen Haare! Und deine …, deine … *Augenbrauen*!"

„Ich weiß", sagte Marcie. „Wirklich, Erin … Warum kannst du mich nicht in Ruhe lassen? Ich habe getan, worum du mich gebeten hattest – ich habe alle zwei Tage angerufen, oder zumindest doch alle paar Tage, oder ich habe jemanden gebeten, für mich bei dir anzurufen. Ich war vorsichtig, ich …"

Erins Lippen verzogen sich zu diesem unversöhnlichen „mütterlichen Ausdruck". „Richtig. Es war eine Sache, ihn zu finden, aber bei ihm zu wohnen, völlig abgelegen, ohne Telefon und einen … meine Güte, ist das wirklich das, was ich glaube?", fragte sie und wies mit dem Finger auf die Außentoilette.

„Das Klo", bestätigte Marcie leicht amüsiert. „Ohne Bidet."

„Ich werde gleich ohnmächtig."

„Wir haben noch einen kleinen Porzellantopf im Haus, falls dir der Weg zum Häuschen zu viel ist." Marcie hielt es für besser, nicht zu erwähnen, dass man gut beraten war, eine Waffe mitzunehmen, wenn man sich auf den Weg nach draußen begab.

Tatsächlich geriet Erin auf den Beinen ins Wanken, und einen Augenblick lang schloss sie die Augen. Marcie musste sich ein Lachen verkneifen. Wenn sie geglaubt hatte, dass ihre eigene Einführung in dieses Waldhaus interessant gewesen war, sorgte allein die Vorstellung, wie Erin auf ihren Cole Haans rutschen würde, wenn sie sich morgens zur Toilette quälte, dafür, dass sie leicht in ein hysterisches Lachen ausbrechen könnte. „Du solltest mal sehen, wie wir den Badetag organisieren", bemerkte sie, denn sie konnte nicht widerstehen, ihre Schwester ein wenig zu hänseln.

Erin riss die Augen auf. „Das Wort Badetag legt nahe, dass es nicht jeden Tag geschieht und nicht komfortabel ist."

„Das wäre eine korrekte Beschreibung."

„Vermutlich auch nicht leicht zu bewerkstelligen …", fuhr Erin fort.

„Also, wenn man bedenkt, dass die einzige Heizquelle ein Holzofen ist, dann geht es doch recht schnell."

„Himmel. Hol deine Sachen!"

„Nein. Nein, du kannst dich gerne umschauen und deine zimperliche Nase rümpfen, und du kannst auch Ian treffen, wenn du darauf bestehst. Aber sein Anblick wird dir nicht gefallen, das kann ich dir garantieren. Und dann kannst du wieder fahren, bevor es noch so weit kommt, dass du zur Toilette musst. Ich für meinen Teil werde jedenfalls nicht weiter gehen als bis dorthin."

„Zumindest wirst du mir erlauben, dich zu einem Arzt zu bringen", sagte Erin.

„Ich war beim Arzt", rutschte es Marcie heraus, bevor sie sich bremsen konnte.

„Und was hat er dazu gesagt, dass du eine Pferdearznei für dein Gesicht benutzt?"

„Ein Einreibmittel. Irgendein Einreibmittel für Pferde, das überraschend gut wirkt. Aber eigentlich hatte ich den Arzt nicht dafür gebraucht. Es war so, dass ich gleich am Anfang, als ich hier ankam und Ian gefunden hatte, krank wurde. Grippe. Er hat den Arzt geholt, und der Arzt kam mit seiner Krankenschwester hier raus zum Waldhaus und hat mir eine Spritze gegeben. Und Ian hat sehr gut für mich gesorgt. Er hat Hühnersuppe gekocht und alles."

Erin legte die Finger an die Schläfen und massierte sie ein wenig. Dann hatte sie sich wieder gefangen und schüttelte den Kopf. Mit schmalen Augen warf sie einen Blick auf den Schneehügel, der aussah wie ein Iglu, und gleich neben ihrem großen Geländewagen stand.

„Mein kleiner Käfer. Ich fürchte, er wird eine ganze Weile nirgendwohin fahren. Der würde die Bergstraßen bei Schnee und Eis nicht schaffen. Es muss erst ein wenig trockener werden. Wenn du nicht einfach wieder fahren willst, dann komm herein, Erin." Marcie drehte sich um und ging in die Hütte, wobei sie für ihre Schwester die Tür offen ließ.

So, wie Marcie es hätte vorhersagen können, war Erin nicht beeindruckt. Sie schaute sich um, und obwohl sie nichts sagte, schauderte sie. „Wo befinden sich die Betten?"

„Es ist so, dass es gar keine Betten gibt. Ich schlafe auf der Couch und Ian schläft auf einer Schlafmatte am Boden vor dem Ofen. Ich habe ihm seine Couch nicht weggenommen. Er sagt, dass er immer auf dieser Matte schläft. Für ihn ist das bequemer. Die Couch ist zu kurz."

„Hier scheint es nur ein Zimmer zu geben", bemerkte Erin.

„Es ist ein Waldhaus, das von einem Mann bewohnt wird. Nicht so viel anders als die Hütten, die Dad und Drew gemietet hatten, wenn sie jagen und angeln waren."

„Das ist etwas völlig anderes, und das weißt du genau", stellte Erin fest und fuhr beschwörend fort: „Marcie, ich kann dich nicht hierlassen. Es geht einfach nicht."

Ein weiterer Motor arbeitete sich den Berg hinauf, und mit einem verzweifelten Ausdruck im Gesicht trat Marcie auf ihre Schwester zu. „Hör mir zu. Hör mir gut zu. Über das, was mit Bobby geschehen ist, haben wir nicht gesprochen, ebenso wenig über das, was in dieser Zeit in Ians Leben los war. Wir haben uns dem Thema kaum einmal genähert, also wirst du *nichts* dazu sagen. Hast du mich verstanden?" Sie ging zur Couch, setzte sich, zog die Stiefel aus, fischte ihre Jeans aus der Tasche und zog sie rasch an. „Nichts! Denk an deine guten Manieren, beleidige ihn nicht und nutze dein schlaues Juristenhirn, um diplomatisch zu sein. Und das ist mein Ernst!"

„Also wirklich!", sagte Erin steif.

„Da hast du verdammt recht. Wirklich!" Marcie setzte sich wieder und zog die Stiefel an. Gerade hatte sie dies geschafft, als Ian auch schon zur Tür hereinkam.

Er blieb auf der Schwelle stehen und füllte den Rahmen. Seine Augen verengten sich zu schmalen Schlitzen. Marcie konnte hören, wie ihre Schwester laut einatmete.

Sie war sich darüber im Klaren, dass Erins Anwesenheit in der Hütte der Grund dafür war, dass seine schmutzige rotbraune Jacke noch schäbiger wirkte als sonst, sein Bart noch wilder. Ians Augen funkelten. Er war nicht glücklich. „Die Schwester, nehme ich an“, sagte er.

Erin reckte stolz den Hals und hielt ihm die Hand entgegen. „Erin Foley, wie geht es Ihnen?“

„Ganz gut, danke. Und selbst?“, antwortete er, wobei er die Hand ignorierte.

„Nun, danke. Ich freue mich, Sie kennenzulernen. Ich bin nur hier, um Marcie …“

„Verstehe.“

„Aber ich bin noch nicht ganz so weit, zu gehen“, schaltete Marcie sich ein. „Erin wollte dich nur kennenlernen, bevor sie wieder fährt. Ich habe sie nicht darum gebeten herzukommen, Ian.“

„Wüsste auch nicht, wie das gehen sollte.“ Ian stellte die Einkaufstüte mit Lebensmitteln auf den kleinen Tisch. „Rauchsignale, schätze ich mal.“

„Also gut, hört mir beide mal zu“, sagte Erin. „Die Idee, dass Marcie allein hier hochfährt, um Sie zu suchen, hat mir von Anfang an nicht gefallen, vor allem nicht jetzt, in dieser Jahreszeit, wo die Feiertage vor der Tür stehen und es fast genau ein Jahr her ist, dass Bobby …“

„Erin!“

Erin räusperte sich. „Nun, wie Sie zweifellos bemerkt haben, ist meine Schwester sehr hartnäckig und tut, was sie will.“

„Das konnte mir kaum entgehen.“

„Es war eine Sache, Sie zu finden und mit Ihnen zu sprechen, aber das hier geht zu weit. Sie kann nicht hierbleiben, Mr. Buchanan. Es gibt nur ein Zimmer, ich sehe nirgendwo ein Bett, keine Toilette im Haus, und offensichtlich ist sie nicht ganz gesund. Sie ist krank, hat eine Verbrennung und … Es war sehr nett von Ihnen, sie aufzunehmen, sich um sie zu kümmern et cetera. Aber genug ist genug. Marcie sollte nach Hause kommen zu ihrer Familie. Weihnachten steht kurz vor der Tür. Wir haben alle genug durchgemacht.“ Eindringlich schaute sie ihre Schwester an. „Marcie, wirklich, ich bin nicht die Einzige, die besorgt darauf wartet, dass du nach Hause kommst. Auch die Familie Sullivan macht sich die größten Sorgen. Vielleicht könnt ihr beide – du und Mr. Buchanan – in Verbindung bleiben und euch nach Weihnachten noch einmal treffen, irgendwo, wo es ein Telefon gibt und eine Toilette im Haus …“

„*Erin!*“ Marcies Gesicht war noch ein wenig roter geworden, falls das überhaupt möglich war.

„Deine Schwester hat recht“, sagte Ian. „Du solltest jetzt bei deiner Familie sein. Wir werden uns irgendwann einmal wieder über den Weg laufen.“

„Wenn ich bereit gewesen wäre zu gehen, wäre ich gegangen! Wenn ich unbedingt von hier weggewollt hätte, ich wäre getrampt. Die Möglichkeit dazu hatte ich“, stellte Marcie fest. „Ich hatte aber die Absicht, hierzubleiben, bis du … Wir haben gerade erst angefangen, uns kennenzulernen!“

„Du warst lange genug hier. Und ich bin nicht daran gewöhnt, Menschen in meiner Nähe zu haben. Gut, dass sie gekommen ist. Mit deinem Auto kommst du sowieso nicht von hier weg.“

„Aber Ian …“

„Sie hat recht. Genug ist genug. Pack deine Sachen.“

„Aber Ian“, wiederholte sie und ging einen Schritt auf ihn zu, wobei sie ihn mit einem flehenden Blick anschaute. „Ich dachte …“

„Ich glaube, dass wir das hier mit deiner Grippe und allem ganz gut hinbekommen haben. Aber jetzt ist sie hier, um dich abzuholen, und ich bin reif dazu, mein Haus wieder für mich zu haben. Ich bin nicht an so viele Leute gewöhnt. Das weißt du.“ Er holte Luft. „Bei deiner Schwester bist du in guten Händen. Sie wirkt äußerst …“, er warf Erin einen Blick zu, der einer kurzen, unhöflichen Musterung gleichkam, „kompetent.“

„Gut“, sagte Erin und rieb sich die Hände. „Können wir?“

Marcie hob den Kopf und schaute ihm in die Augen. Ihr Blick war weich und flehend, seiner hart. „Das meinst du doch nicht so“, beschwor sie ihn. „Möchtest du mir damit sagen, dass du *willst*, dass ich gehe?“

„Du solltest mit deiner Schwester mitfahren, Marcie. Sie hat recht. Du willst der Familie keine Sorgen bereiten. Wenn du magst, können wir uns irgendwann später einmal wieder treffen. Aber ich bin ein Einsiedler. Und mir gefällt es so.“

„Du bist kein Einsiedler. Du verkaufst Holz, besuchst Fernfahrerkneipen, Kirchen, die Bücherei … Ich glaube nicht, dass du willst, dass ich gehe“, fügte sie fast schon flüsternd hinzu.

„Ja, das glaubst du. Aber ich freue mich, dass du mich gefunden hast. Und die Sache mit Bobby tut mir leid.“ Er senkte den Kopf. „Du wirst nie erfahren, wie sehr …“ Dann hob er die Augen und begegnete ihrem Blick. „Geh jetzt. Geh nach Hause, wo du hingehörst.“

„Gerade hatte ich angefangen, das Gefühl zu bekommen, dass ich hierhergehöre“, erwiderte sie. Dazu sagte er nichts, hielt jedoch ihrem Blick stand. Schließlich gab sie sich geschlagen, wandte sich ab und suchte ihre Sachen zusammen. Das dauerte nicht lange, denn ihre Kleidung befand sich neben ein paar weiteren Utensilien wie Shampoo und Make-up in der Reisetasche. In ihrem Rucksack bewahrte sie Straßenkarten und Notizen sowie die Baseballkarten auf, die sie ihm noch gar nicht gegeben hatte. Und sie hatte eine Handtasche. Sie rollte ihren Schlafsack zusammen und war im Nu mit allem fertig und fing an, die Decke, die sie auf der Couch gewärmt hatte, zusammenzufalten.

„Das mache ich schon“, sagte Ian.

Aber sie fuhr damit fort, und nachdem sie die Decke in ein nettes kleines Rechteck zusammengelegt hatte, stapelte sie die Bücher aus der Bücherei auf dem Tisch. „Damit bin ich nicht fertig geworden“, sagte sie. „Hinzu kommt, dass ich gerade an der Stelle war, wo es spannend wurde. Auf der Seite steckt ein Lesezeichen. Danke für alles. Ich meine, du hast so viel für mich getan.“

„Ich habe kaum etwas getan. Nichts anderes als sonst auch.“

„Doch, das hast du. Du hast für mich gekocht, mich gepflegt, hast mir Arznei verabreicht, mich beschützt … Aber … also, ich weiß, dass ich dir eine Menge Ärger bereitet habe …“

„Es war keine große Sache“, wiederholte er nur.

„Für mich war es das.“

Und darauf antwortete er nicht mehr.

Sie hob ihre Reisetasche auf, den Rucksack und die Handtasche und ging zur Tür hinaus, wobei sie es Erin überließ, ihren Schlafsack mitzunehmen. Sie warf ihre Sachen auf den Rücksitz von Erins Wagen und kletterte auf den Beifahrersitz.

Sie wünschte, er hätte Erin angebrüllt und verscheucht. Aber dann wäre Erin mit dem gesamten Sheriff's Department zurückgekehrt.

„Fahr in den Ort. Ich möchte mich von meinen Freunden verabschieden.“

„Virgin River?“, fragte Erin.

„Ja.“

„Hör zu, Marcie …“

„Und sprich mich nicht an. *Schau* mich nicht einmal an.“

# 11. Kapitel

Erin hielt vor Jacks Bar und sagte: „Mach nicht zu lange. Schon jetzt werden wir im Dunkeln fahren müssen."

Ohne darauf zu antworten, stapfte Marcie einfach hinein, und da Erin ihr offensichtlich nicht traute, kam sie gleich hinterher.

Jack setzte zu einem Lächeln an, das jedoch erfror, als er Marcies verbranntes Gesicht und die angesengten Haare sah. „Puh!", sagte er nur.

Marcie schwang sich auf einen Hocker. „Defekter Gaskocher. Fragen Sie mich nicht."

„Würde mir im Traum nicht einfallen."

„Ein Bier."

„Kommt sofort."

Er zapfte ein Glas für Marcie und begrüßte Erin. „Noch mal Hallo. Es scheint, Sie haben das Haus problemlos gefunden."

„Gott sei Dank. Haben Sie eine Vorstellung, was für Lebensbedingungen da draußen herrschen?"

Jack schmunzelte. „Ich bin mir sicher, dass die für die Berge hier gar nicht so unüblich sind. Während ich mit dem Bau der Bar beschäftigt war, habe ich auch ziemlich bescheiden gelebt."

„Dort ist nicht einmal eine Toilette im Haus!"

„Auch das ist nicht besonders ungewöhnlich. So eine Außentoilette muss alle paar Jahre neu gegraben werden, und ich nehme an, Sie wissen, dass wir so weit oben keine Abwasserleitungen haben. Daher bleibt einem gar nichts anderes übrig, als eine Jauchegrube anzulegen, wobei ein alleinstehender Mann der Kälte im Winter schon trotzen wird. Dasselbe gilt im Übrigen für Kabelfernsehen und Elektrizität. Man braucht eine Satellitenschüssel und einen Generator. Wahrscheinlich gibt es da draußen Hunderte solcher Hütten."

„Und wozu der ganze Aufwand?"

„Oh, wenn Sie sich umgeschaut hätten, würden Sie nicht fragen."

Die Tür ging auf und Mel kam mit David, den sie auf der Hüfte trug, in die Bar. Sie setzte sich neben Marcie und reichte ihrem Mann das Baby über den Tresen, gab ihm einen kleinen Kuss und drehte lächelnd den Kopf zu Marcie. Überrascht sprang sie auf.

„Nur eine leichte Verbrennung", erklärte Marcie.

„Aber hallo! Womit behandelst du sie?"

„Irgend so ein Einreibmittel für Pferde, das Ian im Haus hatte. Es hat sofort gewirkt."

„Ah. Methylsulfonylmethan. Die Leute hier in der Gegend brauchen es für fast alles. Es ist berühmt dafür, dass es den Wiederaufbau der Zellen fördert. Ich schätze, der Doc hat recht – du bist in guten Händen."

„Nun, jetzt nicht mehr. Mel, darf ich vorstellen, meine Schwester Erin. Erin, dies ist Mel Sheridan. Ich glaube, ihr habt bereits miteinander gesprochen."

„Ja, natürlich. Wie geht es Ihnen? Nett von Ihnen, dass Sie für Marcie angerufen haben."

„Das Vergnügen war auf meiner Seite. Ich freue mich, dass ich ihre Schwester kennenlernen durfte."

„Und Sie haben sich um sie gekümmert, als sie die Grippe hatte?"

„Ja, zusammen mit dem Doc. Es scheint ihr jetzt wieder gut zu gehen. Machen Sie sich deshalb keine Sorgen."

Jack hatte David in seiner Rückentrage verstaut und konnte

nun weiter bedienen und gleichzeitig auf seinen Sohn aufpassen. Preacher trug ein Gestell mit sauberen Tellern herein, das er unter den Tresen schob, nickte allen zur Begrüßung zu, zog neugierig die Augenbrauen hoch, als er Marcie sah, verschwand dann aber gleich wieder in der Küche. Mike Valenzuela betrat die Bar durch die Hintertür, begab sich hinter den Tresen, um sich ein Bier zu zapfen, und wurde mit Erin bekannt gemacht. Als sein Blick auf Marcie fiel, schaute er sie nur erstaunt an.

„Der Gasherd“, erklärte sie müde. „Ich hatte zuerst das Gas angedreht, dann erst das Streichholz angezündet.“

„Wetten, dass Sie das beim nächsten Mal in der richtigen Reihenfolge schaffen“, meinte Mike, bevor auch er sich nach hinten in die Küche verzog.

Zufällig fiel Mels Blick auf Erins Stiefel. „Heiliger Strohsack, solche Stiefel hatte ich auch mal. Irgendwie vermisse ich sie, aber nachdem ich meinen ersten Frühling hier auf den Ranches und Weingütern herumgelaufen bin, waren sie nicht mehr zu gebrauchen.“

„Tatsächlich?“, fragte Erin.

„Das ist urwüchsiges Land hier. Ein Land für Männer, nehme ich an, auch wenn ich das nur ungern sage. Darauf war ich nicht so ganz vorbereitet.“

„Also, die Männer hier sind sehr …“

„Ich weiß“, unterbrach Mel sie lachend. „Sehr charmant, nicht wahr? Aber gefährlich. Nehmen Sie sich in acht.“

„Gefährlich?“, fragte Erin mit großen Augen.

Mel beugte sich zu ihr. „Sie schießen auf Rehe, spielen Poker, rauchen große fiese Zigarren. Und wie sich herausgestellt hat … liegt ihre Spermienrate ziemlich hoch. Das können Sie mir glauben, denn ich bin die Hebamme hier …“

Jack schmunzelte und fing sich einen Blick von Erin ein.

„Woher kommen Sie?“, wandte Erin sich wieder an Mel.

„Zuletzt aus Los Angeles. Ich habe eine Veränderung gesucht."

„Eine *Veränderung*?", fragte Erin verblüfft.

Mel lächelte süß: „Es hat mich überwältigt. Die Macht dieser Schönheit, das Naturphänomen einer unberührten Landschaft. Was ich an meinem ersten Morgen sah – Bäume, die den Himmel berührten, Adler hoch oben in der Luft, die Rehe im Garten … Dann die Menschen hier … wirklich einfache, anständige Leute. Ich hatte mich verliebt." Sie rieb sich über den Bauch. „Und dann habe ich mich auch in Jack verliebt, der für meinen Geschmack zwar viel zu fruchtbar ist, aber trotzdem … Er hat auch seine guten Seiten."

„Mel", sagte Marcie. „Ich brauche jemanden, der mich zu Ians Hütte zurückfährt."

Beide Frauen drehten sich um und sahen sie an. „Marcie, das werde ich nicht zulassen!", beharrte Erin. „Es ist primitiv! Er ist primitiv! Er sieht aus wie ein totaler Spinner. Ein Wilder."

„In Wirklichkeit ist er sehr gutmütig. Freundlich."

„Es gibt nicht einmal Betten dort!"

„Ich habe zwei Jahre lang auf einer Pritsche am Boden geschlafen, als ich diese Bar hier umgebaut habe", warf Jack ein und kratzte sich am Kinn. „Damals habe ich mich auch nicht besonders häufig rasiert. Alle drei Tage oder so habe ich mal bei Doc die Dusche benutzt. Wir sind hier ziemlich hausbacken, sozusagen."

„Aber …, aber wir nicht", entgegnete Erin.

„Jack", sagte Marcie. „Rufen Sie den Sheriff an. Ich werde entführt."

„Dieses verwilderte Äußere", fuhr Jack mit seiner Erklärung an Erin gewandt fort. „Hier in der Gegend ist das nichts Besonderes. Viele Farmer, Holzfäller und Rancher rasieren sich im Winter nicht. Und gewöhnlich tragen sie auch nicht ihre besten Sonntagskleider, wenn sie Holz hacken oder die Schafe füttern. Ian Buchanan passt sehr gut hierher, und er wirkt wie ein zivilisierter Mensch. Ich würde mir da keine Sorgen machen."

Marcie legte ihre Hand auf die ihrer Schwester. „Ich werde wieder zurückfahren, und ich möchte, dass du nach Hause fährst. Ich werde anrufen und rechtzeitig zurückkommen, das verspreche ich dir. Aber ich habe gerade erst diese Grippe überstanden und fange auch gerade erst an, Ian dazu zu bewegen, mit mir zu reden. Ich bin hier noch nicht fertig."

„Marcie ... Das soll jetzt nicht grausam klingen, Baby, aber du bist nicht die Einzige, die Bobby verloren hat. Seine Familie, Drew und ich ..."

„Ich weiß, ich weiß. Ich werde es nicht vergessen, das verspreche ich. Weihnachten werden wir alle zusammenkommen. Bitte, Erin, stell dich nicht gegen mich. Lass mich das erledigen, weshalb ich hierhergekommen bin. Dann habe ich es hinter mir und kann weitergehen." Tränen stiegen ihr in die Augen. „Ehrlich, ich will doch nur das Gefühl haben, dass es abgeschlossen ist."

„Was denn?", fragte Erin flehentlich und mit forciert leiser Stimme. „Was glaubst du denn, das du erreichen wirst?"

Hilfe suchend richtete Marcie den Blick auf Mel. Diese wiederum wandte sich an ihren Mann: „Jack, bring du bitte Marcie wieder zurück zu Ians Hütte. Nimm David mit. Ich werde mich um die Bar kümmern, falls jemand kommt, sonst kann ich auch Preacher oder Mike bitten. Ich denke, wir beide, Erin und ich, sollten uns mal einen Augenblick unterhalten."

Jack zog eine Augenbraue nach oben. „Bist du sicher?"

Mel nickte nur und lächelte. Langsam beugte er sich über den Tresen und gab ihr einen kleinen Kuss. „Bevor die Leute zum Abendessen hier einfallen, bin ich wieder zurück."

Nachdem Jack und Marcie gegangen waren, stellte Mel sich hinter den Tresen und schenkte zwei Tassen Kaffee ein. „Zucker oder Milch?“, fragte sie Erin.

„Beides bitte. Und ich glaube nicht, dass Ihnen auch nur ansatzweise klar ist …“

„Es ist jetzt fast drei Jahre her, dass mein erster Mann ermordet wurde“, fiel Mel ihr ins Wort, womit sie Erin augenblicklich davon abhielt, sich weiter zu erklären. Mel räusperte sich. „Ich war Krankenschwester und Hebamme in einem städtischen Traumazentrum. L. A. Stadtmitte. Mark war dort Arzt in der Notaufnahme. Nach einer Sechsunddreißig-Stunden-Schicht hatte er noch rasch einen kleinen Supermarkt aufgesucht, um Milch für seine Cornflakes zu kaufen. Dabei platzte er mitten in einen Raubüberfall. Es wurde auf ihn geschossen. Er wurde getötet.“

„Das tut mir leid“, sagte Erin weich.

„Danke. Damals wollte ich eigentlich nur noch, dass auch mein Leben zusammen mit seinem ein Ende fand. Nachdem mehrere Monate vergangen waren und ich mit meinem Leben anscheinend nicht fortfahren konnte, habe ich etwas völlig Verrücktes getan. Ich habe für so gut wie gar keine Bezahlung in diesem Kuhdorf hier eine Stelle angenommen, nur weil ich instinktiv wusste, dass der Unterschied groß genug sein würde, um mir den Anstoß zu einer Veränderung zu geben. Ich habe eine ältere Schwester“, fügte sie lächelnd hinzu. „Sie hielt mich für völlig verrückt und war bereit, mich zu entführen und in ihr Haus zu schleppen, damit ich wieder zu mir käme. So, wie sie es sich vorstellte.“

Mel beugte sich zu Erin vor. „Ich bin sozusagen eine Expertin, wenn es darum geht, sich aufzuraffen und weiterzumachen. Es ist nicht leicht, und so gut wie nie ist es ein deutlich erkennbarer Weg. Aber so viel kann ich sagen – ich glaube, es ist notwendig, dass man sich seinen eigenen Weg ausleuchtet.

Und ich bin überzeugt davon, dass Marcie in Sicherheit ist. Ich weiß nicht, ob sie alles für sich klären kann, aber ich würde Ihnen nicht empfehlen, sich einer Frau in den Weg zu stellen, die versucht ihr Leben irgendwie in Ordnung zu bringen. Da sind Dinge, die sie verstehen will. Auch wir werden versuchen, uns um sie zu kümmern."

Erin trank ihren Kaffee in kleinen Schlucken. „Ich weiß, dass Sie da eine Botschaft haben, und ich weiß Ihre Offenheit zu schätzen, aber bei Marcie …"

„Ja, Erin, und die Botschaft ist: Auch wenn das, was sie glaubt, tun zu müssen, um auf diese nächste Stufe zu gelangen, vielleicht keinen Sinn ergibt, vielleicht nicht funktionieren wird, vielleicht nicht praktisch ist oder klug, bleibt es dennoch das, was sie glaubt, tun zu müssen. Ich weiß, auch Sie leiden. Auch Sie haben ihren Schwager verloren und können Marcie im Augenblick nicht erreichen. Das bedaure ich sehr. Ich erinnere mich daran, wie sehr meine Schwester gelitten hat, als mein Mann starb. Sie hatte ihn geliebt wie einen Bruder. Aber letztendlich kommt es darauf an, dass Marcie das Gefühl bekommt, getan zu haben, was sie tun musste. Aus irgendeinem Grund scheint es darum zu gehen, dass sie mit Ian etwas zu klären hat. Offensichtlich ist es für sie notwendig. Sie ist unglaublich entschlossen."

„Das ist nur allzu wahr."

„Ich würde dieses Gespräch mit Ihnen nicht führen, wenn ich befürchten würde, dass Marcie auch nur ansatzweise gefährdet sein könnte. Glauben Sie mir, ich diene den Frauen in diesem Ort. Ich passe auf sie auf. Marcie hat sich nicht wirklich klar geäußert, aber wir wissen doch beide, was sie sucht. Sie will verstehen, warum der Mann, der ihrem Bobby das Leben gerettet hat, davonlaufen konnte. Ihn im Stich lassen konnte. *Sie* im Stich lassen konnte."

„Aber was, wenn er ihr dasselbe nur noch einmal antut?"

Erins Gesichtszüge nahmen kurz einen sehr traurigen und besorgten Ausdruck an.

„Um das herauszufinden, ist sie hergekommen", sagte Mel, griff über den Tresen und drückte Erin die Hand. „Lassen Sie zu, dass sie die letzte Seite dieser Geschichte erreichen kann, meine Liebe. Es ist das, was sie braucht, sonst hätte sie nicht so viel Mühe auf sich genommen."

„Aber ..."

„Wir müssen damit weder einverstanden sein, noch müssen wir es verstehen", fuhr Mel fort und schüttelte den Kopf. „Wir müssen lediglich ihre Wünsche respektieren." Sehr leise fügte sie dann noch hinzu: „Und Sie müssen nach Hause fahren. Lassen Sie Marcie zu Ende bringen, weshalb sie hergekommen ist. Sie werden sie nicht verlieren."

Erin blinzelte, und eine dicke Träne lief ihr über die Wange, aber sprachlos vor Rührung war sie nie. „Glauben Sie, dass sie weiß, wie sehr ich sie mag? Wie sehr ich sie liebe?"

„Das weiß sie auf jeden Fall", versicherte ihr Mel und nickte. „Und wissen Sie was? Wenn ich sie das nächste Mal sehe, was sicherlich bald sein wird, werde ich sie daran erinnern."

Fast eine Stunde lang war Ian im Waldhaus hin und her gelaufen. Er war nicht nett zu der Schwester gewesen, und das bedauerte er. Vielleicht hätte er sich mehr um sie bemühen sollen, sie ein wenig beruhigen können, damit es für sie in Ordnung wäre, dass Marcie sich bei ihm aufhielt. Stattdessen hatte er sie nun beide vertrieben.

Er hätte Marcie gar nicht erst aufnehmen dürfen, dachte Ian. Er hätte Mel sagen sollen, dass es das Beste wäre, Marcie mit in den Ort zurückzunehmen und beim Doc unterzubringen. Dieser kleine verfluchte sommersprossige Winzling. Es gab eine Menge Dinge, an die er sich nicht gern erinnern ließ.

Zum Beispiel: Er war kein Einsiedler. Er war einsam. Aber da er so gut wie nirgends hineinpasste, behielt er das für sich. Dennoch, er hasste es, in der Kirche nicht zu singen, wo er sich doch so gut fühlte, wenn er sang. Es gefiel ihm nicht, allein in einer Bar im langen Eck zu hocken, stumm und unfreundlich, darum bemüht, sich unnahbar zu geben. Und so richtig dröhnend gelacht hatte er auch schon sehr, sehr lange nicht mehr. Bis Marcie auftauchte.

Zum ersten Mal, seit er in diese County gekommen war, wünschte er sich ein paar Dinge. Zum Beispiel Suppenschüsseln anstelle von Bechern und Dosen, um daraus die Suppe zu essen. Dinge wie ein paar Annehmlichkeiten, von denen er geglaubt hatte, sie nicht zu brauchen. Ein Radio. Marcie hatte recht. Ein Mensch, der die Musik liebte, sollte sie hin und wieder auch einmal hören.

Und er wollte, dass jemandem so viel an ihm lag, dass er sich auf die Suche nach ihm machte. Er wollte, dass ihn jemand liebte. Es war so lange her, dass ihn jemand geliebt hatte.

Das Schlimmste jedoch, dass er durch sie erkannt hatte, war, dass dieser dünne kleine Rotschopf besser als er selbst mit Bobbys grauenhaftem Hinscheiden fertig geworden war. Und sie hatte jeden Tag damit zu kämpfen gehabt, jeden verdammten Tag, während er einfach davongelaufen war. Ich bin der Schwächling, dachte er deprimiert, und sie ist diejenige mit der Kraft von tausend Soldaten.

Er ging zu seiner Truhe, wühlte darin herum und zog den Stapel Briefe heraus. Er legte sie auf den Tisch unters Licht. Dann ging er zum Schrank, in den er ganz tief hineingreifen musste, um die Flasche *Canadian Mist* zu finden, die noch kaum angebrochen war. Diese stellte er neben die Briefe auf den Tisch. Er nahm sich ein Glas, goss sich einen Schuss ein und kippte ihn weg.

Und dann, ohne Vorwarnung, ging die Tür zu seiner Hütte

auf und sie kam einfach herein, als würde ihr das Haus gehören. Ihr gesamtes Gepäck trug sie bei sich: Schlafsack, Reisetasche, Rucksack und Handtasche, und sie ließ alles fallen, wo es zuvor verstaut gewesen war, am Fußende der durchhängenden Couch. Ian hoffte, dass das viele Haar die Freude verbarg, die er in seinem Gesicht glühen fühlte. „Ich hätte nackt sein können", sagte er.

Marcie lächelte, kam zum Tisch, zog einen Stuhl hervor und setzte sich ihm gegenüber. „Ah, richtig ..., aber das wäre ja dann der Kick meines Lebens, nicht wahr? Heute Abend trinken wir?"

„Ich fand, es ist kalt genug, um mir einen kleinen Schluck zu genehmigen."

„Darf ich dir Gesellschaft leisten?"

„Wartet nicht deine Schwester draußen?", fragte er und stand auf, um ein weiteres Glas zu holen. Er fand eins aus Plastik, das er ihr reichte.

Marcie schenkte sich einen kleinen Schluck Whiskey ein. „Nee, die habe ich wieder nach Hause geschickt. Ich musste ihr nur versprechen, alle zwei Tage anzurufen und bis Weihnachten zurück zu sein. Deshalb werde ich dir vermutlich noch ein wenig zur Last fallen. Ich meine, noch ein wenig länger zur Last fallen. Tut mir leid."

„Was genau ist eigentlich deine Mission hier? Glaubst du, mich wieder in Ordnung bringen zu können, mich präsentierbar herauszuputzen, eine gute Tat zu tun?"

„Oh Junge, tust du dir nicht manchmal selbst leid? Du solltest wahrscheinlich nicht trinken, wenn du so daneben bist. Das Zeug hier ist ein Sedativ, das weißt du." Sofort versteifte er sich. „Meine Mission, wie du es nennst, ist ziemlich einfach. Da gibt es diese blöden Baseballkarten. Bobby hatte mir in seinen Briefen davon erzählt, dass du sie ebenfalls sammelst. Ich habe sie dir mitgebracht. Bobbys Karten."

Sie ging zu ihrer Reisetasche, wühlte darin herum, zog ein Album heraus, in dem Bobbys Sammlung sorgsam aufbewahrt war, und legte es auf den Tisch.

„Es ist schwer zu erklären. Aus irgendeinem Grund war die Vorstellung, dass ihr beide – mitten im Krieg, in einer Wüste, in ständiger Alarmbereitschaft vor Bomben und Heckenschützen – über diese Karten geredet habt, etwas, über das ich nie hinweggekommen bin." Sie holte Luft. „Ich möchte, dass du verstehst – es fällt mir schwer, sie aus der Hand zu geben, allein deshalb, weil es seine waren. Für ihn waren sie etwas ganz Tolles. Er würde sich wünschen, dass du sie bekommst."

Ian fasste das Album nicht an. „Warum hast du sie mir nicht gleich am Anfang gegeben?"

Marcie seufzte. „Weil ich krank war und du *darüber* nicht reden wolltest."

„Tut mir leid. Ich dachte, das könnte ich nicht." Einen Moment lang schaute er auf den Tisch, dann hob er die Augen. „Das war es also? Die Baseballkarten?"

„Es hat mal eine Zeit gegeben, das ist jetzt lange her, als wir uns Briefe geschrieben und uns irgendwie gegenseitig unterstützt hatten, nachdem Bobby verwundet worden war. Dann warst du von der Bildfläche verschwunden. Bist einfach abgetaucht. Also bin ich hergekommen, um dich zu treffen, um dich wiederzusehen, um dir Danke zu sagen und mich zu vergewissern, dass alles in Ordnung ist mit dir. Und um dir von deinem Vater zu erzählen. Wie sich gezeigt hat, scheint es dir gut zu gehen. In mancherlei Hinsicht besser als mir. Du lebst so, wie du leben willst, sprichst mit den Menschen, wenn du magst, und ziehst dich in die Abgeschiedenheit zurück, wenn dir danach ist. Du hast eine Beziehung zur Natur und bist nicht mit Sorgen oder Dingen belastet. Du wirkst nicht sonderlich bedrückt, jedenfalls nicht an der Oberfläche, und du besitzt nur das, was du brauchst. Ich bin auch nicht der Meinung, dass du präsentabel herausgeputzt werden musst. Du siehst ganz gut aus."

„Du hast doch gesagt, ich sehe aus wie ein Wilder."

„Tust du auch." Sie grinste ihn an. „Aber jetzt bin ich daran gewöhnt."

„Wofür wolltest du mir danken?", fragte er und füllte sein Glas nach.

„Das soll wohl ein Scherz sein, oder? Komm schon! Dafür, dass du Bobby das Leben gerettet hast!"

„Dazu besteht kein Grund. Du solltest nicht einmal daran *denken*. Es gibt vieles, das ich bedaure, Mädel, aber das steht ganz oben auf der Liste."

„Dass du ihn gerettet hast? Also sieh mal, es tut uns allen leid, dass er so schlimm verwundet und zum hilflosen Invaliden wurde. Eine höhere Gewalt, gegen die niemand …"

„Das glaubst du? Weil ich nämlich glaube, dass ich es vielleicht gewusst habe", unterbrach er sie. „Als ich ihn aufhob, war er schlaff und schwer. Für den Bruchteil einer Sekunde war ich mit einer Entscheidung konfrontiert. In seinem Körper war nicht die geringste Muskelspannung. Er war nur noch totes Gewicht. Ich hätte ihn gleich wieder dort hinlegen können, wo er gelegen hatte, und seinen Körper mit meinem schützen, um zu verhindern, dass er noch schlimmer getroffen würde. Dann hätte ich abwarten können. Das Ende. Dann wären dir nicht die Last und das Leid aufgebürdet worden, die du drei Jahre lang tragen musstest, und er wäre frei gewesen. Gott, du warst fast noch ein Kind. Und ich wusste, dass Bobby ein solches Leben nicht gewollt hätte. Männer im Kriegseinsatz reden über solche Dinge. Aber ich war eigennützig. Ich habe an mich gedacht. Ich habe gehandelt, wie es meinem Training entsprach, und hätte es nicht ausgehalten, ihn einfach gehen zu lassen. Ich habe mich verhalten wie jemand, der sich wünscht, ein gottverdammter Held zu sein."

Marcie schaute ihn lange nur an. „Lieber Himmel“, sagte sie schließlich. „So hast du das also gesehen? Dass es an *dir* gelegen hätte? Und dass dein Handeln mein Leben in einen Albtraum verwandelt hätte?“ Sie schüttelte den Kopf. „So war es ganz und gar nicht. Du hättest nur die verdammten Briefe lesen sollen!“

Er schaute auf den Stapel Briefe, der vor ihm lag. Dann hob er den Kopf und sah ihr in die Augen. So, sie war also an seinen Sachen gewesen, hatte die Briefe gefunden und gesehen, dass er sie nie geöffnet hatte.

„Hier steht, wie es war …“

„Marcie.“ Seine Augen waren dunkel vor Kummer und Leid. „Bitte nicht, okay?“

„Gott, ich dachte, dass ich diejenige bin, die etwas begreifen muss“, sagte sie und trank einen kleinen Schluck von dem Alkohol, verzog das Gesicht, schürzte die Lippen und fuhr fort: „Jetzt wirst du mir mal zuhören. Wir haben unsere Mom verloren, als Drew erst zwei Jahre alt war, ich vier und Erin elf. Unser Dad hat uns erzogen, aber als ich fünfzehn war, ist er plötzlich gestorben. Ein Herzversagen während einer Routineoperation am Knie. Sehr ungewöhnlich, sehr selten. Erin hatte gerade das College abgeschlossen und wollte an die juristische Fakultät, also ist sie eingesprungen, hat für uns die Elternrolle übernommen und wir alle blieben in dem Haus, in dem Dad uns großgezogen hatte. Natürlich habe ich auch bei Erin und Drew gewohnt, als Bobby im Irak war, und dorthin haben wir ihn gebracht, als wir ihn nach Hause holen konnten. Dort hast du uns dann auch besucht. Wir hatten das damals nicht sonderlich gut im Griff. Für uns war es etwas völlig Neues, jemanden zu pflegen – für uns alle. Es muss dir vorgekommen sein, als würden wir es nicht überleben, und wird einen schrecklichen Eindruck bei dir hinterlassen haben …“

Ian erinnerte sich; es hatte Tage gegeben, an denen er Schwierigkeiten gehabt hatte, einmal nicht daran zu denken. Das Haus war eine einzige Katastrophe gewesen. Marcie war abgemagert, blass und allein. Sie hatte ausgesehen, als wäre sie gerade mal dreizehn. Das Krankenhausbett beherrschte das Esszimmer, daher war es das Erste, das man sah, wenn man das Haus betrat, und es ließ der Familie keinen Platz mehr, gemeinsam dort zu essen. Hinzu kamen weitere medizinische Geräte, die dort herumstanden – ein besonderer Rollstuhl mit Kopfstütze, hydraulische Heber, Gewichte, die als Gegengewicht dienten, wenn dieses tote Gewicht bewegt wurde, ein Absauggerät, eine Sauerstoffflasche, Schüsseln, Wäsche.

„Wir mussten ihn nach Hause holen, sonst hätten wir ihn in einem anderen Staat in einer Langzeitpflegeeinrichtung lassen müssen. Ein paar Monate später konnten wir ihn in einem zivilen Pflegeheim unterbringen, ein ausgezeichnetes Haus, wobei das Militär über CHAMPUS die Rechnung übernahm. Dafür kann ich mich bei Erin bedanken. Sie hat nicht lockergelassen. Bobby hat eine große Familie – er war der Jüngste von sieben Geschwistern –, und gemeinsam haben wir alle mit angefasst. Gott segne sie. Sie waren eine wunderbare Hilfe und für mich in jeder Hinsicht eine Familie."

„CHAMPUS?", hörte Ian sich fragen.

„Das funktioniert nicht immer so gut. Viele verwundete Soldaten, die eine Langzeitpflege brauchen, werden irgendeinem Militärkrankenhaus zugewiesen, wo immer gerade Platz ist. Und das hat nichts damit zu tun, wo die Familien leben. Ich war damit konfrontiert, Bobby in Washington, D.C., irgendwo an der Ostküste oder in Texas zu lassen, aber … Wir hatten großes Glück. Er erhielt die beste Pflege. Und Ian, … auch wenn er bedauernswert aussah, es gab keinerlei Hinweis darauf, dass er gelitten hat oder irgendwie belastet war. Wir haben ihn verhätschelt, die ganze Zeit dafür gesorgt, dass es ihm an nichts fehlte, und da waren so viele von uns, die dabei geholfen haben. Bobbys gesamte Familie, seine Mom und sein Dad, sechs Brüder und Schwestern, deren Partner, Nichten und Neffen, ich, Drew und ja, sogar Erin hat voll zugepackt. Er wurde massiert, es wurde ihm vorgelesen, er wurde geküsst und umarmt. Er war so gut wie nie allein. Wir hatten einen Besuchsplan, und der wurde eingehalten, sodass immer jemand bei ihm war. Ian, es war keine Tortur für mich. Natürlich hat es wehgetan, ihn zu verlieren, aber wirklich – ich hatte ihn vor so langer Zeit verloren, dass es in dem Moment, als er tatsächlich starb, eher …"

„… eine Erleichterung war?", fragte Ian reflexartig.

„Für ihn", antwortete sie. „Für mich das Ende einer langen Reise. Du hättest die verdammten Briefe lesen sollen!"

Er schüttelte nur den Kopf. „Ich wollte nicht hören, dass er tot war, und wollte nicht hören, dass er noch lebt."

„Er hat gelebt, nicht gelitten, wurde gut versorgt, und er wurde geliebt." Sie nickte in Richtung der Briefe. „Ich habe dir von ihm geschrieben, aber auch über mich. Am Anfang war es wirklich hart, … um Bobby zu trauern, als wäre er bereits tot. Aber dann wurde mein Leben beinahe normal. Ich bin ziemlich oft mit Freunden ausgegangen und habe auch ein paarmal Urlaub gemacht. Darauf haben Bobbys Eltern bestanden. Ich habe dir alles über sie geschrieben, frag mich nicht, warum. Zum Teufel, ich habe dir *alles* geschrieben. Jede dumme Kleinigkeit. Als wärest du *mein* bester Freund, nicht Bobbys."

„Aber du warst noch gebunden, an einen …"

„Nein, das war ich nicht", unterbrach sie ihn und schüttelte den Kopf. „Ich habe Bobby geliebt. Wir wussten, dass er nicht mehr gesund würde. Bobbys Familie hat versucht, mich unter die Leute zu bringen, mich Leuten vorgestellt …, manchmal auch Leuten männlichen Geschlechts. Wenn ich mir gewünscht hätte, frei von ihm zu sein, frei von diesen Verpflichtungen, hätte niemand in meiner oder seiner Familie versucht, mir das auszureden. Wirklich, über solche Dinge wurde viel geredet ..., zum Beispiel, dass eine Scheidung mich freisetzen würde, um eine andere Beziehung eingehen zu können; darüber, dass man die Ernährungssonde herausnehmen sollte, um ihn einfach sterben zu lassen, aber ..."

„Warum hast du das nicht einfach getan, Marcie? Warum?"

„Darum, Ian. Dafür zu sorgen, dass es jemandem an nichts fehlt ... Dazu gehört doch auch, dass man ihn ernährt."

„Aber was, wenn er da drin noch bei Bewusstsein war?", fragte Ian gequält und mit einem Hauch von Verzweiflung in der Stimme. „Was, wenn es für ihn eine Qual war und er nur daran dachte, wie sehr er es hasste, so zu leben, ohne sich bewegen oder mitteilen zu können?"

Marcie lächelte sanft. „Wenn er in der Lage war, an so etwas zu denken, dann hat er auch an die zahlreichen geliebten Personen gedacht, die es übernommen hatten, ihn zu schützen und zu versorgen, bis er den letzten Teil seiner Reise antreten konnte."

Schweigen breitete sich zwischen ihnen aus. „Und keiner von ihnen war ich", sagte Ian leise.

„Du hattest deine eigenen Probleme", erwiderte sie ungezwungen und trank einen Schluck. „Bobbys Verwundungen waren physisch. Deine emotional. Jeder hat ein Recht auf den Raum, den er braucht, um sich zu erholen. Abgesehen davon hast du mir etwas gegeben, das ich mehr als alles andere brauchte und wofür ich dir ewig dankbar sein werde. Ich hatte eine Möglichkeit, mich zu verabschieden. Er hat mir wirklich sehr viel bedeutet, Ian. Und auch wenn er nicht mehr er selbst war, für mich war es wirklich sehr notwendig, ihn in den Armen halten zu können, ihm zu sagen, wie sehr ich ihn liebe und dass es in Ordnung ist, wenn er geht. Dass ich es schaffen werde. Kannst du dir vorstellen, wie wichtig das für mich war?"

„Auch wenn du so viel zu ...“

„Ich habe dir doch gerade gesagt. Es war nicht zu viel. Wir hatten zu tun, ja. Aber alle hatten dasselbe Gefühl wie ich ... auf unterschiedlichen Ebenen. Er war das Baby seiner Mutter. Sie brauchte diese Zeit. Der Stolz seines Vaters. Auch er brauchte diese Zeit. Bobby war erstaunlich. Seine Brüder und Schwestern brauchten die Zeit, um sich zu verabschieden.“

Ian schwieg einen Augenblick, bevor er sagte: „Wenn ich diese verfluchten Briefe gelesen hätte, wäre ich vielleicht einer von denen gewesen, die mit angepackt hätten, falls er da drin gedacht hat, falls er die Gesichter gezählt hat ...“

Marcie antwortete nicht gleich, hielt dann die Flasche über ihre beiden Gläser. „Brauchst du Hilfe dabei, noch etwas zu finden, weshalb du dich schuldig fühlen und das du bedauern kannst, jetzt, nachdem deine ursprünglichen Vorstellungen nicht mehr alle Fakten abdecken? So wie ich das sehe, warst du gerade erst aus einem elenden Krieg zurückgekehrt, hattest dich von deiner Verlobten getrennt, dich mit deinem Dad überworfen und warst aus dem Marine Corps ausgeschieden, dem du eigentlich mindestens zwanzig Jahre geben wolltest. Also war Bobbys Zustand für dich nur eine weitere Sache, und die gesamte Familie ist dir so dankbar dafür, dass du dein Leben riskiert hast, um ihn zu retten.“ Sie trank einen Schluck. „Ian, niemand nimmt es dir übel, dass du nicht da gewesen bist.“

„So? Bist du dir da sicher?“

Sie warf ihm einen entschlossenen Blick aus ihren grünen Augen zu und griff nach dem Stapel Briefe, den sie zu sich heranzog. „Fangen wir doch gleich damit an.“ Sie zog das Gummiband herunter, und als sie sah, dass sie in der Reihenfolge übereinanderlagen, wie er sie erhalten hatte, nahm sie den ersten Brief in die Hand und öffnete ihn.

„Lieber Ian“, las sie vor.

*„Ich hoffe, es geht dir gut. Du hast dich jetzt viel zu lange nicht mehr gemeldet und ich vermisse dich sehr. Es wäre so schön, von dir zu hören. Ich möchte, dass du weißt, dass Bobby in ein wunderbares Pflegeheim verlegt wurde. Seine ganze Familie und meine ganze Familie tun alles, um sicherzustellen, dass er immer von geliebten Menschen umgeben ist. Wir helfen ein wenig bei der Pflege, aber das Pflegepersonal dort ist hervorragend. Schmerzen hat er nicht. Wirklich. Natürlich wissen wir nicht alles, aber die Ärzte haben alle denkbaren Tests durchgeführt und ihn hundertmal untersucht. Vom Hals abwärts hat er keinerlei Empfindung. Und er lässt nicht das geringste Anzeichen von Anspannung oder Angst erkennen. Man hat mir gesagt, dass er in der Lage wäre, Tränen zu produzieren, wenn er leiden würde. Ian, da sind keine Tränen. Wirklich, auch wenn sie sagen, dass ich verrückt bin, ich glaube manchmal, dass das, was ich sehe, am ehesten einem Lächeln gleicht.*

*Mein Leben fühlt sich seltsam normal an. Ich arbeite bei der Versicherungsgesellschaft – derselbe Job, dieselben Freunde. Dort verdiene ich zwar nicht sehr viel, aber mein Chef ist wirklich flexibel. Er ist ein großartiger Mensch. Jeden Tag bringt er seinen gelben Labrador mit zur Arbeit. Auch Bobbys Mutter ist ganz wunderbar und besteht darauf, dass ich mit ein paar Freundinnen abends mal ausgehe. Es sind dieselben Freundinnen, die mich auch schon abgelenkt hatten, als ihr beide im Irak wart. Manchmal gehen wir tanzen, aber zwei von ihnen sind schwanger, deswegen gehen wir eher mal ins Kino oder in ein Restaurant. Im Sommer veranstalten wir Picknicks mit der ganzen Truppe, im Winter Partys. Wie es aussieht, habe ich eine wirklich große Familie übernommen, dazu einen riesigen Freundeskreis, fast alle verheiratet mit Fa-*

*milie. Diese Freundinnen kenne ich seit Jahren. Drei davon schon seit Ewigkeiten aus der Highschool, und dann vier Kolleginnen, seit ich in diesem Job arbeite. Man sollte meinen, dass wir uns nicht mehr sehen könnten, nachdem wir den ganzen Tag zusammenarbeiten, aber wir machen auch noch den Chef verrückt, weil wir ständig quatschen und lachen.*

*Am liebsten gehe ich frühmorgens vor der Arbeit zu Bobby. Aber nicht jeden Tag. Aber ich will, dass ich an den meisten Tagen die erste Person bin, die er sieht, wenn er die Augen aufschlägt. Lach mich jetzt nicht aus, aber ich glaube, dass er mich riechen kann. Er dreht seinen Kopf in meine Richtung, und ich weiß, dass er mich erkennt. Die Abende finde ich auch schön. Es ist für uns beide eine Entspannung, wenn ich ihm vorlese. Ich habe Bobby ‚Ivanhoe' vorgelesen und finde es ganz erstaunlich, wie ich in diese Geschichte eingestiegen bin, dadurch, dass ich sie laut vorgelesen habe. Ich habe keine Ahnung, ob er mich hören kann, und bin mir sicher, dass er mich nicht versteht, trotzdem kann ich es schon geradezu kaum abwarten, ins Pflegeheim zu kommen und mit dem nächsten Kapitel zu beginnen. Bobby hat seit seiner Verwundung mehr gute Bücher gelesen als je zuvor. Beim Lesen setze ich mich neben ihn aufs Bett, und manchmal dreht er mir den Kopf zu und scheint dann die Nase an mir zu reiben oder den Kopf an meiner Schulter zu vergraben …“*

Marcie las weiter und arbeitete sich durch ein Dutzend Briefe, während sie hin und wieder ihre beiden Gläser nachfüllte. Irgendwann erhob sie sich, um ein Glas kühles Quellwasser zu holen, fuhr aber gleich darauf fort. Zunehmend enthielten die Briefe mehr Informationen über sie selbst als über Bobby, weil sich bei ihm natürlich nichts verändert hatte. Sie hatte Ian alles von ihrer Reise nach British Columbia erzählt, wie bezaubernd es war, die Landschaft, die freundlichen Menschen. Dann war da noch die Rede von einem Viertagestrip – drei Nächte – in einer reinen Frauengruppe. Marcie führte Ian durch zwei Jahre ihres Lebens als Frau eines invaliden Marines, als Schwester, als Schwägerin, Schwiegertochter und Freundin. Sie erzählte von Familienzusammenkünften, Geburten, Hochzeiten, Dingen, die *normal* waren. Einige Wochen lang hatte sie sich mit einer engen Freundin überworfen, und erklärte dann in ihrem nächsten Brief, wie sie wieder zusammengefunden hatten. Sie erzählte ihm von einem schlechten Haarschnitt, der Unmenge Freundinnen ihres jüngeren Bruders Drew und der sorglosen Art, wie er damit umging. Sie berichtete ihm sogar von einer defekten Benzinpumpe in ihrem VW.

In den Briefen ging es viel mehr um Marcies Leben als um Bobby. Und Marcies Leben war nicht die Tortur, die Ian sich vorgestellt hatte. Was ihn allerdings überraschte, war die Tatsache, dass sie ihm wie einem alten Freund schrieb. Einem sehr wichtigen Freund. Und jedes Mal fügte sie ihre Telefonnummer ein und bat ihn, sie per R-Gespräch anzurufen. Und immer beendete sie den Brief mit „*Ich vermisse dich ...*"

Dann folgte der letzte Brief, den sie im letzten Jahr geschrieben hatte und in dem sie ihm mitteilte, dass Bobby gestorben war, sanft und ruhig, und dass sie dabei gewesen war, wie ein göttlicher Zufall es gewollt hatte. Da sie sich immer nur ein paar Stunden am Tag bei Bobby aufgehalten hatte und gelegentlich auch einmal ein paar Tage freimachte, sah sie dies als kleines Wunder an. Sie hatte seinen Kopf im Arm gehalten und gelesen, als ihr aufgefallen war, dass er lange Zeit weder den Kopf noch die Augen oder den Mund bewegt hatte. Sie hatte seinen Puls gefühlt und ihr Gesicht an seins gelegt, um festzustellen, ob er noch atmete. „Und ich wusste es sofort. ... Weniger deshalb, weil kein Pulsschlag oder Atem mehr festzustellen war … Es war, als konnte ich fühlen, wie sein Geist ihn verließ. Ich weiß nicht, ob du das verstehst. Für mich war es eine große Erleichterung zu wissen, dass sein Geist die ganze Zeit anwesend war, während er von allen so sehr geliebt wurde. Ich hatte es immer für möglich gehalten, dass sein Geist schon längst heimgekehrt sein könnte, bevor sein Körper den Halt verlieren würde. Aber ich schwöre dir, da war eine Fülle in meinem Herzen, als würde er durch mich hindurch von uns gehen. Und ich sagte zu ihm: ‚Auf Wiedersehen, Bobby, mein Liebster. Wir werden dich alle vermissen'. Und ich habe mich so sehr für ihn gefreut.'"

Es war schon recht spät geworden, als Marcie diesen letzten Brief zu Ende vorgelesen hatte. Der Füllstand der Flasche war deutlich gesunken, aber sie hatten sie nicht geleert. Sie warf den letzten Umschlag auf den Stapel und sie schwiegen beide. Ein- oder zweimal schniefte Ian leise, dann wischte er sich ungeduldig über die Augen.

Schließlich sagte Marcie: „Ich könnte eine Begleitung zum Klo gebrauchen, denn ich bin ein wenig betrunken."

Damit durchbrach sie seine Traurigkeit und veränderte seine Stimmung ein weiteres Mal. „Glaubst du?", fragte er lächelnd.

„Nun, ich habe nicht ganz deine Größe und Taillenweite. Und ich bin keine besondere Trinkerin … schon mal ein Bier oder Wein oder auch irgendwelche Fruchtliköre. Um ehrlich zu sein, ich habe Angst aufzustehen …"

Er musste über sie lachen. „Niemand hat dich festgehalten und es dir in den Hals geschüttet."

„Es ist scheußlich, Briefe vorzulesen, die man selbst geschrieben hat. All diese schlechten Formulierungen, die grauenhafte Rechtschreibung, die dummen Bemerkungen … Ich wette, wenn man in die Hölle kommt, werden sie dir jeden Brief, den du jemals geschrieben hast, laut vorlesen."

Ian schmunzelte und stand auf. „Auf geht's, Leichtgewicht. Ich bringe dich nach draußen." Aber er selbst fand, dass dies wunderschöne Briefe waren. Hätte er sie tatsächlich gelesen, würden sie ihm vielleicht geholfen haben, etwas schneller wieder einen klaren Kopf zu bekommen. Bereits vor langer Zeit hatte sie ihm das Einzige geboten, das er in seinem Leben vermisst hatte, nämlich einen Menschen, der ihn mochte.

Er brachte sie zur Außentoilette, blieb draußen stehen, während sie ihr Geschäft erledigte, und begleitete sie dann zum Haus zurück, bevor er sich selbst noch einmal auf den Weg machte. Marcie ließ sich nur auf die Couch fallen und drehte sich zur Seite, ohne die Stiefel aus- und die Decke hochzuziehen. Als er sie so sah, schüttelte er den Kopf und sagte: „Du wirst jedenfalls gut schlafen." Dann zog er ihr die Stiefel aus und deckte sie zu.

„Hm. Das ist das letzte Mal, dass du mich betrunken gemacht hast, Buchanan."

„Wie gesagt, ich habe dich nicht festgehalten."

„Ein Problem könnte es geben, denn an den Geschmack könnte ich mich gewöhnen." Und dann hickste sie.

„Ich werde nicht mehr da sein, wenn du wieder zu dir kommst", erinnerte er sie. „Morgen früh muss ich Holz ausliefern."

„Richtig. Ja, das weiß ich. Sind meine Bücher noch hier?"

„Glaubst du, ich hätte in der einen Stunde, in der du heute weg warst, zur Bücherei fahren können?"

„Oh, vergiss es. Gute Nacht, mein süßer Bär."

Oh Gott, wie dies sein Herz anschwellen ließ und ins Schlingern brachte. Bevor er sich zurückhalten konnte, hatte er sich auch schon gebückt und seine Lippen an ihre Schläfen gelegt, wo er einen sanften Kuss platzierte. Sie hob eine Hand, strich ihm über das haarige Gesicht und murmelte: „Das einzige Problem dabei ist, dass ich kaum erkennen kann, wenn du lachst. Ich liebe es so sehr, wenn du lachst.“

„Gute Nacht, Leichtgewicht.“

Während Marcie in den Schlaf der Betrunkenen sank, blätterte Ian in dem Album, das die Baseballkarten enthielt. Bei jeder einzelnen Karte stellte er sich vor, wie Bobbys Finger sie berührt hatten. Die Tränen strömten ihm aus den Augen und spülten alle Gewissensbisse und allen Schmerz aus seiner Seele. Marcie würde vielleicht nie erfahren, wie viel dieses dumme Geschenk ihm bedeutete.

# 12. Kapitel

Als Marcie die Augen wieder aufschlug, war eine ganze Marschkapelle in ihrem Kopf unterwegs – ein dumpfes Pochen, das einen Rhythmus zu haben schien. Puh! Zwölf oder vierzehn Briefe lang hatte sie vor sich hin genippt. Keine gute Idee. Aber sie wusste, wo Ian das Aspirin aufhob.

Vorsichtig setzte sie sich auf. Das Zimmer war aufgeräumt, wie Ian es immer hinterließ. Sogar die Briefe hatte er wieder weggeräumt, während das Album mit den Baseballkarten noch auf dem Tisch lag, wo sie es hingelegt hatte. Die Kaffeekanne stand auf dem Holzofen, der nachgefüllt werden musste. Also legte sie als Erstes ein paar Scheite auf, zog sich dann die Stiefel an und unternahm einen Ausflug in den Hof. Wieder zurück, trank sie den starken, schwarzen Kaffee fast in einem Zug, auch wenn er nicht ganz heiß war. Ein Blick auf die Uhr sagte ihr, dass es noch eine ganze Weile dauern würde, bis Ian zurückkäme, daher beschloss sie, seine Abwesenheit zu nutzen, um sich frisch zu machen. Immerhin hatte sie inzwischen gelernt, mit den Öfen umzugehen. Zuerst machte sie das Wasser für die Haarwäsche heiß, dann das für die Wanne. Hinterher absolvierte sie auch noch das ermüdende Prozedere, die Wanne wieder zu leeren, was mehr Mühe machte, als sie zu füllen. Nachdem sie mit alledem fertig war, fühlte sie sich richtig müde, was jedoch weniger mit der Grippe als vielmehr damit zu tun hatte, dass sie lange wach geblieben war und Alkohol getrunken hatte. Tatsächlich hatte sie kaum noch gehustet.

Nachdem sie nun ihr Haar gewaschen und gebadet hatte,

nahm sie ihre Nagelschere zur Hand und schaffte es, den zerschundenen Pony an den verkohlten Spitzen abzuschneiden und in eine gewisse Form zu kämmen. Ihr kleiner Make-up-Spiegel zeigte ihr ein leichtes, gesundes Glimmen; die Verbrennung war verheilt oder doch so gut wie. Sie legte ein wenig Make-up auf. Damit hatte sie sich seit ihrer Ankunft nicht mehr abgegeben. Aber immer wieder hatte sie Ian ihre Anwesenheit aufgedrängt, da würde es nicht schaden, einmal vorzeigbar auszusehen. Den Augen widmete sie einige Aufmerksamkeit, und sie zog ihre Lippen nach. Anschließend öffnete sie eine Dose mit Gulasch, aß ungefähr die Hälfte und machte es sich schließlich mit ihrem Buch auf der Couch bequem – eine neue Frau.

Ohne Vorwarnung war diese neue Frau dann allerdings wieder verschwunden, als ihr plötzlich einfiel, dass es auf den Tag genau ein Jahr her war. Seltsam, als sie all diese Briefe gelesen hatte, war es ihr nicht ein einziges Mal in den Sinn gekommen, nicht einmal bei dem Brief, der das Datum seines Todestags trug: der 17. Dezember, genau eine Woche vor Weihnachten.

Es war eine sehr sonderbare Erfahrung gewesen, denn nachdem sie sich vergewissert hatte, dass Bobby nicht mehr lebte, war sie einfach dort, wo sie war, sitzen geblieben und hatte ihn weiter im Arm gehalten. Sie hatte nicht geweint; nach keiner Schwester oder Helferin gerufen. Und während sie ihn so festhielt, hatte sie sich ihm über ihr Herz mitgeteilt und ihm gesagt, er solle dort, wo er jetzt war, glücklich sein. Es dauerte mindestens eine Stunde, bevor überhaupt jemand den Raum betrat, eine sechzigjährige Schwesternhelferin, die Bettwäsche für den morgendlichen Wechsel brachte. „Sie sind heute spät dran“, sagte die Frau.

Und Marcie hielt Bobby weiter im Arm, streichelte seine Wange, fuhr ihm mit den Fingern durchs Haar. Sie antwortete nicht. Sie wusste, dass sie nie wieder in der Lage sein würde, ihn noch einmal so zu halten, wenn sie ihn diesmal losließ. Etwas an der Art, wie sie ihn berührte, musste die Helferin aufmerksam gemacht haben, denn sie trat ans Bett und legte Bobby die Finger an den Hals. „Mrs. Sullivan“, sagte sie behutsam.

„Ich weiß. Ich habe leichte Schwierigkeiten damit, ihn loszulassen …“, murmelte Marcie.

„Verstehe. Ich werde jemanden für Sie anrufen. Das hilft normalerweise. Es wird jemand kommen und …“

„Könnten Sie das nicht noch ein kleines Weilchen aufschieben? Können Sie mir nicht nur noch ein bisschen mehr Zeit mit ihm lassen?“

„Ich werde meine Runde mit der Bettwäsche beenden und dann die zuständige Krankenschwester bitten, einen Anruf zu tätigen. Möchten Sie, dass es seine Eltern sind? Oder vielleicht Ihre Schwester?“

„Rufen Sie seine Eltern an. Sie sollten es als Erste erfahren. Würden Sie dann bitte Erin anrufen?“

„Natürlich.“ Die ältere Frau lächelte freundlich und strich Marcie liebevoll über die Stirn. Sicherlich hatte sie bereits allerlei seltsame Reaktionen auf den Tod an diesem Ort erlebt. „Nehmen Sie sich die Zeit. Nehmen Sie sich alle Zeit, die sie brauchen.“

Und als die Helferin nicht mehr im Zimmer war, hatte Marcie das Buch, das sie Bobby vorgelesen hatte, wieder in die Hand genommen und weitergelesen. Fast noch eine ganze Stunde lang las sie ihm laut vor. Sein Körper fühlte sich unter der Berührung bereits kühl an, und er war so vollkommen leblos, dass es sie beinahe erstaunte. Sie hätte geglaubt, dass er – dass sein Körper sich kaum noch verändern würde, nachdem er bereits so still gewesen war, als er noch lebte, aber die Veränderung an ihm war beachtlich. Sie hatte niemals eine Anspannung in ihm wahrgenommen, bis er verstarb und seine Gesichtszüge sich vollkommen entspannten. Zweifellos machte es ihn schön. Ätherisch schön. Vollkommener Friede hatte ihn übernommen. Und dann wurde er so ganz ruhig. Kalt. Steif. Still. Tot.

Mr. und Mrs. Sullivan kamen ins Zimmer, eilten zu ihr und sahen sie dort mit Bobby im Arm sitzen, das Buch aufgeschlagen vor ihr auf dem Schoß. „Marcie? Was machst du da?"

„Ich habe es noch nicht fertiggebracht, ihn zu verlassen", sagte sie leise, wenn auch mit klarer Stimme und ohne zu weinen.

„Sie steht unter Schock", erklärte Mrs. Sullivan ihrem Mann. „Wir sollten den ..."

„Ich stehe nicht unter Schock", erwiderte Marcie mit einem leichten Lachen. „Guter Gott, seit drei Jahren habe ich damit gerechnet. Aber jetzt, wo es so weit ist, weiß ich auch, dass ich ihn nie wieder berühren werde, und ich habe ein kleines Problem damit, ihn loszulassen ..."

Man nahm ihr das Buch aus den Händen, zog sie vom Bett auf die Beine und weg von Bobby. Seine Eltern gaben ihm einen Abschiedskuss und bedeckten ihn mit einem Laken. Marcie ging zu ihm und zog es wieder zurück. Es gab keinen Grund, Bobby zu verbergen. Er sah aus, als würde er schlafen. Sie strich ihm das weiche, dunkle Haar aus der Stirn.

„Marcie, das Beerdigungsinstitut ist informiert. Sie werden gleich hier sein."

„Ich habe keine Eile." Schließlich war es nicht so, als müssten nun Entscheidungen getroffen werden. Alle Vereinbarungen waren bereits vor zwei Jahren getroffen worden. Sie würden ihn abholen, man würde ihn verbrennen und es würde eine Gedächtnisfeier für ihn geben. Aber gehörte er nicht *ihr*, bis sie ihn mitnahmen?

„Er gehört jetzt einer höheren Instanz." Es war die Stimme ihrer Schwester. „Du kannst ihn ohne die geringste Sorge freigeben. Er befindet sich in guten Händen."

„Habe ich das laut gesagt?", fragte Marcie. „Wirklich?"

„Was hast du denn gesagt, Süße?"

„Dass er noch immer mir gehört, bis die Leute vom Beerdigungsinstitut kommen und ihn abholen?"

„Nein, Liebes. Du hast gar nichts gesagt. Ich konnte es sehen, mehr nicht."

„Ich will nur nah bei ihm sein, bis sie kommen ..."

„Wir können bleiben, einfach so, solange du willst. Zum Teufel mit diesen Leuten vom Beerdigungsinstitut. Die können warten."

„Danke", sagte Marcie leise und setzte sich wieder aufs Bett. Sie streichelte ihn, küsste ihm Wange und Stirn, flüsterte mit ihm. Ihre Schwiegereltern dachten, sie würde durchdrehen, aber Erin beruhigte sie. Marcie konnte hören, wie Erin auf dem Flur vor dem Zimmer zu ihnen sagte: „Lassen Sie ihr ein wenig Zeit. Sie hat viel aufzugeben. Sie wird es schaffen."

Und als sie dann kamen, um Bobby abzuholen, gab Marcie ihm einen letzten Kuss und ließ ihn gehen. Dann umarmte sie ihre Schwiegereltern, wünschte ihnen Beileid für ihren Verlust und ging nach Hause.

Sie fühlte, wie ihr die Tränen über die Wangen liefen, aber sie empfand keinen Schmerz. Nur diese Einsamkeit, die ihr manchmal zu schaffen machte. Das Gefühl, nicht länger zu Bobby zu gehören, das Gefühl, ohne Ziel zu sein.

Es dauerte noch eine weitere Stunde, bevor Ian nach Hause kam, und als er eintrat, wusste sie auch, was ihn so lange aufgehalten hatte. Seine Haare und der Bart waren dramatisch geschoren, kurz geschnitten und ordentlich frisiert. Er hielt Einkaufstüten in den Armen, und auch wenn er sich bemühte, es zu verbergen – es war offensichtlich, dass er lächelte.

„Ian!"

„Ich bin es. Hattest du jemand anders erwartet?“

Sie schaute zu ihm hoch und vergaß alles andere. „Was hast du getan?“

Er ging direkt zum Tisch und stellte seine Tüten ab. „Ich muss noch mehr Sachen reinholen, also bleib sitzen.“ Damit verließ er die Hütte wieder, und als er mit mehreren Kartons, die er hoch übereinandergestapelt hatte, zurückkehrte, saß sie immer noch am selben Fleck. Auch diese Kartons stellte er auf den Tisch. Schließlich drehte er sich zu ihr um und ließ sich begutachten. Sie stand auf, ging langsam auf ihn zu und hob die Hand, um seine Wange zu berühren. Wo vorher ein gut zehn bis fünfzehn Zentimeter langer Vollbart wuchs, waren nun nicht einmal mehr zwei Zentimeter an rotbraunem Bart zu sehen, und der war ordentlich gekämmt und daunenweich. Sogar sein Nacken war rasiert.

„Wo ist mein Verrückter aus der Wildnis geblieben?“

Stirnrunzelnd sah er sie an und legte sanft eine Hand an ihre Wange. „Hast du geweint?“

Sie wich seinem Blick aus. „Tut mir leid, es hat mich einfach so überfallen.“

Mit Daumen und Zeigefinger hob er ihr Kinn und zwang sie, ihm wieder in die Augen zu schauen. „Was ist los?“, fragte er leise. „Möchtest du darüber reden?“

„Nein“, antwortete sie und schüttelte den Kopf. „Ich weiß, dass du es nicht willst …“

„Es ist in Ordnung. Weshalb hast du geweint? Hast du Heimweh? Fühlst du dich einsam?“

Marcie holte tief Luft. „Heute ist es genau ein Jahr her. Ich schätze, das hat mich aus der Fassung gebracht.“

„Ah“, sagte er und nahm sie in seine starken Arme. „Das ist ja wohl ein Grund für Tränen, denke ich. Es tut mir leid, Marcie. Bestimmt tut es immer noch manchmal weh.“

„Ja, genau … es ist kein richtiger Schmerz. Es ist nur, dass ich mich so nutzlos fühle." Sie lehnte sich an ihn. „Manchmal fühle ich mich so allein. Es gibt viele Menschen in meinem Leben, trotzdem kann ich mich ohne Bobby so allein fühlen." Sie lachte leise. „Und weiß Gott, sonderlich viel an Gesellschaft hatte ich auch nicht von ihm."

Er schloss sie fester in die Arme. „Ich glaube, ich verstehe."

Ja, dachte sie, vielleicht versteht er es wirklich. Ian war ein Mann, der regelmäßig Umgang mit Menschen pflegte, jedoch völlig bindungslos war. Sie löste sich aus seiner Umarmung und fragte ihn: „Warum hast du das getan?"

„Ich dachte, ich könnte mich mal ein wenig zurechtmachen und dich dann irgendwohin ausführen."

„Moment mal. Du hast doch nicht etwa geglaubt, dass du das für mich tun musst, oder? Wegen Erin?"

Er lachte, und ohne diesen Bart konnte sie nun tatsächlich auch das dazugehörige Gefühl in seinem Gesicht erkennen. „Tatsächlich hätte ich es wahrscheinlich nicht getan, wenn du mich darum gebeten hättest. Glaubst du wirklich, dass du es an Dickköpfigkeit mit mir aufnehmen kannst? Wohl kaum. Den Bart habe ich noch etwas stehen lassen wegen der Narbe", erklärte er und hielt ihr die linke Wange hin. „Das und vielleicht auch ein bisschen, weil ich mir sage: ‚Na und?'."

Vorsichtig schob sie den Bart mit den Fingern auseinander, um die kaum sichtbare Narbe freizulegen. „Da ist kaum etwas zu sehen. Ian, es ist nur eine dünne Linie. Die musst du nicht verstecken. Du bist nicht entstellt." Sie lächelte ihn an. „Du siehst gut aus."

„Wahrscheinlich sind es auch eher die Erinnerungen, die mit der Narbe zusammenhängen. Auf jeden Fall findet heute Abend die Weihnachtsparade der Fernfahrer statt. Ein Haufen Kerle mit Neunachsern aus der Gegend hier schmücken ihre Sattelschlepper und stellen sie auf der Landstraße zur Schau. Ich sehe es mir jedes Jahr an. Es ist fantastisch. Meinst du, dass du dazu in der Stimmung bist? Wo doch heute dieser Jahrestag ist?“

„Vielleicht ist es eine gute Idee. Ausgehen und auf andere Gedanken kommen.“

„Wir werden in einem Restaurant essen und …“

„Und was ist das alles?“, fragte sie mit Blick auf die Tüten und Kartons.

„Es ist Schnee angesagt. So macht man das hier oben. Stell dich darauf ein. Aber diesmal habe ich ein paar andere Sachen eingekauft, für den Fall, dass dir von dem Gulasch irgendwann noch übel wird. Und auch etwas, das bei mir niemals vorkommt …, aber du bist ein Mädchen, deshalb habe ich frisches Gemüse gekauft. Und frische Eier. Nur so viel, dass es ein paar Tage lang ohne Kühlschrank hält. Wenn wir es im Schuppen aufheben, würde es erfrieren.“

„Ian, was ist mit der Toilette? Was machen wir, wenn ein Haufen Schnee fällt?“

Er lachte über sie. „Kein Problem. Bis dorthin werden wir schon stapfen können …, aber ich will einen Pfad freischaufeln. Und ich werde den Weg zur Straße hinunter pflügen, aber das dauert, und wenn der Schnee immer weiter fällt, wird es sogar noch länger dauern.“

„Puh! Ist es denn sicher, wenn wir heute Abend wegfahren? Zu dieser Parade? Können wir dann überhaupt wieder zurückkommen?“

„Schneestürme gibt es hier nicht, Marcie. Der Schnee fällt langsam, aber gleichmäßig. Und jetzt – ich finde, heute ist Badetag. Was hältst du davon?“

Sie stemmte die Hände in die Hüften und funkelte ihn böse an. „Ganz recht, pass bloß auf, was du sagst. Ich habe bereits gebadet. Und ich habe mir auch die Haare gewaschen. Ich trage *Make-up*, Ian. Lieber Himmel! Willst du etwa versuchen, mich zu frisieren?“

Einen Augenblick riss er die Augen auf, dann sagte er: „Ich meinte doch, Badetag für mich. Das war doch klar. Du siehst fantastisch aus." Er strich ihr mit dem Daumen unter einem Auge über die Wange. „Da sind nur ein paar Tränenspuren, aber darum kannst du dich kümmern. Lass mich das Zeug hier verstauen und mein Wasser aufsetzen. Hast du noch etwas zu lesen? Oder wartest du lieber auf den Kick deines Lebens?"

„Ich habe noch etwas zu lesen", antwortete sie und dachte: Letztendlich sind sie doch alle nur Männer.

Ian hatte ein italienisches Restaurant in Arcata im Auge, wo er schon ein- oder zweimal gewesen war. Jedes Mal hatte er an der Theke gegessen, allein. Diesmal, an einem Tisch mit einem Glas Rotwein für jeden, wurde geredet. Der Mann, der immer nur gebrummelt oder geklagt hatte, dass er niemanden in seiner Nähe brauchte, war kaum wiederzuerkennen. Zu dieser Veränderung sagte Marcie nichts. Morgen waren es zehn Tage; eine weitere Woche, und es war Weihnachten.

Ian wollte wissen, wie sie als kleines Mädchen gewesen war.

„Schlimm, sehr schlimm. Ich habe den Begriff *Wildfang* auf die nächsthöhere Ebene gebracht. Kleine Freundinnen hatte ich überhaupt nicht, nur die Jungs. Ich konnte mich mit allen anlegen, aber auch wenn ich mich selbst für einen Jungen hielt, ich habe gekämpft wie ein Mädchen ..., gebissen, an den Haaren gezogen. Von Steinschleudern bis zu Spuckkugeln habe ich alles ausprobiert, und mein Dad wurde häufig in die Schule bestellt. Ich war ein wüster kleiner Rotschopf, die Kleinste und Gemeinste in meiner Klasse."

Er grinste. Es war so schön, das sehen zu können. „Wie kommt es nur, dass mich das gar nicht überrascht? Heute haben deine Manieren sich zwar etwas verbessert, aber nicht viel."

„In der neunten Klasse hat sich dann der süßeste Junge in mich verknallt. Mein erster Gedanke war – wetten, dass ich ihn verprügeln kann. Aber mein nächster Gedanke war dann doch – wetten, dass ich ihn dazu bringen kann, mich zu küssen. Über Nacht hatte ich mich in ein Mädchen verwandelt. Die totale Transformation. *Bobby.* Erin Elizabeth war vom Tag ihrer Geburt an brav gewesen, und du kannst dir nicht vorstellen, was es mich gekostet hat, sie um Rat zu bitten, als ich hübsch aussehen wollte. Hinzu kam, dass sie auch noch so selbstgefällig dabei war."

„Bobby? Seit der neunten Klasse?"

„Hm-mh. Wir sind während der ganzen Schulzeit fest miteinander gegangen und haben mit neunzehn geheiratet. Knapp neunzehn."

Ian schüttelte nur mit dem Kopf. „Wahnsinnig jung."

„Wahnsinnig. Unsere Familien meinten, wir sollten warten, aber es war nicht schwer, sie zu überzeugen, denn wir konnten unsere Hände nicht voneinander lassen. Ich glaube, alle haben die Hochzeit nur akzeptiert, um uns abzukühlen. Aber dabei wurden eine Menge schlechter Witze gerissen … wie zum Beispiel, dass ich unter dem Hochzeitskleid eine Trainingshose tragen würde. Solche Sachen."

„Und, hat es funktioniert? Das Abkühlen?"

„Wenigstens hat die Hochzeit verhindert, dass wir in aller Öffentlichkeit rumgemacht hätten", antwortete sie grinsend. „Jetzt bist du dran, Buchanan, und erzähl mir auch was. Du warst der Star des Highschool-Musicals. Wahrscheinlich konntest du dich vor lauter Mädchen nicht retten. Hm?"

Er zog einen Mundwinkel nach oben. „Ich war eine ganz schöne Hure", begann er, womit er sie so schallend zum Lachen brachte, dass die Leute im Restaurant die Köpfe nach ihnen umdrehten.

„Du willst sagen, keinerlei Moral", interpretierte sie ihn.

„Wenig“, räumte Ian ein. „Ich war auf dem besten Wege, ein Mädchen, das ich kaum liebte, in Schwierigkeiten zu bringen.“

„Kaum liebte? Hast du ihnen erzählt, dass du sie liebst, um in ihre Höschen greifen zu können?“

„Sei fair. Ich war ein Teenager!“

„Dann stimmt es also! Du bist so ein Bock!“

„Ich war ein Böckchen. Das war ich. Das Marine Corps war die Idee meines Vaters, aber er war der Angeschmierte. Nicht nur, dass es mir gefiel, sondern auch, weil geschniegelte und gebügelte Marines nicht die geringste Schwierigkeit haben, Mädchen anzumachen.“

„Mein kleiner Bruder Drew ..., ich glaube, er könnte dir sehr ähnlich sein. Der kleine Teufel sieht umwerfend gut aus. Er ist klug und kann so witzig sein, dass du vor lauter Lachen am Ende einen kleinen feuchten Fleck auf dem Boden zurücklässt. Und jeden Monat hat er ein anderes Mädchen. Er ist ein solcher Frauenheld, dass man kaum glauben kann, dass er einmal Arzt sein wird.“

„Arzt?“, fragte Ian kauend.

„Hm-mh. Er studiert Medizin. Meine Schwester ist Anwältin, mein Bruder wird Arzt, und ich habe kaum die Highschool geschafft.“

Ian schluckte. „Na, komm schon ..., ich wette, du hast mit Auszeichnung bestanden.“

„Nee. Ich war immer ziemlich durchschnittlich, mit einem ganz guten Abschlusszeugnis. Aber dann hatte ich auch andere Dinge im Kopf ..., Spaß, Bobby und so weiter. Heute bin ich viel ernster geworden.“

„Ich wünschte, ich hätte dich damals gekannt. Du musst wirklich ein wandelndes Pulverfass gewesen sein. Also, was glaubst du, was für eine Art Arzt wird dein Bruder mal sein?“

„Bei dem Tempo? Gynäkologe.“

Die Plauderei erstreckte sich über das gesamte Essen. Für Marcie war es eine wunderbare Freude und ein Spaß, aber nichts anderes, als was sie ihr ganzes Leben lang gekannt hatte – mit jemandem zusammensitzen, sich unterhalten, lachen. Für Ian hingegen dürfte es vermutlich völlig anders ausgesehen haben. Zumindest in letzter Zeit. Und so wie seine Augen verstärkt in Richtung Gold tendierten als nach Braun, nahm sie an, dass er sich dabei wohlfühlte.

Die Lastwagenparade fand nach dem Abendessen statt, sodass es richtig dunkel war. Sie parkten an einer höher gelegenen Straße und sahen vom Truck aus zu, bis ihnen das nicht mehr reichte und sie ausstiegen, um sich auf die warme Kühlerhaube zu setzen. Die Lastwagen waren, so wie Ian es versprochen hatte, einfach prachtvoll mit ihren leuchtenden, funkelnden Lichtern und den Weihnachtsmännern, die sich auf dem Dach niedergelassen hatten. Auf den langen Flachbetten waren sogar ganze Krippenszenen, Schneelandschaften und Weihnachtsbäume aufgebaut. Es glitzerte in allen Farben des Regenbogens und für die Zuschauer, die die Straße winkend und applaudierend säumten, ließen die Fahrer als Zugabe ihre Hupen ertönen.

Nachdem sie eine Weile erst draußen im Kalten gestanden hatten und dann in dem schlecht beheizten Truck wieder ein Stück zurückgefahren waren, zitterte Marcie vor Kälte. Daher schlug Ian vor, einen Abstecher in den Ort zu machen, bevor sie die Fahrt den Berg hinauf in Angriff nahmen. Wenn es noch nicht zu spät war, könnten sie sich dort schnell bei einem Grog wieder aufwärmen.

Majestätisch leuchtete ihnen der Weihnachtsbaum den Weg in den Ort, und der Stern warf genau die richtige Lichtbahn. Als sie in die Bar kamen, waren nur wenige Leute anwesend. Die Beleuchtung war gedämpft, im Kamin brannte Feuer. Sie setzten sich an die Theke vor einen Barkeeper, der sie angrinste. „’n Abend“, grüßte Jack.

„Ich überlege, ob ich nicht vielleicht noch mal das Telefon benutzen könnte, wo ich doch schon einmal hier bin?“, fragte Marcie. „Ich sollte mich melden und nachhören, ob Erin gut zu Hause angekommen ist.“

„Aber sicher! Kann ich Ihnen schon etwas fertig machen, bis Sie zurückkommen?“

„Vielleicht einen Brandy“, antwortete sie und sprang vom Barhocker. „Etwas schönes Weiches.“

„Wird gemacht.“ Und als sie in der Küche war, wandte Jack sich an Ian: „Und Sie?“

„Einen Schnaps, danke.“

Jack stellte die zwei Drinks auf den Tresen. „Wohl eins dieser Feiertagsangebote beim Friseur wahrgenommen?“

„Komisch. Ich dachte, Sie reden, wenn die Gäste reden, und halten den Mund, wenn sie nichts sagen?“

„Wir lesen auch Gesichter wie ein Buch. Sie wirken kein bisschen unglücklich ..., bei Ihnen ein ganz neuer Anblick.“

„Ich war mit Marcie bei der Truckparade“, wechselte Ian das Thema. „Haben Sie sich die schon einmal angesehen?“

„Schon mehrfach. Mel und meine Schwester sind mit dem Baby rübergefahren, aber ich hatte heute Abend ein volles Haus. Dieser verdammte Baum, der zieht die Leute von meilenweit her an. Jeden Augenblick rechne ich damit, dass auch noch die drei Weisen aus dem Morgenland hier vorbeischauen.“

„Sieht nicht schlecht aus, der Baum“, meinte Ian.

„Danke, aber nächstes Jahr wird er kleiner. Mel will zwar wieder so einen großen wie diesen, aber Sie können sich nicht vorstellen, was das für ein Aufwand war. Fast hätten wir noch einen Flachbetttruck mieten müssen, um ihn überhaupt hierhertransportieren zu können.“

Ian schmunzelte und trank einen Schluck aus seinem Glas. „Was hat Sie hier heraufgetrieben, Jack? Nach Virgin River?“

„Nach zwanzig Jahren Marines? Ich wollte bloß ein wenig Ruhe und Frieden finden, um etwas zu verschnaufen. Und nachzudenken."

„Ach, wirklich? Und ich dachte, ich wäre der Einzige, der auf diese Idee gekommen ist."

Jack lachte. „Nun, und dann ist Melinda hier aufgekreuzt, und jetzt gehören Ruhe und Frieden der Vergangenheit an."

„Da hat es Sie aber hart getroffen."

„Ja wirklich. Jeden Morgen, wenn ich aufwache, liegt diese schöne Blondine in meinem Bett. Ich kann Ihnen sagen, das Leiden nimmt einfach kein Ende." Über Ians Gesicht huschte ein Grinsen, jedoch bevor ihm eine schlagfertige Antwort einfallen konnte, schwang Marcie sich auch schon neben ihn auf den Hocker.

„Alles in Ordnung", berichtete sie, trank einen kleinen Schluck von ihrem Brandy und seufzte genussvoll. „Sehr gut, Jack."

„Ich weiß ja nicht, wann Sie wieder heimfahren, Marcie, aber hier wird es am Weihnachtsabend eine kleine Veranstaltung geben. Da im Ort keine Kirche geöffnet hat und Preacher Weihnachten die Bar schließt, um mit seiner Familie zu feiern, planen die Dorfbewohner eine Kerzenlichtversammlung um den Baum."

„Wirklich? Um wie viel Uhr?"

„Eine Mitternachtsmesse wird das nicht, so viel steht fest." Jack lachte. „Hier leben überwiegend Rancher und Farmer, und für die beginnt der Tag früh am Morgen, auch an Weihnachten. Wie ich gehört habe, ging es letztes Jahr um acht Uhr abends los und hat etwa eine Stunde gedauert. Ich fahre mit meiner Familie über die Feiertage nach Sacramento, deshalb werden wir nicht dabei sein. Aber wenn Sie noch hier sind, schauen Sie vorbei."

„Ich will es mir merken", antwortete sie.

Brandy und Schnaps reichten nicht, um sie den ganzen Weg nach Hause zu wärmen, und als sie dort ankamen, schürte Ian zuerst das Feuer, bis es wieder brannte, bevor er Marcie zur Toilette begleitete. Beide ließen sie ihre Jacken und Stiefel an, bis es in der Hütte ein wenig wärmer wurde. Schließlich breitete Marcie ihren Schlafsack auf der Couch aus. Sie zog sich zwar die Stiefel aus, ließ aber ihre Sachen an und wickelte sich in den Schlafsack, um warm zu werden.

Ian rollte seine Matte aus und wollte sich gerade die Stiefel ausziehen, als sie ihm leise sagte: „Danke für den wundervollen Abend, Ian. Es war der schönste Abend, den ich seit … Jahren hatte." Und dann hörte er, wie sie gähnte.

Er rührte sich nicht; konnte nicht atmen. Ein seltsames Gefühl erfüllte ihn, und er bekam feuchte Augen. Er wollte ihr sagen: Nein, ich danke *dir*! Aber er wagte es nicht, die Worte auszusprechen. Sie hatte keine Ahnung, wie sehr es ihn innerlich verändert hatte – allein schon, dass jemand da war, mit dem er reden, mit dem er lachen konnte. Das rauflustige kleine Mädchen vom Spielplatz war ihm wie ein Engel erschienen, um ihn aus der Reserve zu locken, und gab ihm zum ersten Mal seit Langem das Gefühl, wieder zu leben, anstatt bloß zu existieren. Es war ein Geschenk, und er war überzeugt, dass er es nicht verdient hatte, zumal er sich so von der Welt abgekapselt hatte … und versucht hatte, sie zu vergraulen.

Das Problem war, er wusste nicht, ob er wieder zu seiner alten, stillen, anonymen Lebensweise zurückfinden konnte. Und dabei blieb ihm gar nichts anderes übrig. Die Wahrheit war, er besaß diese Hütte und ungefähr zweitausend Dollar, die den ganzen Winter reichen mussten. Es gab kein geheimes Konto, keine Versorgungsleistungen, keine Rente für ihn. Das Grundstück könnte er zum Verkauf anbieten, aber wahrscheinlich würde es keinen Käufer geben, und das möglicherweise jahrelang. Er besaß nichts, das er verkaufen oder tauschen könnte.

Er könnte sie bitten zu bleiben, aber er war sich nicht einmal sicher, ob er jemals in der Lage wäre, eine Toilette im Haus für sie zu bauen. Er hatte sich praktisch auf nichts reduziert und die Entbehrung auf eine verdrehte Weise genossen. Dann war Marcie aufgetaucht, und plötzlich fühlte er sich wie ein reicher Mann.

Gerade als er glaubte fähig zu sein, den Mund aufzumachen, um etwas zu sagen wie: *Nein, Marcie. Du warst es, die den Abend perfekt gemacht hat …*, da hörte er ein leises Schnarchen von ihrer Seite des Zimmers her. Er schüttelte den Kopf und lachte in sich hinein. Sie schlief gut auf diesem unebenen Sofa; hier war sie mit sich und der Welt im Frieden, wo sie sich doch eigentlich über all die Unannehmlichkeiten hätte ärgern müssen.

Er erkannte, dass sie sich insoweit ähnlich waren. Marcie war in der Lage, sich zu begnügen, wie er es tat, dennoch gab es in ihrem Leben so viel mehr – Familie, Arbeit, Freunde, wirkliches Leben.

Leise tauschte er seine Jeans gegen die Jogginghose und legte sich auf seine Schlafmatte vors Feuer. Aber vom Schlafen war er weit entfernt. Ständig musste er daran denken, wie real auf einmal sein Leben geworden war, wie unermesslich und voller Möglichkeiten. Gerade erst zwei Wochen war es her, als sich noch bloß eine unendliche Gleichförmigkeit vor ihm ausgebreitet hatte. Eine Ewigkeit. Und es war so lange her, dass er auch nur ein Mal daran gedacht hätte, was als Nächstes auf ihn zukommen könnte, und manchmal war es ihm vorgekommen, als würde es nie wieder ein Nächstes für ihn geben.

Alte Gewohnheiten lassen sich schwer überwinden. Ian dachte daran, dass es ein guter Zeitpunkt wäre, um Marcie zu ignorieren, sie zurückzuweisen, zu hoffen, dass er ganz schnell über dieses Gefühl hinwegkäme. Aber er wusste, dass er das nicht tun würde. Nein. Er wollte es noch ein Weilchen mit sich geschehen lassen. Bis zu ihrer Abreise würde sie ihn mit Herzensgüte füllen; später wollte er sich dann damit befassen, wie mit all diesen Gefühlen umzugehen war. Ian beschloss, Marcie als Weihnachtsgeschenk zu sehen. Ein hübscher kleiner Einblick in das Leben, wie es hätte sein können.

Es dauerte lange, bis er einschlief, und kurz darauf fühlte er etwas, das ihn veranlasste, die Augen wieder aufzuschlagen. Marcie lag neben ihm auf dem Boden vor dem Ofen, eingewickelt in ihren Schlafsack, das rote Haar vom Schlaf völlig zerzaust. „Mir war ganz kalt, trotz Schlafsack", erklärte sie.

„Ich lege noch etwas Holz aufs Feuer." Ian setzte sich auf und schob zwei Holzscheite in den Ofen. Dann legte er sich wieder hin, rutschte auf seiner Matte zur Seite, um ihr Platz zu machen, zog sie an sich und sagte: „Komm her, kleines Mädchen. Dann will ich dich mal wärmen."

„Hm. Genau das, was ich brauche."

„Und was ich brauche." Er gab ihr einen Kuss auf die Schläfe.

„Darf ich dir etwas sagen?"

Ian lachte. „Marcie, bist du das viele Reden denn noch nicht leid?"

Darauf ging sie gar nicht ein. „Es geht um die Sache mit der Hochzeit. Du verstehst, die Hochzeit mit Shelly?"

„Nicht ganz das, woran ich im Augenblick denke", erwiderte er und zog sie näher an sich.

„Ich weiß, ich will auch nur sagen … Ich habe vier Hochzeiten miterlebt, meine eigene mit eingeschlossen. Die Bräute – und früher oder später gilt das für alle – geraten an diesen Punkt, so eine Art Anfall, wo sich alles nur noch um sie dreht und ihre Hochzeit. Da vergisst man leicht, dass es um die Ehe geht und nicht um die Feier. Die Realität holt einen dann aber wirklich schnell wieder ein." Sie gähnte. „Manche Bräute sind schlimmer als andere, aber Shelly hat es wahrscheinlich nicht so gemeint, wie sie es sagte."

Einen Augenblick schwieg er, unfähig, auch nur eine Erinnerung oder ein Bild von Shelly wachzurufen. Er fragte: „Vier?"

„Hm?"

„Vier Hochzeiten?"

„Hm-mh. Und zweimal Patentante. Im März dann wieder. Meine Freundin Mable bekommt einen Jungen, ihr erstes Kind."

Er prustete vor Lachen. „Du hast eine Freundin, die Mable heißt?"

„Hm-mh. Sie glaubt, ihre Mutter hat sich dafür gerächt, dass sie sich während der Schwangerschaft so oft übergeben musste. Alle nennen sie Maybe. Sie ist mit William verheiratet, den wir Will nennen, deshalb kennt jeder die beiden als Maybe Will."

„Du bist mit vielen Leuten verbunden. Es macht mich glücklich, das zu wissen."

Sie kuschelte sich enger an ihn. „Und jetzt bin ich auch mit dir verbunden. Das macht mich glücklich." Sie gähnte erneut. „Aber da ist noch etwas, das ich dir sagen wollte, Ian. Die Sache mit Shelly. Ich glaube, dass du da vielleicht gerade noch mal so davongekommen bist."

Er lachte leise und zog sie noch enger an sich. Oh ja, dachte er. Es war nicht vorgesehen, dass er mit Shelly zusammenkommen sollte.

„Jetzt sage ich nichts mehr", versprach sie.

„Gut."

Immer wenn Ian es sich überhaupt einmal erlaubt hatte, an Marcie zu denken, war es ein Bild der Einsamkeit und Verzweiflung gewesen, was daran lag, dass er sie nicht als Abigail Adams kannte, die freche, unermüdliche, positive Frau, die sie war. Er hatte nie zugelassen, das zu erfahren.

So weit, wie er geglaubt hatte, konnte er von seiner Bergspitze aus gar nicht sehen.

# 13. Kapitel

Marcie spürte eine Berührung an ihrem Haar, und als sie die Augen aufschlug, schaute sie in Ians dunkelbraune Augen. In der Morgendämmerung war es in der Hütte noch kaum hell geworden, und er strich ihr mit seiner großen Hand über die Locken. „Morgen“, sagte sie verschlafen.

Anstelle einer Antwort legte er in einer süßen, sanften Berührung seine Lippen auf ihre. Sie fühlte das leise Kratzen seines Bartes, das weiche Fleisch seiner Lippen, und ließ die Augen wieder zufallen. Ein Weilchen bewegte er seine Lippen an ihrem Mund. Sie stöhnte und schlang einen Arm um seinen Hals, um ihn dort festzuhalten.

Ian hob nur leicht den Kopf und flüsterte: „Wir sind eingeschneit, Liebes.“

„Gut.“

„Weißt du, ich war eifersüchtig auf Bobby.“ Zärtlich strich er ihr das Haar an einer Schläfe über dem Ohr zurück.

„Vorsicht, Ian … Du sprichst ‚davon‘.“

„Ich bin bereit, dir zu sagen, was du wissen willst. Wir waren alle ein wenig eifersüchtig auf Bobby, denn mit dir hatte er etwas wirklich ganz Besonderes. Du hast ihm dein Höschen geschickt.“

Das Blut schoss ihr in die Wangen, und erstaunt riss sie die Augen auf. „Er hat es dir *gezeigt*?“

Ian schmunzelte. „Er hat es allen gezeigt. Ein sehr knappes Höschen. Ich glaube, es war grün wie eine Limone und mit schwarzer Spitze oder so.“

„Ich kann nicht fassen, dass er es euch gezeigt hat!“

„Er war stolz darauf. Wie einen Glücksbringer hat er es immer in der Innentasche bei sich getragen."

„Zu deiner Information, es war absolut sauber."

„Ach, das ist jetzt aber schon fast eine Enttäuschung." Ian kicherte. „Da hätte doch dein Duft dran haften müssen."

„Waschmittel und Weichspüler waren daran!"

„Und du hast ihm auch dieses Foto geschickt …, das auf dem Motorrad."

Sie schlug die Hände vors Gesicht und murmelte gedämpft: „Das ist so demütigend." Er zog ihr die Hände herunter und küsste sie noch einmal zärtlich. „Dann war es also in der Nacht, als ich fast erfroren wäre, in Wirklichkeit schon das zweite Mal, dass du mich in Unterwäsche gesehen hast."

„Deine Unterwäsche habe ich ja nun eigentlich schon ungeheuer oft gesehen. Ein paarmal, wenn ich nach Hause kam, hat dein süßer kleiner Hintern unter der Decke hervorgeschaut, gar nicht zu reden von der ganzen Unterwäsche, die auf meiner Badewanne zum Trocknen hing. Und ich würde mein Leben dafür geben, dich noch einmal in Unterwäsche zu sehen."

Einen Augenblick lang machte sie runde Augen, dann aber lächelte sie leicht und musste sogar ein wenig lachen. „In meiner beschränkten Erfahrung habe ich ja schon ein paar interessante Anmachsprüche gehört, aber das ist mal ganz was Neues. Sag mir, muss ich dich hinterher erschießen, wenn du einen Blick darauf geworfen hast?"

„Was, wenn ich dir sagen würde, dass du mich schon erschießen müsstest, um mich davon abzuhalten? Würdest du dann Angst bekommen?"

„Du jagst mir keine Angst ein, Ian. Ich weiß, dass du mich vor allem beschützen würdest, sogar vor dir selbst."

Er verteilte seine Küsse auf ihrem ganzen Gesicht und sie hielt sein Gesicht dabei in den Händen. Sein Atem beschleunigte sich und klang rauer. „Ich möchte, dass du etwas weißt", flüsterte er. „Dass so etwas mit uns passieren könnte … ist mir nicht in den Sinn gekommen, bis …"

Marcie wartete. Schließlich fragte sie: „Bis?"

„Bis du wieder zurückgekommen bist. Es muss nicht sein, Marcie. Sag mir, wenn du nicht willst …"

„Oh, Ian." Sie lachte. „Du redest zu viel!"

Die goldenen Flecken in seinen Augen glühten. Er verstärkte den Druck auf ihren Mund, schob einen Arm unter sie und küsste sie heiß, wobei er seine Zunge in ihren Mund gleiten ließ. Nun legte sie auch den anderen Arm um seinen Nacken und zog ihn an sich. Und ganz, als hätte er einen eigenen Willen, bog sich ihr Körper hungrig seinem entgegen. Hungrig nicht nur allgemein, sondern hungrig nach Ian, mit dem sie sich auf vielerlei Weise verbunden hatte.

Ohne den Kuss zu unterbrechen, ließ er seine Hände über ihre Brüste, ihre Hüften, ihre Schenkel streifen, schob seine große Hand unter ihren Pullover, um ihre Brüste fühlen zu können, und seufzte an ihren Lippen. Dann half er ihr, den Pullover auszuziehen, und öffnete den Verschluss ihrer Jeans, zog sie ihr über Hüften und Knie nach unten, bis er sie endlich ganz wegziehen konnte. Er riss sich das T-Shirt über den Kopf, und nur mit der weichen Jogginghose bekleidet, schaute er auf ihren kleinen Körper hinunter. „Gott im Himmel", flüsterte er ehrfürchtig.

„Hast du mich auch so angesehen, als du mir das Leben gerettet hast? Als du mir die Kleider ausgezogen und mich warm gehalten hast?"

Mit einem frechen Lächeln schüttelte er den Kopf. „Das war alles andere als lustig. Diesmal wird es bestimmt lustig werden."

„Gut." Marcie ließ die Augen wieder zufallen. „Gut."

Er bedeckte ihren Hals, Schultern, Brust, Arme und Bauch mit Küssen. Währenddessen spielte er mit einem Daumen am elastischen Bund ihres winzigen Höschens. „Was würdest du davon halten, wenn ich dir deine Unterwäsche abkaue?“, fragte er.

Sie erschauderte und schnappte nach Luft. „Neue Unterwäsche bekomme ich immer …“

Er antwortete mit einem tiefen, kehligen Lachen. Das war es, was er am meisten an ihr liebte – ihre Verspieltheit. Aber vielleicht war es ja doch ihr kleiner Körper, der so zerbrechlich wirkte, es aber nicht war. Oder waren es ihre feuerroten Haare und die blitzgrünen Augen? Vielleicht ginge es schneller, wenn er die Dinge aufzählte, die er nicht liebte, falls ihm da überhaupt etwas einfallen sollte.

Als Erstes ließ er ihren BH verschwinden und fand dann mit seiner Zunge ihre Nippel. Er liebte es, wie sie seufzte und summte, während er sie verwöhnte. Dann wanderte er mit dem Kopf tiefer über ihren Bauch hinweg, bis er den Elastikbund ihres Höschens in den Zähnen hielt und es ihr über die Hüften nach unten zog. Mit zitternder Hand half er schließlich nach und streifte es ihr ab, während er seine Lippen wieder auf ihre legte. Er küsste sie leidenschaftlich, umschloss mit den Händen ihre Hüften, ihren weichen Po. „Die roten Haare sind ja echt …“

„Ah, wie konntest du das bezweifeln?“, fragte sie atemlos. „Vor allem nach zwei Wochen im Wald …“

„Marcie, Baby, ich muss dich einfach mal schmecken. Ich muss.“

Sie beugte den Rücken leicht durch. „Meine Güte. Nun, wenn du musst, dann musst du …“ Und schon schlug sie die Beine leicht auseinander, was ihm ein Knurren entlockte.

Er zog seinen Kopf nach unten, spreizte ihre Beine und vergrub sein Gesicht in diesen roten Locken, bis er fühlte, wie sie ihre Finger in sein Haar schob, fühlte, wie sie ihm entgegenkam und hörte, wie sie laut keuchte. Ein wenig unwillig hob er den Kopf wieder, um erneut ihren Mund einzufangen. „Schätzchen, du bist bereit für alles …"

„Du", flüsterte sie. „Du bist es, für den ich bereit bin."

Mit einer Hand und einer Trittbewegung seiner langen Beine entledigte er sich seiner Jogginghose und kniete sich zwischen ihre Schenkel. Er versuchte, es ruhig anzugehen, fand sie und drang langsam in sie ein. Aber Marcie hatte es eilig; sie wand und schob sich ihm entgegen. Als sie fest miteinander verbunden waren, verharrten sie einen Moment lang ohne jede Bewegung. Dabei sahen sie sich gegenseitig an, ihre Lippen berührten sich kaum, sie schwiegen und rührten sich nicht. Zwischen ihnen war nur dieser heiße Blick und ihr Atem, und so kosteten sie ihren Moment der Verbindung aus. Dann schloss Marcie langsam die Augen und bewegte die Hüften unter ihm.

Ian bedeckte ihren Mund in einem heißen, leidenschaftlichen Kuss und fing seinerseits an, mit den Hüften zu pumpen, zurückhaltend, abwartend, erst in sanften Bewegungen, dann stieß er fester zu, bis er fühlte, wie alles auf einmal geschah … ihre Finger, die sich in seine Schultern gruben, ihr Becken, das sich ihm entgegenwarf, und ihr Innerstes, das in einer sagenhaften Wonne pulsierte und ihn in heiße Flüssigkeit tauchte. Und er überließ sich dem Augenblick und vergaß alles, während er mit ihr zusammen die Ekstase erlebte.

Schweigend hielt er sie noch eine lange Zeit in den Armen, seine Lippen an ihrem Hals, ihre Lippen an seiner Schulter, ihre Körper, die sich heftig atmend hoben und senkten, schweißnass. Allmählich wurden sie wieder ruhiger und erholten sich. Irgendwann flüsterte sie ihm ins Ohr: „Was hast du dir dabei gedacht, Ian?"

Bevor er sich eine Antwort überlegen konnte, kam ihm auch schon die Wahrheit über die Lippen: „Ich habe gedacht, Gott sei Dank habe ich nicht vergessen, wie das geht."

Sie lachte und rieb ihm den Rücken.

„Und was hast du dir dabei gedacht?", fragte er.

„Ich habe gedacht, Gott sei Dank hat er nicht vergessen, wie das geht."

Aber er lachte nicht mehr. Seine Miene wirkte verträumt. Er strich ihr das Haar aus der Stirn. „Du bist wirklich etwas ganz Besonderes, Marcie. Damit hätte ich niemals gerechnet, aber …" Er schaffte es nicht, den Satz zu Ende zu führen.

Sie legte ihm eine Hand an die Wange. „Das ist schön, Ian. Du bist auch etwas ganz Besonderes für mich. Und ich habe mich von dir nackt ausziehen lassen, nachdem ich erst zehn Tage bei dir gewohnt habe."

„Du hast mir mehr erlaubt als das."

„Ich wollte, dass du mit mir schläfst. Jetzt hältst du mich sicher für ein böses Mädchen …"

„Du *bist* ein böses Mädchen, das beste böse Mädchen, das je das Licht der Welt erblickt hat. Der gemeinste kleine Rotschopf auf dem Spielplatz. Du bist das Beste, das mir je im Leben begegnet ist, Marcie. Ich war dabei zu sterben. Das hast du gewusst. Du hast das geändert. Es ist das, was du immer wolltest … etwas bewirken." Er grinste. „Wie Abigail."

„Ah, das ist das Netteste, das mir jemals jemand gesagt hat."

Er streifte ihre Lippen mit seinen. „Bin ich dir nicht zu schwer?", fragte er.

„Nein. Und geh nicht weg. Ich will das Gefühl nicht verlieren, ein Teil von dir zu sein."

Er hätte ihr gern gesagt, dass sie für den Rest seines Lebens ein Teil von ihm sein würde, aber das hätte ihr vielleicht mehr Angst eingejagt als sein Gebrüll. „Ich möchte dich nur gern ein Weilchen verhätscheln, wenn das für dich okay ist."

„Klingt interessant. Und was genau meinst du mit verhätscheln, wenn ich fragen darf?"

„Nun, ich will mal damit anfangen, dass ich uns hier nicht zu schnell wieder ausgrabe. Wie hört sich das für dich an?"

„Wie der Himmel. Der reinste Himmel."

Ein wenig widerwillig zogen Ian und Marcie sich an und gingen hinaus, um nach dem Schnee zu sehen und zum Klohäuschen zu laufen. Es schneite noch immer, leise und langsam, aber am Boden war noch nicht allzu viel liegen geblieben.

Marcie kam als Erste an die Reihe und sie beeilte sich. Dann überließ sie Ian die Toilette. Als er wieder herauskam, stellte er fest, dass er allein war. Sie musste sich beeilt haben, um schnell wieder ins warme Haus zu kommen, und er machte sich auf den Weg, ihr zu folgen. Er war noch keine zwei Meter weit gekommen, als ihn ein Schneeball mitten ins Gesicht traf. Nachdem er sich den Schnee aus den Augen gewischt hatte, sah er, wie sie sich hinter einem großen Baum vorbeugte und lachte. „Hatte ich schon erwähnt, dass ich gut im Softball bin?", fragte sie ihn prustend. „Getroffen!"

Damit war die Schlacht eröffnet. Mit Gebrüll setzte Ian ihr nach, sie antwortete mit einem Kichern. Er war kräftiger gebaut und bewegte sich sicherer im Schnee, aber sie war gewandt und schnell und schaffte es, ein paar Schneebälle abzufeuern, während er sie verfolgte. Sie lief um die Bäume herum, versteckte sich hinter dem Schuppen, wo sie ein paar Schneebälle formte, um Vergeltung zu üben. Die Jagd endete jedoch, als sie über etwas, das unter dem Schnee lag, stolperte und mit dem Gesicht nach vorne mitten in den weichen weißen Puder fiel.

Erschrocken eilte er ihr zur Seite und drehte sie um, nur um festzustellen, dass sie lachte und Schnee spuckte. Verwundert schaute er auf sie hinab. Gab es denn gar nichts, das sie aus der Ruhe brachte? Sie ängstigte? Sie in Panik versetzte oder in Sorge? In einem langen Kuss verschloss er ihren Mund, und als er sie wieder freigab, sagte sie: „Bevor wir ins Haus gehen, sollten wir noch Engel im Schnee machen."

„Ich werde keine Engel im Schnee machen", erwiderte er. „Was, wenn Buck mich sieht? Mein guter Ruf wäre für alle Zeiten ruiniert."

„Na gut, dann eben nur einen. Deiner wäre natürlich riesig, mit Sicherheit so groß wie Gabriel."

„Wirst du dann mit mir ins Haus gehen? Keinen Blödsinn mehr machen?"

„Ah … ich dachte doch, das wäre deine bevorzugte Rolle?" Sie nahm eine Handvoll Schnee und seifte sein Gesicht damit ein.

Mit einem Knurren sprang er hoch, hob sie vom Boden auf, warf sie sich über die Schulter und trug sie zurück in die Hütte. Dort stellte er sie vor der Tür auf die Beine und klopfte ihr den Schnee ab, bevor er sie eintreten ließ, anschließend machte er dasselbe bei sich.

„Du hast vergessen, wie man spielt", warf sie ihm vor.

„Du spielst für uns beide genug", erwiderte er, und ohne seine Jacke auszuziehen, setzte er Wasser auf den Gasherd und den Holzofen, um es zu erhitzen. „Ich lasse dich kurz allein, denn ich will einen Weg zur Toilette freischaufeln und den Pflug an den Truck koppeln. Glaubst du, du kommst mit diesen großen Töpfen allein klar?"

„Willst du uns denn so schnell schon wieder freischaufeln?", fragte sie deutlich enttäuscht.

Er lächelte über sie. „Nicht direkt. Ich will nur zweimal bis zur Straße fahren, aber davon muss niemand etwas wissen. Ich will einfach verhindern, dass wir zu sehr im Schnee versinken. Kannst du mir einen Gefallen tun? Wenn du mit deinem Bad fertig bist, kannst du dann mein Wasser aufsetzen?"

„Natürlich, Ian. Und wenn du ganz nett bist, werde ich dir auch den Rücken waschen."

Der Winter war immer eine große Last für Ian gewesen, das Schaufeln und Pflügen ein notwendiges Übel, um zur Straße zu gelangen und zur Toilette. Nicht so an diesem besonderen Wintertag. Diesmal war es ein Geschenk des Himmels. Gern hätte er Marcie ein paar Wochen lang in seinem Waldhaus festgehalten, aber in Wirklichkeit waren ein Tag und eine Nacht alles, was er sich eigentlich leisten konnte.

Nachdem er dafür gesorgt hatte, dass es einen Weg zur Toilette gab, befestigte er den Pflug am Truck, den er anschließend mit Feuerholz belud, um ihn zu beschweren. Er zog eine Plane über das Holz und fuhr dann die Zufahrt zu seinem Haus hinunter. Ein halber Meter Schnee war keine große Sache, und wenn er ihn heute wegräumte, würde es morgen nicht so schlimm sein.

Zwei Meilen weiter unten wohnte ein alter Mann, der weder einen Pflug für seinen Truck hatte noch einen Traktor, der funktionierte. Tatsächlich schien der Traktor überhaupt nicht mehr gebraucht worden zu sein, seit Ian auf diesen Berggipfel übergesiedelt war. Der Weg des alten Jungen bis zum Highway 36 war nicht wirklich lang, und morgen wollte Ian einmal bei ihm vorbeischauen, um sicherzustellen, dass seine Straße frei war und er etwas zu essen hatte. Sie waren keine Freunde; sie hatten kaum einmal miteinander gesprochen. Aber Ian hielt nun schon lange ein Auge auf ihn und konnte den Gedanken nicht ertragen, dass er dort festsaß und erfror oder verhungerte. Es war keine große Sache; diesen kurzen Bußgang musste er während eines Winters nur ein paarmal machen.

Als er schließlich den Weg wieder zurück zur Hütte gefunden hatte, sagte Marcie: „Endlich! Ich hatte mich schon gefragt, ob ich rauskommen und dir helfen sollte!"

Er zog sich die Handschuhe aus. „Bis zur Straße ist jetzt alles frei, falls wir hier wegkommen müssen. Aber dazu besteht kein Grund. Ist mein Wasser schon heiß?"

„Ja, und wenn du lieb bist, werde ich dir ein paar Eier machen, bevor sie schlecht werden."

Er zog seine Jacke aus und hing sie über einen Küchenstuhl. „Wirst du wieder in deinem Buch lesen, wenn ich mir die Kleider ausziehe und mich wasche?"

Sie grinste wie ein Kobold. „Im Leben nicht."

Es dauerte nur zwei Nächte und einen Tag, aber für Ian bedeutete es Heilung und für Marcie war es reine Magie. Sie aßen gut, liebten sich, schlummerten vor dem Ofen und redeten miteinander. Am Ende des verschneiten Tages lagen sie zusammen auf der Couch, Ian ausgestreckt an die Armstütze zurückgelehnt und Marcie zwischen seinen langen Beinen. Er genoss ihre Nähe und ihr Gespräch. Ihr Kopf ruhte an seiner Brust, und er streichelte ihr weiches Haar oder hielt es zwischen seinen Fingern.

„Ich möchte mehr über Erin erfahren", sagte er. „Ihr beide scheint euch wenig ähnlich zu sein."

„Überhaupt nicht. Es gibt drei verschiedene Erins. Wenn du es wirklich wissen willst, dann mach es dir bequem."

Er schmunzelte. „Ich liege bereits bequem."

„Also, während wir aufwuchsen und sie so viel älter war, war sie bloß eine rechthaberische große Schwester. Ich denke, das ist die natürliche Ordnung der Dinge, aber es wird verstärkt, wenn die Mutter fehlt. Die älteste Tochter übernimmt dann manchmal diese Rolle. Eine gewaltige Nervensäge. Aber dann haben wir Dad verloren, und sie hat sich so große Mühe gegeben, für uns zu sorgen. Aber verstehst du, wir waren jenseits davon, versorgt zu werden. Ein Dreizehnjähriger und eine Fünfzehnjährige. Wir haben es auf unsere Weise verarbeitet, hatten unser eigenes Leben. Ich hatte Bobby, und Drew hatte seinen Sport und seine Freunde. Deswegen fühle ich mich wirklich scheußlich. Für Erin waren wir beide überhaupt nicht da. Und sie fing gerade erst mit ihrem Jurastudium an, das so viel von ihr forderte. Aber wir waren dumme Kids. Wir wussten gar nichts."

„Das hast du ihr natürlich gesagt, als du es begriffen hast."

„Natürlich. Ich war ständig damit beschäftigt, ihr ordentliches kleines Leben durcheinanderzuwirbeln, aber wenigstens war sie bereits Anwältin in einer netten Praxis, als ich ihr den Schlag versetzte, dass ich heiraten wollte. Sie hat versucht, mich zur Vernunft zu bringen, aber ich hatte nur eins im Kopf. Wir haben gestritten und geheult, aber letztendlich hat Erin das getan, was Dad getan hätte – sie hat mir eine Hochzeit ausgerichtet ..."

„Das hat sie getan?"

„Oder Dad hat es getan, kommt darauf an, wie man es sieht. Als Dad gestorben ist, hinterließ er ein Haus, Versicherungen, solche Sachen. Erin hat alles zusammengehalten für Ausbildung und Ähnliches. An alledem war ich aber gar nicht interessiert. Ich wollte Bobby heiraten. Und weil ich nicht zu bremsen war, hat sie das Einzige getan, das mich glücklich machen konnte. Und auch wenn ich wusste, dass sie deswegen ganz unglücklich war – sie hat die ganze Zeit bei der Hochzeit gestrahlt. Es ging nicht darum, dass sie etwas gegen Bobby gehabt hätte. Ihn und seine ganze Familie hat sie geliebt. Sie hat sich nur darüber aufgeregt, dass wir so jung waren.

Dann kehrte Bobby als Invalide zu uns nach Hause zurück. Meine große Schwester, über die ich mich jahrelang geärgert hatte, der ich mich jahrelang widersetzt hatte, erwies sich nun als die beste Fürsprecherin, die ich haben konnte. Monatelang hat sie ihr Juristenhirn bemüht, um uns die bestmöglichen Zuwendungen vom Militär zu beschaffen. Du weißt ja, wie es ist, wenn man vom Militär etwas haben will. Da muss man schon hartnäckig wie ein Bullenbeißer sein und darf nicht nachlassen. Ein paar Leute haben schon mal Glück und schaffen es, größere Unterkünfte am Stützpunkt zu finden, oder erhalten über CHAMPUS eine medizinische Versorgung außerhalb des Stützpunkts. Aber die meisten müssen warten, bis Personal zur Verfügung steht, und dann sollte man besser als Erster an der Reihe sein, wenn es so weit ist. Das fordert permanente Energie. Sie hat Telefonate geführt, Briefe geschrieben, und ich glaube, sie hat sogar unseren Kongressabgeordneten mit eingespannt. Auch war sie diejenige, die das perfekte Pflegeheim gefunden hat. Und meine glanzvolle Schwester? Von Anfang an hat sie mit angepackt. Hat sich die Hände schmutzig gemacht, hat geholfen, ihn zu waschen, seine Wäsche gewechselt, ihm die Zähne geputzt, ihm Salbe auf die Augen gestrichen … Sie hat ihn in den Armen gehalten und mit ihm geflüstert wie wir alle. Sie hat sich in jeder Hinsicht eingesetzt."

Ian fühlte, wie ihm die Kehle eng wurde. Er versuchte, sich diese hochnäsige Tussi, die gekommen war, um Marcie von hier wegzuholen, so zupackend und schmutzig vorzustellen. Er konnte sich nicht einmal ein Bild davon machen, wie sie einen Trip zum „stillen Örtchen", wie sie es gerne nannten, unternahm.

„Sind das die drei Erins?"

„Nein, das sind die ersten zwei. Die zickige große Schwester und die dominierende Mutterfigur. Dann gibt es noch die Erin, die du kennengelernt hast. Sie ist eine sehr erfolgreiche Anwältin – sehr klug, verdient gut, macht ihre Klienten glücklich, und die Seniorpartner sind stolz auf sie. Noch immer sind Drew und ich ihre größte Sorge und sie tut alles, um uns jede Unterstützung zukommen zu lassen, die wir brauchen. Aber sie ist vierunddreißig und allein. Sie hatte ein paar sehr kurzfristige Beziehungen zu Männern, aber nachdem Dad gestorben war, haben wir alle in demselben Haus zusammen gewohnt, wenn man von der kurzen Zeit einmal absieht, in der ich mit Bobby allein gelebt habe. Außer uns hat Erin kein

Leben. Sie hat uns alles gegeben. Nach außen hin wirkt sie herrschsüchtig, vielleicht auch kalt und berechnend, aber in Wirklichkeit hat sie alles geopfert, sogar ihr Privatleben. Sie sollte verheiratet sein oder zumindest doch verliebt, aber sie hat jede freie Sekunde darauf verwandt, sicherzustellen, dass wir hatten, was wir brauchten – ich mit meinem Bobby, Drew mit seinem College und dann dem Medizinstudium. Du hast keine Ahnung, wie viel Energie und Aufwand erforderlich ist, um überhaupt an der medizinischen Fakultät angenommen zu werden. Ohne Erin hätte Drew das niemals geschafft, ebenso wenig wie ich gewusst hätte, was ich ohne sie mit Bobby hätte machen sollen. Wirklich, ich bin ihr so viel schuldig. Ich kämpfe mit ihr, wenn sie mich bevormunden will, aber ich verdanke ihr ungeheuer viel."

Er gab ihr einen Kuss auf den Kopf. „Das hört sich ganz danach an."

„Deshalb habe ich auch versprochen, Weihnachten nach Hause zu kommen." Marcie drehte den Kopf um und schaute zu ihm hoch. „Ich könnte ewig hierbleiben, aber ich habe es versprochen. Und ich mache es auch nicht nur für Erin. Nach allem, was wir miteinander bewerkstelligt haben, sieht Bobbys Familie eine Tochter in mir, eine Schwester …"

„Ich weiß. Du hast dich hier oben ziemlich gut gehalten. Es ist schwer, hier zu leben."

„Es ist nicht zu schwer für mich. Wenn die Natur ruft, bekommt man einen kalten Hintern. Und inzwischen trage ich diese Bratpfanne überall mit mir herum. Aber ich würde jederzeit einen eiskalten Hintern in Kauf nehmen, um zu sehen, wie du diesen Hirsch aus der Hand fütterst."

„Nach einer Weile wäre dieser Hirschfütterungstrick ein alter Hut." Er wickelte eine rote Locke um seinen Finger. „Als du beschlossen hattest, hier heraufzukommen, hast du damit gerechnet, dass so etwas geschehen würde?"

„Damit jedenfalls nicht.“ Sie lachte. „Eigentlich hätte ich eher dagegen gewettet.“

„Aber was hast du gewollt?“

„Inneren Frieden“, antwortete sie. „Für uns beide. Ich wollte dir erzählen, was in deiner alten Welt geschehen ist, und wollte mich vergewissern, dass mit dir alles in Ordnung ist, sodass wir beide unseren Seelenfrieden finden und weitergehen könnten.“ Sie richtete sich auf und drehte sich um, dann kniete sie zwischen seinen langen Beinen, setzte sich auf die Fersen und schaute ihn an. „Ian, warum hast du das gemacht? Warum bist du so lange hiergeblieben, ohne dich mit jemandem in Verbindung zu setzen?“

„Ich habe dir doch erzählt, ich hatte gecampt und …“

Sie schüttelte den Kopf. „Da steckt doch mehr dahinter. Ich verstehe, wie du zufällig diesen Platz gefunden hast und am Ende geblieben bist, aber hat dich nicht irgendein Trauma dazu getrieben?“

Ian runzelte leise die Stirn. „Denkst du, dass es an so etwas gelegen haben muss? Jack hat mir erzählt, dass er hier raufgekommen ist, um etwas Raum zum Nachdenken zu finden …“

„Aber dann hat er ein Geschäft aufgezogen. In seinem Leben gibt es viele Leute, die sich auf ihn verlassen. Mir scheint es nicht dasselbe zu sein wie bei dir. War es Shelly? Hat diese ganze Sache mit der Hochzeit …“

„Marcie“, unterbrach er sie und berührte ihre Wange. „Es war alles zusammen. Zu viel auf einmal. Es waren Falludja und Bobby. Dann waren es Shelly und mein Vater …“

„Erzähl mir, wie du dazu kamst, Shelly aufzugeben.“

Er wandte den Blick kurz ab, dann schaute er sie wieder an. „Lass mich mal dich etwas fragen. Hat Shelly dich jemals angerufen? Dich und Bobby mal besucht? Oder warst du diejenige, die den Kontakt zu ihr aufgenommen hat?“

„Ich hatte dich gesucht …“

Das reichte ihm als Antwort. „In meinen Briefen, vor der Bombe in Falludja, hatte ich Shelly vorgeschlagen, dich doch einmal anzurufen. Du hast in derselben Stadt gewohnt, Bobby war mein Freund."

„Aber Ian …"

„Ich weiß. Aber das, was Bobby und mir zugestoßen ist, war einer der Hauptgründe, weshalb ich eine Auszeit brauchte, um wieder zu mir zu kommen. Shelly wusste, was geschehen war. Sie wusste, dass Bobby ein Invalide war und du ihn gepflegt hast. Sie wusste, dass du in Deutschland, in Washington, D. C., gewesen bist, und dann schließlich zu Hause. Aber sie hat nie einen Brief geschrieben, dich niemals angerufen. Ein Mädchen aus derselben Stadt, der beste Freund ihres Verlobten, mein Leben an einem seidenen Faden, um ihn zu retten …" Er machte ein langes Gesicht. „Marcie, ich hatte nicht gewusst, dass sie ein solcher Mensch ist. Ich dachte, sie würde eher zu der Sorte gehören, die …"

„Ian, nachdem wir wieder in Chico waren, habe ich sie auch nicht mehr angerufen", stellte Marcie klar. „Nicht, bis ich dich dann gesucht habe."

Seine Miene veränderte sich. „Nicht mehr?", fragte er.

Ertappt. Sie senkte die Augen. „Ich hatte sie vor der Bombe einmal angerufen." Sie schaute auf. „Weil ihr beiden, du und Bobby, gute Freunde wart, dachte ich, wir könnten uns mal treffen. Sie war sehr beschäftigt. Sie hat sich meine Nummer aufgeschrieben und gesagt, sie würde mich anrufen, wenn sie irgendwann etwas Zeit hätte."

„Und sie hatte keine freie Minute. Davon hat sie mir nie etwas erzählt, aber irgendwie habe ich es gewusst." Er holte tief Luft und atmete langsam wieder aus. „Du warst damit beschäftigt, Bobby zu versorgen, und Shelly hatte eine Hochzeit zu organisieren. Der Unterschied dabei hat mir Angst gemacht. Offensichtlich hatte Shelly einen Tunnelblick. Sie konnte nur noch eine Sache sehen. Ich bin mir nicht sicher, ob ich überhaupt ein Teil von dem war, was sie sah." Er strich ihr mit einem Finger über die Wange. „Was du gesagt hast, war kein Scherz. Ich bin gerade noch mal davongekommen. Das war mir nicht vollkommen klar, aber ich wusste, dass etwas nicht stimmt."

„Ah. Und das zusätzlich zu allem anderen. Die Sache mit deinem Vater? Was war mit deinem Vater los?"

Ungemütlich wich er ihrem Blick aus, aber ihm war klar, dass er ihr eine aufrichtige Antwort geben würde. „Nichts, was nicht mein ganzes Leben lang los gewesen wäre." Er erinnerte sich. „Es war immer schwierig, meinem Vater etwas recht zu machen. Er glaubte, wenn er Druck auf mich ausübte, würde er einen Mann aus mir machen, aber ich war ihm nie Mann genug. Alles, was ich mir je von ihm gewünscht habe, war ein Wort des Lobes, ein stolzes Lächeln."

„Was war mit deiner Mutter?"

Er lächelte zärtlich. „Gott, sie war unglaublich. Sie hat ihn immer geliebt, egal, was war. Und ich musste nichts dafür tun, um ein Held für sie zu sein. Wenn ich flach aufs Gesicht gefallen bin, hat sie nur gestrahlt und gesagt: ‚Hast du gesehen, wie fantastisch Ian dabei ausgesehen hat? Er ist ein Genie!' Als ich in diesem Musical aufgetreten bin, war sie der Meinung, ich wäre das Größte, das Chico je untergekommen ist, während mein Dad mich fragte, ob ich schwul bin." Er schmunzelte. „Meine Mutter war die gutmütigste, freundlichste, großzügigste Frau, die je gelebt hat. Immer positiv. Und loyal." Er lachte und schüttelte den Kopf. „Wenn mein Dad in einer seiner negativen Stimmungen war, wenn nichts stimmte, das Essen nicht schmeckte, das Baseballspiel auf dem Fernseher nicht klar zu sehen war, die Batterie im Wagen den Geist aufgab, er seine Arbeit hasste, die Nachbarn zu laut waren … anstatt ihm mal zu sagen: ‚Warum wirst du nicht endlich erwachsen, du alter Dreckskerl‘, sagte meine Mom nur: ‚John, ich wette, ich habe da etwas, das deine Stimmung wieder aufheitern wird – ich habe einen deutschen Schokoladenkuchen gebacken.‘“

Marcie lächelte. „Sie klingt wunderbar.“

„Das war sie. Wunderbar. Selbst als sie schon mit dem Krebs kämpfte, war sie so stark, so fantastisch, dass ich immer glaubte, sie würde es überstehen und es schaffen. Meinem Dad dagegen konnte man nie etwas recht machen, es war unmöglich, ihn zu beeindrucken. Ich hätte wirklich gedacht, dass ich darüber hinweg wäre, verstehst du? Ich hatte schon früh den Punkt erreicht, an dem ich begriff, dass er einfach so war. Er hat mich nie geschlagen, er hat mich sogar kaum einmal angeschrien. Nicht, als hätte er betrunken die Möbel zertrümmert oder wäre nicht zur Arbeit gegangen …“

„Aber was war damals los, Ian?“, fragte sie vorsichtig.

Er blinzelte ein paarmal. „Weißt du eigentlich, dass ich Medaillen dafür bekommen habe, dass ich Bobby aus Falludja rausgeholt habe?“

Sie nickte. „Auch er hat Medaillen bekommen.“

„Mein alter Herr war dabei, als sie mir verliehen wurden. Da stand er, freundlich, groß, höflich, und hat allen erzählt, dass er wüsste, weshalb ich die Medaillen erhielt. Aber zu mir hat er keinen Ton gesagt. Und später, als ich ihm dann mitteilte, dass ich aus dem Marine Corps ausscheiden wollte, meinte er, ich sei ein Versager. Dass ich nicht wüsste, was ich da Gutes hätte. Und er hat gesagt …“ Er unterbrach sich einen Moment. „Er sagte, dass er sich in seinem ganzen verdammten Leben noch nicht so für mich geschämt hätte, und wenn ich das täte – also ausscheiden –, wäre ich nicht mehr sein Sohn.“

Anstatt nun für ihn in Tränen auszubrechen, schmiegte Marcie sich an ihn, streichelte ihm ein wenig die Wange und lächelte. „Also … dann war er sein ganzes dummes Leben lang derselbe Kerl.“

Ian merkte, wie ihm ein leichtes melancholisches Lächeln um die Lippen zuckte. „Derselbe Kerl. Ein jämmerlicher Kotzbrocken."

„Für jemanden wie ihn gibt es wirklich keine Entschuldigung", sagte sie. „Nett zu sein, kostet schließlich nichts."

Er zog die Augenbrauen hoch. „Oh?"

„Wirklich. Er sollte sich was schämen. Jeder hat die Möglichkeit, sich anständig zu verhalten. Fair. Nachdem ich ihn besucht hatte, wusste ich, dass er kleinlich ist und grantig."

„Gleich sagst du mir noch, dass ich nie von ihm freikomme, bis ich ihm verziehen habe. Und weiter heißt es dann immer noch, dass es dabei nicht um die Person geht, die so scheußlich zu dir war, sondern um dich selbst."

„Das wirst du von mir wohl kaum zu hören bekommen", versicherte sie ihm. „Nun, wenn er um Verzeihung *bitten* würde ..."

„Ha. Nicht mal in deinen wildesten Träumen."

„Das würde ich auch nicht erwarten. Schließlich bin ich ihm begegnet, denk daran. Nichts von dem, was du mir erzählt hast, überrascht mich."

„Marcie, ich hasse ihn nicht, das schwöre ich bei Gott. Aber ich wüsste auch nicht, weshalb ich den Wunsch verspüren sollte, ihm zu sagen: ‚Es ist völlig in Ordnung für mich, wenn du das kälteste Arschloch bist, das mir jemals begegnet ist.' Und ganz gewiss habe ich nicht vor, mich dem noch einmal auszusetzen. Also, was soll's?"

Sie beugte sich vor und legte den Kopf an seine Schulter. „Hm. Warum solltest du auch? Es ist kaum damit zu rechnen, dass er sich ändern wird. Ian, es gibt nichts, das du tun kannst, um ihn zu verändern. Das habe ich jetzt verstanden. Jetzt ist es in Ordnung."

„Was glaubst du zu verstehen?"

Sie drückte ihn an sich. „Du warst vom Krieg gezeichnet.

Du hattest deinen besten Freund verloren, auch wenn er eigentlich noch lebte – eine Erschwernis, die für dich alles nur noch schlimmer machte. Dann ist deine Beziehung gescheitert. Das kommt so oft vor, wenn ein Soldat aus einem Kriegseinsatz zurückkehrt. Das war schon im Ersten Weltkrieg so und sogar früher, da bin ich mir sicher. Es ist zu schade, dass es so gekommen ist, aber ich glaube nicht, dass du es hättest verhindern können … Du brauchtest einfach ein wenig Zeit …"

„Ich weiß, dass ich etwas Hilfe gebraucht hätte, aber wenn mir jemand angeboten hätte, mir zu helfen, ich hätte ihm den Kiefer gebrochen."

„Sicherlich. Vermutlich hattest du damals eine Menge angestauter Wut in dir. Eine wohlverdiente Wut. Das Mindeste, was jemand tun kann, ist, zu versuchen, das nachzuempfinden. Habe Geduld. Deine Lieben …"

„Es hat sich herausgestellt, dass ich keine Lieben habe", unterbrach er sie mit leiser Stimme.

„Nun", sagte sie, hob den Kopf und schaute in diese schönen braunen Augen. „Jetzt hast du sie. Und ich danke dir. Ich wollte verstehen, was damals los war. Mehr wollte ich nicht, und du musstest es mir nicht sagen, aber du hast es getan."

Er schob ihr etwas von dem wilden roten Haar hinters Ohr. „Du hattest dir doch in deiner Fantasie irgendwas vorgestellt, was geschehen würde, wenn du mich findest, gib's zu."

„Stimmt." Sie grinste. „Ich habe versucht, es für mich zu behalten, und es hat nichts mit fantastischem Sex zu tun. Ich habe mir vorgestellt, dass ich dich finde, dir ein paar Dinge erzähle, die dich etwas entlasten würden, und dann wollte ich dich mit nach Hause nehmen."

„Nach Hause?"

„Nach Chico, oder was immer für dich zu Hause ist. Viele aus deinem alten Trupp haben Bobby besucht und gefragt, ob ich wüsste, wo du bist. So allein, wie du glaubst, bist du gar nicht. Aber jetzt würdest du dich schon ein wenig anstrengen müssen, um sie zu finden. Du warst zu lange verschollen. Wenn die Menschen glauben, dass du sie nicht sehen willst, dann lassen sie dich in Ruhe."

„Nicht alle." Er lachte.

„Nun, ich habe es dir ja gesagt. An Hartnäckigkeit kann ich es mit dir aufnehmen."

„Also sag mir, was ist mit dieser Vergeberei, die du nicht verstehst", schob er sie an.

„Oh Ian. Ich bin an demselben Punkt wie du. Wenn mir jemand etwas Schreckliches antun würde und sich niemals entschuldigt oder um Verzeihung bittet, würde ich mir nicht den Hals brechen, um zu versuchen, ihm zu vergeben. Diese Aufständischen in Falludscha? Ich arbeite nicht daran, sie wie Brüder zu lieben. Wenn es das ist, was ich tun muss, um ein guter Mensch zu sein, bleibe ich lieber der schlimmste kleine Rotschopf auf dem Spielplatz."

„Was ist mit Gott?"

„Gott versteht alles. Und selbst Er hat den einen oder anderen Fehler gemacht. Sieh dir doch nur die Größe der Avocadosamen an – viel zu riesig. Und die Granatäpfel? Viel zu viele Samen. Was für eine Fruchtverschwendung!"

Ian lachte laut. „Also was soll man tun, um mit diesen schrecklichen Menschen irgendwie seinen Frieden zu machen?"

Sie hob den Kopf und schaute ihm ernst in die Augen. Ihre grünen Augen schimmerten warm und sanft, und sie lächelte liebenswürdig. „Wir akzeptieren sie so, wie sie sind. Und wenn wir sie nicht wie Brüder lieben können, dann können wir sie vielleicht verstehen und sie selbst ihr eigenes Problem sein lassen. Lieber Himmel, reicht das als Herausforderung etwa nicht? Nimm ihn, wie er ist, Ian – ein erbärmlicher Kotzbrocken, der kaum einmal einen glücklichen Tag in seinem Leben hatte, und das hat wirklich gar nichts mit dir zu tun."

Auch wenn er dagegen ankämpfte, fühlte er, wie ihm die Tränen in die Augen stiegen. Es verstrichen einige lange Sekunden, in denen sie diesem verschleierten Blick standhielt, ohne sich vor seinem Brüllen, seiner Wut oder seinen Tränen zu fürchten. „Wie erhält jemand, der so jung und böse und wild ist, so viel Weisheit?", fragte er flüsternd.

„Weisheit? Was ich erhalte, ist Kampf. Für mich war es nicht so schlimm wie für dich, nicht so schwer wie für die meisten Menschen. Ich gebe einfach mein Bestes, das ist alles. Aber ich möchte dir etwas sagen. Ich habe dich nicht nur mit meinem Körper geliebt, Ian. Mein Herz war dabei. Ich hoffe, das weißt du."

„Das weiß ich." Er küsste sie leicht, dann fragte er: „Also, was ist mit ihm los? Meinem Vater? Du hast gesagt, er wäre krank."

„Es ist nicht lebensgefährlich ..., aber seine Leiden werden ihn eher früher als später einholen. Er hat eine Chemotherapie gegen seinen Prostatakrebs hinter sich, er hat die parkinsonsche Krankheit, einen leichten Schlaganfall, und ich glaube, dass allmählich eine leichte Demenz einsetzt. Aber lass dich warnen – das kann auch noch Jahre dauern." Dann grinste sie.

„Du – bist – erstaunlich."

„Du könntest mit mir nach Hause fahren, Ian. Über Weihnachten."

Er schwieg einen Augenblick. „Nein. Das könnte ich nicht."

„Warum nicht? Werden die guten Leute aus den Dörfern hier in der Gegend dann kein Feuerholz haben? Würde die Hütte einschneien?"

Er lächelte über sie. „Baby, ich will dir nichts vormachen. Du hast mein Leben verändert, und das alles in zehn Tagen. Aber nicht genug, um mich herauszuputzen und nach Chico zurückzuholen. Hör mir zu“, sagte er behutsam. „Dies ist schön, du und ich. Aber ich glaube, es ist ein Rendezvous, das es vielleicht nie mehr geben wird. Das, was mit uns geschehen ist … es war nicht vorgesehen.“

„Aber du bedauerst es nicht.“

„Du weißt, dass ich es nicht bedaure. Ich bin dankbar.“

„Ich denke, wenn ich ein wenig länger bleiben würde …“

„Was? Dass du dann zu mir durchdringst? Mich in einen anderen Mann verwandelst? Mich aus meiner heruntergekommenen Hütte schälst und einen zivilisierten Menschen aus mir machst?“

Sie schüttelte den Kopf. „Nichts dergleichen ist mir je in den Sinn gekommen. Du bist viel zivilisierter als die meisten Männer, die ich kenne. Aber in letzter Zeit habe ich gedacht, dass du häufiger lachen würdest, wenn ich länger bliebe. Dann würdest du Menschen vorsingen anstatt nur den wilden Tieren. Wahrscheinlich würdest du diese Bibliothekarin mal zu einem Drink einladen.“

„Ja.“ Er lachte. „Aber erst, nachdem ich es geschafft hätte, sie davon zu überzeugen, dass ich kein Fachidiot bin.“

„Wenn ich wiederkomme, um dich zu besuchen, wirst du mich dann aussperren und im Wagen schlafen lassen?“

Lachend schüttelte er den Kopf. „Nein.“ Was er dachte, war: *Vielleicht kommt sie ja einmal zurück, vielleicht sogar zweimal.* Damit wäre es dann zu Ende, weil er und dieser Platz sich kaum verändern würden. Und er hatte sie nicht verdient; sie sollte so viel mehr bekommen als einen angeschlagenen alten Marine mit Problemen, der sich im Wald verbarrikadiert hatte.

„Wenn du nicht mit mir zurückfahren willst, werde ich bis Heiligabend hierbleiben. Ich will nicht in aller Herrgottsfrühe aufbrechen, aber zum Abendessen werde ich dann zu Hause sein. Es sind ja nur ein paar Stunden von hier.“

„Das wird Erin nicht gefallen", wandte er ein. „Sie rechnet schon jetzt mit dir."

„Sie wird warten müssen. Ich tue, was ich kann. Ich möchte dich nicht verlassen. Niemals."

Anstatt länger darüber zu reden, fragte er sie: „Ist es zu früh, um noch einmal Liebe zu machen?"

„Nein", antwortete sie lächelnd.

Er zog sie an sich. Das ist besser, dachte er, als der Mischung noch die Worte *Ich liebe dich* beizufügen. Für sie war es schwer genug. Stattdessen küsste er sie, so gut er konnte, und ließ seine Hände in einer Weise über ihren Körper streifen, die weitere Liebe versprach.

Als sie am Morgen aufwachte, war er nicht mehr da. Er hatte ihr eine Nachricht hinterlassen. „Liebling. Verkaufe Holz, pflüge ein paar Wege. Es wird nicht lange dauern. Ian."

„Liebling", flüsterte sie und faltete den Zettel einmal zur Hälfte, dann in Viertel und steckte ihn an einen sicheren Platz in ihrer Brieftasche, um ihn aufzuheben. Für immer.

# 14. Kapitel

Es dauerte nicht lange, bis Ian seine komplette Ladung Feuerholz verkauft und weitere Bestellungen für die Lieferung von dreimal einem halben Klafter entgegengenommen hatte. Er würde einen weiteren Tag brauchen, um das Holz aufzuladen, auszuliefern und wieder abzuladen, um die Leute mit einem gemütlichen Kaminfeuer an Weihnachten zu versorgen. Und sein Vorrat an gesägtem, gespaltenem und trockenem Holz neigte sich dem Ende entgegen, was auch so vorgesehen war. Den ganzen Frühling, Sommer und Herbst über hatte er gesägt, gehackt und das Holz getrocknet, um es – mit Glück – in wenigen Wochen verkaufen zu können.

Vor zwölf war er in Virgin River. Er parkte vor der Bar, die er jedoch nicht betrat. Stattdessen ging er zu dem riesigen Baum und sah sich ein paar Abzeichen der verschiedenen Einheiten genauer an. Er schaute sich um; er war allein. Dann zog er ein paar Sachen aus der Tasche, die er jeweils mit einem kurzen Draht versehen hatte, um sie an die Zweige hängen zu können. Das Abzeichen seiner Einheit, die auch Bobbys Einheit war. Ein *Purple Heart* und ein *Bronze Star* – Medaillen, die für größten Mut und Tapferkeit verliehen wurden. Er befestigte sie am Baum, wozu er nur wenige Augenblicke brauchte.

„Ich werde dafür sorgen, dass Sie sie wieder zurückbekommen“, hörte er eine Stimme hinter sich.

Er wirbelte herum und sah sich Mel Sheridan gegenüber, die gegen die Kälte und ein paar vereinzelte Schneeflocken den Mantel eng zusammengezogen und die Hände in die Taschen gesteckt hatte. „Ich werde Weihnachten nicht hier sein. Wir fahren zu Jacks Familie. Aber ich kann Paige – Preachers Frau – Bescheid sagen, um sicherzustellen, dass sie auch Ihre Medaillen aufbewahrt, wenn sie ein paar dieser Abzeichen rettet. Es wäre schade, sie zu verlieren. Sie sind wichtig."

„Ich mache mir keine Sorgen darum, was damit geschieht. Im Augenblick habe ich dafür wenig Verwendung."

Sie lachte kurz auf. „Das habe ich schon einmal gehört."

„Oh?"

„Mein Mann zum Beispiel. Ihr Männer habt eine merkwürdige Art, damit umzugehen. Zuerst trainiert ihr, um die Dinge zu tun, die diese Auszeichnungen einbringen, und dann wollt ihr sie nicht zeigen. Jack ..., er wollte sie sogar schon wegwerfen, bis sein Vater sie konfisziert hat, um sie in Sicherheit zu bringen. Jack meint, es sind nicht die Medaillen, es sind die Männer, um die es geht. Also ... wenn Sie sich an die Männer erinnern, die mit den Medaillen zu tun haben, ist das gut genug. Aber ich werde dafür sorgen, dass Sie sie zurückbekommen."

„Danke", sagte er schwach. „Ich glaube, hier sind sie besser aufgehoben."

„Im Augenblick ja", stimmte Mel ihm zu. „Ich nehme an, Marcie wird nach Hause fahren müssen, aber falls Sie Heiligabend hier sind ..."

„Ich habe davon gehört. Eine Veranstaltung des Dorfes. Ich weiß nicht ..."

„Nun, das Dorf ist ziemlich unkompliziert. Schriftliche Zusagen sind nicht erforderlich. Wenn Sie also Lust dazu verspüren ..." Sie zuckte mit den Schultern und lächelte.

„Schön. Ich muss gehen. Da ist ein alter Mann, ein Nachbar, der keinen Pflug hat ..."

„Es ist nett von Ihnen, dass Sie sich um ihn kümmern, Ian."

„So ist es eigentlich gar nicht, ich will nur ..."

Er unterbrach sich abrupt, als er sah, wie Jack, Preacher und Mike in großer Eile bewaffnet aus der Bar stürzten, Gewehre und Matchbeutel in der Hand.

„Jack?", fragte Mel.

Jack rannte weiter zu seinem Truck. „Travis Goesel ist gestern losgezogen und nicht wieder nach Hause gekommen. Die Familie hat schon die ganze Farm und das Weideland abgesucht." Er warf seinen Matchbeutel auf die Ladefläche des Trucks. „David ist bei Brie."

„Losgezogen?", fragte Mel. „Travis ist losgezogen?"

„Er hat eine Katze verfolgt. Ein Berglöwe hat seinen Hund umgebracht, also hat er sich sein Gewehr geschnappt und ist ihm gefolgt. Der Junge ist ein guter Spurenleser und ein ausgezeichneter Schütze. Und er ist viel zu klug, um sich bei diesem Schnee die ganze Nacht draußen herumzutreiben."

„Wo liegt die Farm der Goesels?", rutschte es Ian heraus, bevor er sich auf die Zunge beißen konnte.

„Kennen Sie die Gegend um den Pauper's Pond?"

„Einigermaßen. Der Fluss, der über mein Grundstück läuft, speist da draußen ein paar Bäche und einen Weiher. Mein Grundstück liegt ein paar Meilen weiter östlich von ihrem Gelände. Diese Katze hat sich auch bei mir rumgetrieben."

„Wie kommen Sie darauf, dass es dieselbe Katze ist?", fragte Jack.

„Er ist aggressiv und ist nicht weggelaufen, wie sie es normalerweise tun."

„Tatsächlich? Sie müssen doch dieses Gelände kennen. Besteht vielleicht die Möglichkeit, dass Sie helfen könnten?"

Ian wollte nichts lieber als zurück zu seinem Mädchen. Vor allem, wenn diese Katze sich da draußen herumtrieb, nachdem sie einmal Blut geleckt hatte.

„Der Junge ist sechzehn", fuhr Jack fort. „Er ist groß und kräftig. Aber ich stimme seinem Vater zu. Es sieht nicht gut aus. Keine Ahnung, was schlimmer wäre – wenn der Berglöwe ihn erwischt oder die Kälte."

„Also gut. Wenn der Junge klug ist, wird er nicht den Berg zu meinem Platz rauflaufen. Ich kann am Fuß des Berges ansetzen und mich Richtung Westen vorarbeiten. Ihr könnt dann im Westen anfangen und euch Richtung Osten vorarbeiten. Würde das helfen? Ein Junge in dem Alter könnte meilenweit gelaufen sein."

„Sein Vater, die Brüder und ein paar Nachbarn suchen überall auf der Farm nach ihm. Wir können das Gelände hinter dem Weideland abdecken." Jack nahm seinen Matchbeutel von der Ladefläche. „Preach und Mike können zur Westseite der Goesel-Farm fahren, ich komme mit Ihnen zur Ostseite."

„Meine Heizung im Truck funktioniert so gut wie gar nicht", warnte Ian.

„Ja, aber Sie haben einen Pflug, und ich liebe diesen Pflug. Der könnte wirklich sehr nützlich sein. Ich will mir auch einen für meinen Truck besorgen, denn ich habe selbst eine lange Zufahrt zu unserem neuen Haus."

Ian schaute Mel an. „Ich habe Marcie heute Morgen allein gelassen, als ich früh losfuhr, um Holz auszuliefern. Sie wird keine Ahnung haben, warum ich nicht zurückkomme. Falls sie versuchen würde, mit diesem Auto, das sie da hat, in den Ort zu fahren ..."

„Wenn David sein Nickerchen macht, werde ich hochfahren und ihr sagen, was los ist. Würde das helfen?"

„Sagen Sie ihr, dass sie besser im Haus bleiben soll. Das wird ihr nicht gefallen, denn sie mag es nicht, wenn sie sich mit dem Topf behelfen muss und die Außentoilette nicht aufsuchen kann. Erzählen Sie ihr lieber auch von diesem Berglöwen, der sich da draußen herumtreibt und alles andere als scheu ist."

„Wird gemacht. Seht ihr euch da draußen nur gut vor. Jack!", rief sie. „Sei vorsichtig!"

Jack grinste Mel an. „Ich werde wirklich bald zurück sein, Melinda. Für Travis liegen Geschenke unter dem Baum. Wir müssen ihn nach Hause bringen. Sorge du nur dafür, dass dieser kleine Braten in der Röhre warm bleibt. Kommen Sie, Buchanan. Packen wir's an."

Die Männer verließen den Ort in zwei Trucks. Ian nahm Jack mit, und Preacher fuhr mit Mike. Am Anfang fuhren sie hintereinander auf demselben Highway bis zu einer Seitenstraße, die zur Farm führte, an der Mike und Preacher links abbogen, während Ian und Jack weiter am Farmgelände vorbeifuhren. „Wie viel Land gehört eigentlich zu Ihrem Waldhaus?", fragte Jack.

„Zweihundertsiebenundsechzig Hektar." Jack pfiff durch die Zähne, deshalb fügte Ian hinzu: „Aber alles nur Berge und Bäume in einer Zone, in der die Abholzung nur eingeschränkt erlaubt ist. Also eine Masse von nichts."

„Nichts, als ruhig und schön."

„Es gibt einen Fluss. Das Gelände ist gut zum Angeln, gut zum Jagen. Und ich schlage Bäume für das Feuerholz. Immer mal hier ein bisschen, da ein bisschen. Ich glaube, der alte Mann Raleigh hatte mal ein kleines Gehöft."

„Wie haben Sie ihn kennengelernt?"

Ian lachte. „Ich war durch die Berge gewandert, hatte gecampt, Kaninchen gejagt. Ein fruchtloser Einsatz, als ganz plötzlich der Winter in den Bergen ausbrach. Damals war Raleigh bereits älter als Gott und konnte kaum noch sein eigenes Holz schlagen. Also hat er mir ein Dach über dem Kopf angeboten, als Gegenleistung sollte ich ihm draußen zur Hand gehen."

„Ein guter Handel für Sie!"

„Ja, nur der Angeschmierte war ich. Er wurde wirklich krank, und was er dann zusätzlich zu allem anderen noch brauchte, war eine Krankenschwester."

Jack grinste ihn an. „Anscheinend haben sie es überstanden, denn Sie leben noch immer in dieser Hütte."

Ian zuckte mit den Achseln. „Damit hatte ich nie gerechnet. Er hatte so eine Art Testament aufgesetzt, das der alte Doc bezeugen musste. Hätte er das nicht getan, wüsste ich inzwischen vielleicht, was ich mit mir anfangen könnte."

„Es ist nie verkehrt, mehr als eine Möglichkeit zu haben, Mann. Wahrscheinlich sollten wir jetzt bald einmal irgendwo an der Straße parken und dann zu Fuß zurücklaufen."

„Zwei Meilen weiter gibt es einen Weg, der uns fast direkt um den Berg herum zurückführt. Der bringt uns tiefer in den Wald. Erzählen Sie mir von diesem Jungen! Warum würde er so etwas tun?"

Jack wandte den Kopf und sah ihn an. „Schon mal einen Hund gehabt?"

„Ja. Velvet, ein schwarzer Labrador." Velvet war sein bester Freund gewesen, als er ein Junge war. Das alte Mädchen hatte durchgehalten, bis sie vierzehn Jahre alt war, bis ihr Rücken so stark durchhing und sie derart starke Schmerzen in den Hüften hatte, dass es einem schon wehtat, wenn man sie nur anschaute. Aber er konnte sie nicht sterben lassen. Wie es aussah, hatte er damit eine lange Geschichte laufen. Ian war siebzehn neben ihren vierzehn Jahren, als er sich eines frühen Morgens für die Schule anzog und seinen Vater fluchen hörte. Velvet war nachts ein Missgeschick passiert. Sie war müde und erschöpft; sie konnte sich einfach nicht immer daran erinnern, alles richtig zu machen. „Dieser Hund muss eingeschläfert werden", hörte Ian seinen Vater sagen.

Aus Angst davor, eines Tages nach Hause zu kommen, um feststellen zu müssen, dass sie nicht mehr da war, hatte er die Schule geschwänzt und war allein zum Tierarzt gegangen, wo er sie in den Armen hielt, während sie schmerzfrei einfach einschlief. Er hatte den Gedanken nicht ertragen können, sie dabei allein zu lassen, denn seinem Vater war durchaus zuzutrauen, dass er sie einfach nahm und beim Tierarzt ablieferte, wo sie dann einsam gestorben wäre. Lieber Himmel, ihr Gesicht sah im Tod friedvoller und ausgeruhter aus als während des ganzen letzten Jahres ihres Lebens. Dieser Anblick allein wäre ein Grund gewesen, sich für sie zu freuen und erleichtert zu sein. Sehr viel länger hätte sie eh nicht mehr gelebt.

Er konnte Velvet nicht allein sterben lassen, und er hatte Zeit gebraucht, um sich von ihr zu verabschieden. Er wollte nicht nach Hause kommen, um festzustellen, dass sie nicht mehr da war. Er musste bei ihr sein … so, wie Marcie bei Bobby sein musste. Ian schluckte schwer.

Aber seine Gedanken schweiften zurück zu Velvet. Ihm fiel wieder ein, welchen Verlust sie für ihn bedeutet hatte, wie es ihn zerrissen hatte. Hinterher hatte er sich an Plätzen verkrochen, wo er allein war und wie ein Mädchen weinen konnte, denn er war nicht fähig, seinen Eltern oder Freunden zu zeigen, wie viel er für sie empfand.

„Dieser Berglöwe hatte ihnen dort schon länger Ärger gemacht und ist dem Vieh nachgestellt", erklärte Jack. „Die Hunde haben ihn vertrieben und auch von den Ziegen und Hennen ferngehalten."

„Wie alt war der Hund des Jungen?"

„Ich weiß nicht genau. Sechs oder acht. Ein Border Collie, ein Hütehund. Sein Name war Whip. Sie hatten ein halbes Dutzend Hunde auf der Farm, überwiegend Hütehunde, Tiere, die draußen lebten. Aber Travis hatte Whip selbst aufgezogen. Er hatte sie aus einem Wurf ausgewählt, und eine Zeit lang war dann sie die beste Erzieherin für ihn. Goesel hat erzählt, dass der verdammte Hund nicht aus dem Bett des Jungen zu vertreiben war. Sie kennen ja Farmer und ihre Hunde. In der Regel werden sie nicht übermäßig sentimental.

Ich weiß nicht, wie die Katze es geschafft hat, sich dem Hund zu nähern, denn normalerweise sind sie nicht erpicht auf diese Art von Kampf."

Ian knirschte mit den Zähnen. „Ich glaube, ich hätte diesen Scheißkerl auch verfolgt."

„Ja", meinte Jack. „Ja, ich hatte auch einen Hund, als ich aufwuchs. Einen großen Hund. Spike. Im Ernst, er war fast perfekt, abgesehen davon, dass er zugelassen hat, dass meine Schwestern ihn anzogen. Das hat mich immer ganz krank gemacht. Ich sag's dir. Die Art, wie er sich so demütigen lassen konnte."

Ian warf ihm einen Blick zu und grinste breit. Er stellte sich einen Deutschen Schäferhund im Ballettröckchen vor und einen verdrossenen Jungen im Teenageralter. Dann prustete er laut los.

„Das war nicht lustig", stellte Jack klar.

„Darauf würde ich wetten." Gleich darauf bog Ian scharf links von der Landstraße ab. „Hier brauche ich mal eine Minute." Er sprang aus dem Truck, nahm sich ein paar Werkzeuge aus einer Kiste von der Ladefläche und ging damit zur Fahrzeugfront. Er lockerte die Halterung des Pflughakens, zog dann mit seiner ganzen Kraft an der Pflugschaufel, um sie auszurichten, dann senkte er sie ab und schraubte die Halterung wieder fest. Dies war kein Pflugaufbau mit einer Hydraulik, die es erlaubte, den Pflug vom Fahrzeuginneren aus zu bewegen. Alles geschah manuell, war alt und altmodisch, aber es funktionierte. Er warf sein Werkzeug wieder zurück in die Kiste und klemmte sich hinters Steuer.

„Ich sehe keinen Weg. Sehen Sie einen Weg?", fragte Jack.

Ian lachte. „Ich weiß, wo der Weg ist."

„Wie?"

„Ich kann es fühlen. Entspannen Sie sich."

Jack stemmte einen Fuß auf den Boden und eine Hand ans

Armaturenbrett und meinte: „Ich werde mich entspannen, wenn wir nicht in einem Graben landen. Fahren Sie langsam."

Ian lachte über ihn, und während er sein Fahrzeug vorsichtig manövrierte, sagte er: „Also, wenn der Junge klug ist, sollten wir nach ein paar frischen Spuren suchen, nach einem Unterschlupf oder …"

„Einem Körper", trug Jack bei.

„Wenn er sich verirrt hatte, könnte er dem Fluss oder dem Weg gefolgt sein. Bei Einbruch der Dunkelheit könnte er einen der vielen Holzabfuhrwege entdeckt haben", erklärte Ian. „Bei dem Schnee sieht man die Wege nicht, aber an der Baumlinie kann man erkennen, dass sie dort sind. So wie ich es jetzt mache."

„Ich bin mir nicht sicher, ob da nicht ein großes Loch direkt vor uns auf dem Weg liegt, das vom Schnee verdeckt wurde. Sie könnten langsamer fahren", sagte Jack angespannt.

„Und Sie könnten mal entspannen. Ich bin hier schon überall herumgefahren." Ein Stück weiter hielt er an. „Wollen wir von hier aus starten?"

„Auf geht's."

Gleichzeitig kletterten sie aus dem Truck. Ian zog ein Gewehr aus der Ablage und eine Taschenlampe aus dem Handschuhfach. Jack wühlte in seinem Matchbeutel.

„Ich habe nur eine Leuchtpistole, aber hier sind eine Strumpfmaske und ein Schal. Binden Sie sich den um den Hals. Wir fangen zusammen hier auf diesem Weg an, aber wenn wir uns trennen, dann feuern Sie einfach ein paarmal in die Luft, falls Sie etwas finden. Alles klar?"

„Alles klar." Ian knöpfte seine Jacke zu und dachte: Verdammt, heute Morgen hatte ich keinen Grund, meine lange Unterhose anzuziehen. Er wickelte sich den langen karierten Schal um Kopf und Hals, sodass auch sein Gesicht teilweise bedeckt war. Im Moment vermisste er seinen schweren Bart.

„Sehen Sie, ich glaube, der Hund war nicht so angriffslustig wie die anderen Hunde, weil er von Travis etwas verzogen wurde“, sagte er, als würde er Travis und den Hund kennen. „Zugleich konnte das aber auch wieder ein gutes Training bedeuten.“

„Ich weiß“, stimmte Jack ihm zu. „Wie steht es mit Ihrer Taschenlampe? Brauchen Sie Batterien?“

„Ehrlich gesagt, ich bin mir nicht sicher.“

Jack zog ein paar Reservebatterien aus seinem Matchbeutel und eine Handfeuerwaffe, die er sich in den Hosenbund steckte. Er warf Ian die Batterien zu, holte dann zwei Flaschen Wasser heraus, die sie sich in die Hosentaschen steckten. Nach rechts und links Ausschau haltend, machten sie sich auf den Weg, und sie waren noch nicht weit gekommen, als Jack stehen blieb. „Okay, ich gehe in diese Richtung, in diesen Baumbestand.“

„Dann werde ich in diese Richtung gehen“, sagte Ian, und sie trennten sich.

Ian hielt sich in Richtung des Flusses, die Augen immer am Boden, wenn er nicht die Landschaft absuchte. Gelegentlich warf er auch einen Blick nach oben in die Zweige, nur für den Fall, dass diese Katze ein bisschen Versteck spielte. Und er dachte über diesen Jungen nach, wobei er sich daran erinnerte, wie er selbst mit sechzehn gewesen war. Er war ein Hitzkopf, der sich nur für wenige Dinge in seinem Leben interessierte, und eins davon war sein Hund.

Auch war er allgemein auf seinen Vater ziemlich wütend, der ein passiv-aggressiver gefühlloser Mensch war. Nie gab er ein Trinkgeld, fuhr immer richtig langsam auf der Überholspur und ließ keinerlei Zuneigung erkennen. Jede Geburtstagskarte oder jedes Urlaubsmitbringsel hatte seine Mutter mit „Mom & Dad“ unterschrieben. Jedes Wort, das aus dem Mund seines alten Herrn kam, war Kritik.

Nach Velvets Tod hatte Ian aufgehört so zu tun, als würde es ihm nichts ausmachen. Er war größer und stärker als sein Vater, regte sich nun sofort über ihn auf und gab es ihm zurück. Aber bald musste er feststellen, dass es seine Mutter zerriss. Sie flehte ihn an, sich zu entspannen, es durchgehen zu lassen und zu ignorieren, dass er praktisch jede Minute angefahren oder kritisiert wurde. „Wie hältst du das nur aus?“, hatte er sich gegen seine Mutter ereifert. „Er sollte dir die Füße küssen, stattdessen verhält er sich, als wärest du seine Sklavin!“

Und seine liebe Mutter hatte geantwortet: „Ian, er ist loyal und arbeitet hart, um uns zu versorgen. Vielleicht ist er nicht romantisch oder vernarrt, aber von ihm habe ich dich erhalten, und wenn das alles ist, was ich je von ihm erhalten werde, wird es für mich immer noch alles auf der Welt bedeuten.“

Das reicht nicht. Ian erinnerte sich daran, dass er das damals gedacht hatte. Es war einfach nicht genug. Zu den Marines zu gehen, erschien ihm als ein kluger und sicherer Weg, dort wegzukommen – nichts wie da raus und an einen Ort, wo er mit seiner Mutter in Kontakt bleiben konnte, ohne seinen Vater ertragen zu müssen.

Dann folgte der Tod seiner Mutter, weiterer aktiver Dienst, der ihn in den Irak führte. Nun war sein Vater alles, was Ian an Familie geblieben war, und bedauerlicherweise war er unzureichend. Nach dem Irak, nach ein paar körperlichen Auseinandersetzungen, von denen sogar er selbst wusste, dass es alles mit einem posttraumatischen Syndrom zu tun hatte, fürchtete er, seinem alten Herrn ähnlich zu werden. Er war in blindwütige Schlägereien mit Leuten geraten, mit denen er eigentlich gar kein Problem hatte. Irgendetwas hatte ihn aufgeregt und dann hatte er die Kontrolle verloren. Und auch wenn das Corps es eine Weile übersah, Ian selbst war dazu nicht in der Lage. Er war ein starker Anführer gewesen, der sich nun in ein Arschloch verwandelt hatte, das sich einfach nicht zurechtfand. Das war der Punkt, an dem er ausschied, wobei er hoffte, dass er einmal wieder dieser Mann sein könnte, den man bewundert hatte. Dem man folgte.

Und sein Vater hatte gesagt: „Du bist kein Sohn mehr für mich, wenn du gehst. Wenn du davonläufst."

Darauf hatte Ian geantwortet: „Für dich war ich doch niemals ein Sohn."

Um mal von einer verfahrenen Situation zu reden.

Ian suchte den Boden ab, hielt Ausschau nach irgendeinem Anzeichen, dass der Junge dort gewesen war – abgeknickte Büsche oder Äste, die zeigten, dass sie jemand gestreift hatte, Spuren am Boden inklusive Bluttropfen und frische Fußspuren im Schnee.

Er dachte auch über Marcie nach. Als sie anfangs in sein Leben eingedrungen war, hatte er sie nicht auf Anhieb schön und sexy gefunden. Tatsächlich war das weder sein erster noch sein zwanzigster Gedanke gewesen. Sie war krank, blass, apathisch ..., offen gesagt, unscheinbar wie eine Ente. Verletzbar und alles andere als hübsch. Und auch als sie dann allmählich wieder ein wenig Farbe ins Gesicht bekam, war es nicht das Hübsche an ihr, das ihn anzog – es war ihr Widerspruchsgeist. Ihre Kampfbereitschaft. Er hatte schon immer jeden geschätzt, der diese Art Antrieb besaß.

In weniger als einer Woche war sie so gut wie gesund, und ihre Augen hatten wieder dieses kleine Glitzern, das besagte, dass sie sich durchsetzen und ihm ihre Meinung sagen würde, ungeachtet der Folgen. Wie hätte sie ihm noch mehr ähneln können? Er war in der Lage, sie zu schätzen und ihr Anerkennung zu zollen – auch wenn er dies nicht laut aussprach –, ohne sich von ihr einfangen zu lassen.

Dann hatte er langsam angefangen, sie zu *mögen*, denn selbst wenn sie die volle Absicht hatte, sich in seine Angelegenheiten einzumischen und sein Leben durcheinanderzuwirbeln – sie machte es mit einem Schwung, den er einfach bewundern musste. Nichts davon galt nur ihr selbst. Sie tat es für sich und alle anderen, angefangen bei ihrem verstorbenen Mann über dessen Familie bis hin zu Ian …, zu seinem unleidlichen isolierten Vater, dem Ian auf gar keinen Fall ähnlich sein wollte …, es aber war.

Als sie dann ihrer eleganten Schwester die Stirn bot und in seine staubige kleine Hütte zurückgekehrt war, hatte er sich in sie verliebt. Ach verdammt, mit welcher Entschlossenheit sie bei ihm bleiben musste, um das zu Ende zu führen, was immer sie auch glaubte, tun zu müssen. Sogar sie selbst schien sich nicht ganz sicher zu sein, was sie eigentlich bei ihm wollte. Aber sie war nicht bereit, ihn aufzugeben, und hatte sich diesen verrückten Gedanken in den Kopf gesetzt, dass alles in Ordnung kommen könnte! Irgendwie würde sie ihn in den Mann zurückverwandeln, den ihr verstorbener Mann gekannt hatte; der tapfere Anführer, der furchtlose und engagierte Mensch. Niemand, der sich einfach nicht mehr sehen ließ und sich aus einer Art von Selbsthass heraus von allem abkapselte. Sie wollte wieder den Mann aus ihm machen, auf den sein Vater nicht stolz sein konnte, weil er nicht genug Verstand dazu besaß.

Oh Gott, so früh kann ich mich doch noch nicht in meinen Vater verwandelt haben!

Er zwang sich, wieder an Travis Goesel zu denken, suchte den Boden ab, die Büsche, die unteren Zweige der Bäume. Er warf einen Blick auf die alte Uhr, die noch immer lief. Seit zwei Stunden war er jetzt marschiert, ohne von Jack einen Ton zu hören. Im Höchstfall würden ihnen noch zwei Stunden Tageslicht bleiben, deshalb rief er laut: „Travis! Travis! Mach dich bemerkbar! Bewege irgendetwas!"

Er ging ein wenig schneller, konzentrierte sich darauf, das Gelände abzusuchen, und dann kam ihm in den Sinn, wie gut es war, Teil einer Gruppe zu sein. Auch wenn er Jack nicht sehen konnte und die anderen Männer sich am westlichen Ende der Farm aufhielten, hatte er das Gefühl, wieder einer Einheit von Männern anzugehören, die eine Aufgabe hatten. Bis zu dem Moment, als Jack sich zu ihm in den Truck setzte, hatte er so etwas lange nicht mehr empfunden. Er war derart darauf fixiert gewesen, sich vom Leid des Krieges abzuschneiden, dass er vergessen hatte, wie gut die heitere Stimmung einer Bruderschaft für seine Seele war. Und wie er zugeben musste, war dies alles geschehen, weil dieser kleine quirlige Rotschopf in sein Leben getreten war. Sie hatte den Ausgang forciert, hatte ihn aus seinem Kokon gestoßen, als er noch wund war und neue Haut bildete.

Ob es ihr wohl gelungen wäre, ihn schon früher aus seiner extremen Zurückgezogenheit herauszulocken, wenn sie vor drei Jahren ihren invaliden Mann in den Händen seiner Familie zurückgelassen hätte, um ihn zu suchen? Wahrscheinlich nicht. Damals hatte er bereits seine Wunden so lange geleckt, dass er sich an den Geschmack des Selbstmitleids gewöhnt hatte.

Allmählich wurde Ian müde vor Kälte, und er sehnte sich nach seiner langen Unterhose. Seit Stunden lief er nun im Wald herum. Er aß lieber etwas Schnee, als dass er das Wasser aus der Flasche trank, für den Fall, dass er den Jungen fand und es für ihn brauchte.

Dann entdeckte er eine Blutschliere und weitere Spuren, die teilweise unter einer frischen Schneedecke verborgen waren. Der Breite und Tiefe dieser Spuren nach zu urteilen, war es die verwundete Katze. Er verfolgte sie nur ein kurzes Stück, bis er sicher war, dass die Katze sich schwer dahingeschleppt haben musste. Gleich darauf wurde Ian klar, dass Travis intelligenterweise in die entgegengesetzte Richtung zu dieser Blutspur gegangen sein musste. Also tat Ian dasselbe.

Als die Dämmerung einsetzte, gelangte er an den Fluss und schaute sich links und rechts am Ufer um. Bald würde er zum Truck zurückgehen müssen, wenigstens um sich mit Jack zu beraten und den Plan für eine Nachtsuche zu besprechen. Ein Teil dieses Plans würde eine lange Unterhose und trockene Socken mit einschließen, dennoch konnte er sich einfach nicht dazu durchringen, seine Suche jetzt abzubrechen.

Nun wurde es ernsthaft dunkel. Er richtete die Taschenlampe auf seine Uhr und sah, dass es beinahe sechs war. Zum millionsten Male rief er: „Travis! Travis!"

Als das Licht der Taschenlampe wieder auf den Schnee fiel, bemerkte er einen Tropfen Blut hier, einen Tropfen Blut dort. Travis war verletzt und tat genau das, was Ian von einem klugen Jungen erwarten würde – er folgte dem Fluss nach Hause. Während die Dunkelheit zunahm, benutzte er die Taschenlampe, um den Boden abzusuchen, und dann entdeckte er etwas. Nicht weit vom Ufer entfernt, lag ein Haufen abgestorbener Piniennadeln und Gestrüpp, das von ein wenig Neuschnee bedeckt war. Ein Hügel. Es sah nicht nach viel aus, aber als Ian mit seinem Stiefel leicht dagegentrat und ein wenig von dem Gestrüpp herunterrutschte, sah er einen Ärmel. Sofort war er auf den Knien und grub. Es dauerte nur wenige Augenblicke, bis er den Jungen freigelegt hatte. Sein Gesicht war weiß, er hatte blaue Lippen und seine Augen waren geschlossen. Ohne zu wissen, ob der Junge noch lebte oder schon tot war, schüttelte Ian ihn heftig.

„Travis! Travis!"

Endlich öffnete Travis die Augen, blinzelte und schien nicht mehr zu wissen, wo er war. Er schmatzte mit trockenen Lippen und schaute benommen zu Ian auf. „Tut mir leid … Dad …"

„Ach mein Gott, Travis!" Ian war unendlich erleichtert, dass der Junge am Leben war. „Du wirst es schaffen, Kumpel." Dann drehte er ihn vorsichtig auf die Seite und sah, dass die Jacke des Jungen im Rücken zerfetzt und blutig war. Die verdammte Katze hatte ihn von hinten angegriffen, aber dank der Kleidung, die Travis trug, waren die Wunden nicht tief und der Schnee hatte die Blutung gestillt.

„Hast du ihn erwischt, mein Sohn?", fragte Ian.

„Ich glaube nicht. Tut mir leid, Dad."

Travis war deliriös, was vermutlich eher an der Kälte lag als an seinen Wunden. Gott sei Dank hatte er sich unter altem Laub und Piniennadeln vergraben, um seine Körperwärme zu bewahren. „Ich bringe dich hier raus, Sohn, halte durch", sagte Ian, der nun automatisch handelte. Er stand auf und feuerte sein Gewehr zweimal in einen dicken Baum ab, denn drei Schüsse waren das Signal, dass man sich verirrt hatte, zwei die Standardantwort eines Suchtrupps, und ein Schuss konnte mit einem Jäger verwechselt werden. Niemals wurde eine Kugel in die Luft gefeuert, da dies zur Folge haben könnte, dass sie beim Herunterfallen auf einen Menschen oder ein unschuldiges Tier traf.

Dann hing er sich den Gewehrgurt über die Schulter und nahm Travis auf die Arme. Sogleich fiel ihm ein, dass er dasselbe für Bobby getan hatte. Aber diesmal war es anders. Im Körper des Jungen war eine Muskelspannung und er reagierte auf Schmerz, sei es von der Kälte, sei es, weil er die Krallen eines Berglöwen im Rücken gehabt hatte.

„Wach auf, Travis! Wach auf! Hat die Katze dich erwischt, hm? Erzähl's mir", keuchte Ian, denn er ging, so schnell er konnte, wobei er hoffte, nicht zu fallen. Sein Oberkörper war in Ordnung. Er trug ein T-Shirt, ein Sweatshirt und eine Jacke, aber an Beinen, Knien und Füßen klebte nun überall Eis und Schnee. „Hörst du mich, mein Freund?"

„Wer ..., du ...?"

Unwillkürlich musste Ian lachen, schon allein, weil er hörte, dass der Junge überhaupt antwortete. „Dein Schutzengel, mein Kleiner! Hast du auf die Katze geschossen?"

„Ich … glaube …“

„Sie hat eine Blutspur hinterlassen. Hast du gefeuert?“

„Ich … Ich kann ihn nisch’ getroffen ha’m“, antwortete Travis mit schwerer Zunge.

„Doch, ich wette, du hattest Glück. Er blutet sehr viel schlimmer als du. Gut für dich. Rede. Sprich weiter. Erzähl mir alles.“

Zwar redete er nur lallend und schwerfällig, aber Travis tat wie ihm geheißen. „Hat mich … vom … Baum …, hab ihn gesehen …, ich hatte ihn …, der Schweinehund hat Whip …“

„Sprich weiter“, spornte Ian ihn atemlos an, denn nun hatte er unter Travis’ Gewicht zu kämpfen, in Kombination mit der Schwierigkeit, im Schnee voranzukommen. „Wir sind schon fast da“, sagte er, war sich in Wirklichkeit jedoch keineswegs sicher, wie weit es noch war. Er stapfte weiter. Und stapfte weiter. Aber er kannte die Wälder, kannte das Ufer des Flusses, der über sein Grundstück lief. „Sprich mit mir! Erzähl mir von deinem Mädchen!“

Und der Junge versuchte es. Er nannte ihren Namen – Felicity. Das muss ein Mädchenname der nächsten Generation sein, dachte Ian und hätte gelacht, wenn er den Atem dazu gehabt hätte. „Rede weiter!“, befahl er. „Diese Felicity, bist du verliebt in sie oder was?“

„Sie ist ein gutes Mädchen …“

„Das tut weh“, meinte Ian. „Pech für dich, das es kein böses Mädchen sein konnte. Du weißt gar nicht, mein Freund … diese bösen Mädchen, die gehen einem ganz schön unter die Haut. Ist sie hübsch?“

„Hübsch“, kam die Antwort.

„Guter Junge. Sprich weiter.“ Ian legte Travis vorsichtig auf den Boden. „Ich will noch mal zwei Schüsse abfeuern, damit sie wissen, dass wir kommen.“ Und schnell versenkte Ian zwei weitere Kugeln in einen dicken Baum, nur um sicherzustellen, dass Unterstützung unterwegs war. Der Bursche war in einem schlechten Zustand, deshalb würde er ihn notfalls hier rausbringen und in finsterer Nacht zurückkehren, um Jack zu holen, aber es wäre besser, wenn …

„Hey!", schrie Jack. „Was hast du gefunden?"

„Euren Jungen", antwortete Ian mit schwachen Lungen. Dann entdeckte er knapp hundert Meter weiter seinen Truck auf dem Weg.

„Lass mich helfen", rief Jack.

„Ich habe ihn. Du fährst."

„Ich kenne diesen Weg nicht", wandte Jack ein. „Ich kann ihn nicht *fühlen*."

Ian prustete vor Lachen. „Ich habe ihn doch verdammt noch mal für dich *freigepflügt*! Lass uns voranmachen!"

Als sie den Truck erreichten, hielt Ian den Jungen mit den Oberschenkeln im Gleichgewicht, fischte den Schlüssel aus der Tasche und warf ihn Jack zu. Dann hievte er sich in die Fahrerkabine mit einem Jungen, groß wie ein Mann auf dem Schoß. Travis' Kopf rollte hin und her, und er musste sich Mühe geben, um die Augen offen zu halten. Noch bevor Jack den Schlüssel ins Zündschloss stecken konnte, hatte Ian dem Jungen Jacke, Hemd und Unterhemd aufgerissen, anschließend tat er dasselbe mit seinen eigenen drei Schichten. Er presste die nackte Brust des Jungen an seine und hielt seinen Körper fest an sich gedrückt, um ihn mit seinem eigenen Körper zu wärmen.

Vorsichtig wendete Jack den Truck und fuhr los. „Der Pflug ist unten. Soll ich anhalten und ihn hochnehmen?"

„Nee. Die County wird es uns danken."

„Könnte der Pflugschaufel schaden."

„Was soll's?"

„Wohin sollen wir fahren?", fragte Jack.

„Keine Ahnung. Wir brauchen medizinische Hilfe. Sag

du es mir. Wir können seine Eltern von überall aus anrufen …“

„Ich würde sagen, Virgin River“, schlug Jack vor. „Es ist genauso schnell, ihn direkt in den Ort zu fahren, wo Mel und Doc ihn untersuchen können, als wenn wir sie von der Farm aus anrufen. Abgesehen davon haben sie die Humvee-Ambulanz. Wie ist sein Zustand?“

„Er hat versucht, sich einzugraben, um nicht zu erfrieren, und das hat er gut gemacht. Aber zwei Stunden später hätten wir wohl kein Glück mehr gehabt“, erklärte Ian, während er die Kälte des Jungen in seinen Körper absorbierte. „Er wurde auch von der Katze verletzt, aber die Temperaturen waren niedrig, und die Blutung sieht nicht ernst aus. Aber was weiß ich? Kannst du nicht was schneller pflügen, hm?“

„Wird gemacht, Sir“, sagte Jack.

Ian lehnte sich im Sitz zurück und legte Travis’ Gesicht an seine nackte Schulter, wo er fühlen konnte, wie der Puls an seiner Halsschlagader kräftiger wurde, während er ihn Brust an Brust wärmte. Gelegentlich spürte er, wie er sich auf seinem Schoß bewegte. Nach fünfzehn Minuten hatte der Junge die Augen aufgeschlagen, und auf seinem Gesicht zeichnete sich Überraschung ab. „Wer sind Sie?“, fragte er schwach.

„Die Weihnachtsfee“, antwortete Ian. „Du wirst wieder okay sein, Kid.“ Ian zog die Flasche Wasser aus seiner Jackentasche und hielt sie Travis an die Lippen. „Trink ein wenig. Langsam und vorsichtig.“ Als er damit fertig war, legte Ian die Arme wieder fest um ihn und zog ihn an sich. „Ich werde die Heizung in diesem Truck reparieren lassen, und wenn es das Letzte ist, was ich tue. Ich glaube, du hast diese Katze erledigt, Junge.“

„Ich habe auf ihn geschossen, aber er hat mich trotzdem angesprungen und ich habe ihm dann so fest, wie ich konnte, eine Kopfnuss verpasst. Dann ist er einfach davongelaufen …“

„Er hat ganz schön geblutet. Du musst ihn schwer getroffen haben."

„Ich habe ihn nicht erledigt", sagte Travis langsam. „Ich hatte ihn nur lange genug vertrieben, um mich eingraben zu können."

„Ich hatte mal einen Hund. Der war jahrelang mein bester Freund. Hat immer auf meinem Bett geschlafen, ein guter Hund …"

„Whip war auch ein guter Hund", sagte Travis.

Ian zerzauste dem Kid das Haar. „Ich habe meinen Hund geliebt. Ich hätte dasselbe getan wie du. Dieser Berglöwe war eine böse Katze. Ich hatte ihn schon vorher in der Gegend gesehen."

„Sie haben ihn gesehen?"

Ian nickte. „Ich hätte ihn töten sollen. Das alles ist meine Schuld. Ich hätte diese Katze erschießen sollen. Stundenlang hatte er mein Mädchen in der Außentoilette festgesetzt, und das bei der Kälte. Aber ich habe ihm dann nur am Kopf vorbei geschossen, um ihn zu vertreiben. Es tut mir leid, Kid. Ich hätte die Katze töten sollen."

„Das hätte ich auch tun sollen", murmelte der Junge verschlafen und legte den Kopf wieder an Ians Schulter.

„Trink noch zwei Schlucke." Ian hielt ihm das Wasser hin.

Ein paar Minuten später hatte Jack Virgin River erreicht und drückte mehrfach lang und eindringlich auf die Hupe, während er ins Dorf einfuhr. Damit holte er die Leute aus der Bar, auch Mel und Doc Mullins. Jack parkte gleich neben dem Hummer und Ian kletterte mit Travis aus dem Truck, wo Mel und Doc sich in Aktion setzten, wie sie es gewohnt waren. Sie öffneten die Klappe des Hummers und zogen die Trage heraus, auf der Ian den Jungen ablegte.

Nach einer kurzen Untersuchung der lebenswichtigen Organe wies Ian sie auf die Risswunden am Rücken hin, die von dem Berglöwen stammten, hinter dem Travis her gewesen war. Mel drehte ihn auf die Seite, während Doc die Jacke anhob und einen Blick auf die Verletzungen warf. „Halb so wild. Unterkühlung. Melinda, Sie gehen nach hinten und legen eine Infusion an und sorgen dafür, dass er wieder warm wird, während ich fahre. Im Talkrankenhaus werden sie damit schon fertig werden, kein Problem. Der Junge wird schnell wieder auf den Beinen sein." An Jack gewandt, fügte er hinzu: „Ruf auf der Farm an. Sag seinen Eltern Bescheid."

„Wird gemacht", versprach Jack. „Und dann werde ich draußen für Preacher, Mike und den Rest des Suchtrupps ein Leuchtsignal abfeuern. Du meinst, wir haben es geschafft?"

„So gut wie", sagte Doc. „Auf geht's, Melinda! Wollen Sie mich etwa bremsen?"

„Oh, Sie können mich mal, Sie alter Ziegenbock", konterte sie und stieg ein. „Jack, kümmere dich um das Baby."

Jack grinste breit. „Darauf kannst du wetten, meine Liebe."

Während all dieser Vorgänge dachte Ian: *Ich bin Teil einer Gruppe.* Selbst hier draußen, mitten im Nirgendwo, gab es Leute, zu denen man gehören konnte. Das hatte er immer gewusst, aber nie geglaubt, dass er zu ihnen passen könnte.

Als sie gefahren waren, blieb Jack einfach dort stehen und schaute Ian mit hochgezogener Augenbraue an. „Dein Mädchen, hm?"

„Ich wollte doch bloß irgendwas mit dem Jungen reden", erwiderte Ian.

„Hm-mh. Sieh zu, dass du nach Hause kommst, mein Freund."

# 15. Kapitel

Als Ian endlich zu Hause ankam, war es schon nach acht Uhr abends. Er war so müde und durchgefroren, dass er glaubte, die halbe Nacht allein dafür zu brauchen, wieder warm zu werden, geschweige denn in der Lage zu sein, den Truck mit dem Holz für den nächsten Tag zu beladen. Dann aber hatte er kaum die Tür hinter sich geschlossen, als er ein wildes Kreischen hörte und Marcie auch schon auf ihn zustürzte, ihm die Arme um den Hals schlang und sich mit den Beinen an ihm festklammerte.

„Hey." Er lachte und hob sie vom Boden. „Hey. Du hängst an mir wie eine Klette."

Sie beugte sich zurück und sah ihm ins Gesicht. „Ist alles in Ordnung mit dir?"

„Ich friere und habe Hunger. Hattest du Angst?"

Trotzig schüttelte sie den Kopf. „Habt ihr den Jungen gefunden?"

„Er wurde gefunden", antwortete Ian. „Er ist verletzt und war unterkühlt, aber er wird durchkommen. Kannst du mich aufwärmen und mir etwas zu essen machen? Würde Abigail Adams das tun?"

„Das würde sie, und zwischendurch würde sie zwei Felder pflügen und ein Kind zur Welt bringen." Marcie grinste ihn an.

Gott, sie ist so lebendig, dachte er. Es wäre lächerlich, sie auf einem Berggipfel zu verstecken. Aber für den Moment war es wie die Antwort auf ein Gebet, sie auf diesem Berggipfel bei sich zu haben.

Am nächsten Tag musste Ian sich in aller Herrgottsfrühe zur Toilette durchgraben, wobei er für Marcie einen Weg freischaufelte, den sie benutzen konnte, wenn sie wach wurde. Dann belud er seinen Truck mit Feuerholz und fühlte sich besser, als es eigentlich möglich war, nachdem Marcie ihn in dieser Nacht nicht lange hatte schlafen lassen. Anstatt anschließend gleich zu dieser Kreuzung zu fahren, an der er gerne sein Holz verkaufte, fuhr er zwei Meilen in die entgegengesetzte Richtung, stellte die Schaufel am Pflug ein und räumte den Weg zum Haus seines Nachbarn frei.

Als er dort ankam, gefiel ihm nicht, was er sah. Aus dem Kamin stieg kein anheimelnder Rauch, und auch sonst gab es keinerlei Lebenszeichen. Sein erster Gedanke war: Nicht dass ich schon wieder einen eiskalten Körper an meine Brust drücken muss …

Aber dann ging die Haustür quietschend auf, und im Rahmen stand der alte Mann in Stiefeln und Mantel.

„Ich habe Ihnen den Weg freigeräumt, falls jemand zu Ihnen kommen muss oder Sie mal raus wollen."

„Zu Dank verbunden", sagte der Alte.

„Hören Sie …, wie sieht's bei Ihnen mit Feuerholz aus? Haben Sie Konserven, die Sie aufmachen können, wenn es viel Schnee gibt?", fragte Ian.

„Ich werde zurechtkommen."

Normalerweise wäre das der Punkt, an dem Ian ihm kurz zuwinken und sich umdrehen würde, um den Weg zum Highway 36 wieder hinunterzufahren und sich weiter um die Sachen zu kümmern, die er erledigen musste. Stattdessen schlug er die Abdeckplane, die seine Ladung schützte, zurück, lud sich gespaltenes Holz auf die Arme und ging damit direkt zur Haustür, wo ihm dann der alte Kerl den Weg versperrte. Erstaunt schaute Ian ihn von oben an. „Nun lassen Sie mich schon durch. Ich bringe Ihnen doch Holz für den Ofen."

Einen Moment lang zögerte der Mann, verzog dann das Gesicht und ließ ihn eintreten. Als er zum Ofen ging, um die Scheite dort abzulegen, wehte Ian ein ekelerregender Geruch an. Er sagte nichts, denn er konnte sich schon denken, was das Problem war. Als er sich hockte, um die Scheite neben dem Ofen zu stapeln, zog er sich einen Handschuh aus und berührte ihn leicht. Er war eiskalt. Er erhob sich und ging wieder hinaus, um eine weitere Ladung Holz hereinzuholen. Unterwegs sah er sich auf dem Grundstück um und fand bestätigt, was er erwartet hatte: Die Außentoilette war fast einen Meter hoch unter dem Schnee begraben, und es gab keinen Weg dorthin. Der alte Junge konnte sein eigenes Holz nicht spalten, wenn er überhaupt etwas hatte, das er hätte spalten können, und er schaffte es entweder nicht zur Außentoilette oder hatte Angst davor, im Schnee zu fallen und dann nicht in der Lage zu sein, wieder aufzustehen. Und was das Schaufeln betraf – höchstwahrscheinlich hatte er einfach nicht die Kondition dazu. Viel zu oft hatte er sich mit dem Nachttopf im Haus beholfen, den er leeren wollte, wenn er es zur Toilette schaffte. Es war schrecklich.

Ian lieferte noch eine dritte Ladung Holz, dann sagte er: „Zünden Sie Ihr Feuer an. Ich werde Ihnen den Weg freischaufeln. Wo steht die Schaufel?"

„Machen Sie sich keine Mühe. Ich werde …"

„Darüber wird nicht diskutiert … Wo ist die verdammte Schaufel?"

Der Alte neigte den Kopf in Richtung Tür. Ian ging hinaus und sah sich an der Hauswand um, wo er schließlich die Schaufel angelehnt fand, die beinahe unter dem Schnee begraben war. Nun, er wollte seine übliche Kundschaft für das Feuerholz nicht verpassen und war deshalb in Eile. Also würde es nur ein schmaler Pfad werden. Aber dies musste er tun. Nur ein verdammter Idiot würde aus Stolz in seinem eigenen Schmutz erfrieren.

Und das wird mir nicht passieren, weil ich es nicht zulassen werde, dachte Ian. Etwa so, wie er immer geglaubt hatte, dass er nicht zulassen würde, wie sein Vater zu werden? Der Gedanke brachte ihn ins Stocken …

Nachdem er den Weg freigeschaufelt hatte, klopfte er an die Haustür dieses Mannes. „Mögen Sie *Dinty Moore Rindergulasch*?", fragte er kurz.

„Warum?"

„Ich habe zu viel davon. Ich dachte, ich bringe Ihnen gleich was vorbei."

„Dazu besteht kein Grund."

„Kommen Sie schon, Mann. Sie würden mir einen Gefallen tun. Die Frau, die bei mir wohnt, hasst dieses Zeug und will es nicht essen. Ich werde Ihnen ein paar Dosen vorbeibringen. Falls es Ihnen keine allzu große Last ist, sie mir abzunehmen."

Der Alte zuckte mit den Achseln. „Bauen Sie da oben auf dem Kamm Gras an?"

„Zum Teufel, nein. Wieso fragen Sie?"

„Was machen Sie denn da?"

„Ich fälle Bäume und verkaufe Feuerholz von meinem Truck aus. Dann gehe ich gelegentlich angeln. Neuerdings gibt es viel zu schaufeln und pflügen. Ich weiß nicht, wie Sie heißen."

„Dann sind wir quitt", sagte der alte Junge, „denn Ihren Namen kenne ich auch nicht."

„Ian Buchanan", stellte Ian sich vor, ohne die Hand auszustrecken.

„Michael Jackson", sagte der Alte, und Ian prustete los vor Lachen. Der alte Mann warf ihm einen finsteren Blick zu, und Ian dachte zu spät daran, dass dieser Kerl wahrscheinlich seit Jahrzehnten nicht mehr ferngesehen hatte, wenn überhaupt je.

„Ich freue mich, Sie kennenzulernen, Mr. Jackson", brachte er schließlich heraus.

„Und Sie bauen auch ganz bestimmt kein Gras an? Weil, ich will nämlich nichts mit Growern und irgendwelchen krummen Sachen zu tun haben."

„Ganz bestimmt nicht", versicherte ihm Ian. „Ich bringe Ihnen später ein paar Konserven vorbei, aber jetzt können Sie erst einmal zum Klo gehen und das Haus heizen."

Ian ging wieder zu seinem Truck, stellte den Pflug so ein, dass er nicht über den Highway kratzen würde, und wendete, um zurückzufahren. Da gab es kein Dankeschön, kein „Nett, Sie zu sehen". Aber schließlich war es auch wieder so, dass Ian sich bereits seit zwei Jahren um die Zufahrt des alten Kerls kümmerte, ohne dass je gesellschaftliche Umgangsformen ausgetauscht worden wären.

Zweifellos standen die Dinge für den alten Mann in diesem Jahr ein wenig schlechter. Bislang hatte Mr. Jackson es immer noch geschafft, seine Zufahrt vom Schnee freizuhalten, aber jetzt schaffte er es nicht einmal mehr nach hinten zur Toilette, und es war möglich, dass er nichts zu essen im Haus hatte. Ian dachte daran, wie Doc sich um den alten Raleigh gekümmert hatte, als es mit ihm zu Ende ging, und er beschloss, Doc von dieser Situation zu erzählen. Er wollte Michael Jackson nicht auf dem Gewissen haben; momentan war sein Gewissen ziemlich belegt.

Er brauchte länger als sonst, um sein Holz auszuliefern. Bei beiden Kunden musste er darauf warten, dass sie am Bankautomaten Bargeld holten, da er es sich im Augenblick nicht leisten konnte, einen faulen Scheck anzunehmen. Es war Nachmittag, als er wieder zur Hütte zurückkam, und da war er acht Stunden unterwegs gewesen. Als er zur Tür hereinkam, sah er, dass Marcie sein Badewasser auf dem Ofen sieden ließ. „Nun, Abigail", sagte er und lächelte sie an. „Wie ich sehe, hast du für meine Heimkehr alles vorbereitet. Sag mir, hast du hinten auch schon die vierzig Yard gepflügt?"

„Und die Scheune wieder aufgebaut“, antwortete sie lächelnd. „Du hast lange gebraucht.“

„An manchen Tagen ist es leichter als an anderen. Ich muss schnell noch einmal weg. Es dauert keine fünfzehn Minuten.“ Er ging zu seinem Schrank. „Auf wie viele Dosen von diesem Rindergulasch bist du bereit zu verzichten?“

„Warum?“

„Ich glaube nicht, dass der alte Mann nebenan sich ausreichend eingedeckt hat.“ Er fing an, große Dosen herauszunehmen und sie auf den Tisch zu stellen, bis er acht zusammenhatte. Dann ging er zu seiner Truhe, nahm einen Stoffbeutel heraus, in die er die Konserven stopfte.

„Es ist nett von dir, Ian. So mit ihm zu teilen.“

„Nee, ich will nur vermeiden, dass ein schlechter Geruch über mein Grundstück weht. Lass mein Wasser auf dem Ofen, ja? Bin gleich wieder zurück.“

Als Ian zu Michael Jacksons Haus kam, erwies der Mann sich als genauso wenig freundlich oder aufgeschlossen wie zuvor, aber er machte kein Theater wegen des Gulaschs. Er nahm es an, nickte und schloss die Tür.

Dieser Augenblick war für Ian eine Erleuchtung. Man konnte hier draußen beides haben. Man konnte sich mit seinem Ort verbinden, zu seinen Nachbarn gehören und eine miteinander verbundene Existenz leben, in der man sich gegenseitig aufeinander verließ und durch die harten Zeiten half. Oder man konnte es halten wie dieser Mann. Wenn man niemals jemanden an sich heranließ, hatten sie bald die Botschaft empfangen, dass man allein gelassen werden wollte. Hier draußen, wo die Nachbarn meilenweit voneinander entfernt und durch Berge, hohe Bäume und allzu häufig auch durch harte Umstände voneinander getrennt waren, kämpfte niemand um deine Freundschaft oder Gesellschaft. Zumindest musste man den Leuten auf halbem Wege entgegenkommen.

Ian hatte den Menschen in seiner Umgebung hier in Virgin River nicht viel gegeben. Er war genau wie sein Vater. Gott sei Dank hatte Marcie dies ignoriert … Er musste die Dinge ändern, sonst würde er enden wie sein alter Nachbar, wie der alte Raleigh.

Ian fuhr nach Hause, wo er Marcie hatte, die Abigail spielte, und es war süß. Es blieben ihnen nur noch wenige Tage, und er wollte das Beste aus der restlichen Zeit machen, und weil er wusste, dass es ihr schwerfallen würde, wegzugehen und ihre Mission zu beenden, wollte er es ihr so leicht wie möglich machen.

Also badete er, aß etwas, hielt Marcie eine Weile in den Armen und las ihr laut den pikanten Teil ihres Liebesromans vor, der ohne jeden Zweifel nichts war im Vergleich zu dem, was sich in der Wirklichkeit anschloss. Danach machten sie sich ein wenig zurecht und fuhren gemeinsam nach Fortuna, um Wäsche zu waschen. Dort erzählte er ihr dann von seinem Plan.

„Wenn ich morgen das Holz ausgeliefert habe und nach Hause komme, werde ich dir deinen Wagen ausgraben und in den Ort schleppen. Wir können ihn vor der Bar parken, ein paar Schneeketten in den Kofferraum legen, und ich kann dir zeigen, wie du sie anlegst, damit du sicher fahren kannst, wenn du nach Hause willst. Dreh mir bitte nicht durch und versuche, ohne auf Wiedersehen zu sagen, abzufahren, wenn ich nicht da bin. Ohne Ketten ist es viel zu gefährlich, mit diesem Käfer den Berg hinunterzufahren. Versprochen?“

„Versprochen.“

„Ich will sicher sein, dass dir nichts passieren kann. Dass du alles hast, was du brauchst.“

Wie erwartet, senkte sie traurig die Augen und schwieg. Normalerweise schwieg Marcie kaum einmal.

Während die Jeans im Trockner klackerten und die Waschmaschinen im Hintergrund dröhnten, hielt er ihre Arme fest, drehte sie zu sich um und hob ihr Kinn mit einem Finger an. „Wir haben noch Zeit, Marcie. Zeit, in der du dafür sorgen kannst, dass du mich alles gefragt hast, was dir auf der Seele brennt, damit es für dich stimmt, wenn du nach Hause zurückfährst, und du deinen Seelenfrieden finden kannst."

„Und du?", fragte sie ihn.

Er streichelte ihr mit der Fingerkuppe über die Wange. „Meine Seele war seit Jahren nicht mehr so friedlich und ruhig. Wir werden das Beste aus der Zeit machen, die du noch hier bist." Er gab ihr einen kleinen Kuss auf die Lippen. „Ich war so voller Wut, als ich dich zum ersten Mal sah. Jetzt habe ich keine Wut mehr in mir. Wegen dir ist für mich alles besser geworden."

„Zwischen uns ist furchtbar viel passiert, mehr als ich mir je hätte vorstellen können. Aber darüber freue ich mich."

„Dann wollen wir jetzt unsere Jeans zusammenfalten und wieder in den Ort zurückfahren. Ich glaube, wir bekommen bei Jack und Preacher noch was zum Aufwärmen, bevor sie schließen. Dann fahren wir nach Hause, schüren das Feuer, und wenn du willst, lese ich dir den schmutzigen Teil aus dem Buch noch einmal vor."

Sie gab ihm einen Klaps auf den Arm. „Ich bitte dich, das ist doch nicht schmutzig! Es ist romantisch."

„Alles klar." Er grinste. „Sehr romantisch." Dann drückte er seine Lippen auf ihre Stirn.

Als sie in Jacks Bar vorbeischauten, stellten sie fest, dass es sein letzter Abend im Ort war, bevor er mit seiner Familie über die Feiertage nach Sacramento fuhr. Mel war dort, ebenso Jacks Schwester Brie mit ihrem Partner Mike Valenzuela. Alle befanden sich in festlicher Stimmung. Jacks Sohn David schlief in Preachers Wohnung hinter der Bar und man unterhielt sich angeregt über das Reisen an Weihnachten. Ian und Marcie bestellten sich Bier und wurden von der fröhlichen Stimmung angesteckt.

Marcie nutzte das Telefon in der Küche, um ihre Schwester anzurufen. Doc schien nicht dort zu sein, daher wandte Ian sich an Mel und erzählte ihr von seinem Nachbarn und dass er befürchtete, er könnte krank sein. Mel lächelte nur und sagte: „Danke, Ian. Bevor ich morgen früh aufbreche, werde ich mit Doc reden, und er wird sich da draußen mal umschauen. Wenn der Mann Hilfe braucht, wird Doc tun, was er kann. Aber ich warne Sie. Einige dieser Oldtimer ändern ihre Gewohnheiten nicht mehr. Sie sind sehr stur, was Dinge wie Hilfe, medizinische Eingriffe und Ähnliches angeht."

„Davon müssen Sie mir nichts erzählen. Schließlich war ich bei dem alten Raleigh, als es mit ihm zu Ende ging."

„Dann wissen Sie ja Bescheid." Mel lächelte. „Ein schönes Weihnachtsfest, Ian."

„Ihnen auch."

Seit langen Jahren hatte Ian Weihnachten nicht mehr gefeiert. Das letzte Mal war er mit Shelly zusammen, bevor er in den Irak ging. Er hatte ihr einen Ring geschenkt, und plötzlich ging es während seines Urlaubs nur noch darum, dass sie verlobt waren.

Sein Vater hatte sich nie viel aus Weihnachten gemacht. Es war Ians Mutter, die dafür gesorgt hatte, dass es ein Feiertag wurde. Sie schmückte, backte, bereitete Geschenkkörbe für alle ihre Bekannten vor, wobei sie immer gut überlegte, welche Geschenke sie kaufte. Seinem Dad fiel immer nur etwas Lahmes ein, das er seiner Frau schenkte – ein Abonnement für eine Frauenzeitschrift, einen unsagbar hässlichen Pullover, den sie sich überziehen musste, ein paar Kochbücher. Er war bekannt dafür, dass er ihrem Drängen nachgab, wenn es um etwas ging, das im Haus gebraucht wurde – Sachen wie eine Waschmaschine oder ein Staubsauger –, und dann sagte: „Also gut, dann ist es eben ein frühes Weihnachtsgeschenk." Nach dem Tod seiner Mutter existierte Weihnachten für ihn gar nicht mehr. Der Baum wurde nicht mehr hervorgeholt, die Lichter im Haus nicht aufgehängt, es gab kein besonderes Essen. Ian war froh, dass er nicht dort war.

An dem Weihnachtsfest jedoch, an dem er Shelly den Ring geschenkt hatte, hatte er ihr zugleich auch eine Halskette und einen schönen Frisiermantel geschenkt. Jetzt erinnerte er sich wieder an die Einzelheiten. Und dies war der Punkt, an dem er beschloss, *nicht* zu werden wie sein Vater. Er wollte aufmerksam sein.

Für Ian würde es auch in diesem Jahr kein wirkliches Weihnachtsfest geben, aber seine Stimmung war besser als seit Jahren. Er hatte keinerlei Weihnachtsschmuck und würde am Ende wahrscheinlich eine Dose *Dinty Moore* zum Festmahl öffnen. Er bedauerte, dass er für Marcie kein Geschenk hatte, und war erleichtert, dass sie weder die Gelegenheit noch die Mittel hatte, eins für ihn zu besorgen. Aber es gefiel ihm, dass man in diesem Ort nicht nur feierte, sondern auch die Männer und Frauen ehrte, die die Wache übernommen hatten. Allein das machte es schon zu einem freudigen Festtag.

Zu seiner Überraschung hatte er angefangen, sich mit dem Gedanken vertraut zu machen, dass die Dinge sich für ihn veränderten. *Weil ich diese außergewöhnlichen, unerwarteten, erhellenden Wochen mit Marcie erlebt habe.* Auf vielfache Weise hatte sie ihm die Augen geöffnet. Und dann musste er über sich selbst lachen, weil seine Gedanken zu Klärbehältern abschweiften. Was würde es kosten, eine Kleinkläranlage zu kaufen und installieren zu lassen, einen Wasserboiler und ein Badezimmer im Haus? Mit Geld würde es anfangen … richtigem Geld und nicht das Einkommen, das er mit wechselndem Erfolg im Winter aus dem Verkauf von Feuerholz zog und im Sommer als Umzugshelfer in Teilzeit.

Der Besitzer der Umzugsfirma hatte ihm bereits zweimal einen Vollzeitjob angeboten, denn Ian war kräftig und arbeitete schnell, aber er hatte nur dankend abgelehnt. Nun überlegte er, ob er sich mit diesem Mann in Verbindung setzen sollte, um seinen Namen auf die Liste für eine Anstellung setzen zu lassen. Vielleicht würde er sich sogar einmal umschauen, denn möglicherweise gab es auch noch andere interessierte Arbeitgeber. Er war fit und nicht arbeitsscheu.

Dann erinnerte ihn eine leise Stimme daran, dass er seit vier Jahren keine Steuererklärung mehr eingereicht hatte, weil es ihm einfach egal gewesen war. Er war der Amtswelt entglitten; konnte er wirklich erwarten, wieder hineinzufinden?

Wenn man die richtigen Gründe hat, dachte er. Marcie hatte ihn gelehrt, wieder zu lachen. Allein das war es wert, eine Vollzeitbeschäftigung anzunehmen und einen Klärbehälter anzuschaffen. Nicht weil Marcie so großen Wert darauf legte; weil es gut wäre, sich zu verbessern und zu leben anstatt nur zu existieren. Und zum Teufel – es war lange her, dass er einmal eine richtige Dusche genossen hatte.

In diesem Moment kam Marcie aus der Küche und schwang sich auf den Barhocker neben Ian, diesmal ohne ein glückliches Gesicht. „Erin Elizabeth wird langsam ein wenig sauer. Für sie ist es an der Zeit, dass ich nach Hause komme. Das heißt, für sie ist die Zeit längst überschritten."

„Das kann dich doch nicht überraschen. Du hast es ihr versprochen."

„Irgendwie habe ich es vor mir hergeschoben, ihr zu sagen, dass ich erst Heiligabend kommen will. Es ist doch nur eine Fahrt von vier Stunden oder so."

Er legte ihr einen Arm um die Schulter und gab ihr einen Kuss auf die Schläfe. „Es ist richtig, das zu tun, Marcie. Deine Familie liebt dich, sie braucht dich. Das willst du doch nicht als selbstverständlich ansehen."

„Ich weiß. Im Augenblick ist es nur so, dass ich zu viele Dinge zu tun habe, die *richtig* sind. Dein Badewasser heizen, deine Felder pflügen …"

„Mich zum Lachen bringen …"

„Dich zum Brüllen bringen." Sie lächelte ihn an.

„Egal, wie du im Augenblick darüber denkst, du wirst froh sein, wenn du erst einmal zu Hause bist. Alles vertraut und gemütlich und … Hör mal, was hat mein Vater eigentlich gesagt, als du ihm erzählt hast, dass du mich suchen willst?"

„Das hatte ich dir doch schon gesagt." Marcie hielt den Blick auf ihr Bier gerichtet. „Er meinte, ich würde wahrscheinlich nur meine Zeit verschwenden."

„Dafür kenne ich ihn zu gut … Was hat er dir noch gesagt?"

„Wirklich, er ist nichts weiter als ein schrulliger alter …"

„Raus mit der Sprache … Du bist doch sonst nicht so zurückhaltend. Die Wahrheit bitte!"

Mit großen, unschuldigen, besorgten grünen Augen schaute sie zu ihm hoch. „Er … Er hat gesagt, wenn ich dich finde, soll ich dir sagen, dass er dem Zeitungsjungen das Haus und den Wagen vermacht hätte."

Unerwartet brach Ian in Lachen aus. Er warf den Kopf zurück und grölte. Marcie starrte ihn an, während er so heftig lachte, dass er feuchte Augen bekam. Und als er sich wieder gefangen hatte, waren seine Lippen noch immer zu einem Lächeln verzogen.

„Das ist *nicht* lustig", sagte sie. „Ich finde es schrecklich."

„Aber das passt so zu ihm. Ich frage mich, ob er meine Baseballkarten und die Briefmarkensammlung verbrannt oder einfach verschenkt hat."

„Jedenfalls hat er dich nicht verdient", stellte sie schmollend fest und trank einen Schluck Bier.

„Tatsächlich? Und kein Wort mehr davon, dass ich nach Chico zurückgehen soll, um ihn noch ein letztes Mal zu sehen, bevor er stirbt?“, frotzelte er.

Sie wirkte bestürzt. „Ian, das habe ich nie gewollt. Ich bin mir auch ziemlich sicher, dass du nicht mehr das sehen wirst, was du vor vier oder fünf Jahren gesehen hast.“

„Du leugnest also, dass du wolltest, dass ich ihn noch ein letztes Mal sehe …?“

„Ian, nein! Nein, das nicht! Ich wollte, dass *er dich* sieht. Er sollte wissen, dass mit dir alles in Ordnung ist … dass du etwas taugst, egal, wie gemein er war, egal, wie grausam er dich behandelt hat. Ein guter, starker Mensch. Oder, um genau zu sein, ich wollte, dass du ihm zeigst, dass du all dies bist. Das schwöre ich.“

„Warum?“, fragte er völlig verwirrt.

Sie legte ihre Hand auf seine. „Weil du diese Liebenswürdigkeit in dir hast. Er hat es nicht verdient, er hat nichts getan, womit er das verdient hätte, er würde dir nicht einmal dafür danken. Aber er hat mächtig abgebaut, und es wäre eine gute Sache. Lass den alten Kerl wissen, dass du trotz allem ein guter und starker Mann bist, der ein Herz besitzt, und dass du nicht so bist wie er. Du wirst niemals sein wie er. Das ist alles. Ich hatte geglaubt, dass du später irgendwann einmal von selbst auf diesen Gedanken kommst, und ich wollte nur verhindern, dass es dann vielleicht zu spät ist.“ Sie lächelte ihn an. „Nicht für ihn, für dich.“

„Du glaubst, du kennst mich so gut?“

„Ja“, antwortete sie. „Ich habe dich beobachtet … wie du mit den wilden Tieren umgehst, mit den Nachbarn, mit allem. Für dich ist es völlig natürlich, alles zu tun, wozu man Herz und Großzügigkeit braucht. Ich wette, das aufzugeben, war für dich das Schwerste.“

Am Morgen des Weihnachtsabends stand Ian nicht frühmorgens auf, um Holz auszuliefern. Er hätte den Truck beladen und noch eine Verkaufs- und Auslieferungstour vor Weihnachten machen können, die ihm einen besseren Preis als gewöhnlich eingebracht hätte. Stattdessen kochte er Kaffee und servierte Marcie eine heiße Tasse. „Es ist Morgen, die Sonne scheint. Heute ist ein großer Tag für dich."

„Du gehst nicht Holz verkaufen?", fragte sie verschlafen und setzte sich auf.

„Heute nicht. Dein Kaffee ist heiß, verbrenn dich nicht." Er grinste sie an.

„Hm." Sie nahm die Tasse in die Hand. „Du machst dich sehr gut als Abigail."

„Sag mir, was ich tun kann, damit es dir nicht so schwerfällt."

Sie trank ihren Kaffee und dachte einen Augenblick nach. „Zwei Dinge."

„Sag mir, was es ist."

„Bring mich in den Ort und lass mich allein. Sag mir Auf Wiedersehen und geh einfach … bleib nicht stehen und schau mir nicht nach, wenn ich wegfahre."

Ian nickte. „Wenn du es so haben willst."

„Und, kannst du mir sagen … empfindest du etwas für mich?"

Er legte seine große Hand an ihre wilden Locken. „Ich empfinde alles für dich. Aber das wird die Tatsachen nicht ändern. Wir sind wie Fremde aus zwei verschiedenen Welten füreinander, die sich nicht so leicht verbinden lassen, und ich bin immer noch ein Mann mit Problemen, wie du es nennst … und davon massenhaft. Ich bin nicht so weit, mich im Schnellschuss zu verändern, obwohl ich glaube, dass ich trotzdem ein paar kleine Schritte gemacht habe. Zumindest habe ich schon mal sehr viel weniger Haare."

„Du hast dich ganz schön beeilt." Sie gab ihm einen kleinen Kuss. „Ich glaube, wenn ich mehr Zeit hätte …"

Er hielt ihr das Kinn mit einer Hand fest, um ihre Aufmerksamkeit zu gewinnen. „Hör zu. Ich will dir nichts vormachen. Du hast alles verändert. Komm irgendwann einmal wieder, wenn du Lust dazu hast. Aber wenn nicht, werde ich es dir nicht übel nehmen. Denke an das, was du mir gesagt hast, dass du, wenn du dies hinter dir hast, wenn du mich gefunden und mir gedankt hast, mir ein paar Fragen gestellt hast und mir die Sachen mitgeteilt hast, die ich unbedingt wissen sollte, du frei wärest, dein Leben weiterzuführen. Es ist in Ordnung, Marcie. Selbst nach allem, was zwischen uns geschehen ist. *Ganz besonders* nach allem, was zwischen uns geschehen ist. Du kannst in deinem Leben weitergehen. Es ist das, was ich von dir erwarte."

„Und wenn du das bist, was ich will?"

„Das Einzige auf der Welt, das mich vielleicht traurig machen würde, wäre, wenn ich dich nicht glücklich machen könnte. Es ist das, was mir am meisten Angst macht. Dass du mich haben wolltest, und ich dich enttäuschen könnte."

„Wie kommst du überhaupt auf solche Gedanken?"

„Nur eine dumme alte Angewohnheit."

„Ich wette, du könntest diese Angewohnheit überwinden, wenn du es nur zulassen würdest."

Er lächelte. „Das ist mit das Beste an dir – dein ewiger Optimismus."

„Oh, Ian, das ist kein Optimismus. Das ist Vertrauen. Du solltest es irgendwann einmal damit versuchen."

# 16. Kapitel

Um eins fuhr Ian Marcie in den Ort, wo ihr kleiner grüner VW auf sie wartete. Er zeigte ihr, wie man die Schneeketten auf die Hinterräder montierte, falls es nötig sein sollte. Aber im Augenblick waren die Straßen frei, ebenso der Himmel, und wenn sie innerhalb der nächsten zwei Stunden aufbrach, würde ihrer Fahrt nichts im Wege stehen. Dann legte er die Arme um sie und gab ihr einen langen, liebevollen Kuss. Dabei dachte er nicht einmal daran, sich zu vergewissern, dass niemand sie sah. „Danke dafür, dass du genauso ein Dickkopf bist wie ich."

„Ich bin mir noch immer nicht ganz im Klaren", sagte sie. „Es fällt mir wirklich schwer."

„Wenn du näher daheim bist, wirst du anfangen, dich darauf zu freuen, sie alle wiederzusehen. Sie waren immer für dich da", erinnerte er sie.

„Gut …"

Er legte ihr einen Finger auf die Lippen. „Pst. Sprich es nicht aus. Fahr vorsichtig."

„Wenn ich dir schreibe, wirst du mir dann antworten?"

„Auf jeden Fall", versprach er.

„Nun, das ist ein Fortschritt", sagte sie schwach. „Ich … äh … Ich habe dir etwas dagelassen. Ich habe es dir in die Kleidertruhe geschmuggelt, als du nicht hingesehen hast."

„Ach, Marcie …, das hättest du nicht tun sollen."

„Es ist kein Weihnachtsgeschenk oder so. Es ist etwas, das ich dir geben wollte, aber es war nie der richtige Zeitpunkt dafür. Und dann habe ich beschlossen, dass du es bekommen sollst, wenn du allein bist. Ich werde dich wiedersehen, Ian."

Sie schenkte ihm ein zittriges Lächeln, und eine Träne rollte ihr über die Wange. „Sieh dich vor beim Sägen und Holzhacken. Und kümmre dich gut um Buck."

„Das werde ich", versicherte er ihr und berührte ihre Lippen noch einmal. „Bis später."

„Okay dann. Bis später."

Während er zu seinem Truck ging, stieg sie die Stufen zur Bar hinauf und hörte noch dieses raue, laute Geräusch des Motors, als er davonfuhr. Dann fiel ihr auf, dass er sie nicht nach einer Telefonnummer gefragt hatte, wo er sie erreichen könnte, falls er verrückt würde und auf den Gedanken käme, sie anzurufen. Sie beschloss, ihre Nummer bei Preacher zu hinterlassen, obwohl Ian ihre Festnetznummer auch in diesen Briefen finden könnte, die er nie gelesen hatte. Allerdings glaubte sie kaum, dass Ian sich noch öfter im Ort blicken lassen würde, nachdem sie nicht mehr da war. Tatsächlich befürchtete sie, dass er sich nun noch mehr in sich selbst zurückzog.

Zu dieser Tageszeit war wenig Betrieb in der Bar. Nur zwei Leute aus dem Ort, die gerade ihr Mittagessen beendet hatten, saßen dort. Preacher kam von hinten aus der Küche und fragte: „Wie steht's, Marcie?"

„Gut. Alles bestens. Ich werde gleich nach Chico fahren. Kann ich vorher noch einen Kaffee bekommen?"

„Natürlich. Alles in Ordnung mit dir?"

„Ich denke ja. Gerade habe ich mich von Ian verabschiedet. Ich hasse es wegzufahren. Wer hätte gedacht, dass ich ihn überhaupt finde und ihm so nahekommen würde?"

„Aber du hast ihn gefunden", stellte Preacher fest und schenkte ihr Kaffee ein. „Und ich nehme doch an, dass du all deine unerledigten Geschichten klären konntest."

„Ja. Wir haben viel miteinander geredet. Das ist alles bereinigt." Tapfer hob sie die Augen.

„Das höre ich gerne. Er scheint ein verlässlicher Typ zu sein. Weißt du eigentlich, dass er diesen Jungen gefunden hat. Travis Goesel. Er hat ihm das Leben gerettet."

Marcie riss die Augen weit auf. „Das war Ian?"

„Ja. Er hat ihn aus einem Unterschlupf gegraben, den der Junge sich gebaut hatte, um nicht zu erfrieren, dann hat er ihn meilenweit getragen. Der Junge ist über eins achtzig groß und kräftig gebaut. Der wiegt einiges. Ian hat sich sein Hemd aufgerissen, um ihn zu wärmen … Wirklich, eine Stunde später oder so, und er wäre bloß noch eine Leiche gewesen. Dem Jungen geht es gut. Morgen früh wird er mit seiner Familie Geschenke auspacken."

„Aber er hat mir erzählt … Ian sagte nur, er wurde gefunden. Nichts davon wollte er sich selbst als Verdienst anrechnen. Hör zu, Preacher …, lieber Himmel, ich weiß nicht, wie ich es sagen soll, aber könntest du vielleicht hin und wieder mal versuchen, ihn ein wenig rauszulocken? Ian? Es muss ja keine große Sache sein …, aber während ich hier war, ist er mal ein wenig von diesem Berg heruntergekommen …"

„Natürlich, Kleine. Wir sehen ihn gern hier."

„Und ich möchte dir meine Nummer in Chico dalassen, nur für den Fall." Sie zog eine Serviette, die auf dem Tresen lag, zu sich heran und schrieb ihm ihren Namen und die Telefonnummer auf. „Falls du mich aus irgendeinem Grund einmal anrufen musst, das ist meine Telefonnummer. Da ist auch ein Anrufbeantworter. Du kannst eine Nachricht hinterlassen." Dann nahm sie sich die Serviette noch einmal vor. „Hier die Handynummer. Ich möchte, dass du mich erreichen kannst, falls du … Nun, du verstehst."

„Vollkommen. Natürlich." Preacher faltete die Serviette zusammen und steckte sie sich in die Tasche. Dann stellte er ihr die Kaffeekanne hin. „Hör zu, wegen dieser Kerzenlichtveranstaltung heute Abend könnte es Betrieb geben, deshalb sind wir in der Küche beschäftigt. Ich muss zurück und Paige helfen. Wenn du etwas brauchst, wie zum Beispiel ein Sandwich oder irgendwas, steck einfach den Kopf in die Küche und mach dich bemerkbar."

„Geh nur. Ich brauche nichts. Wenn ich den Kaffee leer getrunken habe, werde ich aufbrechen. Danke."

Dann war es also Ian gewesen, der den Jungen gefunden und gerettet hatte. Und sein ganzes Rindfleisch in Dosen hatte er diesem alten Nachbarn gebracht. Entweder musste Ian sich drastisch verändert haben, oder er war immer schon der Typ von Mensch, der dazu neigte, anderen zu helfen, wenn er konnte. Marcie hatte ein paar Veränderungen an ihm wahrgenommen, aber ihr eigentlicher Verdacht war, dass dieses einsame Leben nicht wirklich seinem Wesen entsprach. Er war weniger davongelaufen als vielmehr verlassen worden – verlassen vom Korps, seinem Mädchen, seinem Vater, seinen Waffenbrüdern. Also hatte er sich für eine Weile isoliert, um sich neu zu orientieren und herauszufinden, wohin er gehen und wie er leben wollte. Möglicherweise hatte sie ihm dadurch, dass sie ihn über Bobbys letzte drei Jahre und seinen Tod informiert hatte, dabei geholfen, zu einem Ergebnis zu kommen. Deshalb war sie hergekommen. Wenn sie das geschafft hatte, dann war das alles, was sie verlangen konnte.

Was allerdings das Ergebnis betraf, das sie für sich selbst gesucht hatte, war das Gegenteil der Fall. Sie liebte ihn. Sie war sich nicht sicher, ob sie es schaffen würde, ihn aufzugeben. Aber jetzt musste sie erst einmal zu ihren Wurzeln zurückkehren, in ihr Zuhause, denn auch diese Menschen konnte sie nicht aufgeben.

Hinter ihr ging die Tür auf, aber sie schaute sich nicht einmal um. „Sie!", hörte sie. „Junge Frau!" Und nun drehte sie sich doch um und sah, dass es Doc war, der dort stand. „Können Sie einen Hummer fahren?"

„Natürlich nicht“, antwortete sie. „Ich fahre einen *Volkswagen.*“

„Dann werden Sie es lernen. Melinda ist verreist, und ich habe eine Kopfverletzung, die ich ins Talkrankenhaus transportieren muss. Ich kann nicht gleichzeitig fahren und mich um den Patienten kümmern. Kommen Sie!“

„Aber ich wollte gerade fahren ...“

„Jetzt!“, blaffte er, drehte sich um und wollte gehen.

Marcie blieb eine Sekunde lang sitzen und dachte nach. Die Tür ging wieder auf. „Ich sagte *jetzt*!“

„Oh, um Himmels willen“, murmelte sie, schnappte sich ihre Handtasche und folgte Doc.

Ian war zu seiner Hütte zurückgefahren und hatte Holz für das Feuer im Ofen nachgelegt. Er hatte daran gedacht, ein wenig Holz zu hacken oder Schnee zu schaufeln oder auch nach dem alten Nachbarn zu sehen, stattdessen saß er am Tisch und tat gar nichts. Nichts, außer sich an jeden Ausdruck ihres Gesichts zu erinnern, an jeden Satz, den sie geäußert hatte. Dann zog er ihr Buch aus der Bücherei zu sich heran und las noch einmal die romantische Stelle, die sie so liebte, die Stelle, die sie beide in Fahrt gebracht hatte. Er konnte sich beim besten Willen nicht daran erinnern, dass es in seinem ganzen Leben schon einmal so schön gewesen wäre, mit einer Frau zu schlafen. Lag es nur daran, dass es so lange her gewesen war? Oder hatte er recht, wenn er in Erwägung zog, dass sie für zwei Leute, die wenig Übung darin hatten, in kürzester Zeit sicherlich sehr gut gelernt hatten, sich gegenseitig Freude zu bereiten.

Es war gut, sagte er sich, dass sie gefahren war. Sie musste nach Hause gehen, wo sie hingehörte. Seine Heimat war die Stadt nicht mehr, nicht mehr nachdem sein Vater den letzten Nagel in den Sarg ihrer Beziehung geschlagen hatte. Ian hatte sich nur der Realität gestellt. Für ihn gab es dort niemanden mehr. Niemanden.

Außer Marcie, das Mädchen, das ihn zum Lachen brachte, das die Liebe in ihm geweckt hatte.

Aber das war hier geschehen, wo die Umstände sie zwangsweise zusammengeführt hatten. Wenn die Dinge wieder alle am richtigen Ort waren, würde das, was sie hier erlebt hatten, nicht mehr dasselbe sein.

Dennoch, er fragte sich, wie es wohl sein würde, den alten Mann noch einmal zu sehen, bevor er nicht mehr da wäre, bevor es zu spät war. Ian gab sich keinen Illusionen hin; sein Vater würde sich nicht in einen warmen, liebevollen Menschen verwandelt haben. Wahrscheinlich war er mit zunehmendem Alter und seiner Krankheit sogar noch schlimmer geworden. Schon als Marine war es für Ian unmöglich gewesen, seinen Vater zu beeindrucken und stolz zu machen; und es würde auch jetzt, nach den letzten vier Jahren, unmöglich sein.

Aber vielleicht würde die Konfrontation mit dem alten Mann für ihn das Heilmittel sein zu verhindern, dass er wurde wie er. Marcie könnte recht haben – es ging weniger darum, dass Ian seinem Vater vergeben müsste, als darum, dass er sich selbst vergab, weil er seinen Vater hasste, weil er zugelassen hatte, dass die Missbilligung und Gemeinheit seines Vaters einen wütenden Mann aus ihm machte. Vielleicht war das der Weg nach draußen.

Wie konnte ein alberner, dickköpfiger kleiner Rotschopf nur so unglaublich einsichtsvoll sein? Das ging ihm einfach nicht in den Kopf. Er verstand es nicht.

Ian hatte nicht vergessen, dass sie ihm *etwas* dagelassen hatte, aber er wollte gar nicht sehen, was es war. Er war sich nicht sicher, ob er dem gewachsen wäre. Aber dann dachte dieser andere Teil in ihm daran, dass es Freude in seine Tage bringen würde, wenn er etwas Konkretes hätte, das ihn an sie erinnerte. Also ging er zu der Truhe und gleich oben auf lag dort ein Umschlag. Er war an Marcie adressiert. Auf der Rückseite des Umschlags stand etwas, das sie für ihn geschrieben hatte.

*Ian, mein Liebling,*
*es war mein Plan, dir diesen Brief zu zeigen. Ich hätte allerdings nicht geglaubt, dass ich mich davon trennen könnte, aber es hat sich herausgestellt, dass ich nun möchte, dass du ihn bekommst. Du wirst sehen, weshalb. Und es war mir ernst mit dem, was ich sagte, Ian. Ich habe mich in dich verliebt. Marcie.*

Ian stellte sich neben den Ofen und fing an, den Brief zu lesen, musste sich dann aber setzen, um bis zum Ende zu kommen. Es war ein Brief, den Bobby an Marcie geschrieben hatte. Dazu hatte er diese dünne Militärausgabe von Briefpapier benutzt, das man nur zu einem Umschlag zusammenfaltete – dünnes blassblaues Papier mit dem Bild des amerikanischen Adlers auf der Seite. Dem Datum der Briefmarke nach war es sehr wahrscheinlich, dass Bobby direkt neben ihm gesessen hatte, als sie beide in zwei Minuten ihren Frauen rasch einen Brief schrieben, mit dem sie rechtzeitig vor der Postsammlung noch fertig werden wollten.

*Hey, Marcie, Baby. Ich vermisse dich, mein Mädchen. Jede Minute an jedem Tag denke ich an dich, und ich zähle die Sekunden, bis ich dich wieder in die Arme schließen kann. Danke dafür, Baby, dass du bei diesem ganzen Mist so stark geblieben bist. Ich könnte mit keinem anderen Typ von Frau zusammen sein. Ein paar dieser Männer … ihre Frauen schreiben ihnen diese furchtbaren Briefe, in denen sie ihnen erzählen, wie schlimm das Leben für sie ist, seit ihr Mann nicht mehr da ist, und ich könnte es nicht verkraften, wenn du das machen würdest. Woher wusste ich nur, dass du die Richtige bist, als wir vierzehn waren? Ich muss ein verdammtes Genie gewesen sein!*

*Ich muss dir etwas erzählen. Und ich bin nicht feige, weil ich es dir in einem Brief sage, anstatt erst, wenn ich wieder nach Hause komme. Ich kann einfach nicht so lange damit warten, das ist alles. Siehst du, ich möchte auf Dauer dabei bleiben. Du wirst wahrscheinlich denken, dass ich den Verstand verloren habe, das zu sagen, vor allem jetzt. Ich meine, dieser Ort hier ist schrecklich. Wir selbst hatten zwar nicht so viele Schwierigkeiten, aber auf andere Gruppen wurde gefeuert, sie wurden in einen Hinterhalt gelockt, sind auf Selbstmordattentäter gestoßen, dieser ganze Mist, und wir wissen, dass es auch uns jeden Moment treffen kann.*

*Einer der Gründe, weshalb es uns noch nicht erwischt hat, ist Ian. Der Mann ist unglaublich. Ich habe noch niemals jemanden wie ihn kennengelernt, und mir sind schon einige wirklich fantastische Menschen begegnet, vor allem bei den Marines. Er ist ein Teufelskerl von einem Marine, Baby. Er weiß, was er tut. Er schafft es, dich in feindliches Territorium zu führen und dich glauben zu lassen, dass du dort sein willst. Er ist derjenige, der alle davor bewahrt, sich selbst zu bedauern. Ich habe gesehen, wie er sich zwischen einen jungen Marine und ein Artilleriefeuer geworfen hat. Unterwegs hatten wir einen Verletzten. Ein Junge war in ein Loch getreten und hatte sich das Fußgelenk gebrochen, und Ian hat ihn den ganzen Weg bis zum Lager getragen. Das müssen fünf Meilen gewesen sein. Er wollte ihn niemandem übergeben oder ihn mit jemandem zusammen tragen. Ich hatte mich angeboten, den Jungen mal eine Meile zu schleppen, aber Ian sagte: Pass du lieber*

*auf dich auf, Marine, damit ich euch am Ende nicht noch beide tragen muss.*
*Einmal hatten wir die Häuser in einer Straße durchsucht und sind auf zwei bewaffnete Aufständische gestoßen, und ich habe gesehen, wie Ian einen davon mit bloßen Händen fertiggemacht hat. Eine Stunde später sah ich dann, wie er ein kleines irakisches Baby auf dem Arm hielt und mit der Mutter sprach, sie anlächelte und beruhigte. Ich weiß nicht, wie er das schafft – diesen Wechsel vom stärksten, gemeinsten Schuft zum nettesten Kerl. Und am Ende des Tages, wenn alle schlecht gelaunt sind, schmutzig und müde, dann redet er mit jedem Einzelnen und vergewissert sich, dass alle bei klarem Verstand sind. Er will nicht, dass jemand zu erschüttert oder verängstigt oder einsam ist, um nicht für sein Überleben zu sorgen, wenn wir in Schwierigkeiten geraten. Einer der Jungs hatte einen Abschiedsbrief bekommen und fühlte sich miserabel. Ian hätte ihm sagen können, dass er sich zusammenreißen und sich wie ein Mann verhalten solle, aber stattdessen hat er ihm durch Reden darüber hinweggeholfen, und als der Kerl heulte, hat Ian sich nicht über ihn lustig gemacht oder sonst was. Er hat dem Mann einfach fest die Hand auf den Rücken gelegt, und richtig sanft mit ihm gesprochen, ihm gesagt, dass es im Leben nicht viele Garantien gibt und manche Dinge einfach Zeit brauchen, bis man darüber hinweg ist, dass ihn seine Brüder aber niemals hängen lassen würden, falls das ein Trost für ihn wäre. Wenn das Mädchen nicht treu sein konnte, war es gut, das früh herauszufinden, sagte Ian. Und dass es wirklich eine besondere Frau sein muss, die es mit einem Marine aushalten kann.*
*Da hat er recht, Baby. Und du bist es. Ich weiß zwar nicht, ob du es mit mir aushalten wirst, wenn ich das*

*Corps zu meinem Beruf mache, aber ich hoffe es. Die Sache ist die, wenn ich auch nur ein halb so guter Anführer und Freund sein kann wie Ian, wäre ich schon eine verdammte Legende. Ich kann es gar nicht abwarten, dass du ihn endlich einmal triffst. Du wirst den Kerl genauso bewundern wie ich. Und dann wirst du ihn wahrscheinlich bewusstlos schlagen, weil er das Corps für mich so attraktiv gemacht hat. Ha-ha. Das wird ihn nicht überraschen. Ich habe ihm alles von dir erzählt, dass du vielleicht nur ein kleines Persönchen bist, aber keine Angst hast, aufzustehen und zu sagen, was du denkst.*
*Ich vermisse dich so sehr, Baby. Ich werde zurück sein, bevor du dich versiehst. Ich liebe dich, Marcie.*

Ian holte ein paarmal tief Luft und las den Brief dann noch einmal. Was sollte das? Wie konnte Bobby nur eine so hohe Meinung von ihm haben? Es war alberne Heldenverehrung, und Ian hatte nicht das Gefühl, es verdient zu haben. Er hatte nur den Job gemacht, für den er ausgebildet worden war. Nichts Besonderes.

Was Marcie anging, hatte er allerdings recht. Sie war ein kleiner Wirbelwind. Ein wunderschöner kleiner Wirbelwind, der Sonnenlicht und Lachen mit sich brachte, wohin sie auch kam. Eine kleine Frau mit einem starken Willen. Sie ließ nicht so leicht locker; aus ihr wäre ein guter Marine geworden. Bobby hatte Glück gehabt, sie in der neunten Klasse gefunden zu haben. Es war nicht leicht, eine Frau zu finden, die so stark, so überzeugend und so sicher war – in Bezug auf sich selbst und das, was sie wollte.

Nach allem, was sie hinter sich hatten, nach allem, was sie miteinander geteilt hatten – was war er für ein Mann, der nicht wenigstens sagen konnte: „Ich liebe dich auch“?

Doc entführte Marcie in einer wilden Fahrt zu einer Farm im Vorgebirge, wo er sie anfuhr, sie solle ihm gefälligst bei der fahrbaren Krankentrage zur Hand gehen. Dann setzte er sich nach hinten, um sich um seinen Patienten zu kümmern, ein Farmer, bei dem der Huf eines Esels am Kopf gelandet war. Sein Schädel war gebrochen und er sah doppelt, war jedoch bei Bewusstsein. Während Doc seinen Patienten versorgte, meckerte er an Marcies Fahrstil herum, was sie nicht verstehen konnte, denn sie fand, dass sie es sehr gut machte, wenn man bedachte, dass sie an ein Fahrzeug dieser Größe nicht gewöhnt war.

Im Talkrankenhaus mussten sie dann noch die Röntgenbilder abwarten, bevor Doc bereit war, den Farmer zu verlassen. Doc ließ sie auch nach Virgin River zurückfahren, so konnte sie das Fahrzeug einmal erleben, ohne dass im Hintergrund geschrien wurde. Als sie schließlich wieder im Ort ankamen, war sie völlig erschöpft.

„Kommen Sie mit", sagte Doc. „Ich spendiere Ihnen einen Drink. Den haben sie sich verdient. Sie haben das sehr gut gemacht."

„Also das hätte ich niemals vermutet, so wie sie mich angeschrien haben", grummelte sie.

„Na, Sie waren halb so gut wie Melinda … und das ist gut. Sie geht mit dem Ding um, als wäre es ein Skateboard. Kommen Sie schon. Es ist Zeit für einen Drink."

„Also wirklich, ich wollte schon vor fünf Stunden losgefahren sein."

„Aber haben Sie denn nicht ein gutes Gefühl, weil sie helfen konnten? Mit anfassen konnten? Wenn sie in dem Moment nicht dort gesessen hätten, dann hätte ich Paige bitten müssen oder vielleicht auch die Frau des Patienten, die nicht in der Lage gewesen wäre, ihre Augen auf der Straße zu halten. Es war ein Glücksfall für uns alle. Trinken Sie etwas und essen

Sie auch noch ein wenig. Sie können doch auch im Dunkeln fahren, oder nicht? Wir werden Sie mit Essen abfüllen und in Kaffee einweichen, bevor Sie aufbrechen."

„Ja", antwortete sie müde. „Natürlich. Warum nicht. Für das Weihnachtsabendessen in Chico bin ich eh zu spät dran."

„So ist's recht. Eine weitere Pause."

„Meine Schwester sieht es vielleicht nicht so ..."

„Noch besser wäre es", fuhr Doc fort, „wenn Sie sich zwei Drinks gönnen würden und dann die Nacht in dem Bett, das ich in meiner Praxis habe, verbringen. Das wäre sogar noch besser."

„Nein. Wirklich, ich muss fahren. Ich kann nicht hier herumlungern. Das macht mich einfach nur traurig."

„Was immer Sie für nötig halten. Das Angebot steht."

Die Bar war voller Leute, die sich für ihr kleines Programm um den Baum versammelt hatten. Überall standen Tabletts mit Snacks herum, von Hors d'œuvres bis hin zu Weihnachtsplätzchen. Leute, denen Marcie noch nie begegnet war, stellten sich vor und fragten sie, woher sie komme und ob sie zum Weihnachtssingen bleiben würde. Sie akzeptierte einen Brandy von Preacher, dann probierte sie die Snacks, und schließlich wanderte sie in die Küche und rief Erin an. „Es tut mir leid, aber ich werde zu spät kommen ..."

„Wie bitte?" Erin stand kurz vor davor zu explodieren. „Was denkst du dir dabei? Du hast versprochen, nach Hause zu kommen!"

„Ich komme ja", erwiderte Marcie. „Hör zu, es war ein Notfall. Ein Mann aus dem Ort wurde von seinem Esel in den Kopf getreten, und Doc brauchte jemanden, der ihn zum Krankenhaus fuhr, damit er sich um den Kopf kümmern konnte, und ... nun, ich bin fünf Stunden aufgehalten worden und es tut mir leid. Also werde ich Santa jetzt bei der Arbeit zusehen können, aber ich werde kommen."

„Es ist dunkel! Ich will mir keine Sorgen um dich machen!"

Marcie atmete tief durch. „Ich fahre ständig im Dunkeln, aber nur zu, bleib wach und mach dir Sorgen, wenn du willst. Ich werde jetzt etwas essen und Kaffee trinken. Dann bin ich auch schon unterwegs."

Als Marcie in die Bar zurückkam, war sie erschöpft. Sie fühlte sich, als hätte sie alle enttäuscht, nicht zuletzt sich selbst. Inzwischen war sie müde geworden. Zweifellos lag das an dem langen Tag, den sie gehabt hatte, an den Gefühlen beim Abschied von Ian, der wilden Fahrt mit Doc. Aber mehr als alles andere war sie enttäuscht, dass die Sache mit Ian anscheinend nicht weitergehen sollte.

Aber dann, was konnte sie erwarten? Dass sie zusammen lachten, sich eine Woche oder so liebten und er sich dann komplett verändern würde? Und bei all ihrem großen Gerede darüber, dass sie für immer in dieser Hütte leben könnte, war sie sich überhaupt nicht sicher, ob sie nach einem Jahr dort oben nicht den Verstand verlieren würde. Abgesehen davon, sie hatte ihm zwar einige Erleichterung verschafft, aber sie hatte ihn nicht geheilt; er trug noch vieles in sich, das geheilt werden musste. Und wahrscheinlich wusste er ganz gut, was er dazu brauchte – sein Holz zu hacken und zu verkaufen, den Hirsch zu füttern, morgens zu singen und sich vorsichtig zurück in die Welt zu manövrieren.

Innerlich wurde sie zunehmend traurig. Sie konnte nicht verhindern, dass ihr das Herz schmerzte. Aber sie erinnerte sich selbst daran, dass das, was sie am meisten für Ian wollte, war, dass er seinen eigenen Weg fand, um Frieden und Glück zu finden. Mit oder ohne sie. Marcie wusste, dass sie ihre Fehler hatte, aber Selbstsucht gehörte nicht dazu.

Die Leute begannen, die Bar zu verlassen und sich um den Baum herum zu versammeln. Sie folgte ihnen. Als sie auf der Veranda stand, sagte jemand: „Hier, Marcie", und reichte ihr eine Kerze. Sie dachte, es würde nicht viel ausmachen, wenn sie noch blieb, um ein paar Weihnachtslieder zu singen, bevor sie ihre Fahrt antrat.

Der Baum war prächtig; er glitzerte und strahlte in der dunklen Nacht. Der Stern warf eine Lichtbahn auf die Straße. Viel mehr Menschen hatten sich draußen versammelt, als in der Bar gewesen waren, und sie mussten bereits vor einer ganzen Weile eingetroffen sein. Man begrüßte sich, plauderte miteinander, lachte und zündete die Kerzen an. Niemand schien die Leitung zu haben. Schließlich sagte jemand: „Away In The Manger", und langsam und zögernd begannen sie zu singen … anfangs noch ein wenig unbeholfen. Nachdem sie jedoch die erste Strophe zur Hälfte hinter sich gebracht hatten – und dieser Chor war nur ein Chor der ersten Strophen – waren ihre Stimmen kräftiger geworden. Dann rief jemand: „Silent Night!", und wieder fingen sie an. Es folgte „We Three Kings", dann „Silver Bells", durch das man sich abmühte, bis alle lachten, Marcie eingeschlossen. Anschließend schwirrten allerlei gemurmelte Vorschläge herum, bis sich schließlich eine klare, kräftige, schöne Stimme hinter der Menge erhob. Weich. Langsam. Ausgereift.

*Oh holy night*
*The stars are brightly shining*
*‚This the night of our dear Savior's birth!'*

Marcies Herz tat einen Sprung; ihr standen die Tränen in den Augen, als sie herumwirbelte, nur um festzustellen, dass die Menge hinter ihr sich gleichfalls nach dieser Stimme umgewandt hatte. Atemlos und mit verschwommenem Blick reichte sie jemandem ihre Kerze und drängte sich durch die Leute, indem sie sie auseinanderschob, um sich ihren Weg freizumachen. Als sie aus dem Gedränge herausgefunden hatte, sah sie ihn dort auf der anderen Straßenseite stehen. Das Licht des Sterns fiel auf ihn, und sie hätte ihn kaum erkannt. Er war glatt rasiert, trug seine gute Hose, ein Hemd und seine Jeansjacke. Und neben ihm stand am Boden eine Reisetasche. Gepackt.

Zitternd hob sie eine Hand an ihren Hals, der sich zusammengeschnürt und eng anfühlte. Tränen rannen ihr über die Wangen. Er lächelte sie nur kurz an, dann hob er die Augen zu den Sternen, während er weitersang.

*Fall on your knees*
*Oh, hear the angel voices*
*Oh, night divine*
*Oh, night when Christ was born*
*Oh, night divine*
*Oh, night, oh night divine*

Die Stimme des Engels war seine.

Fallt auf die Knie, in der Tat. Alles, was Marcie gerade noch so schaffte, war stehen zu bleiben. Aber Ian hörte gar nicht mehr auf zu singen; alles, was er hatte, legte er in dieses Kirchenlied. Es folgte ein weiterer Refrain, laut und bewegend. Aus der Menge ertönte nicht einmal ein Murmeln, und niemand fiel ein, so atemberaubend schön war diese Stimme, diese Passion. Und als er schließlich mit dieser Hymne geendet hatte, senkte er nur ehrfürchtig den Kopf und schaute zu Boden.

Zunächst schienen alle vor lauter Freude des Atems beraubt, dann setzte der Applaus ein. Nur Marcie ging mit strahlenden Augen und weichen Knien auf ihn zu. Als sie bei ihm war, legte sie ihm eine Hand an die Wange, auf der die lange dünne Narbe zu sehen war. Und seine Hand legte er an ihre weichen roten Locken.

„Was machst du hier?“, fragte sie ihn leise.

„Ich übe, für Leute zu singen anstatt nur für die wilden Tiere. Du bist diejenige, die nicht mehr hier sein sollte. Ich dachte, ich schau nur mal kurz auf ein Weihnachtslied oder zwei vorbei, um mich dann auf den Weg zu machen.“

„Bei mir ist es eine lange Geschichte. Aber wo willst du hin?“

„Nach Chico.“ Er lächelte sie an. „Dort ist ein Mädchen, mit dem ich was laufen habe.“

„Dann wirst du bei mir wohnen?“

„Vielleicht eine Nacht, denn es wird allmählich spät. Dann aber will ich mich mal bei dem Zeitungsjungen des alten Herrn erkundigen und schauen, ob er mir ein Zimmer vermieten kann.“

„Oh Ian …“ Sie warf ihm die Arme um den Hals, und er hob sie vom Boden. Unter den Beifallsrufen ihres Publikums küsste er sie ausgiebig.

Anschließend stellte er sie jedoch wieder auf die Beine und hielt sie an den Oberarmen fest. „Hör zu, Abigail. Es gibt da ein paar Dinge, die du wissen musst. Ich besitze vierzehnhundertundelf Dollar und ich brauche Benzin. Keine Rücklagen. In vier Jahren habe ich nicht eine Steuererklärung abgegeben. Wenn ich im Frühjahr die Steuern für diesen Berg nicht bezahlen kann, bin ich ihn los, und ich kann die Steuer nicht zahlen, wenn ich nicht einen Job finde. Ich hatte lange Zeit keinen richtigen Job mehr. Und mein Vater … ich mache mir nichts vor, es wird keine tränenreiche Wiedervereinigung geben. Wahrscheinlich wird er mich mit einem Tritt auf die Straße befördern. Du sollst wissen, dass es immer noch ein Chaos ist, wenn du dich darauf einlässt. Nur weil ich laut gesungen habe, bedeutet das nicht …“

„Du hältst mich für ein Weichei?“, fragte sie ungläubig. „Nach allem, was geschehen ist, glaubst du, dass ich *schwach* bin? Dann sag mir, weshalb du mitkommst? Ich weiß, wie sehr du Schwäche hasst!"

„Ich will sehen, ob aus uns etwas wird. Marcie, um nichts in der Welt möchte ich dich verletzen, also sage mir, ob du dem gewachsen bist, falls alles zusammenbricht. Denn es steht eine Menge auf der Minusseite, wenn ich mich darauf einlasse, angefangen mit mir selbst. Am Ende könnte ich für dich eine riesige Enttäuschung sein."

„Hast du meine Bücher zurückgebracht?"

„Nein." Er schüttelte den Kopf. „Es gab nur eine begrenzte Anzahl von Sachen, die ich schaffen konnte, wenn ich dich noch vor Weihnachten erreichen wollte."

Sie lächelte ihn an. „Nun, ich wusste nie so genau, wohin ich unterwegs war. Aber da war dieses Licht ... und dem bin ich gefolgt ... Ich habe es dir gesagt, ich liebe dich, Ian. Ich liebe dich so sehr. An dem Punkt werde ich anfangen und alles andere nehmen, wie es kommt."

„Und ich habe es dir nicht gesagt. Ich wollte dich nicht fertigmachen, dich nicht enttäuschen. Aber ich kann mich nicht daran erinnern, dass ich jemals solche Gefühle hatte. Ich liebe dich, Marcie. Ich werde alles versuchen."

„Also gut. Warum beginnen wir nicht einfach mit Vertrauen, und von da aus sehen wir dann weiter?"

Er grinste sie an. „Erin Elizabeth wird leicht verärgert sein, wenn sie mich sieht."

Sie tätschelte seine Wange. „Zwei Tage lang wird sie dich nicht einmal wiedererkennen, mindestens. Du siehst einfach großartig aus. Wer wird eigentlich Buck füttern?"

„Buck ist jetzt einmal auf sich selbst gestellt. Wenn der Schnee schmilzt, werden wir sehen, wie es ihm geht. Kannst du damit leben?"

„Bestens." Marcie dachte daran, dass diese Berge, die bereits im Winter so schön waren, im Frühling mit dem Versprechen neuen Lebens einfach atemberaubend sein mussten. So wie ihr Leben.

So wie seins …

Wie ihr gemeinsames Leben …

– ENDE –

**Lesen Sie auch:**

*Abby Clements*

# Ein Stück vom Winterglück

Band-Nr. 26099
9,99 € (D)
ISBN: 978-3-95649-773-5

Unsere Reise begann vor neunundzwanzig Jahren in Bidcombe, einem kleinen englischen Dorf, in dem uns bald jeder mit Namen kennen sollte, was jedoch weder besonderen Tugenden unsererseits noch einem Skandal zuzuschreiben war, sondern schlicht der Tatsache, dass wir nicht wie die anderen Mädchen waren; Lila und ich waren zwei Hälften eines Ganzen. Im Laufe der Jahre lösten wir uns etwas voneinander, hörten aber eigentlich nie auf, wie die anderen zu denken.

Zu Anfang der neun Monate teilten Lila und ich uns einen Raum, der kleiner als eine Rosenknospe war, dicht aneinandergeschmiegt und von Wänden umfangen. Wir beide wuchsen: zur Größe einer Brioche, einem Stapel frisch gebackener Muffins, dann einer Tasche, Kopf an Fuß, mit Ballettschuhen darin. Über diese neun Monate hinweg waren unsere schwebenden, tretenden Gliedmaßen sowie der verschwommene Klang vom Gesang unserer Mutter der Rhythmus unserer Welt. Während der Ultraschallaufnahme – als die Herzen unserer Eltern angesichts der Neuigkeiten gerast haben dürften – lutschte eine von uns an ihrem Daumen, während die andere majestätisch winkte. Das Bild war körnig, und eigentlich erkannte man darauf nicht viel, doch so nahm es unser Vater wahr. Er sagte auch, dass sie zwar wegen der Behandlung um die Wahrscheinlichkeit wussten, beide allerdings sprachlos waren, als sie erfuhren, dass es Zwillinge wurden. Zuvor hatten sie zehn Jahre lang versucht, ein Kind zu kriegen. Nun würde ihr Wunsch gleich doppelt in Erfüllung gehen, denn hier waren wir beide.

An einem frostigen Tag kamen wir zappelnd und quengelnd in unserem örtlichen Krankenhaus auf die Welt. An den Teil erinnere ich mich natürlich nicht, aber unsere Mutter, Alison, und unser Vater, Simon, wurden nie müde, uns davon zu erzählen und die Fotos zu zeigen. Mich, die zehn Minuten ältere, nannten sie Hazel, meine Zwillingsschwester Lila.

Unsere Eltern brachten uns nach Hause, in ein Cottage aus den 1920ern am Dorfrand, wo sie bis heute leben. Unser Dorf ist nicht weit von London entfernt – mit dem Zug sind es bloß anderthalb Stunden –, und dennoch ist es eine vollkommen andere Welt. Bidcombe ist die Art Ort, in dem Leute auf der Straße stehen bleiben, um sich miteinander zu unterhalten, in dem die Menschen, die in der Bäckerei, auf dem Postamt, im Pub und in der Bücherei arbeiten, mit einem befreundet sind. Unsere Eltern wohnten dort, seit sie ein junges Paar Anfang zwanzig waren, und nach unserer Geburt kehrten sie freudig als vierköpfige Familie heim. Die Nachbarn hatten Luftballons an ihre Gartenpforten gebunden, um uns willkommen zu heißen.

Unsere Mutter sagte, dass schon seit Monaten alles bereitgestanden hätte: unser Zwillingskinderwagen, die aufeinander abgestimmten Kinderbetten, die Winnie-Puuh-Hochstühle. Im Familienalbum sind wir fast immer Seite an Seite zu sehen. Die Weihnachtszeit in unserem Cottage war stets etwas ganz Besonderes: Unsere Eltern lächelten und betrachteten uns stolz, ihre Sektgläser hinter sich auf dem Kaminsims, während wir beide das bunte Papier von unseren Geschenken rissen. Unsere Großeltern waren ebenfalls da – Mums Vater, Henry, und ihre Mutter, Joyce. Unsere Großmutter Joyce war es, die mir erstmals die Freuden einer Küche nahebrachte, in der es nach Gebackenem riecht, nicht zu vergessen den Genuss eines Schneeflocken-Kekses, noch warm und frisch vom Kuchengitter. Ben kam dazu, als wir vier Jahre alt waren. Unsere Eltern waren entzückt, hatten sie doch nicht erwartet, nach uns noch ein Kind zu kriegen. Unwissentlich mussten Lila und ich etwas ausgelöst haben, denn Ben stellte sich von ganz allein ein. Weihnachten in unserem Cottage war mir die liebste Zeit des Jahres. An den Feiertagen versammelte sich die ganze Familie, wurden die alltäglichen Kabbeleien vergessen, wenn wir gemeinsam aßen und tranken, Brettspiele spielten und mit unseren Spielsachen mit den Batterien und Fernbedienungen beschäftigt waren.

Das Cottage bot uns ein glückliches Heim, in dem wir zunächst zu kleinen Mädchen, dann zu Teenagern heranwuchsen. Lila und ich besuchten dieselbe Grundschule in der Nähe. Wir saßen im Unterricht nebeneinander, wenn wir konnten, doch in den Pausen spielte Lila mit den anderen Mädchen Gummitwist, während ich mit den Jungen Star-Wars-Sticker tauschte oder ihnen mein neuestes Comicheft zeigte. Dem Tausch der Comics haftete etwas reizvoll Heimliches an, da ich sie nicht von meinem Taschengeld kaufte, sondern von Münzen, die mein Vater mir nebenher zusteckte. Mein Dad war Steuerberater, ist es bis heute. Seine Mandanten vertrauten ihm, und er ging ganz in seiner Arbeit auf. Trotzdem wusste ich, dass er sich tief im Innern genauso sehr danach sehnte, ein Superheld zu sein wie ich. Deshalb half er mir manchmal, mir die Hefte zu kaufen, selbst wenn sie nicht meinem Alter entsprachen – oder welchen Grund auch immer meine Mutter anführte, um mir die Bücher und Hefte zu verweigern, die ich mir am meisten wünschte.

Im Teenager-Alter gingen Lila und ich getrennte Wege. Lila verbrachte ihre freie Zeit in Ballettstunden, ich meine mit meinem besten Freund Sam im Skatepark. Sam und ich waren schon seit der neunten Klasse ein eingeschworenes Team. Er war unendlich froh, jemanden gefunden zu haben, der so gern Skateboard fuhr wie er – obgleich ich ein Mädchen war.

Lila und ich hörten auf, uns täuschend ähnlich zu sehen. Ich färbte mir das mittelblonde, glatte Haar dunkelrot und schnitt mir einen kurzen Pony; Lila hellte ihres mit blonden Strähnen auf. Meine Kurven zeigten sich und wuchsen immer weiter; Lilas verschwanden praktisch gleich wieder, kaum dass sie auftauchten.

Unsere Nähe blieb dieselbe, ein dicht gewebtes Netz goldener Fäden, von denen jeder die Erinnerung an ein geflüstertes Geheimnis oder einen geteilten Moment war und uns verband. Wir waren nicht aneinandergekettet, vielmehr befreite uns unsere Gemeinsamkeit. Obwohl jede von uns ihr eigenes Ding machte, redeten wir jeden Abend nach dem Essen noch lange auf unseren Zimmern, kicherten zusammen und sprachen über alles, was den Tag über geschehen war, oder auch über gar nichts. Ich weiß nicht, ob irgendjemand, abgesehen von unseren Eltern, erkannte, wie sehr wir uns aufeinander verließen. Ich war mir immer bewusst, dass es für mich wäre, als würde mir die Luft zum Atmen geraubt, sollte ich Lila je verlieren.

Unsere Ergebnisse der Schulabschlussprüfungen kamen, und Lila entschied, dass sie unbedingt Ballett studieren wollte. Damit tat sich die sehr reale Möglichkeit auf, dass sich unsere Wege tatsächlich trennten. Doch am Ende, als wir mit achtzehn unser Zuhause verließen, hatten wir dafür gesorgt, dass sie es nicht taten. Wir zogen zusammen nach London, wo Lila die Ballettschule besuchte und ich Bühnenbild am Central St. Martin's College studierte. Aber wir trafen uns jeden Abend in unserer kleinen Wohnung in Ostlondon bei Essen und Wein mit Freunden oder redeten oft auch nur zu zweit. Lila ging mit Freunden zu Tanzaufführungen; ich blieb zu Hause und sah mir Filme an. Wir waren beide glücklich. Das mit dem gemeinsamen Apartment hatten wir schon lange geplant. Als Teenager hatten Lila und ich Abende lang davon gesprochen, in unseren eigenen vier Wänden in der Stadt zu leben.

An diesem Tag lehnte ich mich auf meinem gestreiften Liegestuhl zurück und blickte über den Kanal und den Londoner Victoria Park. Ich erinnerte mich an die Wohnungssuche mit Lila und wie wir uns gefragt hatten, ob wir jemals etwas Bezahlbares finden würden, was uns auch noch halbwegs gefiel. Dann hatten wir von diesem Apartment gehört, das sich im ehemaligen Lager einer Weberei befand, und beschlossen, sie uns mal anzuschauen. Die Zimmer waren nicht sonderlich groß, aber die weiß lackierten Dielenböden sorgten für Helligkeit, und beide Schlafzimmer hatten große Fenster. Unsere Wohnung war gemütlich, um im Maklerjargon zu sprechen, was so viel bedeutete wie klein, das störte uns allerdings nicht. Wir waren es gewohnt, sehr dicht aufeinander zu leben. Und richtig verliebt in die Wohnung hatte ich mich, als ich aus dem Fenster blickte.

Fahrräder schlängelten sich durch den Park, und Menschen, die aus meiner Warte so groß wie Playmobil-Figuren aussahen, saßen auf Picknickdecken und Bänken zusammen. Blecherne Reggae-Musik aus einer Stereoanlage wehte gedämpft zum Balkon herauf, und die Blumen, die Lila und ich im Jahr zuvor gepflanzt hatten, begannen erneut zu blühen.

Mein Zusammenleben mit Lila mochte für Außenseiter nicht immer paradiesisch gewirkt haben, aber für uns war es das. Sicher stritten wir uns ab und zu. Manchmal räumte Lila in der Küche Sachen weg, bevor ich sie überhaupt benutzt hatte, und das machte mich wahnsinnig. Genauso wie ihr ewiges Kissenaufklopfen, wenn ich mir Filme anschaute. Ab und zu beschwerte sie sich über mein Singen im Bad oder unterbrach meine nächtlichen Back-Sessions, indem sie verschlafen aus ihrem Zimmer kam und mich fragte, was ich denn da zur Hölle noch mal tat und ob das nicht bis morgen warten könnte.

Rückblickend denke ich, dass sie sich nie recht mit Pablo anfreunden konnte. Lila hatte sogar ausdrücklich gesagt, dass es „total unverschämt" gewesen wäre, einen Kater anzuschaffen, ohne es vorher mit ihr zu besprechen. Doch sein angeknabbertes Ohr, der Knick im Schwanz und die kahlen Stellen in seinem Fell waren für mich so eindeutige Hinweise gewesen, dass er es auf der Straße schwer hatte, da konnte ich einfach nicht anders. In diesem Punkt musste ich mich schlicht durchsetzen.

Wenn im Winter die Tage kürzer wurden, igelten wir uns in der Wohnung ein und verbrachten die Abende auf dem Sofa. Vor Weihnachten begann ich zu backen, während Lila unseren Familien-Adventskalender aufhängte und ihn mit kleinen Holzfiguren füllte, die wir später an den Baum hängten. Vergnügt zählten wir die Tage, bis wir zu unseren Eltern reisten.

Nachdem wir beide mit Anfang zwanzig unseren Abschluss in der Tasche hatten, blieben wir in der Wohnung. Ich arbeitete an den Wochenenden in einer Bar, Lila tanzte die Woche über für Rollen vor, und ich durchsuchte die Stellenanzeigen. Zwei Monate später fing ich ein Praktikum bei Twenty-One an, einer Fernsehproduktionsfirma, in der ich inzwischen fest arbeitete. Im Gegensatz zu Lila hatte ich nie schlaflose Nächte, in denen ich mir den Kopf über den Sinn des Lebens zerbrach. Ich wusste ja immer, wo ich ihn fand: in den Erinnerungen an gemeinsame Abende oder Stunden mit Freunden, in denen wir so viel lachten, dass wir davon Seitenstiche bekamen.

Ich würde niemals einen Preis gewinnen, was das erfolgreiche Führen einer Langzeitbeziehung betraf, doch das war in Ordnung für mich. Ich hatte einige feste Freunde gehabt. Wir hatten uns amüsiert, länger als sechs Monate hatte es allerdings nie gehalten. Entweder war der Funke vorher erloschen, oder die Beziehung hatte sich schleichend in eine nette Freundschaft verwandelt. Am Ende hatte ich mich immer irgendwie erleichtert gefühlt, dass ich in mein normales Leben zurückkehren konnte und mich nicht mehr anstrengen musste, etwas am Laufen zu halten, was ohnehin keine Zukunft hatte. Ich schätze, im Grunde war es immer Sam, immer die Frage, ob wir eine Chance hätten, mehr als Freunde zu sein. Jedenfalls schien ihm keiner das Wasser reichen zu können.

Doch egal wie es mit anderen lief, blieben mir immer Lila und das Apartment. Lilas Leidenschaft fürs Ballett war ungebrochen, und im Laufe der Jahre hatte ich getan, was ich konnte, um ihr Selbstvertrauen zu stärken. Sie war begabt – das wussten wir beide –, und sie hatte im letzten Jahr einige tolle Rollen gehabt. Doch es hatte auch viele Vortanzen gegeben, bei denen nichts herausgekommen war. Solange sie auf ihren großen Durchbruch wartete, arbeitete sie tagsüber als Assistentin in einer Bank, um Geld zu verdienen, und zwei Abende die Woche in einer Bar am Kanal, woran sie mehr Spaß hatte. Dort war sie Ollie zum ersten Mal begegnet. Ich war an dem Abend auch da gewesen und hatte die Zeit bei einem Pimm's und Limonade vertrödelt.

Mir war er gleich aufgefallen – wie er mit ein paar Freunden die Bar betrat, groß, dunkel, mit schwarzgerahmter Brille und einem leicht angestrengten, schiefen Lächeln. Er verkörperte alles, worauf Lila normalerweise nicht stand, denn sie mochte am liebsten im klassischen Sinne hübsche Schauspieler, die um sich selbst kreisten. Und ich bot ihr meine Schulter an, damit sie sich abends an ihr ausheulen konnte. Ich sah meine Schwester an und nickte in Ollies Richtung, damit sie zu ihm ging und seine Bestellung aufnahm.

Es dauerte nicht lange, bis die beiden flirteten, und am Ende des Abends bat er sie um ihre Telefonnummer. Sie verabredeten sich einige Male. Dann begann er, nach und nach häufiger in unserer Wohnung aufzukreuzen, unter der Woche mit uns zu Abend zu essen und am Wochenende zu Tee und Kuchen vorbeizukommen. Mir machte es nichts aus. Tatsächlich mochte ich es. Lilas Exfreunde hatten oft dafür gesorgt, dass sie ausgelaugt und weinerlich war, und hier war ein Mann, der sie zum Lachen brachte und die Leichtigkeit in ihr hervorkitzelte. Auf der Party zu unserem siebenundzwanzigsten Geburtstag wurde mir klar, dass es mit ihm ernst war. Er hatte

Lila geholfen, die Drinks auszuschenken, und dabei war ihr sein Blick mit einer welpenhaften Bewunderung gefolgt, selbst wenn er so tat, als würde er den Leuten zuhören, die mit ihm sprachen. Und Lila ... ich sah, wie sie ein- oder zweimal zu ihm blickte. Ich schätze, da ahnte ich erstmals, dass ich meine Schwester mit jemandem teilen müsste.

Im Sommer war Ollie dann zu einer festen Größe in unserer Wohnung geworden, und Lila war glücklicher, als ich sie jemals erlebt hatte. Sie wirkte sagenhaft winzig an seiner Seite, wenn er den Arm um ihre Schultern legte. Ollie war ein liebenswerter Typ. Und er betete Lila an. Rein gar nichts an ihm war verkehrt, und ich wusste, dass er der Eine war, der mir Lila für immer wegnehmen würde.

Fast zehn Jahre lang hatten wir in unserem Apartment gelacht, gefeiert, uns auf dem Sofa gefläzt und Filme gesehen. Und jetzt, tja, war nur noch ich hier. Lila hatte sich weiterentwickelt und war ausgezogen.

Das war es. Lila und Hazel, Hazel und Lila waren zu Lila und Ollie geworden. Alles hatte sich zu verändern begonnen.